MORDER EL ANZUELO

Tessa Bailey vive en Brooklyn, Nueva York, con su esposo y su hija. Cuando no está escribiendo o leyendo novelas románticas, le gusta participar en un buen debate y preparar sabrosas recetas.

Código BIC: FRD | Código BISAC: FIC027020
Diseño de cubierta: Monika Roe

Tessa Bailey

MORDER EL ANZUELO

Argentina • Chile • Colombia • España
Estados Unidos • México • Perú • Uruguay

Título original: Hook, Line, and Sinker
Editor original: Avon Books, An Imprint of HarperCollins*Publishers*, New York
Traducción: Ana Isabel Domínguez Palomo y María del Mar Rodríguez Barrena

1.ª edición en **books4pocket** Junio 2025

ISBN: 978-84-19130-52-5
E-ISBN: 978-84-19251-38-1
Depósito legal: M-9.973-2025

Fotocomposición: Urano World Spain, S.A.U.

Impreso por Novoprint, S.A. – Energía 53 – Sant Andreu de la Barca (Barcelona)

Impreso en España – *Printed in Spain*

A las enfermeras y los médicos del hospital universitario NYU Langone Health, más concretamente a los de la calle Quince Oeste, Tisch Building, Manhattan

AGRADECIMIENTOS

¡La verdad es que no sé cómo empezar a dar las gracias por este libro! Se retrasó, en términos de escritura, porque mi marido tuvo el absoluto descaro de enfermar y de pasar tres meses en la UCI. Si no hubiera sucedido un milagro y no lo hubiéramos podido llevar de vuelta a casa, dudo mucho que este libro se hubiera escrito, mucho menos que se hubieran escrito más libros. Así que debo darles las gracias a la medicina moderna, a los médicos, a las enfermeras, a la ciencia, a los amigos y a la fe por haberme animado a regresar a este punto en el que puedo escribir una historia de amor absolutamente conmovedora y escaparme de nuevo a Westport con mis queridos Hannah y Fox.

Gracias a Floral Park, Long Island, por apoyarme y darme ánimos cuando más lo necesitaba. No sabía lo que era la verdadera amistad hasta que estuve acurrucada en mi patio, a diez grados bajo cero, rodeada de amigos congelados con sus mascarillas puestas decididos a darme apoyo moral sin importar su incomodidad. Durante meses. Se portaron de maravilla. Siempre les estaré agradecida.

Gracias a la comunidad romántica, a escritoras y a lectores por igual, por mandarme amor, apoyo y regalos para consolarme. Gracias a mi marido (¡que afortunadamente está vivo!) por hacer que me gusten tantos tipos de música (incluso, y sobre todo, Meat Loaf), así como por alimentar mi gusto por coleccionar vinilos. Mientras escribía a Hannah me ayudó mucho comprender hasta qué punto se puede ser tiquismiquis con los discos de vinilo. Nunca dejaré mi copa sobre una de tus fundas, sobre todo en la de Floyd. Lo prometo.

Gracias a mi editora, Nicole Fischer, por entender de verdad el ambiente y la visión de la serie de las Hermanas Bellinger y por ayudar a darle tanta vida. Con este son ya once libros juntas, y me encantan todos y cada uno de los productos terminados en los que hemos trabajado. Gracias a todos en Avon Books, incluidos los diseñadores de portadas, los publicistas y los gurús del marketing. ¡Hacéis que todo esto sea posible!

Por último, gracias a todos los que se enamoraron de esta serie. ¡Ha brotado desde el corazón y es un honor que me hayáis acompañado en el viaje! Que sean muchos más.

PRÓLOGO

15 de septiembre

HANNAH (18:00): Hola. ¿Fox?

FOX (22:20): Sí.

H (22:22): Soy Hannah. ¿Bellinger? Brendan me ha dado tu número.

F (22:22): Hannah. ¡Mierda! Lo siento, te habría contestado antes.

H (22:23): Tranquilo, no pasa nada. ¿Es raro que te escriba?

F (22:23): No tiene nada de raro, Pecas. ¿Volviste a Los Ángeles sin problemas?

H (22:26): Sin problemas. Ya echo de menos el olorcillo a pescado típico de Newport (lo digo medio en broma). La cosa es que quería darte las gracias por el disco de Fleetwood Mac que dejaste en la puerta de mi hermana. No tenías que hacerlo, de verdad.

F (22:27): No ha sido nada. Me di cuenta de que lo querías.

H (22:29): ¿Cómo te diste cuenta? ¿Porque me puse a llorar a moco tendido cuando lo dejé en la expo? 😢

F (22:30): Me dio una pistilla. 😌

H (22:38): Ah, bueno. Ojalá pudieras oírlo en persona. Es mágico.

F (22:42): A lo mejor algún día.

H (22:43): A lo mejor. Gracias de nuevo.

F (23:01): No tenías que decirme tu apellido. Solo hay una Hannah.

H (23:02): Lo siento, no puedo decir lo mismo. Conozco a varios Fox. 🦢

3 de octubre

FOX (16:03): Hola, Hannah.

HANNAH (16:15): ¡Hola! ¿Qué pasa?

F (16:16): Acabamos de atracar en el puerto después de 3 días fuera.

F (16:18 PM): Es una tontería, pero estás bien, ¿verdad?

H (16:19): A ver, mi psicólogo seguro que dice que eso es discutible. Pero físicamente estoy de una pieza. ¿Por qué?

F (16:20): Solo un sueño raro. No sé… He soñado que habías desaparecido. ¿O te habías perdido?

H (16:25): No ha sido un sueño. Manda un helicóptero. 🚁

F (16:25): 😖

F (16:26): Los pescadores no pasamos de los sueños que tenemos en la mar. A veces no son nada, otras veces son una premonición.

H (16:30): Si alguien se preocupa en esta amistad, debería ser yo. He visto *La tormenta perfecta*.

F (16:32): ¿Eso me convierte en Wahlberg?

H (16:33): Depende. ¿Cómo te quedan los calzoncillos blancos?

F (16:34): De lujo, nena.

F (16:40): Bueno, ¿somos amigos?

H (16:45): Sí. ¿Estamos en el mismo barco? (Juegos de palabras de pesca, está pasando). 🎣

F (16:48): Pues… sí. ¿Eso quiere decir que puedo mandarte mensajes cuando sea?

H (16:50): Claro.

F (16:55): Muy bien.

H (16:56): Pues muy bien.

22 de octubre

FOX (22:30): Hola, Pecas. ¿Qué haces?

HANNAH (22:33): Hola. No mucho. ¿Cómo se sabe si se te ha "pinchado" una rueda?

F (22:33): ¿Por qué? ¿Qué pasa?

H (22:35): Mi coche estaba haciendo un ruido raro, así que he parado. Voy a ver si ha sido un reventón.

F (22:35): Hannah, son más de las diez de la noche. Quédate en el coche. CIERRA LAS PUERTAS y llama a la grúa.

H (22:36): Bueno, no sabría decir dónde estoy. Una de las maquilladoras del trabajo ha montado una sesión de espiritismo. Creo que estoy en Los Feliz.

F (22:37): ¿No sabes dónde estás?

F (22:38): Es mi sueño. Está pasando. Premonición.

H (22:39): Vamos, imposible.

F (22:40): Acabas de salir de una sesión de espiritismo, así que no puedes ser escéptica.

H (22:41): Pues ahora que lo dices, tienes razón.

F (22:42): Mira tu ubicación en el móvil y llama a la grúa.

F (22:43): Por favor.

H (22:45): ¿Te preocupas tanto por todas tus amigas?

F (22:48): Eres la única que tengo.

H (22:49): Venga, voy a llamar a la grúa.

F (22:49): 🙏

22 de noviembre

HANNAH (00:36): ¿Estás despierto?

FOX (00:37): Del todo.

H (00:38): ¿Estás solo?

F (00:38): Sí, Hannah. Estoy solo.

H (00:40): Vamos a poner "Leaving on a Jet Plane" al mismo tiempo para escucharla juntos.

F (00:41): Espera. Tengo que descargarla.

H (00:42): Me matas.

F (00:42): A ver, mi móvil no es una enciclopedia musical como el tuyo. ¿Por qué esta canción?

H (00:44): No sé. Echo de menos a mi hermana. Un poco depre por eso. ¿La has visto por el pueblo?

F (00:45): He visto su pintalabios en el cuello de Brendan. ¿Eso cuenta?

H (00:47): Por eso te molesto a ti en vez de a ella. No quiero reventar su burbuja de felicidad.

F (00:48): No me molestas, Pecas. ¿Estás lista?

H (00:48): Sí. Dale.

F (00:51): Es increíble que la canción sea mucho mejor de lo que recuerdo. ¿Por qué no la escucho a todas horas?

H (00:52): Ahora ya puedes. ¿A que es genial?

F (00:53): Bueno…¿Puedo elegir la siguiente?

H (00:55): ¡Oooh! Bien. ¿Qué tienes para mí, Casanova?

F (00:57): Algo para animarte. ¿Tienes a las Scissor Sisters en ese móvil enciclopédico?

H (00:58): ¿Álbumes de estudio o en directo? Sí a las dos cosas.

F (00:59): ¡Dios! Tendría que habérmelo imaginado. "I Don't Feel Like Dancin'" en 3…, 2…, 1…

1 de enero

FOX (00:01): ¡Feliz Año Nuevo!

HANNAH (00:02): ¡Igualmente! ¡Que te traiga cangrejos!

F (00:03): 😐 ¿Algún propósito de Año Nuevo?

H (00:07): Normalmente diría que no. Pero quiero arriesgarme más este año. En el trabajo y eso, ¿sabes? No me copies. Tú ya estás A TOPE de riesgos laborales.

F (00:09): ¿Cómo si no voy a conseguir cangrejos?

H (00:10): En un restaurante, como una persona normal.

F (00:10): Siempre pido entrecot.

H (00:11): ¡Toma ironía!

5 de febrero

FOX (9:10): Está lloviendo. Dime algo depre que escuchar.

HANNAH (9:12): Mmm… The National. Empieza con "Fake Empire".

F (9:14): Voy a ello. ¿Tienes planes para este finde?

H (9:17): La verdad es que no. Mis padres están en Aspen, así que tengo la casa para mí sola. Últimamente la tengo mucho para mí. Sigo esperando que Piper aparezca por la esquina con una mascarilla de carbón.

F (9:18): ¿Las mujeres os ponéis carbón en la cara?

H (9:20): Y eso es lo más normal. Hay una crema con baba de caracol. 🐌

F (9:21): ¡Por Dios! Voy a fingir que no me he enterado.

H (9:28): ¿Tú tienes planes para este finde? ¿Vas a Seattle?

F (9:35): Siempre es una posibilidad.

F (9:36): Pero es el cumpleaños de mi madre. Puede que vaya a su casa con un ramo de flores.

H (9:38): Eres un buen hijo. ¿Va alguna vez a verte a Westport?

F (9:45): No, no viene.

F (9:46): Gracias por la reco musical, Pecas. Te escribo luego.

14 de febrero

HANNAH (18:03): ¡Feliz día de San Valentín! ¿Vas a hacer algo especial?

FOX (18:05): ¡Dios, no! Antes me meto 🔥

F (18:09): ¿Y tú? ¿Vas a hacer algo especial?

H (18:11): Ya te digo. He quedado.

F (18:11): ¿Con quién?

H (18:15): Conmigo misma. Una tía genial. Podría ser la elegida.

F (18:16): Que no se te escape. Es de las que presentas a tu madre.

F (18:20): ¿Quieres quedar con alguien? Que no seas tú misma, me refiero.

H (18:23): No sé. Sería un desastre, creo. Por desgracia, mi tipo de hombre seguro que diría que esta festividad es un truco comercial. O me compraría rosas marchitas para representar los males del consumismo. 🙄

F (18:26): Tu tipo de hombre me parece bastante específico. ¿Estamos hablando del tío ese por el que estás coladita? Sergei, ¿verdad?

H (18:28): Sí. A mi hermana le gusta meterse conmigo porque me gustan los artistas muertos de hambre.

F (18:29): Te gustan atormentados e intensos, ¿eh?

H (18:30): ¡Cuidado! Me vas a provocar un orgasmo.

F (18:30): Nena, si ese fuera el plan, ya habrías tenido dos.

F (18:33): ¡Mierda, Hannah! Lo siento. No debería haberme ido por ahí.

H (18:34): No, he empezado yo. La culpa es de la única copa de vino que he tomado #notengoaguante. 😊

F (18:40): Además de que sea atormentado e intenso, ¿qué te atrae de un hombre? ¿Qué convierte a un tío en el elegido?

H (18:43): Que encuentre un motivo para reírse conmigo, aunque el día sea horrible.

F (18:44): Eso parece lo contrario a tu tipo.

H (18:45): ¡Anda! Pues es verdad. Seguro que ha sido el vino.

H (18:48): Debe tener un armario lleno de vinilos y un tocadiscos, por supuesto.

F (18:51): Faltaría más, claro.

28 de febrero

FOX (19:15): ¿Qué tal el día?

HANNAH (19:17): Pues ha tenido un toquecito a lo "Fast Car" de Tracy Chapman.

F (19:18): En plan... ¿nostalgia?

H (19:20): Sí. Un poco depre. Creo que echo de menos Westport...

F (19:20): Pues vente.

F (19:23): Si quieres.

H (19:25): ¡Ojalá! Acabamos de empezar el *casting* de una nueva película. No es un buen momento.

F (19:27): ¿Has mantenido tu propósito de Año Nuevo? ¿Lo de arriesgarte más en el trabajo?

H (19:28): Todavía no. Pero estoy en ello.

H (19:29): En serio. Vamos, que ya mismo lo hago. (grillos)

F (19:32): Aquí es donde te recuerdo que la primera vez que nos vimos, te enfrentaste a un capitán de barco el doble de grande que tú y estabas dispuesta a desmembrarlo por gritarle a tu hermana. Eres lo más. 💪

H (19:35): Gracias por el recordatorio. Lo conseguiré. Es solo… el síndrome del impostor, supongo. En plan, ¿qué me hace pensar que estoy cualificada para hacer bandas sonoras de películas?

F (19:37): A mí también me pasa lo del síndrome del impostor.

H (19:37): ¿En serio?

F (19:38): Si me oyeras reírme…

H (19:39): A ver, ojalá pudiera. Oírte reír.

F (19:40): Sí. Tampoco me importaría oír tu risa.

H (19:45): ¿Cómo se te ha dado el día, Casanova?

F (19:47): He estado trabajando en el barco con Sanders, así que ha tocado mucho Springsteen.

H (19:49): Obreros. ¡Ganando dinero! ¡Sudando en vaqueros! ¡Pañuelos en los bolsillos! 😍

F (19:50): Es como si hubieras estado allí con nosotros.

8 de marzo

HANNAH (8:45): ¡Hola! Creo que estás faenando.

H (8:46): Espero que tengas cuidado.

H (9:02): Cuando sales al mar y no puedes contestarme, me doy cuenta, de verdad.

H (9:03): Que me faltas.

H (9:10): Me alegro de que seamos amigos. Es lo que intento decir de forma tan torpe.

H (9:18): Si vuelves a soñar conmigo, a ver si puede ser que me veas volando o haciéndome invisible. O siendo amiga de Cher. Eso mola más que un pinchazo.

H (9:19): No vayas a pensar que creo que sueñas conmigo a menudo.

H (9:26): Yo no sueño contigo muy a menudo, claro. En fin…

H (9:39): A lo que iba, ¡hablamos pronto!

1

Hannah Bellinger siempre había sido más una actriz secundaria que una protagonista. La chica que daba apoyo. Si hubiera vivido en la Inglaterra de la Regencia, sería el padrino en todos los duelos, pero nunca empuñaría la pistola. Esa distinción nunca había sido tan obvia como en ese momento, allí sentada en la oscura sala de audiciones viendo a una chica con pasta de actriz principal transmitir emociones como si le fuera la vida en ello.

Metió las manos en las mangas de su sudadera como tortugas gemelas que se refugiaran en sus caparazones mientras agarraba con fuerza el portapapeles que tenía en el regazo. Ahí estaba. El gran final. En el otro extremo del estudio de producción Storm Born, el actor principal repasaba una escena con la última aspirante del día a protagonista femenina. Desde las ocho de la mañana, el estudio había recibido un reguero constante de chicas con los ojos como platos, y qué gracioso era que ninguna de ellas tuviera química con Christian hasta el punto de que a esas alturas ella se estaba muriendo de hambre y le sabía la boca a café rancio.

Así era la vida de una ayudante de producción.

—Se te olvidó confiar en mí —susurró la pelirroja con voz entrecortada y un torrente de lágrimas que hizo que se le corriera el rímel por las mejillas.

¡Uf! Esa chica era oro puro. Incluso Sergei, el guionista y director del proyecto, estaba sumido en un raro trance, con la patilla de las gafas metida entre esos carnosos labios con los que ella soñaba y un tobillo apoyado sobre la rodilla contraria, que no dejaba de mover. Esa era su postura de «Estoy impresionado». Después de llevar dos años trabajando como su ayudante de producción, además de estar coladita por él, Hannah conocía todos sus tics. Y esa pelirroja ya podía apostar el dinero del alquiler a que iba a conseguir un papel en *Días de gloria*.

Sergei se volvió hacia ella, que estaba acurrucada en un rincón de la gélida sala de reuniones, y levantó una emocionada ceja negra. El momento de triunfo compartido fue tan inesperado que el portapapeles se le cayó del regazo al suelo. Aturdida, se agachó para recuperarlo, pero no quería perder ese momento con el director, de modo que se volvió y le levantó el pulgar a Sergei. Claro que luego recordó que tenía los dedos atrapados en la manga de la sudadera, lo que creó un gesto muy raro que él se perdió de todas formas, porque para entonces ya estaba mirando de nuevo hacia delante.

«Mira que eres patosa», se dijo.

Se colocó el portapapeles en el regazo y fingió escribir notas Muy Serias. Menos mal que la parte trasera del estudio estaba a oscuras. Nadie podría ver cómo se ponía colorada como un tomate desde el cuello para arriba.

—¡Y se acabó! —gritó Sergei al tiempo que se levantaba de la mesa de los productores que estaban presenciando la prueba para aplaudir despacio—. Extraordinario. Sencillamente extraordinario.

La pelirroja, Maxine, esbozó una sonrisa de oreja a oreja mientras intentaba limpiarse el rímel corrido con el bajo de la camiseta negra.

—¡Vaya! Gracias.

—Ha estado bien. —Christian suspiró y le hizo un gesto a Hannah para que le diera su bebida fría.

«Me reclaman».

Se levantó de la silla, soltó el portapapeles y fue en busca de la bebida del actor al minifrigorífico emplazado junto la pared para llevársela. Cuando le ofreció el vaso metálico de viaje y él no hizo ademán de aceptarlo, apretó los dientes y le acercó la pajita a los labios. Al ver que tenía el descaro de mirarla a los ojos mientras chupaba de forma ruidosa, le devolvió la mirada, impertérrita.

«Esto es lo que querías», se recordó.

Un trabajo fijo que le permitiese ganar más dinero... y así no tener que depender de los millones que su padrastro tenía en el banco. Si le dijera cuál era su apellido, el chupón de Christian escupiría la bebida. Pero, salvo Sergei, nadie sabía que era la hija del legendario productor, y así prefería que siguieran las cosas.

«Hijastra», se corrigió en silencio.

Una distinción que nunca habría hecho antes del verano anterior.

¿De verdad había tenido lugar el viaje a Westport de hacía seis meses? Las semanas que había vivido encima de aquel bar en ese pueblo situado en la costa noroeste del Pacífico, restaurándolo con cariño con su hermana como homenaje a su padre biológico, se le antojaban un sueño lejano. Un sueño que parecía no poder olvidar porque surfeaba su consciencia como unos delfines que surcaran el interior de una ola, provocándole un sentimiento de añoranza en los momentos más insospechados. Como en ese momento, mientras Christian le hacía señas con esos ojos tan arrebatadores para indicarle que era hora de retirar la pajita.

—Gracias —jadeó—. Ahora voy a tener que orinar.

—Míralo por el lado bueno —susurró ella a fin de no interrumpir a un efusivo Sergei—. Hay espejos en el cuarto de baño. Lo que más te gusta.

Christian resopló y se permitió esbozar una sonrisilla torcida a regañadientes.

—¡Dios! ¡Qué cabrona eres! Te quiero.

—¿Eso es lo que dices al mirarte al espejo?

Se fulminaron con la mirada mientras les temblaban los labios por la risa contenida.

—Creo que hablo en nombre de todo el equipo de producción al decir que hemos encontrado a nuestra Lark —dijo Sergei, que rodeó la mesa para besar a la emocionada actriz en las mejillas—. ¿Estás disponible para empezar a rodar a finales de marzo? —Sin esperar la respuesta de la chica, Sergei se llevó los nudillos a la frente—. Ahora mismo veo una localización totalmente distinta para el rodaje. La energía que Christian y Maxine crean no funciona con el trasfondo de Los Ángeles. Estoy seguro. Es muy terrenal. Muy original. Se pulen las aristas el uno al otro. Necesitamos una localización más suave. Los duros ángulos de Los Ángeles los limitarán, serán un obstáculo.

Hannah se quedó inmóvil mientras veía a los productores mirarse con inquietud. El temperamento artístico era real, y Sergei era más volátil de la cuenta. En una ocasión obligó a todos en el set de grabación a ponerse vendas en los ojos para no diluir la magia de una escena al verla. «¡Cada par de ojos le quita otra capa de misterio!». Pero ese temperamento era uno de los motivos por los que el director la atraía. Sergei funcionaba en medio del caos, se rendía a los dictados de la creatividad. Creía en sus decisiones y no tenía tiempo para negacionistas.

Material de primera categoría para actor protagonista.

¿Qué se sentía al ser la estrella de la película de tu vida?

Ella llevaba tanto tiempo siendo segundo violín que empezaba a tener artritis en los dedos. Su hermana, Piper, había reclamado el foco de atención desde pequeña, y ella siempre se había sentido muy cómoda esperando en un lateral, anticipando su pie para aparecer como la mejor actriz secundaria, incluso proporcionando el dinero para la fianza en más de una ocasión. En eso era donde destacaba. En apoyar a la protagonista en sus horas bajas, en salir en defensa de la actriz principal cuando era necesario, en decir lo correcto en una conversación trascendental.

Una actriz secundaria ni quería ni necesitaba la fama. Se contentaba con apoyar al personaje principal y con ser fundamental en su misión. Y ella también se contentaba con ese papel. ¿O no?

Un recuerdo acudió a su mente sin permiso.

Un recuerdo que la puso en tensión por algún motivo.

Aquella tarde de hacía seis meses en la exposición de discos de vinilo en Seattle se había sentido como la actriz protagonista. Mientras rebuscaba entre los discos con Fox Thornton, pescador de cangrejos reales y seductor de primer orden. Mientras escuchaban «Silver Spring» hombro con hombro para compartir unos Airpods el mundo a su alrededor casi se desvaneció.

Solo fue una anomalía.

Solo fue una casualidad.

Nerviosa, seguramente por los nueve cafés solos que se había bebido a lo largo del día, devolvió la bebida fría de Christian al frigorífico y esperó en los márgenes para ver qué sorpresa le lanzaba Sergei al equipo. La verdad, a ella le encantaban sus sorpresas, aunque parecía ser la única. Su tempestuosa imaginación era imparable. Era envidiable. Era seductora.

Ese era su tipo de hombre.

Aunque ella no era su tipo de mujer si los dos últimos años servían de indicativo.

—¿Qué quieres decir con eso de que ya no ves Los Ángeles como el trasfondo? —preguntó uno de los productores—. Ya tenemos los permisos.

—¿Soy el único que ha visto llover en esta escena? ¿La silenciosa melancolía que los rodeaba? —¿Quién no querría salir con un hombre capaz de hablar de esa manera sin despeinarse siquiera?—. No podemos enmarcarlos en el crudo volumen de Los Ángeles. Los ahogará. Necesitamos dejar que la sutileza cobre vida. Necesitamos darle oxígeno, espacio y luz del sol.

—Acabas de decir que querías darle lluvia —señaló el productor con sorna.

Sergei se echó a reír tal como hacían los artistas cuando alguien era demasiado torpe para comprender su visión.

—Una planta necesita luz del sol y agua para crecer, ¿no? —La frustración hacía más evidente su ligero acento ruso—. Necesitamos una localización más sutil para el rodaje. Un lugar que ponga el foco sobre los actores.

Latrice, la nueva directora de exteriores, levantó la mano despacio.

—¿Como... Toluca Lake?

—¡No! Lejos de Los Ángeles. Imaginaos...

—Yo conozco un sitio —dijo Hannah sin pensar. Se le movieron los labios y después las palabras quedaron suspendidas en el aire como los bocadillos de un cómic, demasiado tarde ya para borrarlas.

Todos se volvieron para mirarla a la vez. Un momento muy poco apropiado para una actriz secundaria, aunque era una novedad que los ojos de Sergei se posaran en ella más de unos pocos segundos. Le recordó, aunque no era el momento más conveniente, a la atención que le prestaba otro hombre, a veces incluso hasta el punto de adivinar su estado de ánimo a través de mensajes de texto.

De modo que siguió hablando en un intento por bloquear ese pensamiento tan inútil.

—El verano pasado viví una temporada en el estado de Washington. En un pueblecito de pescadores llamado Westport. —Lo sugería solo por dos motivos. En primer lugar, porque quería apoyar la idea de Sergei y tal vez ganarse una de esas breves sonrisas. Y en segundo lugar, ¿por qué no intentar colar un viajecito para ver a su hermana en aras del trabajo? Contando con la corta visita en Navidad, solo había visto a Piper y a su prometido, Brendan, una vez en seis meses. Echarlos de menos era como un dolor constante en el estómago.

—Pueblo de pescadores —repitió Sergei mientras se frotaba la barbilla y empezaba a pasearse de un lado para otro, reescribiendo el guion mentalmente—. Cuéntame más cosas.

—En fin. —Se sacó las manos de las mangas. No se podía dirigir a un genio de la dirección, a la buscadora de localizaciones y al grupo de productores con los puños ocultos por una sudadera de la Universidad de California en Los Ángeles. Ya se estaba poniendo verde por haberse recogido el pelo, de ese anodino rubio pajizo, bajo una gorra de béisbol esa mañana. «Mejor no darle otro toque de hermana pequeña»—. Tiene un aura deprimente y está envuelto en niebla, justo al borde del mar. La mayoría de los residentes vive allí desde que nacieron, y son muy... Esto... —«Son muy suyos, muy reacios con los desconocidos, maravillosos, protectores»—. Son muy estrictos con sus rutinas. La pesca es su modo de vida, y supongo que se podría decir que hay cierta melancolía. Por los pescadores que han perdido.

Como su padre, Henry Cross.

Tuvo que tragar saliva para deshacer el nudo que se le había formado en la garganta y poder continuar.

—Es pintoresco. Todo parece erosionado por el mar y el tiempo. Es como... —Cerró los ojos mientras rebuscaba en su catálogo mental de música—. ¿Conocéis el grupo ese, Skinny Lister, que hace reinterpretaciones modernas de las salomas?

La miraron sin comprender.

—Da igual. Sabéis lo que son las salomas, ¿no? Canciones típicas de marineros. Imaginaos un bar lleno de hombres valientes que temen y respetan la mar. Imaginaos que cantan odas al agua. La mar es su madre. Su amante. Es quien les da sustento. Y todo en el pueblo refleja ese amor por la mar. La bruma salada que flota en el aire. El olor a salitre y las nubes de tormenta. La certeza en los ojos de sus habitantes al mirar el cielo para saber qué tiempo va a hacer. Con miedo. Con veneración. Allá donde vayas se oyen las olas al romper contra el muelle, los graznidos de las gaviotas, el zumbido del peligro acechante... —Se quedó callada al darse cuenta de que Christian la miraba como si le hubiera cambiado la bebida por arena para gatos—. En fin, pues así es Westport —terminó—. Ese es el ambiente reinante.

Sergei no dijo nada durante un buen rato, de modo que se obligó a no moverse, nerviosa, mientras se prolongaba ese raro momento en el que le prestaba tanta atención.

—Ese es el lugar. Ahí tenemos que ir.

Los productores la estaban asesinando con la mirada.

—No tenemos presupuesto para eso, Sergei. Tendremos que solicitar nuevos permisos. Los gastos de viaje para todo el reparto y el personal. El alojamiento.

Latrice le dio unos golpecitos a su portapapeles, ansiosa por enfrentarse al desafío.

—Podríamos ir en coche. Es un viaje largo, pero tampoco es una locura, y si no vamos en avión, se ahorra bastante.

—Dejad que yo me preocupe por el dinero —repuso Sergei al tiempo que agitaba una mano—. Organizaré un proyecto de micromecenazgo. Invertiré mi propio dinero. Lo que sea necesario. Hannah, Latrice, ¿os encargáis vosotras de los permisos y de los detalles del viaje?

—Por supuesto —contestó ella, accediendo así a pasar unas cuantas noches en vela.

Latrice asintió con la cabeza y la miró al tiempo que le guiñaba un ojo.

Más miradas asesinas de los hombres que habían cometido la idiotez de creerse al mando.

—Ni siquiera hemos visto las localizaciones...

—Hannah se encargará. Es evidente que conoce el sitio como la palma de su mano. ¿Habéis oído su descripción? —Sergei la miró de arriba abajo, como si la viera por primera vez, y ella sintió un hormigueo hasta en los pies, enfundados en sus Converse rojas—. Impresionante.

«No te ruborices».

Demasiado tarde.

Se había puesto colorada como un tomate.

—Gracias.

Sergei asintió en silencio y empezó a guardar sus cosas, tras lo cual se pasó el asa de un bolso de cuero por la cabeza para colgárselo en bandolera, alborotándose esos juveniles rizos oscuros.

—Estaremos en contacto —le dijo a Maxine antes de salir del estudio.

Y, tal como se decía en el mundillo, había llegado la hora de cortar.

Hannah huyó de las malas caras de los productores y salió a toda prisa de la estancia mientras se sacaba el móvil del bolsillo trasero para llamar a Piper. Se metió en el baño de señoras para tener algo de intimidad, pero antes de que pudiera llamar, Latrice asomó la cabeza por la puerta.

—Oye —dijo al tiempo que le enseñaba un pulgar hacia arriba por la rendija—, buen trabajo el de antes. Me muero por estirar un poco las piernas. Entre las dos lo tenemos todo controlado.

¡Gracias a Dios que habían contratado a Latrice para que ella pudiera librarse de tener que buscar las localizaciones! Era una dinamo.

—Lo tenemos controladísimo. Te mandaré un mensaje de correo electrónico en cuanto termine esta llamada.

—Más te vale.

Latrice se marchó y, animada por el voto de confianza, llamó a Piper. Su hermana contestó al tercer tono, aunque parecía faltarle el aliento.

Y también oyó el inconfundible sonido de los muelles de un colchón.

—No quiero saber lo que estabais haciendo —dijo con sorna—, pero saluda a Brendan de mi parte.

—Hannah te manda saludos —le dijo Piper con un ronroneo a su prometido, el capitán de barco, que a todas luces acababa de echarle un polvo, algo que era constante en esa casa. Un hecho que por desgracia ella conocía de primera mano después de vivir con ellos un par de semanas en verano—. ¿Qué pasa, hermanita?

Se sentó en la encimera, junto al lavabo.

—¿Está libre tu habitación de invitados?

Se oyó el frufrú de las sábanas de fondo.

—¿Por qué? ¡Ay, Dios mío! ¿Por qué? —Fue como si viera a su hermana llevarse las manos a la garganta—. ¿Vas a venir? ¿Cuándo?

—Pronto. —Aunque después añadió—: Si conseguimos los permisos para rodar.

Un brevísimo silencio.

—¿Permisos para rodar en Westport?

—Estoy segura de que acabo de convencer a Sergei de que es el único lugar sobre la faz de la tierra que encaja con su visión. —Resopló—. Mis poderes de persuasión suelen pasar desapercibidos.

—¡Y un cuerno que va a venir un equipo de rodaje! —protestó Brendan de fondo.

Hannah sintió una opresión en el pecho al ser testigo de la exuberante personalidad de su hermana, tan diferente del carácter malhumorado y directo de su prometido. Los echaba muchísimo de menos.

—Dile al capitán que solo serán un par de semanas. Me aseguraré de eliminar el hedor de Hollywood de cada adoquín antes de marcharnos.

—Deja que yo me preocupe por él —repuso Piper con voz juguetona—. Se le olvida lo contenta que voy a estar por tener a mi hermana en el pueblo. Y por supuesto que te puedes quedar aquí, Hanns. Claro que sí. Es que... ojalá no estés pensando en venir este mes. Porque los padres de Brendan nos visitarán en breve. Se quedarán en la habitación de invitados.

—¡Aaah! —Hizo una mueca al oírla—. Si conseguimos acelerar lo de los permisos, tal vez sería a finales de marzo. Sergei está poseído. —Se volvió para mirarse en el espejo e hizo una mueca al ver que el pelo se le escapaba por los laterales de la gorra—. Pero no te preocupes, puedo quedarme con el equipo. Verte será más que suficiente.

—¿No puedes frenar a Sergei? ¿Decirle que Westport es más deprimente en abril?

—¿Cómo sabes que quiere darle un toque deprimente?

—Su última película se llamaba *Alegría fragmentada*, ¿no?

—Ahí le has dado. —Se echó a reír al tiempo que se pegaba más el móvil a la oreja en un intento por percibir la calidez de su hermana a través del teléfono—. Pero te lo digo en serio, no te preocupes por lo de la habitación de invitados. No es un...

—Que sepas que hay una posibi... —Piper dejó la frase en el aire—. Da igual.

Ladeó la cabeza al oír que su hermana reculaba tan deprisa.

—¿Qué?

—No, de verdad, es una mala idea.

—Pues dímela. Yo también quiero descartarla.

Piper murmuró algo.

—Iba a decir que Fox tiene una habitación libre. Y, como ya sabes, pasa mucho tiempo fuera con Brendan en el barco. Pero, a ver, también pasa tiempo en casa, por lo que es una mala idea. Olvida que te lo he dicho.

Una ridiculez en realidad lo de saltar con esa alegría de la encimera al suelo al oír el nombre de ese pícaro tan seductor y empezar a meterse el pelo bajo la gorra.

—No es una mala idea —replicó, defendiendo de forma automática a Fox, aunque llevaban sin verse seis meses.

Solo se habían mensajeado a diario.

Aunque eso no pensaba decírselo a Piper.

—Nos llevamos bien. —«Baja la voz»—. Somos amigos.

—Lo sé, Hanns —le aseguró su hermana con voz indulgente.

—Y ya sabes —añadió al tiempo que bajaba todavía más la voz— que todavía siento algo por cierta persona. —El motivo de que sintiera la repentina necesidad de demostrarle a Piper, y tal vez a sí misma, que solo era amiga de un hombre que pasaba de una mujer a otra con la misma rapidez que una tragaperras se tragaba las monedas se le escapaba por completo—. Quedarme con Fox no es mala idea. Como has dicho, solo va a estar en casa la mitad del tiempo. Yo podré tener comida en el frigorífico, algo que no se permite en un hotel. Eso también recortará un poco los gastos de producción y me hará ganar puntos con Sergei.

—Hablando de Sergei, ¿vas a preguntárselo por fin?

Tomó una honda bocanada de aire antes de clavar la mirada en la puerta del baño.

—Sí, creo que tal vez sea el momento, dado que acabo de demostrar mi valía. Ya hay un coordinador musical en nómina, pero voy a pedir ser su ayudante. Al menos es un paso en la buena dirección, ¿no?

—Claro que sí —le aseguró Piper, que aplaudió a la velocidad de las alas de un colibrí—. Lo tienes controlado, guapa.

A lo mejor sí.

Y a lo mejor no.

Carraspeó antes de replicar:

—¿Hablarás con Fox sobre lo de que use su habitación de invitados? Puede que se sienta presionado si se lo pido yo. Tú deja caer la idea, por si al final se confirma lo de marzo y tu habitación está ocupada.

Piper titubeó un segundo.

—Muy bien, Hanns. Te quiero.

—Yo también te quiero. Dale un abrazo al malote.

Colgó mientras oía la risilla de Piper y se dio unos golpecitos con el móvil en los labios. ¿Por qué se le había acelerado el pulso? Seguro que no era por la posibilidad de alojarse en una habitación en el piso de Fox. Tal vez sintiera una atracción irresistible por el segundo de a bordo cuando se conocieron, pero después de oír que lo llamaban tropecientas veces al móvil, seguramente sus ligues ansiosas por echar un polvo, le quedó clarísimo que usaba su apuesto rostro para ganarse al sexo contrario.

Fox Thornton no era su tipo. No tenía pasta de novio.

Sin embargo, era su amigo.

Dejó el pulgar sobre la pantalla del móvil un segundo antes de abrir el hilo de mensajes que mantenían para leer el que le había mandado la noche anterior antes de quedarse dormida.

> **FOX (23:32):** Hoy he tenido un día Hozier.

> **HANNAH (23:33):** El mío ha sido muy Amy Winehouse.

No había nada más amigable que compartir la clase de música que definía sus días. Daba igual lo mucho que ansiara esos mensajes nocturnos. Quedarse en casa de Fox no implicaba riesgo alguno. Se podía ser amiga de un hombre que era la personificación del sexo..., y no tendría el menor problema en demostrarlo.

Satisfecha con su línea de pensamiento, se puso a trabajar para organizarlo todo.

2

Fox se acomodó de nuevo en el sofá y se llevó una cerveza a los labios para beber un sorbo largo y así disimular las ganas de echarse a reír al ver la expresión tan seria que tenía el hombre sentado frente a él.

—¿Qué es esto, capitán? ¿Una intervención?

No se podía decir que fuera la primera vez que veía a Brendan con cara de pocos amigos. Bien sabía Dios que lo había visto antes. Pero en los últimos seis meses no había visto al capitán de la Della Ray con otra cosa que no fuera cara de felicidad, desde que conoció a su prometida, Piper. Eso hacía que casi se replanteara su postura sobre las relaciones.

¡Ajá! Claro.

—No, no es una intervención —contestó Brendan mientras se colocaba bien el gorro que llevaba. Después se lo quitó y se lo dejó sobre una rodilla—. Pero como sigas retrasando la conversación sobre ocupar el puesto de capitán, es posible que tenga que organizar una.

Era la octava vez que Brendan le había pedido que diera un paso al frente y comandara a la tripulación. Al principio, lo había dejado muy desconcertado. ¿En qué momento había dado la impresión de que podía hacerse responsable de la vida de cinco hombres? Si ese era el caso, habría sido por accidente. Él se contentaba con recibir órdenes, hacer bien su trabajo y salir pitando con su parte de las capturas, ya recibiera los beneficios por la pesca del cangrejo en otoño o por la pesca el resto del año.

Rendir a tope bajo presión era algo que corría por las venas de los pescadores de cangrejo real. Se había plantado junto a Brendan en la Della Ray y había mirado a la muerte a los ojos. En más de una ocasión. Sin embargo, enfrentarse a la naturaleza no era lo mismo que hacerse cargo de una tripulación. O que tomar decisiones. O que responsabilizarse de los errores que cometería sin lugar a dudas. Ese era un tipo de presión muy distinto, y no estaba seguro de estar hecho para soportarlo. En concreto, no estaba seguro de que la tripulación creyera que él estaba hecho para capitanearlos. Gracias a su dilatada experiencia, sabía que la tripulación de un barco pesquero debía tener confianza absoluta en su capitán. Cualquier titubeo podía costarle la vida a un hombre. Esos imbéciles prácticamente no lo veían como una persona, así que no le harían ni caso.

En fin. Solo necesitaba un sitio para dormir y ver partidos de béisbol, un par de cervezas después de un día duro, y un cuerpo voluptuoso y dispuesto en la oscuridad.

Aunque eso último no había sido una necesidad tan urgente de un tiempo a esa parte.

En realidad, no había sido una necesidad y punto.

Se obligó a mover la mandíbula y se concentró en el presente.

—No va a ser necesaria una intervención. —Se encogió de hombros—. Ya te lo he dicho, me halaga que hayas pensado en mí, colega, pero no me interesa. —Sujetó el botellín entre las piernas y se acarició la pulsera de cuero trenzado que llevaba en una muñeca—. No tengo problemas con relevarte cuando estás bajo cubierta, pero no busco algo permanente.

—Ya. —Brendan recorrió su piso casi vacío con una mirada elocuente—. Como para no verlo.

El comentario le pareció justo. Cualquiera que entrase en el piso de dos dormitorios con vistas a Gray Harbor supondría que estaba en mitad de una mudanza, cuando en realidad ya llevaba más de seis años en ese sitio.

Había regresado a Westport con treinta y un años, y no tenía planes de marcharse. En el pasado se había ido todo convencido a la universidad en Minnesota, pero la cosa no había salido muy bien. Se lo tenía merecido por creer que el pueblo no lo obligaría a volver. Siempre acababa haciéndolo. Marcharse la primera vez le había costado casi toda la iniciativa que poseía y en ese momento canalizaba en la pesca la poca que le quedaba.

Y en las mujeres. O eso hacía antes, al menos.

—¿No has pensado en pedírselo a Sanders? —Se obligó a dejar de toquetear la pulsera—. Le vendría bien el dinero extra con un bebé de camino.

—Su sitio está en cubierta. El tuyo está en el puente de mando..., eso me dice el instinto. —Brendan no parpadeó—. El segundo barco está casi listo. Voy a reunir otra tripulación, a expandir el negocio. Quiero dejar la Della Ray en buenas manos. En manos en las que confío.

—¡Dios! No te cansas —repuso él con una carcajada al tiempo que se levantaba e iba al frigorífico en busca de otra cerveza, aunque solo se había bebido la mitad de la primera. Solo por tener algo que hacer con las manos—. Una parte de mí casi disfruta con esto. No todos los días se le puede decir que no al capitán.

Brendan gruñó.

—Al final voy a convencerte, so cabezón.

Fox lo miró con una sonrisa tensa por encima del hombro.

—No lo vas a lograr. Y mira quién va a decirme «cabezón»..., el mismo que llevó la alianza en el dedo siete años más de la cuenta.

—Bueno —replicó Brendan con voz ronca—, encontré un buen motivo para quitármela.

Y allí estaba, otra vez la cara de alegría.

Fox rio por lo bajo, abrió la segunda cerveza con los dientes y escupió el tapón en el fregadero.

—Hablando de tu motivo para acabar con el celibato autoimpuesto... ¿No deberías estar en casa cenando con ella?

—Me mantiene los espaguetis calientes. —Brendan cambió de postura en el asiento y lo fulminó con una mirada famosa entre la tripulación. Una que decía: «Siéntate y cierra la boca»—. Tenía otro motivo para venir a hablar contigo.

—¿Necesitas más consejos sobre mujeres? Porque ahora estás fuera de mi campo de conocimiento. Si has venido a preguntarme qué quiere tu prometida, mejor que me pidas que te recite la tabla periódica. Hay más probabilidades de que acierte con eso.

—No necesito consejo. —Brendan lo miró con expresión hosca. Penetrante. A la caza de cualquier tontería—. Hannah va a venir al pueblo.

Sintió un nudo en la garganta al oírlo. Estaba casi sentado cuando Brendan pronunció esas seis palabras, de modo que se giró en el último momento y permaneció así mientras se colocaba un cojín que no necesitaba en la espalda a fin de no tener que mirar a su mejor amigo a la cara. ¡Por Dios! ¿No era penoso?

—¿En serio? ¿Y eso?

Brendan suspiró y cruzó los brazos por delante del pecho.

—Ya sabes que sigue trabajando para esa productora. Se las ha apañado para convencerlos de que Westport sería un buen lugar para rodar.

Fox soltó una carcajada que resonó en el salón medio vacío.

—Seguro que estás encantado.

El capitán era el alcalde oficioso de Westport, y dado que era famoso por ser un hombre de pocas palabras, cada vez que daba su opinión sobre algo, todos los demás prestaban atención. En algunos pueblos se veneraba a las estrellas de fútbol americano. Allí se veneraba a los pescadores..., y eso se multiplicaba si el hombre estaba al timón.

—Me da igual lo que hagan siempre que me dejen tranquilo.

—Gente de Los Ángeles que te deje tranquilo —dijo, obligándose a retrasar la conversación sobre Hannah. Como un castigo raro y autoinfligido—. ¿Qué tal te fue la última vez?

—Aquello fue distinto. Se trataba de Piper.

«¡Lo que hay que ver!», pensó al percatarse de que a Brendan se le ponían las orejas coloradas.

—El asunto es que mis padres estarán de visita durante todo el rodaje —siguió su amigo—. Por eso Hannah no puede usar nuestra habitación de invitados.

Decidió fingir que estaba molesto.

—Así que le ofreciste la mía.

Le costaba saber si Brendan se estaba tragando su actuación.

—Piper vetó la idea, pero a Hannah pareció interesarle.

Clavó el pulgar en la etiqueta de la cerveza y le arrancó una tira.

—A ver, ¿Hannah se quiere quedar aquí? —¿Por qué le estaban sudando las palmas de las manos?—. ¿Cuánto tiempo durará el rodaje? ¿Cuánto se quedaría?

—Unas dos semanas. He supuesto que tendría el piso para ella sola la mitad del tiempo, mientras nosotros estamos faenando.

—Claro.

Sin embargo, la otra mitad del tiempo estarían juntos.

¿Se podía saber cómo debía sentirse por eso?

Y lo más importante, y se trataba de una pregunta que se hacía demasiado a menudo, ¿se podía saber qué sentía por Hannah? Nunca, jamás, había sido amigo de una mujer. El verano anterior, Hannah y su hermana aparecieron de la nada en Westport, dos niñas ricas procedentes de Los Ángeles a las que su papá les había quitado la paga. Su intención solo era la de ayudar a que Brendan se ligara a Piper distrayendo a la hermana pequeña con un paseo hasta la tienda de discos.

Después fueron a la exposición de vinilos juntos. Se habían pasado los últimos seis meses mandándose mensajes sobre todos los temas posibles..., y ella había tenido la osadía de colarse permanentemente en sus pensamientos de un modo que no tenía ningún sentido.

El sexo no era una posibilidad entre ellos.

Eso quedó claro desde el principio, por un sinfín de razones.

La primera era que no pescaba en aguas locales.

Si necesitaba la compañía de una mujer, y tenía que retomar la costumbre en algún momento, se iba a Seattle. Así no corría el riesgo de acostarse con la hermana, la esposa o la prima segunda de alguien, y podría lavarse las manos después del encuentro. Volver a Westport sin que hubiera la posibilidad de tropezarse con un ligue. Fácil. Sin complicaciones.

La segunda razón por la que no podía acostarse con Hannah era el hombre que estaba sentado en su salón. Ya le habían leído la cartilla el verano anterior. Se le había quedado grabado en la memoria. Acostarse con la hermana pequeña de Piper sería un desastre porque si acababa encariñándose con él, sin duda alguna le haría daño. Y eso convertiría la vida de su capitán y mejor amigo en un infierno, porque las hermanas Bellinger eran uña y carne.

Sin embargo, tenía una tercera razón, la más importante, para no tocar siquiera a Hannah: era su amiga. Era una mujer a la que le caía bien por algo que no tenía nada que ver con lo que tenía entre las piernas. Y aunque la idea lo acojonara, eso hacía que se sintiera muy bien con ella. Que fuera estupendo hablar con ella.

Se lo pasaban bien. Se hacían reír el uno al otro.

Su forma de aplicar las letras de las canciones a la vida cotidiana hacía que se detuviera a pensar. En esos seis meses que ella llevaba fuera, se había fijado más en el amanecer. Había empezado a prestarles atención a los desconocidos, a sus actos. A oír música. Incluso su trabajo parecía ser más serio. Hannah había conseguido todo eso de alguna manera. Había conseguido que él mirase a su alrededor y se detuviera a pensar.

Brendan lo estaba mirando con el ceño fruncido. Incómodo.

—Pues claro que se puede quedar aquí. Pero ¿seguro que es buena idea? —El estómago se le encogió—. Es posible que la gente empiece a hablar al ver que se queda aquí. Conmigo.

El capitán salió con una evasiva.

—Es normal que haya rumores. Siempre que no se hagan realidad.

—No te cortes. —Soltó un gruñido impaciente, cada vez más seguro de lo que llegaría a continuación—. Dime que no me la tire.

Brendan se frotó la frente.

—Oye, detesto tener que decírtelo más de una vez. Me parece excesivo y... ¡Dios! Lo que hagas con tu vida sexual es asunto tuyo, pero puede que las cosas sean distintas con ella aquí. Por la cercanía y demás.

Se negó a facilitarle la conversación a su amigo. Y sospechaba que Brendan ya lo sabía cuando fue a su casa. Estaban acostumbrados a responsabilizarse de la vida del otro. No se daban sermones. Eso era pasarse de la raya. A lo mejor por eso la conversación le parecía un golpe bajo en esa ocasión cuando la vez anterior fue más una palmadita.

Dado que el silencio se alargó sin que él replicase, Brendan suspiró.

—Es mi futura cuñada. No es una relación pasajera en ningún sentido, ¿de acuerdo? Así que las manos quietecitas. —Hizo un gesto seco—. Y es la última vez que saco el tema.

—¿Seguro? Porque puedo darte cita para mañana...

—No seas imbécil. —Los dos se sacudieron de forma visible la irritación, se ajustaron el cuello de la camiseta y fingieron concentrarse en la televisión—. Seguramente ni hacía falta tener esta conversación, porque sigue colada por el director ese. Sergei. —Brendan se dio unos golpecitos en una rodilla—. ¿También se supone que tengo que hacer algo al respecto? ¿Tengo que amenazarlo con partirle la cara si se aprovecha de Hannah?

—No. ¡Dios! No es culpa de ese tío que a ella le guste. —Soltó las palabras en un torrente para aliviar la presión que sentía en el pecho. Sabía que Hannah estaba colada por otro desde el verano y que seguía colada por él en febrero, así que sin duda había sido una estupidez por su parte esperar que se le hubiera pasado el enamoramiento. No era su tema favorito, ya que cualquier mención del director le provocaba ganas de echar abajo una pared a patadas—. Vas a estar ocupado con tus padres mientras Hannah esté aquí. Puedo echarle un ojo al asunto si quieres. A lo del director.

¡Por el amor de Dios! ¿Por qué se había ofrecido a hacerlo? No tenía ni idea.

Aunque mentiría si dijera que la inmediata gratitud de Brendan no mitigó el escozor provocado por la conversación anterior. Tal vez fuera un mujeriego, pero se podía confiar en él para guardarle las espaldas a otra persona. Lo había convertido en una profesión.

—¿Sí?

Se encogió de hombros antes de beber un sorbo de cerveza.

—Claro. Si veo que pasa algo, pues... —El sabotaje le pasó por la cabeza—. Me aseguraré de que esté a salvo. —Ni siquiera quería plantearse por qué esas palabras se extendieron como miel caliente por sus terminaciones nerviosas. Proteger a Hannah. Menuda responsabilidad—. Que no quiero decir que no sea capaz de hacerlo ella solita —se apresuró a añadir.

—Ya, claro —repuso Brendan. También deprisa—. Pero de todas formas...

—¡Ajá! Lo vigilaré como un halcón.

Brendan inspiró hondo, hinchando ese fuerte torso, antes de soltar el aire con un suspiro y golpear el brazo de su sillón.

—En fin. Menos mal que esto ya se ha acabado.

Fox señaló hacia delante con el botellín de cerveza.

—Ahí tienes la puerta.

El capitán gruñó y se fue.

Fox ni se molestó en fingir que le interesaba la cerveza una vez que se marchó. De manera que se levantó y cruzó la estancia para detenerse delante del armarito que había comprado en un mercadillo. Comprar muebles iba en contra de su instinto, pero necesitaba un sitio donde guardar los discos de vinilo que había empezado a coleccionar. Compró el primero en su viaje a Seattle. Los Rolling Stones. *Exile on Main St.* Incluso Hannah le dio el visto bueno cuando lo compró en la exposición.

El asunto era que el dichoso disco empezó a parecerle muy triste allí solo, de modo que fue a Discos y Más, y compró unos cuantos. Hendrix, Bowie, los Cranberries. Clásicos. El montón había aumentado muchísimo y parecía casi acusarlo en su silencio, de modo que, después de intentar convencerse de no hacerlo durante un par de semanas, pidió un tocadiscos.

Metió la mano por detrás del armarito, donde guardaba la llave, y la sacó de la bolsita de cuero. Abrió la puerta y miró el arcoíris vertical de álbumes, y solo titubeó un segundo antes de sacar Madness. Colocó la aguja en la pista de «Our House». Después de oírla entera, se sacó el móvil y la puso de nuevo, grabando un audio para mandárselo a Hannah.

Pocos minutos después, ella le mandó un audio con la canción de *Las chicas de oro*.

A través de la música, acababan de reconocer que se quedaría en su habitación de invitados, y así había sido desde que se fue del pueblo. Fox había esperado que los mensajes dejaran de llegar, había contenido el aliento al final de cada día y solo lo había soltado cuando le llegaba un mensaje.

Tragó saliva y se volvió para mirar la habitación de invitados. Hannah estaba en Los Ángeles. Esa amistad se basaba en algo más puro de lo que estaba acostumbrado. Y era segura. Mandarse mensajes era seguro. Una forma de ofrecerle algo más a alguien sin renunciar a todo.

¿Sería capaz de conservar todo eso con ella si compartían vivienda?

3

Durante dos semanas, Hannah y Latrice trabajaron más horas de la cuenta para que el cambio de localización de Los Ángeles a Westport pudiera tener lugar en aras de la visión artística. Convencieron a los dueños de varios negocios de Westport y también engatusaron a la cámara de comercio. Consiguieron los permisos y buscaron alojamiento. Ya solo estaban a menos de diez minutos de que el autocar que habían alquilado llegara al pueblecito de pescadores de Washington.

Si pensaba hacer algún movimiento profesional durante el rodaje de *Días de gloria*, había llegado el momento de actuar o de callarse para siempre. Tendría que armarse de valor y pedirle una oportunidad a Sergei, porque en cuanto el autocar se detuviera, él saldría corriendo y ella habría perdido la oportunidad.

Retrasó el momento todo lo que pudo de manera vergonzosa y se hundió en el asiento mientras se pasaba las manos por la cara. Se quitó los AirPods, cortando los grandes éxitos de Dylan, y se los metió en los bolsillos. Se llevó una mano a la cabeza y se quitó la gorra de béisbol antes de pasarse los dedos temblorosos por el pelo varias veces mientras intentaba ver su reflejo en el cristal. Se quedó quieta al darse cuenta de que la improvisada sesión de peluquería no estaba dando resultados. Seguía teniendo el aspecto de una simple asistente. La posición más baja en la cadena alimentaria.

No parecía ni mucho menos una persona a la que Sergei pudiera confiarle toda una banda sonora.

Se dejó caer de nuevo en el asiento mientras movía las piernas con nerviosismo y dejaba que el jaleo reinante en el autocar ahogara su suspiro. Por encima del asiento que tenía delante vio a Sergei y a Brinley, la coordinadora de música, inclinados el uno hacia el otro mientras hablaban antes de apartarse entre risas.

¿Brinley?

Ella sí que tenía madera de actriz protagonista. Una morena de melenita corta muy elegante y refinada que había llegado desde Nueva York y que tenía un collar distinto para cada conjunto. Una mujer que entraba en una estancia y conseguía el trabajo que quería, porque se vestía para ello. Porque exudaba confianza y esperaba recibir lo que se merecía.

Y Brinley tenía el trabajo con el que ella soñaba.

Hacía dos años Hannah le había pedido a su padrastro que le buscase un puesto menor en una productora, y él se había puesto en contacto con Sergei en Storm Born. A petición suya, su padrastro le había pedido a ese conocido que fuera discreto con su relación, ya que quería ser Hannah a secas, no la hijastra del afamado productor Daniel Bellinger. Tenía un grado en Historia de la Música por la Universidad de California en Los Ángeles, pero no sabía nada de películas. Si se hubiera aprovechado más del apellido de su padrastro, sin duda habría conseguido un puesto de productora, pero ¿era justo eso cuando no sabía nada de la industria? Ella misma eligió aprender desde abajo.

Y lo había hecho. Estar al cargo de un montón de papeleo y de grabaciones implicaba que había tenido muchas oportunidades de estudiar las hojas de uso de Brinley, los contratos de derechos de sincronización y las notas. La verdad fuera dicha, nadie sabía que se interesaba en silencio en ese aspecto de la producción. Todavía le faltaban conocimientos prácticos, pero habían pasado dos años desde que empezó, y ya estaba preparada para ascender.

Observó a Sergei y a Brinley con un boquete en el estómago.

Eran el talento entre bastidores, pero acercarse a ellos era como acercarse a la pareja protagonista. De todas maneras, empezaba a cansarse de sostenerle la pajita a Christian y de aguantar sus sorbetones.

La brisa marina entró por la ventanilla agrietada del autocar. Si bien le despertó la nostalgia al besarle la piel en bienvenida allí donde la tocaba, también le indicó que estaban muy cerca de Westport. Si quería dar aunque fuera un pasito hacia delante, tenía que actuar ya.

Echó los hombros hacia atrás, metió la gorra de béisbol en la mochila y pasó de las miradas curiosas del reparto y del equipo mientras echaba a andar hacia la parte delantera del autocar. Sintió el pulso acelerado en la base de la garganta y que se le quedaba la boca seca. Cuando llegó a la altura de Sergei y Brinley, ambos la miraron con una sonrisa expectante. Amable. En plan: «Ten la amabilidad de explicar por qué nos estás interrumpiendo».

Se preguntó, y no era la primera vez, si Brinley y Sergei tenían una relación en secreto, pero el hueco que quedaba entre los asientos (por no hablar del pedrusco que Brinley llevaba en el dedo y que le había regalado otra persona) indicaba que solo eran amigos.

La verdad era que debían trabajar codo con codo. Coordinar la música de una película era un proceso complicado, y a menudo la banda sonora se componía en el proceso de postproducción. Sin embargo, Storm Born tenía un proceso propio para compilar la música que sonaría de fondo durante los diálogos o los planos sin texto. La creaba mientras se rodaba, teniendo que seguir al milímetro el estado de ánimo de cada momento (a saber: los caprichos de Sergei). Y acostumbraban a usar música ya existente y recortarla a medida en vez de crear música que encajara en la película.

Para ella no había nada mejor que resumir un momento concreto con la canción perfecta. Ayudar a entretejer el ambiente. La música era el esqueleto de las películas. De todo. Un verso de una canción podía ayudarla a definir lo que sentía, y la oportunidad de volcar esa pasión en el arte era algo que deseaba hacer todos los días.

«Pregúntaselo. El autocar casi ha llegado».

—Esto...

¡Ah! Un inicio estupendo. Una palabra de relleno.

Rebuscó en lo más hondo a la chica que había tenido la valentía necesaria para venderle Westport a una estancia llena de productores y personas con mucho talento. Empezaba a creer que la nostalgia que sentía por el pueblo había hablado por ella.

—Brinley. Sergei —dijo al tiempo que se obligaba a mirarlos a los ojos—. Me preguntaba si...

Por supuesto, el autocar eligió ese preciso momento para frenar.

Y, por supuesto, ella estaba demasiado ocupada colocándose bien la ropa, dándose la vuelta a los anillos y moviéndose con nerviosismo como para agarrarse a ningún sitio que evitara que acabase tirada de costado en el pasillo. Se golpeó con fuerza en el hombro y la cadera, y también acabó con la sien contra el suelo. Se le escapó un vergonzoso gemido, seguido del silencio más atronador que jamás hubo sobre la faz de la tierra.

Nadie se movió. Hannah sopesó la idea de esconderse debajo de un asiento hasta que el mundo tuviera la decencia de acabar, pero cualquier posibilidad de hacerlo desapareció cuando Sergei saltó por encima de Brinley y pasó sobre sus piernas para inclinarse y ayudarla a ponerse en pie.

—¡Hannah! —La recorrió con la mirada de la cabeza a los pies—. ¿Estás bien? —Sin esperar su respuesta, Sergei miró con cara de pocos amigos hacia la parte delantera del autocar, donde el conductor seguía sentado y los miraba, imperturbable—. Oye, colega, ¿y si te aseguras de que todo el mundo está sentado antes de frenar?

No tuvo la oportunidad de reconocer que la culpa era suya, porque Sergei ya le estaba indicando con un gesto que bajara mientras todos miraban boquiabiertos a la asistente de producción con el creciente chichón en la cabeza. Bien podía renunciar al puesto y buscar alguno en una cadena de bocadillos.

Aunque su estupidez tuvo peores consecuencias que el hecho de que el guapo director le echara un brazo por encima de los hombros mientras la ayudaba a bajar del autocar. De cerca, podía oler su loción de afeitado, que tenía una nota a naranja y a clavo. Típico de Sergei elegir algo único e inesperado. Miró su expresiva cara, el pelo negro que llevaba peinado con una pequeña cresta. Su perilla estaba recortada a la perfección.

Si no tenía cuidado, interpretaría demasiadas cosas en su preocupación. Empezaría a preguntarse si tal vez Sergei podría enamorarse de una actriz secundaria torpe en vez de fijarse en la actriz protagonista.

Al darse cuenta de que lo miraba embobada, apartó la anhelante mirada del hombre del que llevaba dos años coladita... y vio a Fox cruzando el aparcamiento hacia ellos, con una expresión alarmada en su apuesto rostro.

—¿Hannah?

Su mente emitió un sonido rasgado, como los que hacían los vinilos entre canción y canción. Seguramente porque llevaba comunicándose con ese hombre todos los días durante seis..., no, siete, durante siete meses, pero nunca había oído su voz. Tal vez porque su identidad quedaba reducida a las palabras en la pantalla, se había olvidado que llamaba la atención tanto como la traca final de unos fuegos artificiales por la noche.

Sin necesidad de volverse, supo que todas las mujeres hetero tenían la cara pegada a las ventanillas del autocar, mientras contemplaban al virtuoso de la lujuria femenina cruzar la calle, con ese pelo rubio oscuro al viento y la mitad inferior del rostro cubierta por un asomo rebelde de barba, un poco más oscura que el pelo de la cabeza.

Con esa cara de niño guapo, debería estar un poco fofo. Por no dar un palo al agua. Y tal vez ser incluso bajo. «¡Por Dios! ¿Te estás escuchando?», se preguntó. En cambio, parecía un ángel juerguista al que habían echado del Cielo, alto, musculoso, resistente y seguro de sí mismo. Por si eso fuera poco, tenía el trabajo más peligroso de Estados Unidos, conocía el miedo, la naturaleza y las consecuencias, y todo eso se reflejaba en sus ojos azul mar.

El alivio que sintió al verlo casi la postró de rodillas, e hizo ademán de saludarlo, pero después se dio cuenta de que los magnéticos ojos del pescador estaban clavados en Sergei, poniendo en marcha un movimiento de placas tectónicas en sus mejillas.

—¿Qué le ha pasado? —masculló Fox, y todo volvió a moverse a la velocidad normal.

Un momento. ¿Cuándo se había ralentizado todo a su alrededor?

—Me he caído en el autocar —explicó ella, que se tocó el chichón con las manos e hizo una mueca. Genial, también se había hecho una pequeña brecha—. Estoy bien.

—Vamos —dijo Fox, que siguió mirando fijamente a Sergei—, te curaré la herida.

Estaba a punto de levantar una ceja con gesto escéptico y pedirle que le enseñara su título de Medicina, pero después recordó una anécdota que Piper le había contado. En una ocasión, Fox improvisó unos puntos para Brendan, que se había hecho una brecha en la frente. Mientras mantenía el equilibrio durante un huracán.

Así era la vida de un pescador de cangrejo real.

¿No podía ser muy bajito? ¿Era demasiado pedir?

—Estoy bien —le aseguró al tiempo que le daba unas palmaditas a Sergei en el brazo para indicarle que era capaz de mantenerse sola de pie—. A menos que tengas una cura para el orgullo en el botiquín.

Fox se humedeció los labios, con el ceño todavía fruncido, y miró de nuevo al director.

—Le echaremos un buen vistazo cuando lleguemos a casa. ¿Tienes una bolsa o algo?

—Yo... —empezó Sergei, que la miró como si tuviera algo nuevo y quisiera averiguar de qué se trataba—. No sabía que tuvieras... a alguien tan cercano en el pueblo.

¿Cercano? ¿Fox? Siete meses antes lo habría considerado una exageración. ¿En ese momento? No era del todo mentira. De un tiempo a esa parte, había hablado más veces con él que con Piper.

—En fin...

Fox la interrumpió.

—Deberíamos echarle un vistazo a ese chichón, Pecas.

—Pecas —repitió Sergei, que le miró la nariz en su busca.

¿Qué estaba pasando allí?

Los dos se acercaban a ella despacio, con sutileza, como si fuera el último trozo de pizza.

—Esto... Mi bolsa de viaje está en el maletero del autocar.

—Voy a por ella —dijeron los dos a la vez.

¿La herida que tenía en la cabeza estaría soltando feromonas alfa o algo?

Fox y Sergei se miraron de arriba abajo, a todas luces dispuestos a discutir sobre quién iba en busca de su bolsa de viaje. Tal como estaba yendo su día, seguramente acabarían tirando de la bolsa cada uno por un lado, la cremallera se rompería y sus bragas saldrían volando por los aires como si fueran confeti.

—Ya voy yo —dijo ella antes de que ninguno de los dos pudiera hablar, tras lo cual se alejó a toda prisa de la tormenta de masculinidad antes de que le afectase el cerebro.

Se volvió hacia el autocar en el mismo momento en el que Brinley bajaba los escalones, mirando a Fox con curiosidad, y Hannah se sorprendió al ver, gracias al reflejo de las ventanillas, que él no le devolvía la mirada. Esos ojos azul mar estaban clavados en su chichón. Seguramente mientras intentaba decidir con qué aguja mutilarla.

—Sergei —dijo Brinley al tiempo que se retorcía un pendiente—, ¿va todo bien?

—Sí, todo va genial —contestó ella, que fue directa al maletero e intentó abrirlo. Todos la observaron mientras tiraba de la palanca, soltaba una carcajada y tiraba con más fuerza. Se rio de nuevo antes de golpear la portezuela con la cadera. No hubo suerte.

Antes de que pudiera intentarlo por tercera vez, Fox estiró el brazo y la abrió con un giro de muñeca.

—Estás teniendo un día de perros, ¿verdad? —le preguntó en voz baja para que nadie más pudiera oírlo.

Soltó el aire.

—Sí.

Él soltó un sonido ronco y ladeó la cabeza con gesto compasivo.

—Dime cuál es tu bolsa y te llevo a casa. —Le dio un tironcito muy leve a un mechón de pelo—. Te alegraré el día.

Era muy posible que se hubiera golpeado la cabeza y eso fuera un sueño erótico con Fox Thornton. No sería la primera vez…, aunque no lo admitiría ni bajo juramento. Ni siquiera lo admitiría delante de su hermana. Sencillamente era imposible combatir las sutiles señales que mandaba y que gritaban: «Soy bueno en la cama». En plan bueno, buenísimo. Era incapaz de resistirse. Claro que eso les sucedía a todas las mujeres con las que él entraba en contacto. Y ella no tenía el menor interés en ser una de miles. Por eso eran amigos. ¿No lo habían dejado ya claro? ¿Por qué le estaba tirando los tejos?

—¿Cómo…? ¿Qué quieres decir con eso? Con lo de que me alegrarás el día. ¿Cómo vas a hacerlo?

—Estaba pensando en helado. —La miró con una sonrisa que solo podía esbozar un granuja sinvergüenza… Y, ¡Dios!, se le habían olvidado los hoyuelos. Hoyuelos, por favor—. ¿Por qué? ¿En qué estabas pensando tú?

No tenía la menor idea de cómo iba a responder. Empezó a tartamudear, pero al ver que Sergei y Brinley se alejaban juntos hacia el puerto sintió que las palabras se le quedaban atascadas en la garganta. Él ni había mirado hacia atrás. Era evidente que se había imaginado el brillo interesado que había visto en los ojos del director. Solo se estaba portando como un buen jefe al asegurarse de que no se había hecho una herida grave en la cabeza.

Apartó la mirada de la pareja y descubrió a Fox observándola con atención.

Después de caerse y de que Sergei la sacara del autocar, debía de haber estado muy distraída. Una vez a solas con Fox (aunque los visitantes de Los Ángeles empezaban a bajar despacio), una burbuja de agradecimiento y de cariño creció en su interior y estalló. Había echado de menos ese sitio. Allí estaban algunos de sus recuerdos más queridos. Y Fox formaba parte de ellos. Sus mensajes de texto a lo largo de los últimos siete meses le habían permitido aferrarse a un trocito de Westport sin inmiscuirse en la felicidad de su hermana. Se lo agradecía, de modo que no se lo pensó a la hora de abrazarlo. Se limitó a lanzarse a sus brazos con una carcajada, aspirando su olor a mar, y sonrió cuando él también se echó a reír y le frotó la coronilla con los nudillos.

—Hola, Pecas.

Frotó la mejilla contra su camiseta gris de algodón de manga larga, retrocedió y le dio un empujoncito juguetón.

—Hola, Casanova.

Nadie estaba tirándole los tejos a nadie. Ni haciéndose el interesante.

Amigos. Eso eran, esa era su relación.

No pensaba estropearla al cosificarlo. Fox era mucho más que una cara bonita, unos brazos fuertes y ese aura de peligro. De la misma manera que ella era mucho más que alguien que sujetaba los cafés y tomaba notas.

Fox pareció darse cuenta de la angustia que eclipsó su alegría, porque se hizo con la única bolsa de viaje negra del maletero (al suponer con acierto que era la suya) y le echó el brazo libre por encima de los hombros, guiándola hacia el bloque donde vivía, al otro lado del muelle.

—Si me dejas que te cure el chichón, le pongo una galleta al helado.

Se inclinó hacia él y suspiró.

—Trato hecho.

4

«Sí que has empezado con buen pie, idiota».

Después de la intervención con Brendan, tuvo varias semanas para asimilar el hecho de que Hannah iba a quedarse con él. Había pasado gran parte del tiempo en la mar, la mejor manera de aclararse las ideas. No iba a suponer problema alguno. Una chica dormiría en su habitación de invitados. Él estaría en el otro dormitorio. Sin expectativas de sexo. Genial.

El sexo pasajero era más fácil.

Antes de Hannah, había confiado en su personalidad la friolera de una sola vez en lo relativo a una mujer. Esa única relación seria no había salido muy bien, sobre todo porque solo había sido seria para él. La visión que tenía de ella su novia de la universidad era totalmente distinta. Sí, había aprendido por las malas que no podía huir de las suposiciones que los demás hacían de él: que era un entretenimiento pasajero. Mientras crecía, ansiaba abandonar ese pueblo y el papel que su cara (y sí, para ser sincero, sus actos también) le había adjudicado. ¡Por Dios! Lo había intentado de verdad. Pero esa imagen lo seguía a todas partes.

De modo que dejó de intentarlo.

«Si te ríes con ellos, no se están riendo de ti, ¿verdad?».

Mientras miraba la coronilla de Hannah, tuvo que tragar saliva con fuerza. En ese momento pasaban por delante del

Derribad al Hombre, y casi pudo oír que todos los taburetes se giraban para verlo acompañar a Hannah a su piso. Estarían haciendo bromas. Se reirían mientras bebían cerveza. Especularían. Y, joder, ¿cómo culparlos? La mayor parte del tiempo era él quien hacía bromas sobre sí mismo.

«¿Qué tal por Seattle?», le preguntarían, ansiosos por que les regalara sus aventuras, por que los distrajera de sus anécdotas de pesca un rato.

«Un lugar muy guarro», contestaría él al tiempo que les guiñaba un ojo. Guarro.

¿Y en ese momento se atrevía a rodear a Hannah con un brazo? Hannah, tan guapa que le daba vueltas la cabeza, interesante a más no poder y que no buscaba bajarle los pantalones. Eran el Lobo Feroz y Caperucita Roja mientras cruzaban la calle delante del muelle, con su práctica bolsa de viaje colgada de una mano. Cuando se detuvieron delante de su bloque para abrir la puerta, fue consciente, con una dolorosa punzada, de que ella echaba la vista atrás, hacia el muelle, en busca del director.

Jamás había sentido celos por una mujer. Salvo por esa. Cuando vio a Sergei ayudándola a bajar del autocar, con la cabeza inclinada hacia ella por la preocupación, el monstruo de los celos le había nublado la vista como una ola traicionera que rompía sobre cubierta, recordándole la primera vez que oyó el nombre del director. El primer impulso fue partirle la nariz a ese tío, lo contrario de lo que debería hacer. Si Hannah era una amiga, ¿por qué iba a querer estropearle el incipiente romance?

¿A lo mejor estaba celoso en plan amigos?

Una posibilidad real.

La gente se ponía celosa por sus amigos, ¿verdad? Tenía sentido que su primera amiga fuera la que le provocara ese sentimiento. Su relación era algo muy importante para él, aunque también lo asustaba. Si fuera una balanza, la esperanza estaría en un lado y el miedo, en el otro. La esperanza de que pudiera ser algo más que un ligue para ella. El miedo de que fracasara y quedara expuesto.

De nuevo.

—Gracias por dejar que me quede en tu casa —dijo Hannah, que lo miró con una sonrisa—. Espero que no hayas quitado todos los carteles de *Los vigilantes de la playa* por mí.

—Los he escondido en mi armario, junto con el póster de Farrah Fawcett. —Eso le arrancó una carcajada, pero se dio cuenta de que algo seguía distrayéndola. Necesitó todo el tiempo que tardaron en subir la escalera para convencerse de que no iba a empeorar las cosas si sacaba el tema—. Bueno... —comenzó al tiempo que abría la puerta del piso y ladeaba la cabeza para indicarle que pasase. La primera chica a la que había llevado allí. Nada del otro mundo, no—. ¿Quieres contarme qué te pasa?

Ella entrecerró un ojo.

—¿Te has perdido lo del golpe en la cabeza?

—Claro que no. —Si no limpiaba pronto el corte, el sudor acabaría empapándole la camiseta—. Pero eso no es lo que te tiene mosca.

Hannah atravesó la puerta, titubeó como si estuviera a punto de confesar y después se contuvo.

—Me has prometido helado y una galleta.

—Y lo tendrás todo. Nunca te mentiría, Pecas. —Soltó la bolsa junto a la pequeña mesa para dos que tenía en la cocina y la miró a la cara en busca de algún indicio que le dijera qué le parecía su piso—. Vamos.

Era normal en él intentar distraerse con algo físico. De modo que Hannah pasó de estar de pie a que él la levantara en volandas para sentarla en la encimera de la cocina en un abrir y cerrar de ojos. Lo hizo sin pensar. Al menos, hasta que esos bonitos labios se abrieron por la sorpresa justo cuando su trasero tocó la encimera. La sensación de su cintura se le quedó grabada en las manos, y desde luego que estaba pensando en cosas que no debería.

Apartó las manos de golpe y carraspeó con fuerza. Dio un paso para abrir un armarito y sacó el botiquín metálico de color azul.

—Habla.

Ella sacudió la cabeza, como si quisiera aclararse las ideas. Después abrió la boca y la volvió a cerrar.

—¿Recuerdas que te dije que quería arriesgarme más en el trabajo?

—Sí. Quieres pasarte a la elaboración de bandas sonoras.

Hannah le había contado su sueño de crear listas de canciones para películas el verano anterior, el día que fueron a la exposición de discos juntos. Recordaba todos y cada uno de los detalles de aquel día. Todo lo que ella había dicho y hecho. Lo bien que se sintió al estar con ella.

Consciente de que se había distraído mientras recordaba esos elegantes dedos rebuscando entre los vinilos, mojó un trozo de algodón con antiséptico, se acercó a ella y solo titubeó un momento antes de apartarle el pelo de la frente. Sus miradas se encontraron y se apartaron enseguida.

—¿Vas a llorar cuando te escueza?

—No.

—Bien. —Limpió la sangre con el algodón, y se le encogió el estómago cuando la oyó sisear—. Bueno, ¿qué ha pasado con lo de crear bandas sonoras? —preguntó de repente para distraerse del hecho de que le estaba haciendo daño.

—Bueno... —Hannah suspiró, aliviada, cuando él apartó el algodón—. Se puede decir que soy una esclava en la productora.

Cuando hay que hacer algo y nadie quiere, me invocan a mí, como a Beetlejuice.

—No te imagino como la esclava de nadie, Hannah.

—Es elección propia. Quería aprender el negocio y después ir ascendiendo por méritos propios, ¿sabes? —Lo estaba observando mientras él rebuscaba entre las vendas que tenía en el botiquín—. Casi habíamos llegado a Westport. Creía que este viaje sería mi oportunidad para... buscarme un puesto más alto. Estaba a punto de preguntarles a Sergei y a Brinley si podía observar el proceso de creación de la banda sonora cuando me di el batacazo.

—¡Ay, Pecas!

—Ya.

—¿Eso quiere decir que no pudiste preguntárselo?

—No. A lo mejor es una señal de que no estoy preparada.

Resopló al oírla.

—Naciste preparada para hacer bandas sonoras. Tengo siete meses de mensajes de texto para demostrarlo.

Al mencionar los mensajes, sus miradas se encontraron de nuevo, y aparecieron dos manchas rojas en las mejillas de Hannah. Ruborizada. Tenía a la hermana pequeña de una amiga ruborizada en su encimera. ¡Por Dios Bendito! Antes de que pudiera estirar una mano para comprobar la temperatura de sus mejillas, volvió a rebuscar en el botiquín.

—Muy bien —dijo—. Una oportunidad perdida. Tendrás más, ¿no?

Hannah asintió con la cabeza, pero no respondió.

Y siguió sin responder mientras él le aplicaba una pomada antibiótica en la herida, tras lo cual le puso una tirita encima, que alisó con el pulgar.

No inclinarse para besarla cuando apenas los separaban unos centímetros le pareció raro. ¿Alguna vez había estado tan cerca de una mujer, además de su madre, sin la intención de fundir sus bocas? Hizo memoria y no fue capaz de recordar una sola ocasión. Claro que tampoco recordaba todas las veces que había besado a una mujer. No con absoluta claridad.

Recordaría besar a Hannah.

«¡Y una mierda lo vas a recordar!».

Con gestos torpes, recogió el envoltorio de la tirita y abrió un armarito bajo para tirarlo a la basura.

—Querer observar no creo que sea pedir nada del otro mundo, Hannah. Seguro que dicen que sí.

—Tal vez. —Se mordió el labio un instante—. Es que... ¿te has fijado en la mujer que se ha ido con Sergei?

—No —contestó con sinceridad.

Hannah murmuró algo y lo miró con expresión pensativa.

—Es la coordinadora de la música. Brinley. —Levantó una mano y la dejó caer—. No me veo haciendo lo que hace esa mujer. Ella es...

—¿Qué?

—Una actriz protagonista —dijo Hannah al tiempo que soltaba el aire, casi como si fuera un alivio haberse quitado un peso de encima y confesar esa desconcertante afirmación.

Al oír esa explicación, su desconcierto desapareció.

—¿Te refieres a que forma parte del reparto?

—No, me refiero a que es una actriz protagonista en la vida real. Como mi hermana.

Pues no, seguía desconcertado.

—Me he perdido, Hannah.

Ella se inclinó hacia delante al tiempo que soltaba una carcajada.

—Da igual.

¡Mierda! Solo llevaba allí cinco minutos, y él ya le estaba fallando como amigo. ¿No quería desahogarse con él? Le asustaba muchísimo hasta qué punto deseaba ganarse su confianza.

Se alejó hacia el congelador y sacó el helado. Una tarrina de chocolate y vainilla le pareció una apuesta segura cuando la compró el día anterior en el supermercado. Lo mejor de ambos mundos, ¿no? Sin apartar la mirada de ella, sacó una cuchara del cajón y la clavó en el helado antes de ofrecerle la tarrina entera—. Explícame eso que has dicho de Piper y de la tal Betty esa de que son protagonistas.

—Brinley —lo corrigió ella con mirada risueña.

Hizo una mueca al oírla.

—No puede haber nombre más típico de Los Ángeles.

—Pareces Brendan.

—¡Uf! —protestó al tiempo que se llevaba una mano al pecho, pero después la bajó y dijo—: Una explicación si no te importa, Pecas.

Ella pareció debatirse consigo misma un rato mientras se llevaba una buena porción de helado a la boca y después se sacaba la cuchara despacio, lamiéndola con los labios. Hipnótica.

Fox tosió y alzó la mirada.

—Se me da bien dar... apoyo —empezó Hannah—. Ya sabes, dar consejos y ofrecer sugerencias útiles. Pero cuando se trata de lo mío..., pues no se me da tan bien. —Dejó que las palabras flotaran un instante en la cocina antes de seguir—. A ver, soy capaz de hacer el equipaje, dejar en suspenso mi trabajo y mudarme a Westport porque Piper me necesita. Pero soy incapaz de preguntarle a mi jefe si puedo observar. ¿No es ridículo? Ni siquiera... —Se interrumpió para soltar una carcajada incrédula—. Ni siquiera soy capaz de decirle a Sergei que llevo colada por él como una tonta dos años. Me quedo de brazos cruzados a la espera de que pasen las cosas mientras que los demás parece que consiguen que sucedan con facilidad. Soy capaz de ayudar a otros, y me gusta, pero soy una actriz secundaria, no la protagonista. A eso me refería.

¡Joder! Allí estaba, confiando en él, en persona. Hablándole de sus inseguridades. Del hombre con el que quería salir. Era la primera conversación sincera que tenía con una mujer. Nada de coqueteos ni mentiras. Sinceridad absoluta. Hasta ese momento era posible que no hubiera comprendido por completo que para Hannah solo era un amigo, de verdad y sin dudas. Todos esos mensajes no habían sido una especie de preliminares especiales y platónicos. Al fin y al cabo, ella tenía ojos. Lo había visto, ¿no? Sin embargo, no había un interés implícito por parte de Hannah. Solo era una amistad de verdad. Al parecer, a ella le gustaba lo que fuera que él escondiese en su interior. Y aunque tenía la sensación de que le habían dado un puñetazo en el estómago, deseaba estar a la altura de las expectativas de Hannah. Aunque sospechaba que su ego acabaría amoratado cuando todo eso terminase.

—Oye —dijo, y tuvo que carraspear para que no le saliera tan ronca la voz antes de apartarse un poquito más—. Mira, voy a serte sincero: no he oído una sarta de tonterías más grandes en la vida. Das tu apoyo, sí. ¿La forma en la que defendiste a Piper del capitán? Eres feroz y leal. Todo eso, Hannah. Pero eres... No me obligues a decirlo en voz alta.

—Dilo —susurró ella al tiempo que le temblaban los labios por la risa.

—Tienes madera de actriz protagonista.

Esos labios temblorosos acabaron esbozando una sonrisa.

—Gracias.

Aunque había conseguido hacerla reír, sabía que el problema no estaba resuelto ni mucho menos. En primer lugar, le gustaba el director, y por algún motivo que a él se le escapaba, ese imbécil no la perseguía con un ramo de rosas. ¿Cómo ayudarla con eso? ¿Quería ayudarla con eso de verdad? El instinto de un pescador era tapar fugas, arreglar los problemas cuando aparecían. En segundo lugar, que Hannah no estuviera feliz al cien por cien era un problema para él.

—Que sepas que ese tío estaba celoso. En el autocar, cuando te he ido a buscar.

Ella levantó la cabeza con expresión esperanzada, pero desapareció enseguida, aunque él no podía decir lo mismo del nudo que tenía por dentro.

—No, solo estaba siendo amable —lo contradijo ella, que llenó otra cucharada de helado. Solo del de chocolate, se percató para la próxima.

¿La próxima?

—Hannah, créeme. Sé cuándo intimido a otro hombre.

Ella hizo un mohín con la nariz.

—¿Estar celoso es lo mismo que sentirse intimidado?

—Sí. Cuando un hombre se siente intimidado por otro, sobre todo alguien tan ridículamente guapo como tu amorcito...

Hannah soltó una sonora carcajada.

—Pues resulta que se reafirma. Lucha por hacerse con el control. Es una reacción natural. La ley de la selva. Por eso quería encargarse él de tu bolsa. Por eso mantuvo el brazo sobre tus hombros más tiempo de la cuenta. —Se frotó la sudorosa y helada piel de la nuca—. No le hizo gracia que te quedaras conmigo, y desde luego que no le gustó ni un pelo que te llamara «Pecas». Se sentía intimidado y, por tanto, estaba celoso.

No añadió que hablaba por experiencia propia.

Se sentía intimidado por un artista de tres al cuarto de Los Ángeles con perilla. Un ruso, nada más y nada menos. Los rusos eran sus mayores competidores durante la temporada de pesca del cangrejo, como si necesitara otro motivo para que no le cayera bien ese desgraciado.

¡Por Dios! ¡Qué susceptible estaba!

—A lo que iba: que no se trata de que no le intereses.

—Todo esto resulta fascinante —dijo Hannah con la cuchara en la boca—. Pero si tienes razón, si Sergei estaba celoso, al final se dará cuenta de que no está pasando nada entre nosotros y de que no tiene motivos para recurrir a... la ley de la selva. —Hundió de nuevo la cuchara en el helado como al descuido—. A no ser que le hagamos creer que nos estamos acostando. A lo mejor necesita un incentivo.

Un ramalazo de alarma le recorrió por los dedos. Se había metido de lleno en una trampa. Una que él mismo había colocado.

—No puedes dejar que lo crea, Hannah.

—Solo estaba proponiendo ideas. —Algo en su expresión la hizo entrecerrar los ojos—. Pero ¿por qué te opones tú?

Soltó una carcajada en un intento por ocultar el pánico.

—No te conviene... No. No voy a permitir que vincules tu reputación a la mía, ¿de acuerdo? Le bastarán un par de días en el pueblo para enterarse de todos los detalles. Créeme, si de verdad es un tío que merece la pena, el hecho de que yo te haya curado la herida ya lo pondrá bastante celoso.

Hannah parpadeó.

—Si de verdad merece la pena, no se creerá todo lo que oiga. Sobre todo de alguien a quien no conoce personalmente.

—A menos que mucho de lo que oiga sea verdad, ¿no? —Soltó la pregunta retórica con una sonrisa mientras intentaba dar la impresión de que la respuesta no le importaba. Al ver que ella se limitaba a mirarlo con más atención, con curiosidad, dijo algo para distraerla de lo que se arrepintió al instante—. ¿Has intentado dejarle entrever que te interesa? Ya sabes, morderte el labio, darle un apretón en el brazo...

—¡Puaj! —Lo miró de arriba abajo—. ¿Eso te pone?

De un tiempo a esa parte no lo ponía nada. Salvo los puntos suspensivos que aparecían en su chat de mensajes. Y heridas en la cabeza desde ese momento. ¿No era penoso?

—No te preocupes por lo que me pone a mí. Estoy hablando de este hombre. Seguramente no tenga ni idea, y muchos hombres siguen así a menos que se les dé un empujoncito.

Hannah ladeó la cabeza con expresión guasona.

—¿Eres uno de esos hombres?

Suspiró al oírla y contuvo el impulso de frotarse la nuca.

—En mi caso, no hay que empujarme mucho.

—Claro —dijo ella tras una pausa, y algo brilló en sus ojos.

¿Cómo habían llegado a eso? ¿Había empezado a darle consejos para ganarse al director y después estaba jactándose sin darse cuenta de la suerte que tenía con las mujeres? «Sí que empiezas con buen pie, colega».

—Mira, yo no busco una relación seria y nunca la buscaré. Es evidente que tú sí. Solo intento echarte un cable. Una cosa es coquetear con Sergei, pero aquí en lo referente a nosotros no vamos a dejar que nadie suponga lo que no es —dijo antes de agitar la mano entre ellos—, que entre nosotros hay algo. Por tu propio bien, ¿entendido?

Hannah quería discutir más a fondo la cuestión, diseccionarla, pero por suerte lo dejó estar.

—No hace falta que digas que no buscas una relación seria —replicó ella mientras se mordía el labio—. Tu piso habla por sí solo.

Agradecido por el cambio de tema, soltó una carcajada.

—¿Qué dices? —Le dio un golpecito en la barbilla—. ¿No crees que a las mujeres les gusta la decoración estilo sala de espera?

—No. De verdad, ¿te mataría tener una alfombra y unas velas?

Fox le quitó la tarrina y la cuchara de las manos, y lo dejó todo en la encimera.

—Pues te has quedado sin galleta. —La sujetó por la cintura y se la echó al hombro, arrancándole un chillido mientras se encaminaba hacia la habitación de invitados—. No pienso aguantar a una invitada desagradecida, Pecas.

—¡Estoy muy agradecida! ¡Lo estoy!

Hannah dejó de reír de repente cuando entraron en su habitación (porque así era como él empezaba a llamarla), sin duda al ver la hilera de velas perfumadas, las toallas dobladas y la lámpara rosa de sal del Himalaya. La había visto en una tienda de recuerdos y había decidido que ella la necesitaba, pero a esas alturas, la compra hacía que se sintiera como un imbécil.

Sacudió la cabeza mientras se quitaba a Hannah del hombro para dejarla con cuidado sobre la cama de matrimonio, y el corazón le dio un vuelco al ver que el pelo le caía por la cara y le cubría un ojo.

—¡Ay, Fox! —susurró ella mientras miraba lo que había comprado.

—No es para tanto —se apresuró a decir y retrocedió a toda prisa para apoyarse en el marco de la puerta. Cruzó los brazos por delante del pecho. Desde luego que no estaba pensando en lo fácil que sería acercarse a ella, que seguía en la cama; atormentarla un poco más; recorrer con la punta de los dedos ese trozo de piel entre la cadera y la cintura; coquetear hasta que el beso fuera idea de ella en vez de cosa suya desde el principio. Sabía muy bien qué pasos dar.

Ninguno era el adecuado con una amiga.

—Oye. —Al percatarse de que hablaba con voz más grave de la cuenta, se obligó a aligerar el tono—. Me voy al muelle para cargar la Della Ray. Zarpamos mañana. Volvemos el viernes. No le prendas fuego al piso mientras estoy fuera y hagas que me arrepienta de haber comprado mis primeras velas.

—No lo haré, Casanova —repuso ella con una sonrisilla en la comisura de los labios mientras alisaba la colcha, que él esperaba que no se diera cuenta de que era nueva—. Gracias. Por todo.

—Sin problemas, Pecas.

Hizo ademán de marcharse, pero ella dijo:

—Y solo para que conste: sería un honor fingir que me acuesto contigo. Con reputación sórdida y todo.

Como tenía un nudo del tamaño de una piedra atascado en la garganta, solo atinó a asentir con la cabeza y a buscar las llaves de camino a la puerta.

—Las galletas están en la despensa —dijo antes de salir a la luz del pasillo exterior, aceptando encantado que el sol lo cegara.

5

Hannah se detuvo delante de la puerta del piso de su abuela y se quitó los AirPods, deteniendo su lista de reproducción «Paseo por Westport». La lista consistía principalmente en Modest Mouse, Creedence y Dropkick Murphys, cuyas canciones le recordaban al océano, ya fueran piratas o un *hippie* tocando la armónica en los muelles. En cuanto la música dejó de oírse, llamó a la puerta y, un momento después, apretó los labios para contener una carcajada. En el interior del piso se oía a Opal refunfuñando sobre los imbéciles que dejaban entrar a los vendedores en el edificio mientras se acercaba para abrir.

¿En qué momento empezaría a parecerle normal tener una abuela paterna? A Piper y a ella les habían ocultado la existencia de Opal mientras crecían, pero la habían descubierto (por error) el verano anterior. Y la mujer era un encanto. Arrolladora, cariñosa y divertida. Y, además, tenía montones de anécdotas sobre su padre. ¿Era por eso por lo que había tardado cuatro días en ir a verla?

Desde luego, había estado muy ocupada en el set de rodaje de su primera localización. Además del resto de sus obligaciones, la necesitaban durante la grabación de la escena del reencuentro de Christian y Maxine, los que fueran pareja en el instituto, junto al faro. Conseguir la toma perfecta les había llevado cuatro días completos, pero se había ido a casa por las noches (al piso vacío de Fox), en vez de ir a ver a Opal. Su hermana había estado fuera durante esos cuatro días, ya que había llevado a sus suegros de viaje a Seattle, de manera que decidió que iba a esperar. Así podrían visitarla juntas. Sin embargo, la demora ocultaba algo más.

Hannah se llevó una mano al estómago para calmar un poco el malestar provocado por el sentimiento de culpa.

Piper ya había regresado al pueblo y la había llamado para pedirle que fuera con ella a visitar a Opal. Así que, ¿dónde estaba?

Todavía tenía el cuello estirado para mirar hacia el extremo del pasillo cuando su abuela abrió la puerta. La vio parpadear una vez y otra más con la boca abierta.

—No vienes a venderme una suscripción a una revista. Eres mi nieta —dijo. Hannah se inclinó hacia ella, y Opal la abrazó y le dio unas palmaditas en la espalda—. ¿Cuándo has llegado al pueblo? No me lo puedo creer. Solo puedo prepararte un sándwich de jamón cocido.

—¡Ah, no! —Hannah se apartó de ella mientras negaba con la cabeza—. Ya he comido, te lo juro. Solo he venido a verte.

Su abuela se sonrojó de placer.

—Estupendo. Pasa, pasa.

El piso había cambiado drásticamente desde la última vez que estuvo allí. Atrás quedaron los muebles anticuados, y el olor a limpiador de limón y a humedad que dejaba una sensación de soledad en el aire. A esas alturas olía a fresco. Había un ramo de girasoles en el centro de la nueva mesa de comedor, y el sofá ya no tenía una funda protectora de plástico.

—¡Vaya! —dijo Hannah, que soltó la mochila en el suelo y se bajó la cremallera del cortavientos de Storm Born, tras lo cual se encogió de hombros para quitárselo antes de colgarlo en la percha—. A ver si lo adivino. ¿Detecto la mano de Piper en todo esto?

—Lo has adivinado. —Opal unió las manos a la altura de la cintura, con una expresión de satisfacción y orgullo en la cara mientras observaba su renovada y mejorada vivienda—. No sé qué sería de mí sin ella.

El cariño por su hermana se abrió paso por su interior para acompañar a la culpa que la embargaba, sin llegar a eclipsarla. En los últimos siete meses, solo había hablado con Opal unas cuantas veces por teléfono, además de enviarle una tarjeta de felicitación en Navidad. El problema no era que no la quisiera. Se llevaban muy bien. El verano anterior le creó una lista de reproducción con temática de Woodstock y descubrió que se compenetraban muy bien. Incluso en ese momento se sentía relajada en el ambiente acogedor de su piso.

Solo empezaba a sentirse incómoda cuando oía las inevitables anécdotas sobre su padre, el único hijo de Opal.

Ella no lo recordaba. Su padre, que era pescador de cangrejos, murió arrastrado por una ola en el mar de Bering. Piper sí recordaba su risa y su energía, pero a su mente no acudía el menor recuerdo por más que lo intentase. No sentía ni melancolía ni afecto ni nostalgia.

Para su hermana, reformar el bar de Henry había sido un proceso de aprendizaje sobre sí misma y de conexión con el recuerdo de su padre.

Para ella solo fue... una manera de apoyar a Piper en dicho proceso.

Por supuesto, ver el bar terminado después de semanas de arduo trabajo había sido satisfactorio, sobre todo cuando le cambiaron el nombre y lo llamaron «Cross e Hijas», pero nunca había experimentado la sensación de cerrar el círculo. Por eso, cada vez que iba a ver a Opal y su abuela sacaba fotos de Henry, o le contaba alguna anécdota suya por teléfono, empezaba a preguntarse si tendría las emociones atrofiadas. ¿Se echaba a llorar con una canción de los Heartless Bastards y no sentía nada por su propio padre?

Se acomodó al lado de Opal en el nuevo sofá de color azul índigo y se colocó las manos sobre las rodillas, cubiertas por los pantalones vaqueros.

—En realidad, he venido al pueblo porque la productora para la que trabajo está rodando un cortometraje. Es un proyecto experimental y desgarrador.

—¿Una película? —Opal hizo una mueca—. ¿En Westport? Supongo que la gente no estará muy contenta con las molestias que supone.

—No te preocupes, he pensado en eso. Hemos repartido entre la gente del pueblo todos los papeles de extra que hemos podido. En cuanto comprendieron que iban a salir en una película, se mostraron encantados.

Opal le dio una palmada en el muslo mientras reía por la alegría.

—¿Fue idea tuya?

Hannah se ahuecó la coleta.

—Pues sí. Pero conseguí que el director creyera que fue idea suya añadir a los lugareños para darle autenticidad a las imágenes. Menos mal que no uso mis poderes para el mal, o el mundo tendría un gran problema.

Sería fantástico si pudiera utilizar sus poderes para avanzar en su carrera profesional, ¿verdad? Encargarse de la logística de la producción de una película era fácil para ella. No había intereses personales. Ningún riesgo. Sin embargo, centrarse en la composición musical le daba más miedo. Porque era algo personal.

Era algo muy suyo.

Opal se rio y se acercó para darle un apretón en la muñeca.

—¡Ay, cariño! He echado de menos tu audacia.

El sonido de una llave en la cerradura de la puerta hizo que se diera media vuelta, y que Opal aplaudiera con alegría. Piper ni siquiera había entrado cuando Hannah saltó por encima del respaldo del sofá nuevo y echó a correr hacia ella, presa de una tensión en la que ni siquiera había reparado hasta ese momento. Abrazar a su hermana fue como entrar en una habitación llena de sus mejores recuerdos. Verla con ese mono corto de mangas transparentes y esos zapatos de tacón tan poco prácticos, así como oler su carísimo perfume, hizo que se sintiera como si estuviesen de nuevo en Bel-Air, sentadas en el suelo de la habitación de Piper, ordenando su colección de joyas.

Dieron unos cuantos saltos sin dejar de abrazarse y riendo a carcajadas mientras Opal intentaba hacerles una foto con su teléfono móvil, sin éxito.

—¡Has venido! —exclamó Piper al borde de las lágrimas mientras le daba un fuerte abrazo—. Mi hermanita perfecta, tan guapa y tan *hippie*. ¿Cómo tienes la desvergüenza de que te eche tanto de menos?

—Lo mismo digo —replicó Hannah, con la voz amortiguada por el hombro de su hermana, donde había hundido la cara.

Se separaron y ambas se limpiaron las lágrimas de formas muy distintas. Hannah lo hizo con las manos de forma eficiente, y Piper usó los meñiques con delicadeza por el contorno de los ojos para no estropearse el delineador. Acto seguido, se tomaron del brazo, rodearon el sofá y se sentaron pegadas la una a la otra.

—Bueno, ¿y cuándo te vas a mudar aquí de forma permanente? —le preguntó Piper, con voz todavía un poco lacrimógena—. Por ejemplo..., mañana, ¿eh?

Hannah suspiró y apoyó la cabeza en el respaldo del sofá.

—A una parte de mí no le parece mal la idea. Recuperar mi trabajo en Discos y Más. Vivir para siempre en tu habitación de invitados... —Le dio un golpecito a una de las lentejuelas que adornaban el corpiño de su hermana—. Pero me temo que Los Ángeles me retiene. Allí es donde está la carrera de mis sueños.

Piper le acarició el pelo.

—¿Algún avance al respecto?

—Ya falta menos... —respondió, tras lo cual se mordió el interior de un carrillo—. Creo.

Opal se inclinó hacia delante.

—¿La carrera de tus sueños?

—Sí —contestó Hannah, que se irguió un poco, pero sin separarse de su hermana—. Bandas sonoras de películas. Encargarme de ellas, vaya.

—¡Qué interesante! —exclamó su abuela con una sonrisa de oreja a oreja.

—Gracias. —Se apartó un poco el pelo de la frente y señaló la tirita que llevaba—. Por desgracia, esto fue lo que pasó la primera vez que intenté sacar el tema. —Piper y Opal miraron la herida con bastante preocupación—. No pasa nada. No me duele. —Soltó una carcajada y dejó que el flequillo tapara de nuevo la herida—. Fox me curó y me dio helado.

Fue algo fugaz y apenas perceptible, pero sintió que Piper se tensaba y emitía las vibraciones típicas de la hermana mayor protectora.

—¿Ah, sí?

Hannah puso los ojos en blanco.

—Es la primera y última vez que te recuerdo que fue idea tuya que me quedara con Fox.

—La retiro ahora mismo —replicó su hermana, preocupada—. ¿Ha intentado algo?

—¡No! —chilló Hannah. Lo mismo daba que todavía sintiera a la perfección la exquisita musculatura de ese hombro tan definido en el abdomen—. Deja de comportarte como si fuera una especie de depredador sexual. Soy lo bastante adulta como para juzgar por mí misma. Y se ha comportado como un perfecto caballero.

—Eso es porque no ha estado en el pueblo —refunfuñó Piper mientras se alisaba el mono.

—Ha decorado mi habitación con una lámpara de sal del Himalaya.

Piper farfulló de repente:

—¡Podría haberte metido mano!

—¡Que alguien me explique qué está pasando aquí! —exclamó Opal, que acercó su silla—. Quiero participar en una conversación sobre hombres. Hace una eternidad que no hablo del tema.

—No hay ninguna conversación que mantener —le aseguró Hannah a su abuela—. Soy amiga de un hombre que resulta que... aprecia mucho a las mujeres. Así en general. Pero hemos dejado muy claro que conmigo no tiene nada que hacer.

—Cuéntale lo del disco de Fleetwood Mac —dijo Piper al tiempo que le daba unas vigorosas palmaditas en la rodilla—. Vamos, cuéntaselo.

Hannah soltó un suspiro con la mirada clavada en el techo. Más que nada lo hizo para disimular el extraño vuelco que sintió en las entrañas al pensar en el álbum y en cómo lo había conseguido.

—No es nada del otro mundo, en serio. —«Mentirosa», le dijo la voz de su conciencia—. El verano pasado, fuimos los cuatro a Seattle. Piper, Fox, Brendan y yo. Nos separamos un rato, y Fox me llevó a una exposición de vinilos, donde encontré un álbum que me encantó. Fleetwood Mac. *Rumours*. —Una descripción anodina para lo que fue una descarga en el sistema nervioso—. Pero era caro. En aquel momento, Pipes y yo teníamos un presupuesto ajustado, así que no lo compré...

—Y después, el día que Hannah regresaba a Los Ángeles, se lo encontró allí. En mi porche. Fox volvió y lo compró sin que ella lo supiera.

Opal las miró con cara sorprendida.

—¡Ay, por Dios! ¡Qué romántico!

—No. No, a ver, que lo estáis entendiendo mal. Fue un gesto amable.

Piper y Opal intercambiaron una mirada de superioridad.

Una parte de ella ni siquiera podía culparlas. Que Fox le comprara aquel álbum era lo único que no podía definir como cien por cien amistoso. El vinilo ocupaba un lugar de honor en su casa, en la estantería flotante donde exhibía sus álbumes. Cada vez que pasaba por delante, rememoraba el momento exacto en el que lo descubrió en la exposición y jadeó mientras acariciaba el borde de la funda con los dedos. La calidez del brazo de Fox que la rodeó, los latidos irregulares de su corazón. Y cómo había permitido por primera vez que alguien compartiera la música con ella, en vez de perderse en solitario.

Se reprendió en silencio.

—En realidad, me estás ayudando a demostrar lo que quiero decir, Pipes. Si Fox quisiera... apreciarme, ¿por qué iba a esperar hasta que me fuese para entregarme un regalo que lo habría dejado en tan buen lugar?

—Tiene razón.

—Gracias, Opal. Caso cerrado.

Piper se atusó las puntas perfectamente rizadas del pelo mientras aceptaba el fin de la discusión.

—Bueno, ¿cómo van las cosas por Los Ángeles? ¿Se me echa de menos en la ciudad?

—Pues sí. La casa parece aún más grande sin ti. Demasiado grande.

Su madre, Maureen, había dejado Westport hacía más de veinte años, envuelta en una nube de dolor tras la muerte de Henry Cross, y se había mudado a Los Ángeles, donde empezó a trabajar como costurera para un estudio cinematográfico. Conoció a su padrastro, con el que se casó cuando estaba en la cúspide de su éxito como productor. Al parecer, de la noche a la mañana, las tres pasaron de residir en un minúsculo apartamento a vivir en una mansión de Bel-Air, donde seguían viviendo hasta la fecha.

Mientras Piper residió allí, la mansión siempre le había parecido un hogar. Pero desde que se fue a Westport, Hannah tenía la impresión de estar de visita. Se sentía fuera de lugar y desconectada en ese gigantesco palacio. Era más que evidente que sus padres llevaban una vida separada y, de un tiempo a esa parte, se sentía como una observadora de dicha vida. En vez de ser una persona que vivía felizmente la suya propia.

—Estoy pensando en mudarme —dijo de repente—. Tengo muchos proyectos.

Piper inclinó el cuerpo para mirarla, con la cabeza ladeada.

—¿Como por ejemplo?

Convertirse en la protagonista de la conversación era, cuando menos, inusual. No le avergonzaba ser el centro de atención, simplemente le parecía que no tenía sentido involucrar a todo el mundo en unos problemas que podía solucionar ella misma, ¿no? Como por ejemplo, planear un viaje a Westport porque la soledad y la sensación de que le faltaba algo habían empezado a afectarla.

—No tiene importancia —contestó, agitando una mano—. ¿Cómo van las cosas con los padres de Brendan?

—Está cambiando de tema —señaló Opal.

—Sí. Ni se te ocurra. —Piper le clavó la punta de una uña roja—. ¿Vas a irte de Bel-Air?

Hannah se encogió de hombros.

—Ya va siendo hora. Va siendo hora de que... crezca del todo. Me he quedado atascada a mitad del proceso. —Pensó en Brinley—. Nadie va a pensar en ascender a una mujer que vive con sus padres. O, en todo caso, me infravalorarán. Si quiero responsabilidades de adulta, tengo que serlo. Así que antes debo creer que lo soy.

—Hanns, eres la persona más responsable que conozco —le aseguró Piper con una sonrisa—. ¿Tu interés por Sergei tiene algo que ver con esto?

—¡¿Hay otro hombre en la ecuación!? —preguntó Opal, que las miró primero a una y luego a la otra antes de suspirar—. ¡Ay, Señor, ojalá pudiera volver a ser joven!

—Es el director para el que trabajo. Mi jefe, nada más. En ese aspecto, no ha habido cambios —explicó Hannah—. Mis inquietudes profesionales y mi vida amorosa están totalmente separadas, pero mentiría si dijera que no me gustaría que Sergei me mirase como si fuera una mujer, ¿de acuerdo?, en vez de su desaliñada asistente de producción.

«Ese tío estaba celoso. En el autocar, cuando te he ido a buscar».

La voz de Fox se coló en sus pensamientos. Durante los últimos cuatro días había estado muy ocupada, asegurándose de que todos se instalaran en sus respectivos alojamientos temporales, descargando el material de los remolques y reuniéndose con los propietarios de los negocios locales. Sin embargo, no lo había estado tanto como para no ser consciente de Sergei. Por supuesto, siempre estaba pendiente de él en el set de grabación. Era un imán que atraía toda la atención, dada la pasión que irradiaba. Pero si el director de verdad había sentido celos de Fox, se le habían pasado pronto y había vuelto a tratarla con su habitual despiste.

«Créeme, si de verdad es un tío que merece la pena, el hecho de que yo te haya curado la herida ya lo pondrá bastante celoso».

Allí estaba de nuevo la voz ronca de Fox en su cabeza, cuando debería estar pensando en Sergei. De todas formas, no podía dejar de recordar lo que le dijo el pescador en la cocina. Sobre su reputación. Sobre su rechazo a que la gente pensara que eran pareja, porque creía que sería una mala imagen para ella. En el fondo no había dicho en serio todas esas tonterías, ¿verdad?

—Bueno —dijo Piper, que interrumpió sus pensamientos—, dado que yo también me acabo de adentrar en la edad adulta, puedo decirte que resulta aterrador, pero gratificante. También consiste en preparar mucha comida casera y ponerse vaqueros de forma habitual. —Fingió que lloraba, y Hannah se rio—. Pero no podría haberlo hecho sin ti, Hannah. Me hiciste considerar posibilidades que jamás me había planteado siquiera. Por eso sé que eres capaz de todo. No dejes que ni un chichón ni un aspecto desaliñado te detengan. Mi hermana es responsable y creativa, y no tolera tonterías por parte de nadie. Si esta productora no te da la oportunidad, otra lo hará. ¡Joder, ya! —exclamó con una bonita sonrisa—. Siento la palabrota, Opal. Solo quería enfatizar mi argumento.

—Soy la madre de un pescador, querida. Las palabrotas forman parte del vocabulario.

Piper estaba interpretando por primera vez el papel de actriz secundaria, y ella era la protagonista, y ese detalle no se le escapó a Hannah. El cambio de papeles, junto al escozor de las lágrimas detrás de los párpados, tal vez explicara la reacción tan extraña que tuvo.

—¿Me ayudas a librarme del aspecto desaliñado? Solo por esta noche. —Introdujo un dedo por el agujero de la manga por el que normalmente asomaba el pulgar—. Han organizado una fiesta en una de las casas que hemos alquilado.

Su hermana le colocó una mano en el brazo muy despacio y le clavó un poco las uñas.

—¿Me estás pidiendo que te vista?

—Solo por esta noche. Necesito toda la confianza profesional que pueda reunir.

—¡Ay, madre! —exclamó Piper, con los ojos llenos de lágrimas—. Ya sé exactamente qué vestido vas a llevar.

—Nada llamativo.

—Chitón. Cierra el pico. Ni una palabra más. Confía en mí.

Hannah contuvo una sonrisa e hizo lo que le decían. Tal vez poseyera una pizca de vanidad que la motivaba a llamar la atención de Sergei en la fiesta de esa noche, y se preguntó si un vestido estilo Piper podría lograrlo. Sin embargo, esa no era la verdadera razón para arreglarse ni mucho menos. Si quería pasar al siguiente nivel en ese mundo, la gente tenía que empezar a tomarla en serio. ¿La verdad? En Hollywood, la imagen tenía mucho peso, estuviera bien o no. Los destellos llamaban la atención y hacían que la gente escuchara. Que mirara. A nadie se le ocurriría pedirle a Piper o a Brinley que le sostuvieran la pajita o que removieran su café en sentido contrario a las agujas del reloj, ¿verdad? «Estoy pensando en ti, Christian».

Nadie esperaría tampoco que Brinley hiciera todo el trabajo pesado de la productora sin pagarle el sueldo adecuado. Durante mucho tiempo, había pensado que su sueldo no importaba tanto. Vivía con sus padres en Bel-Air, por favor. Tenían una piscina olímpica en el jardín trasero y empleados domésticos a jornada completa. Desde que se reconcilió con su padrastro, volvía a disponer de dinero si alguna vez necesitaba fondos para algo que no cubriera su sueldo. Sin embargo, sus escasos ingresos se estaban convirtiendo en una cuestión de principios. La productora no habría conseguido esa localización para el rodaje si Latrice y ella no hubieran pasado varias noches en vela. La diferencia era que a Latrice le pagaban lo que merecía.

Vestirse para triunfar parecía casi demasiado fácil comparado con el duro trabajo que había estado haciendo de un tiempo a esa parte, pero intentarlo no le haría daño.

—Toda esta charla sobre la banda sonora de la película y Fleetwood Mac me ha recordado algo —dijo Opal, sacando a Hannah de sus reflexiones—. Tengo una cosa que enseñaros, chicas.

Su abuela se puso en pie y se dirigió con paso firme al otro lado del salón, donde sacó una delgada carpeta azul de la parte superior de una estantería. Dado que el contenido de esa carpeta serían pertenencias de su padre, a Hannah se le revolvió el estómago. Esa era la parte que siempre temía cuando se ponía al día con su abuela: el momento en el que Piper y Opal se emocionaban hasta echarse a llorar por algún recuerdo de la historia de Henry, y ella se sentía como una estatua, intentando solidarizarse.

—Uno de los antiguos compañeros de Henry me llevó esto el fin de semana al Derribad al Hombre. Había quedado con las chicas. —Su abuela añadió lo último con orgullo, mientras le guiñaba un ojo a Piper. Durante mucho tiempo, el dolor de Opal por la muerte de su hijo la había mantenido dentro de su casa. Al menos, hasta que llegó Piper, le hizo un peinado atrevido, la vistió con ropa nueva y la animó a salir a ese pueblo que tanto había echado de menos. A Hannah le gustaba pensar que sus listas de reproducción también la habían ayudado a motivarla para recuperar su vida social—. Las escribió vuestro padre —dijo al tiempo que abría la carpeta.

Piper y ella se inclinaron y entrecerraron los ojos al ver la letra tan pequeña en una serie de folios manchados y amarillentos por el paso de los años.

—¿Son cartas? —preguntó Piper.

—Son canciones —respondió Opal en voz baja, mientras pasaba la yema de un dedo sobre algunas frases—. Salomas, canciones tradicionales de la gente de mar, para ser exactos. Cuando era joven, Henry las canturreaba por toda la casa. Ni siquiera sabía que las había escrito.

Hannah sintió un atracción casi reticente. Se había hecho ilusiones unas cuantas veces al pensar que una fotografía o un recuerdo de su padre pudiera provocar algún arrebato de emoción, pero nunca había sucedido y no lo haría en ese momento.

—¿Era buen cantante?

—Tenía una voz grave. Poderosa. Rica. Te atravesaba, igual que su risa.

Piper emitió una especie de suspiro encantado mientras aceptaba la carpeta y ojeaba los folios.

—Hannah, deberías quedártela.

—¿Yo? —Aunque mentalmente retrocedió un paso, intentó suavizar el tono de voz por Opal—. ¿Por qué?

—Porque son canciones —contestó su hermana, que puso cara de estar loca solo por preguntarlo—. Esto es lo tuyo.

Opal se acercó y le acarició una rodilla.

—Tal vez tu amor por la música sea un legado de Henry.

¿Por qué tenía tantas ganas de negarlo?

¿Qué le pasaba?

Tenía el no en la punta de la lengua. «No, mi amor por tantos tipos de música es solo mío. No lo comparto con nadie. Es una coincidencia», pensó. Sin embargo, dijo en voz alta:

—Claro, me... encantaría llevármelas y echarles un vistazo.

Opal esbozó una sonrisa deslumbrante.

—Estupendo.

Hannah aceptó la carpeta de manos de Piper y la cerró, asaltada por la ya conocida desesperación por dejar de hablar de Henry.

—Muy bien, Piper. Ya nos has mantenido demasiado tiempo en suspenso. Háblanos de los padres de Brendan. ¿Qué tal te va con ellos?

Su hermana se acomodó de nuevo en el sofá y cruzó esas largas piernas que había frotado hasta arrancarles brillo.

—Bueno, como ya sabéis, los he llevado a Seattle esta semana, ya que Brendan está faenando. Así que planeé la visita al milímetro y...

—¿Y...?—preguntó Opal.

—Y me di cuenta de que todos los planes estaban... relacionados con ir de compras. —Bajó la voz para añadir con tono escandalizado—: La madre de Brendan odia las compras.

Opal y ella se doblaron de la risa.

—¿¡Hay alguien que odie ir de compras!? —gimió Piper, que se tapó la cara.

Hannah levantó una mano. Su hermana se la bajó de golpe.

—¡Gracias a Dios que Brendan vuelve a casa esta noche! Me estoy quedando sin formas de entretenerlos. Hanns, no sabes la de paseos que hemos dado. ¡Paseos a ningún sitio!

La punzada de expectación que Hannah sintió en las entrañas no tuvo nada que ver con el hecho de que Fox regresara esa noche a casa con Brendan. Simplemente se sentía emocionada por volver a ver a su amigo y dejar de estar sola en ese piso tan vacío.

Piper miró a Opal y después la miró a ella.

—¿Me sugerís algo?

Hannah se lo pensó un segundo, adoptando el papel de actriz secundaria como si fuera una segunda piel.

—Pídele a tu suegra que te enseñe a preparar la comida favorita de la infancia de Brendan. Eso hará que se sienta útil, y no es malo aprender la receta, así podrás prepararla para los cumpleaños y las ocasiones especiales, ¿verdad?

—¡Eso es genial! —chilló Piper, que le echó los brazos al cuello y se abalanzó sobre ella en el sofá mientras Opal se reía—. Voy a conectar con mi suegra al cien por cien. ¿Qué haría yo sin ti, Hanns?

Hannah hundió la nariz contra la piel de su hermana y aspiró hondo, absorbiendo el abrazo, el momento, mientras en el fondo de su mente sonaba «Time After Time» de Cyndi Lauper. Era tentador quedarse allí, disfrutando de la cómoda sensación de ser el puntal que sostenía a los demás. No había nada malo en ello, y le encantaba ese papel. Pero esa posición tan cómoda la había colocado en el papel de secundaria durante mucho tiempo..., y esa noche por fin iba a ser ella quien dirigiera la orquesta.

6

Hannah caminaba muy despacio por la acera, con una botella de vino en la mano. El paso de tortuga tenía mucho que ver con los tacones de casi ocho centímetros que llevaba, aunque el principal culpable era el vestido. En cuanto Piper abrió la cremallera de la funda que lo protegía, sacudió enérgicamente la cabeza. ¿Rojo? ¿¡Rojo!? Su vestuario estaba pensado para la comodidad y la funcionalidad. Había muchos grises, azules, negros y blancos para no tener que preocuparse de combinarlos. Las únicas prendas rojas que poseía eran una gorra de béisbol y unas Converse. Era un tono que utilizaba para dar un toque de color. Pero no se vestía por completo de rojo.

Sin embargo, en cuanto se lo puso sintió que jamás le había molestado tanto que alguien tuviera razón. El vestido tenía un toque noventero que su alma antigua y *grunge* captó de inmediato. Le recordaba al vestido rojo que Cher llevaba a la fiesta del Valle en *Clueless. Fuera de Onda.* Piper le dio la razón y la obligó a decir por lo menos cuarenta y ocho veces «¡Y me he parado!» mientras le alisaba el pelo.

En la mayoría de los ambientes laborales, ese atuendo se consideraría inapropiado, pero el entretenimiento era otro mundo. Al final de una velada, no era raro pillar a unos cuantos miembros del equipo besándose en los pasillos. O delante de todos, sin problemas. Era normal que hubiera drogas, y siempre había alcohol. Sin embargo, mientras todos se presentaran a la mañana siguiente y cumplieran con su trabajo, se permitía cualquier cosa. Aunque las críticas y las habladurías eran inevitables, ser poco profesional fuera del horario de trabajo la convertiría en una más del grupo y no en la «rarita».

Todavía le quedaba una manzana de distancia, pero ya veía por las ventanas escasamente iluminadas de la casa alquilada las siluetas de los miembros del equipo y oía el estruendo de la música. Las carcajadas estridentes. Dado que era consciente de lo ruidosas que podían llegar a ser las fiestas del mundo del cine, aun a esa pequeña escala, había alquilado una casa casi en las afueras del pueblo para evitar las quejas por ruido. Y menos mal que lo había hecho, porque ya había alguien tirado en el jardín delantero y no eran ni las diez de la noche.

Pasó por encima del chico de prácticas silbando por lo bajo, subió los escalones con sus preciosos zapatos (¿quién iba a pensar que se sentiría tan elegante con esos lacitos brillantes en los dedos de los pies?) y entró en la casa sin llamar, ya que nadie iba a oírla de todos modos. Antes de salir del piso de Fox, se había soltado a sí misma una charla motivadora delante del espejo del cuarto de baño, que olía como si un glaciar de menta se hubiera chocado con algo más interesante..., una especie de aceite esencial de jengibre.

¿Usaría Fox aceites esenciales?

¿Por qué le tentaba tanto la idea de entrar en su dormitorio y buscar el difusor para poder inhalar el olor directamente de la fuente?

Chasqueó la lengua con impaciencia y entró en la casa, momento en el que tuvo que controlar el impulso de ir a buscar a la persona encargada de la música. Si sucumbía, se quedaría sentada en un rincón toda la noche buscando la siguiente canción perfecta (seguramente algo de Bon Iver para que todos se relajaran después de la estresante semana), y esa no era su misión esa noche.

Tras resignarse a una noche de tecno ambiental, se quitó la chaqueta y la dejó en la silla más cercana, tras lo cual saludó a un par de ingenieros de sonido con los que se encontró por el pasillo de camino al salón, donde todos parecían haberse reunido.

La canción terminó justo cuando ella entraba en la estancia. O tal vez fueran imaginaciones suyas, porque todo el mundo (literalmente todo el mundo) se volvió para mirarla. Si eso era lo que sentía una actriz protagonista, prefería ser una secundaria.

Claro que ella ya no se contentaba con eso, ¿verdad? Así que, aunque tenía las palmas de las manos húmedas por el sudor y se sentía como una imbécil por llevar un vestido de cóctel de diseñador a una fiesta informal, no tuvo más remedio que echarle morro y seguir con el plan.

—¿Soy la única que ha recibido el mensaje de que había que arreglarse? —preguntó mientras miraba los vaqueros y las camisetas que llevaba un grupo de peluqueros y maquilladores, fingiendo estremecerse—. ¡Qué pena!

Hubo algunas risas, pero después casi todos siguieron bebiendo y conversando, permitiéndole que volviera a respirar. Un poco de valor líquido no le vendría mal. Un trago y luego daría el paso profesional de su vida. Con suerte.

Vio que las bebidas estaban en una camarera situada en un rincón y echó a andar en esa dirección, mientras se recordaba que era peso ligero certificado y que no debía excederse. Todavía se estaba recuperando de la borrachera que pilló en la bodega local con Piper el verano anterior.

—Hola —la saludó Christian con tono aburrido cuando se acercó a ella—. ¿Qué vas a beber? Veneno, espero.

Hannah hizo un mohín y examinó con atención las distintas botellas de licor.

—¿Qué puedo beber para verte con otros ojos?

Tras contemplar fijamente su vestido, Christian soltó un resoplido de admiración.

—A ver, ¿estás intentando esforzarte o qué?

—¿Podrías hacer lo mismo, por favor? Has tardado dieciséis tomas en clavar cuatro líneas de diálogo esta mañana.

—La perfección no puede apresurarse. —Soltó un gemido impaciente y agarró un vaso rojo de usar y tirar—. ¿Qué vas a beber, asistente de producción? Yo te lo preparo.

Hannah se quedó con la boca abierta.

—¿Me vas a preparar una copa?

—Que no se te suba a la cabeza. —Mientras servía el vodka, le dio un repaso de arriba abajo—. Y que no se te baje a las caderas. Ese vestido es un poco ajustado.

—Ya te gustaría a ti tener las caderas necesarias para ponerte este vestido.

Lo observó mientras añadía un poco de zumo de pomelo y unos cuantos cubitos de hielo al vaso, tras lo cual se lo colocó en las manos casi con un empujón.

—Odio que me gustes.

—Me gusta que lo odies.

A ambos les costó lo suyo no reírse.

—¿Hannah? —Ambos se volvieron a la vez y descubrieron que se acercaban Sergei, Brinley y un grupo de actores entre los que estaban Maxine y su mejor amiga en la ficción. Sergei parecía haberse quedado mudo por primera vez desde que ella lo conocía, y la miraba con el vaso a la altura del muslo—. Te... te has arreglado —dijo al tiempo que clavaba brevemente la mirada en el bajo de su vestido—. Si no te hubiera visto discutiendo con Christian, no te habría reconocido.

—Sí, se me pone cara de espanto cuando ella está cerca —replicó Christian, que le dio un codazo en el costado.

—Sí. Estás fantástica —dijo Brinley, aunque no apartó la mirada de su móvil.

—Gracias. —Ser el centro de atención hizo que tuviera que beber un sorbo de la bebida que le había preparado Christian (ojalá no estuviera envenenada), y la gran cantidad de vodka hizo que le ardiera la garganta mientras el líquido bajaba.

Tal vez fueran el vestido, acompañado del licor que calmó rápidamente sus nervios, lo que la animó a hablar. O tal vez se debiera a las palabras de apoyo de Piper de ese mismo día. El asunto era que si no pedía lo que quería en ese mismo momento, nunca lo haría.

—Brinley —dijo al tiempo que se agarraba la muñeca con la otra mano para que los cubitos no sonaran—, me preguntaba si podría ayudarte de alguna manera con la música. No es que necesites ayuda, claro —se apresuró a añadir—. Más bien esperaba aprender de ti. Del proceso.

El grupo al completo guardó silencio.

No era raro que la gente utilizara las fiestas como una oportunidad para ascender en la industria. Pero sí era raro que una asistente de producción le hiciera una petición a alguien que estaba muy por encima en el escalafón y, para colmo, delante de más gente. Tal vez debería haber esperado. O pedir hablar con Brinley y Sergei a solas. Su esperanza era que Brinley encontrase la petición más aceptable al plantearla con informalidad en vez de en el ambiente laboral, que parecía más serio. No quería que la mujer pensara que estaba intentando robarle el trabajo.

—¡Oh! —Brinley parpadeó varias veces y la evaluó con renovado interés—. ¿Estás interesada en dedicarte a largo plazo a las bandas sonoras?

—Todavía no me lo he planteado hasta ese punto —contestó Hannah, que soltó el aliento—. Pero me gustaría aprender más sobre el proceso. Para ver si podría ser una buena opción en el futuro.

Brinley echó el peso del cuerpo sobre los talones un instante y después se encogió de hombros, devolviendo la mirada al móvil.

—No tengo ningún problema en que mires, si Sergei puede prescindir de ti.

Le resultó curioso que el aludido hubiera guardado silencio tanto tiempo, algo raro en él, mientras la miraba con el ceño fruncido. Cuando Brinley pronunció su nombre, dio un respingo, como si su propio silencio lo hubiera sorprendido.

—Eres vital para mí en el set de grabación, Hannah. Ya lo sabes.

Oírlo decir esas palabras le provocó un rubor imparable. «Eres vital para mí». Estuvo a punto de llevarse el vaso a las mejillas para refrescárselas. El silencio se prolongó un poco más, mientras Sergei se daba un tirón del cuello alto del jersey negro.

—Pero si eres capaz de hacer las dos cosas a la vez, no me opondré.

La emoción le provocó un ramalazo ardiente que le llegó hasta los ojos y una punzada de orgullo que se le clavó en el esternón. El alivio (y el evidente miedo al fracaso) la atravesaron con tal rapidez que estuvo a punto de dejar caer el vaso al suelo. Sin embargo, se obligó a sonreír, mientras les daba las gracias con la cabeza a Sergei y a Brinley.

—¿Quién me va a traer el café entre tomas? —protestó Christian.

Un sonido, entre carcajada y gruñido, colectivo se alzó entre los miembros del grupo, y por suerte acabó con la tensión, de manera que la conversación pasó a la agenda del domingo por la mañana. Llevaban varios días esperando que hiciera sol para grabar la escena del beso entre Christian y Maxine en el puerto, y anunciaban buen tiempo para los próximos días.

Mientras Sergei entretenía al grupo con su visión de un amplio plano del beso, ella se dedicó a repasar su catálogo musical mental en busca de la canción adecuada, del sentimiento adecuado..., y se sorprendió al no encontrar nada. Nada.

No se le ocurrió ni una sola canción.

Aquello era muy extraño.

¿Y si después de que le hubieran dado esa oportunidad había perdido la habilidad de encontrar la canción perfecta para cualquier ocasión? ¿Y si se le había olvidado cómo crear una atmósfera adecuada, algo que llevaba haciendo desde que tenía edad para manejar un tocadiscos?

La idea la tenía tan preocupada que no se dio cuenta de que Christian le rellenaba el vaso. Dos veces. La música tecno adoptó el mismo ritmo que su corazón y en cuanto fue consciente de que quería bailar, comprendió que era la señal para dejar de beber. Aunque... ya era un poco tarde para eso. La sangre le corría por las venas provocándole un placentero hormigueo, y a partir de ese momento perdió todas las inhibiciones. Empezó a hablar con todo aquel dispuesto a escucharla disertar de cualquier tema que se le ocurriera, desde los sanfermines de Pamplona hasta el hecho de que las orejas eran una parte del cuerpo que nunca dejaba de crecer. Su cerebro le decía que aquello era interesante. ¿Quizá lo era? Todo el mundo parecía reírse, y una de las actrices acabó sacándola a la improvisada pista de baile, donde cerró los ojos, se quitó los zapatos y se dejó llevar por el ritmo.

En un momento dado, sintió un cosquilleo en el cuello y abrió los ojos para descubrir que Sergei la estaba mirando desde el otro extremo del salón, aunque desvió la mirada al instante porque Christian le hizo una pregunta. Ella siguió bailando y aceptó, con gran imprudencia, la copa que le ofreció un maquillador.

Sus movimientos se ralentizaron porque el ambiente cambió en un momento dado.

La estancia pareció... cargarse.

Miró a su alrededor y se percató de que todo el mundo había clavado la mirada en la puerta del salón. Porque allí estaba Fox, apoyado en el marco mientras la miraba con sorna.

—¡Ay, mi madre! —murmuró Hannah, que se detuvo para mirarlo como todos los demás.

No había otra forma de reconocer su llegada que quedarse muda e inmóvil. Fox se había colado en la fiesta como un tiburón que atravesara despacio un banco de peces. Acababa de llegar del mar, y esa piel morena parecía un poco curtida por el salitre, el sol y el trabajo duro. Le sacaba una cabeza a todo el mundo, como si se alzara por encima de todo. ¡Qué creído se lo tenía! ¡Qué creído, qué chulo y qué bueno estaba! Para comérselo.

—Es él —dijo una de las chicas que estaba cerca—. El tío que vimos desde el autocar.

—¡Por Dios! Me está poniendo a mil.

—Me lo pido.

—Ni de broma. Yo me lo pedí antes.

Hannah vio que aparecía un tic nervioso en una de sus mejillas, señal de que había oído la conversación, pero no dejó de mirarla en ningún momento, de manera que empezó a... enfadarse un poco. No, un poco no. Estaba muy enfadada. ¿Quién se «pedía» a otro ser humano? ¿Cómo se atrevían a decir que las ponía a mil? ¿Por qué pensaban que iba a ser tan fácil... apreciar a su amigo?

Claro que, ¿y si de verdad lo era?

¿Y si a él le gustaba una de esas chicas que habían estado hablando?

No era asunto suyo. ¿O sí?

Observó que Fox oía más susurros y vio que su sonrisa perdía fuerza. No era la primera vez en los últimos cuatro días que recordaba lo que él le dijo durante su primer día en el pueblo: «No voy a permitir que vincules tu reputación a la mía, ¿de acuerdo?».

En ese momento, echó a andar hacia ella con paso vacilante. ¿No tenía claro si debía acercarse a ella? ¿Porque toda esa gente lo estaba mirando?

Sin pensárselo dos veces, Hannah dejó el vaso en el alféizar de una ventana cercana y echó a andar hacia él con decisión. Era posible que el efervescente efecto del alcohol en su torrente sanguíneo fuese en parte responsable de sus actos, aunque sobre todo se debía a la indignación. ¡Esas chicas ni siquiera lo conocían! Y tampoco parecía que hubieran descubierto nada de su personalidad real desde que llegaron al pueblo. ¿De dónde salían, por tanto, semejantes suposiciones?

Claro que ella también las había hecho, ¿verdad?

El primer día. Le dijo que era «el colega guapo». Y supuso que era un mujeriego.

Y todas las veces que le había enviado mensajes de texto, preguntándole si estaba solo. Con ironía. Como si la probabilidad de que estuviera con una chica fuera elevada. Echando un polvo.

Así que tal vez fue la repentina y aplastante necesidad de disculparse lo que la impulsó a seguir adelante. Nadie más juzgaría a Fox en su presencia y no iba a consentir que él dudara si acercarse a ella o no en una fiesta. Lo estaban cosificando allí delante de sus ojos, y quería ser su ancla.

Quería consolarlo.

Muy bien, a lo mejor también estaba celosa. Por la posibilidad de que otra mujer se lo pidiera, aunque no quería pensar demasiado en eso. De manera que se humedeció los labios con la lengua mientras elegía dónde iba a plantárselos.

Estaba aproximadamente a metro y medio de él cuando su expresión cambió, y fue consciente de que Fox se percataba de sus intenciones. La inseguridad que parecía haberse apoderado de él se desvaneció y se convirtió al instante en una antorcha humana. El deseo ensombreció esos ojos azules y apretó los dientes, resaltando de esa forma su mentón cuadrado. Estaba listo. Un hombre acostumbrado a que lo desearan y que sabía qué hacer al respecto.

Lo oyó susurrar su nombre justo antes de que ella se pusiera de puntillas y lo besara en la boca, allí mismo, en la puerta del salón. La voracidad de esos labios masculinos la arrolló, y al cabo de un momento él la levantó del suelo y la dejó con la espalda apoyada en la pared, mientras separaba los labios con un gemido estrangulado y la exploraba con la lengua.

Comprendió que había cometido un error garrafal, pero era incapaz de hilar dos pensamientos seguidos y no podía mover las extremidades, lánguidas en ese momento por el deseo. Era Eva en el Jardín del Edén y acababa de darle un mordisco a la manzana prohibida.

7

Un gran error.

Enorme.

Por desgracia, intentar ponerle fin al beso con Hannah fue un esfuerzo en vano.

Para empezar, pensaba Fox, no debería haber ido a ese lugar. Sin embargo, cuando entró en su piso después de cuatro noches en el mar esperando encontrársela allí, solo descubrió una nota informándolo de que había ido a una fiesta. Su casa olía a verano, tal vez por la bolsa protectora para ropa colgada en la parte posterior de la puerta de la habitación de invitados. Y allí se quedó, paseando de un lado para otro mientras se preguntaba qué tipo de prenda tendría Hannah que necesitaba una bolsa especial.

Intentó ducharse y beberse una cerveza, pero se descubrió atravesando el pueblo a pie en busca de esa fiesta para la que, obviamente, se había disfrazado. No le resultó tan difícil localizar una casa llena de forasteros en un lugar como ese. Había visto a un tío haciendo eses y le preguntó de dónde había salido, tras convencerse de que solo iba a por Hannah para asegurarse de que llegaba bien a casa. ¿No le había prometido a Brendan que la vigilaría?

Sin embargo, ese vestido rojo tan corto...

Le encantaba y lo detestaba a partes iguales.

Porque no se lo había puesto para él. Ni siquiera lo estaba besando porque fuera él.

Antes de salir a faenar, Hannah había estado pensando en la manera de poner celoso al director. Había sopesado la idea de hacerle creer que entre ellos había algo más que amistad. Vio a ese hijo de puta en cuanto se asomó al salón, a menos de veinte metros de donde Hannah estaba tan mona bailando. En ese momento, los estaba mirando mientras se besaban. Era evidente que Hannah había hecho caso omiso de su consejo de mantenerse alejada de él por su reputación y... ¡Joder!

Le resultaba imposible detenerse. Ya se estaban besando, y no tenía que fingir para parecer que lo estaba disfrutando de verdad. En absoluto.

¡Por Dios! Su sabor era increíble. Afrutado, femenino y relajante.

Aunque ya llevaba un buen rato bien lejos de la Della Ray, fue en ese momento cuando sintió que había regresado a tierra firme.

¿La había empujado contra la pared con demasiada fuerza? Nunca había sentido esa desesperación por meterle a una mujer la lengua en la boca. Nunca se había visto tan acicateado por la urgencia, por los celos, ni por las otras mil emociones sin nombre que lo empujaban a agarrarle la barbilla para tener un mejor acceso a su boca. ¡Por Dios! ¡Por Dios!

«No es una relación pasajera en ningún sentido, ¿de acuerdo? Así que las manos quietecitas».

Tras oír la voz de Brendan en el fondo de su mente, Fox se obligó a abrir los ojos, pero vio que Hannah los tenía cerrados con fuerza. Completamente cerrados. Le acarició el cuello con el pulgar y descendió hasta la garganta, donde sintió su gemido. Le habría encantado saborearlo. Seguramente podría dilatar el momento (llevársela a casa desde la fiesta y meterla en la cama para hacerle perder el sentido con un orgasmo), ya que lo de seducir mujeres era una habilidad innata para él.

Sí, un poco más y Hannah pasaría la noche debajo de su cuerpo, aunque, claro..., ¿lo deseaba ella de verdad? No. No, ella tenía las miras puestas en otro hombre. Si bien parecía que el sexo estaba a la vuelta de la esquina, ¿de verdad quería acostarse con él cuando deseaba a Sergei? Ese no era el estilo de Hannah. Era demasiado leal. Tenía unos principios firmes. Y él no se los arrebataría, por muy irresistible que fuera su sabor. Por más dura que se la estuviera poniendo con las caricias de su lengua y los tirones que le estaba dando a su camisa con las manos.

En resumidas cuentas: Brendan tenía razón.

Hannah era todo lo opuesto a una relación pasajera, y él solo quería relaciones a corto plazo. A muy corto plazo. Esa regla personal le impedía hacerse ilusiones, pensar que podía ser de nuevo la mitad de una relación. Las mujeres no lo llevaban a casa para conocer a sus padres. Él era más bien el tío con el que le ponían los cuernos a la pareja estable. Se habían pasado toda la vida diciéndole que sería exactamente igual que su padre, y hacía tiempo que había confirmado que compartía algo más que una cara bonita con ese hombre. Era perfecto para despertar los celos del director de Hannah.

Sí. El beso solo podía ser un farol. Un amigo ayudando a una amiga. Por desgracia, conocía lo bastante a las mujeres como para saber que Hannah no estaba fingiendo su disfrute. Esos gemidos jadeantes eran solo para sus oídos. En sus manos estaba asegurarse de que no llevaban el beso demasiado lejos. Como, por ejemplo, hasta su cama.

Aunque le costó lo suyo, consiguió dejar de besarla y apoyó la frente en la de Hannah mientras ambos se esforzaban por recuperar el aliento.

—Muy bien, Pecas —dijo—. Creo que lo hemos convencido.

Esos ojos castaño verdosos lo miraron, aturdidos.

—¿Qué? ¿Quién?

Fue la primera vez que sintió que se le aceleraba el corazón a toda pastilla estando en tierra. ¿Hannah acababa de besarlo... porque sí? ¿Porque lo deseaba? Recordó que había dejado de bailar cuando él entró y se había acercado a él como atraída por un imán. ¿Lo habría malinterpretado todo? ¿El beso no era para poner celoso al director?

—Hannah... yo creía que estabas intentando demostrarle a Sergei lo que se está perdiendo.

La vio parpadear varias veces.

—¡Ah, claro que sí! —exclamó ella susurrando al tiempo que sacudía la cabeza un par de veces—. Te había entendido, sí. Lo siento —añadió, aunque a esas alturas ya no lo miraba. ¿Por qué?—. Gracias por... ser tan convincente.

Fox no sabría explicar el repentino dolor que sintió en el estómago al ver que ella miraba de reojo a Sergei para comprobar si había estado mirando.

¡Oh, sí! Ese tío no les quitaba los ojos de encima.

El plan ya estaba funcionando.

De repente, ardía en deseos de estampar un puño contra la pared.

Al percatarse de que Hannah se movía, se dio cuenta de que todavía la tenía aplastada contra la pared y retrocedió antes de que ella sintiera su erección.

—¿Cómo...? Mmm... —Ella se llevó una mano a la garganta, como si quisiera ocultar la piel rosada de ese lugar—. ¿Cómo sabías que estaba aquí?

—He seguido el rastro de los borrachos. —Recordó el vaso rojo que ella tenía en la mano cuando entró en el salón y frunció el ceño por la preocupación—. No serás una de ellos, ¿verdad? No me había dado cuenta de que...

—Déjalo, no he bebido tanto como para que te hayas aprovechado de mí, Fox. Solo lo justo para bailar música electrónica. —Soltó una carcajada—. De todos modos, he sido yo quien te ha besado, ¿recuerdas?

—Lo recuerdo, Hannah —le aseguró en voz baja, sin poder evitar que su mirada descendiese hasta esos labios hinchados—. ¿Quieres quedarte un rato?

Ella negó con la cabeza, pero se detuvo. De repente, una sonrisa iluminó su cara, y él se quedó allí extasiado, contemplándola.

—Lo he conseguido —murmuró Hannah—. Le he pedido a Brinley si puedo colaborar con la banda sonora, y me ha dicho que sí. Y esta vez no he estado a punto de abrirme la cabeza por una caída.

«Corazón tonto. Corazón tonto e inútil, por favor, deja de dar vuelcos», deseó él.

El problema era que Hannah estaba muy guapa después de haberse tomado unas copas y parecía feliz con sus buenas noticias. Él era incapaz de pensar en otra cosa que no fuera besarla de nuevo, y no podía hacerlo. Su misión había terminado, y necesitaba regresar al terreno de la amistad lo antes posible. Hannah no parecía tener problemas para ponerlo de nuevo en esa casilla, ¿verdad? Su amistad era muy importante para él, así que necesitaba seguir su ejemplo. Sin pérdida de tiempo.

—Felicidades —dijo, devolviéndole la sonrisa—. Es increíble. Vas a llegar a lo más alto.

—Sí... —replicó ella, que frunció un poco el ceño—. Sí, lo conseguiré. Las canciones habrán vuelto cuando me despierte mañana.

Las canciones eran su forma de comunicar sus estados de ánimo y sus sentimientos. Su forma de interpretarlo todo. Lo descubrió el verano anterior, y lo había confirmado durante los siete meses que habían estado intercambiándose mensajes de texto. Saber exactamente lo que ella quería decir hacía que se sintiera... especial.

—¿Adónde han ido las canciones?

—No lo sé. —Le temblaron los labios—. ¿Crees que un helado me ayudaría?

—Tendremos que pasar por la heladería de camino a casa. Solo queda la mitad del de vainilla.

—¿La mitad que no es de chocolate, quieres decir? —Echó un vistazo por la estancia—. Supongo que debería despedirme. O... —La vio poner una cara rara. Algo parecido a la reticencia, pero no estaba seguro—. O podría presentarte a... Algunas chicas estaban interesadas en...

Tardó un minuto en darse cuenta de adónde quería ir a parar.

—¿Te refieres a las chicas que estaban decidiendo quién me vio primero cuando llegué? —La besó en la frente para que no se percatara de lo mucho que le molestaba eso. No debería. Había aceptado la imagen que tenía la gente de él—. Paso, Pecas. Vamos a por un helado.

Las tres primeras veces que Hannah se tambaleó sobre los tacones, Fox empezó a preocuparse de que realmente estuviera como una cuba. ¿De verdad había deseado besarlo? Si al menos hubiera sabido que había bebido mucho, no habría dejado que el beso se prolongara tanto.

Sin embargo, y dado que hablaba con claridad, sus temores desaparecieron..., salvo el de que acabara rompiéndose el cuello por culpa de esos zapatos. Así que al salir de la heladería, se colocó delante de ella y le hizo un gesto impaciente para disimular y que creyera que no quería llevarla a cuestas.

—Este no es el tipo de paseo que suelo ofrecerles a las mujeres —dijo al tiempo que doblaba un poco las rodillas para ponerse a su altura—. Pero el helado se va a derretir si tenemos que ir a Urgencias, así que sube.

Le encantó que ella saltara sin más. No se lo pensó ni un segundo y entendió al instante sus intenciones, y tampoco protestó diciendo que un paseo con ella a cuestas era una locura. Se limitó a meterse la tarrina de medio kilo de helado de chocolate debajo del brazo y a saltar, tras lo cual le rodeó el cuello con el brazo libre, sin apretar demasiado.

—Te has dado cuenta de que lo mío no son los tacones altos, ¿verdad? ¿Sabes lo que es una locura? Que en realidad me gustan. Piper no me dijo lo que costaban (creo que porque nunca mira el precio y no lo sabe), pero que sean tan carísimos significa que parece que estés andando sobre algodón. —Bostezó sobre su cuello—. Siempre la he criticado por llevar zapatos incómodos por cuestiones de moda, y resulta que son cómodos y que de verdad alargan las piernas, Fox. Creo que solo necesito un poco de práctica.

Vale, no estaba borracha, pero había bebido lo bastante como para parlotear, y él no podía dejar de sonreír mientras pasaban por debajo de una farola.

—Te sientan bien.

—Gracias.

Claro que eso era quedarse cortísimo. Porque los zapatos hacían que sus piernas parecieran delicadas y fuertes al mismo tiempo, al tensarle las pantorrillas. Calculaba que sus manos se amoldarían perfectamente a ese contorno. Y le provocaban el deseo de acariciarlas con los pulgares al mismo tiempo. Tragó saliva, y la agarró con más fuerza por las corvas. «Ni subas las manos ni las bajes, imbécil», se dijo.

—Así que tienes luz verde para ayudar con la banda sonora. ¿Qué significa eso? —Tragó saliva—. ¿Que pasarás más tiempo con Sergei?

En caso de que ella hubiera captado el tono un tanto estrangulado de su voz, no hizo la menor alusión.

—No. Solo con Brinley. Ya sabes, la que tiene pinta de actriz protagonista.

Parte de la tensión que se agolpaba en su pecho se disipó.

—No estoy de acuerdo con que llames así a otras mujeres. Como si tú no estuvieras en la misma categoría.

Hannah le apoyó la barbilla en un hombro.

—Esta noche me he sentido como si lo fuera. Hasta he interpretado un beso de película y todo.

—Sí. —Su voz parecía surgir del fondo de un barril. Una vez superada la impresión del beso, lo que le preocupaba era que la gente del pueblo lo descubriera. «¿Te has enterado de que Fox le tiró los tejos a la hermana pequeña? Era solo cuestión de tiempo»—. ¿Algún avance con Sergei mientras yo no estaba? —se obligó a preguntarle.

—¡Ah! Pues no. No he ganado ni un metro.

La monótona desilusión de su voz hizo que Fox girara con brusquedad para subir la escalera hasta su piso, con la tensión de nuevo atenazándole el pecho y el inusual arrebato de celos al que no quería acostumbrarse.

—Eso te enseñará a rechazar de plano mis consejos sobre morderte el labio y darle un apretón en un brazo —se obligó a decir.

—¡Venga ya! Esos no fueron consejos útiles ni reales. ¿Qué más puedes decirme, Casanova?

¿Qué debería hacer? ¿Negarse a darle más consejos y que de esa manera saliera a relucir la envidia que sentía? Durante una décima de segundo, sopesó la posibilidad de darle unos consejos terribles. Como, por ejemplo, decirle que a los hombres les encantaba diagnosticar cualquier sarpullido que apareciera en la piel. O ser los únicos invitados masculinos durante las noches de karaoke y borrachera en un grupo de chicas. Sin embargo, Hannah era demasiado inteligente para eso. Solo le quedaba esperar que pasara de ese consejo como había hecho con los anteriores.

¿Otra vez deseando lo mismo? ¿No se suponía que era su amigo?

—¡Ajá! —Intentó tragarse la culpa, pero no lo consiguió por completo—. A los hombres nos gusta sentirnos útiles. Eso despierta el preciado orgullo de macho alfa. Busca algo pesado y dile que necesitas que te ayude a levantarlo. De esa manera, harás hincapié en vuestras diferencias físicas y, por tanto, en el hecho de que él es un hombre y tú una mujer. Los hombres necesitamos muchos menos estímulos para pensar en...

—¿Sexo?

¡Por Dios! Ni que hubiera comido algo picante. No podía dejar de carraspear. Ni de pensar en ella con el director.

—Exacto —contestó con un gruñido.

—Nota personal —dijo ella mientras fingía que escribía una nota en el aire—: Buscar un pedrusco. Pedir ayuda. Manipular la psique masculina. ¡Ay, creo que lo he pillado!

Fox dudaba de que Brazos de Lápiz pudiera levantar un guijarro, mucho menos un pedrusco, pero se mordió la lengua.

—Aprendes rápido.

—Gracias —replicó Hannah, que le sonrió por encima del hombro. Estaba tan monísima que no pudo evitar corresponder el gesto—. ¿Qué tal ha ido el trabajo?

Soltó un suspiro mientras se sacaba las llaves del bolsillo y usaba la luz de la luna del pasillo exterior del bloque para llegar hasta su puerta.

—Bien. Un poco tenso.

Algo que seguramente nunca habría admitido en voz alta si no se hubiera dejado llevar por los celos. ¡Joder, esa imagen no lo beneficiaba!

Claro que tampoco pretendía que Hannah fuera su novia.

¡Por Dios, no! ¿Una novia? ¿Él? Apagó el rayito de esperanza antes de que pudiera crecer más. Bastante malo era que hubiese permitido que el beso de esa noche durara tanto. No pensaba arrastrarla al fango con él de ninguna de las maneras.

En cuanto atravesaron la puerta de su piso, cerró de una patada, y Hannah se deslizó por su espalda. No pudo evitar fijarse en que se bajaba el vestido, que se le había subido por los muslos, una imagen que lo estaba torturando. ¡Por Dios! ¡Qué suave parecía la piel de la cara interna de sus muslos! Para lamérsela...

—¿Por qué ha sido tenso? —le preguntó ella, que lo siguió hasta la cocina con la tarrina de helado.

Muy tenso, sí.

Sacudió la cabeza mientras sacaba dos cucharas del cajón de los cubiertos.

—Por nada. Olvida lo que he dicho.

Hannah se apoyó en la encimera con los ojos muy abiertos y sonrojada.

—¿Es por culpa de Brendan? Porque no puedo criticar al novio de mi hermana. A menos que de verdad quieras hacerlo. —Guardó silencio un instante—. Muy bien, me has convencido. ¿Qué problema tiene? ¡Hay que ver lo desagradable que es a veces! Además, ¿por qué no se quita el gorro? ¿Lo tiene pegado o qué?

Se le escapó una carcajada sin poder evitarlo.

¿Cómo lo hacía Hannah? ¿Cómo era capaz de arrancarlo de las fauces de los celos y devolverlo a un ambiente cálido y acogedor? El hecho de que estuvieran en su cocina, sin nadie más alrededor, facilitaba mucho la tarea de relajarse. Eran solo ellos dos. Solo estaba Hannah, descalza a esas alturas mientras abría la tarrina de helado, muy concentrada. Ansiaba sumergirse en esa sensación, en ella. En lo referente a Hannah era... egoísta. Sí. Quería a su amiga solo para él. No se permitían directores.

—Podría decirse que ha sido tenso por culpa de Brendan —reconoció despacio mientras le pasaba una cuchara a ella, que seguía al otro lado de la isla—. Pero yo soy igual de culpable.

—¿Habéis discutido?

Negó con la cabeza.

—No ha sido una discusión. Solo una diferencia de opiniones. —Eso era quedarse corto, teniendo en cuenta que su mejor amigo y él habían sido como el agua y el aceite durante toda la semana. Brendan no había parado de sacar el incómodo tema de sus intenciones con Hannah, lo que provocó que lo evitara, algo que no resultaba fácil en el barco. En cuanto atracaron en Grays Harbour, abandonaron el barco y se marcharon cada uno por su lado—. ¿Sabes que Brendan va a añadir un segundo barco a la empresa para pescar cangrejos? Lo están construyendo en Alaska. Ya está casi terminado.

Hannah asintió mientras se llevaba la primera cucharada de helado a la boca.

—Me lo dijo Piper, sí.

Tuvo que respirar hondo para seguir hablando. Esa parte no se la había dicho a nadie.

—El verano pasado, más o menos cuando aparecisteis Piper y tú, Brendan me pidió que me hiciera cargo de la capitanía de la Della Ray. Así él podría trasladarse al nuevo barco y centrarse en crear una segunda tripulación para ser más competitivos durante la temporada del cangrejo real.

Esperó que lo felicitara. Esperó oír un jadeo sorprendido, que rodeara la isla y lo abrazara. A decir verdad, no le habría importado el abrazo.

En cambio, Hannah se apartó la cuchara de los labios y lo miró con seriedad mientras aparecía un cúmulo de pensamientos en las profundidades de sus ojos.

—¿No quieres ser el capitán de la Della Ray?

—Por supuesto que no, Hannah. —Se rio y experimentó una especie de zumbido en la nuca—. Es un honor que me lo pida. Ese barco es... parte de la historia de este pueblo. Pero, ¡por Dios!, no quiero tanta responsabilidad. No me interesa. Y Brendan debería conocerme lo bastante bien como para darse cuenta. Tú también deberías conocerme lo bastante como para darte cuenta.

Hannah parpadeó.

—Te conozco bastante bien, Fox. La primera conversación que mantuvimos fue sobre el hecho de que te contentas recibiendo órdenes y largándote después alegremente con un cheque en la mano.

¿Por qué detestaba haberle dado esa primera impresión cuando era correcta? Incluso la estaba perpetuando. Aumentándola. Porque era la verdad: se contentaba con eso. Necesitaba contentarse.

A los dieciocho años, tuvo aspiraciones de ser algo más que un pescador. Incluso montó una empresa con un amigo y compañero de la universidad. Westport y su imagen de mujeriego habían quedado muy atrás cuando de pronto comprendió que jamás podría escapar de ella. Aunque estaba a miles de kilómetros de distancia, su pasado y lo que la gente esperaba de él lo afectaban. Acabaron arruinando la empresa que había intentado levantar con su amigo. Su reputación lo perseguía y envenenaba todo lo que tocaba. Así que, sí, no tenía sentido intentar ser algo que no era.

Los hombres no querían un líder, un capitán, al que no pudieran respetar.

—Así es. —Se volvió y sacó del frigorífico una cerveza, que abrió con los dientes—. Estoy bien donde estoy. No todo el mundo tiene aspiraciones de grandeza. A veces ir tirando sin más resulta igual de gratificante.

—Muy bien —replicó Hannah, y se volvió para mirarla a tiempo para verla asentir con la cabeza. Daba la impresión de que quería guardar silencio, pero fue incapaz—. Pero ¿te has permitido visualizar que eres el capitán?

—¿Visualizarlo? —Levantó una ceja—. Ahora sí que pareces de Los Ángeles.

—Casanova, si hay algo bueno en Los Ángeles son los psicólogos.

—No necesito terapia, Hannah. Y no necesito que hagas de actriz secundaria, ¿de acuerdo? No te lo he dicho por eso. Para que pudieras hacerme reflexionar sobre mis problemas.

Hannah retrocedió de golpe, de manera que se le cayó la cuchara de la mano y se estrelló con fuerza contra la isla. Tuvo que cubrirla con una mano para detener el ruido.

—Tienes razón —susurró—. Eso es justo lo que estoy haciendo. Lo siento.

Fox deseó que se lo tragara la tierra en ese mismo momento para no tener que ver la expresión aturdida de su cara. ¿Se la había provocado él de verdad? ¿Se podía saber qué le pasaba?

—No, lo siento. Lo que te he dicho ha sido desagradable. Lo siento. Me he puesto... a la defensiva.

En sus labios apareció el asomo de una sonrisa, pero fue solo eso, un esbozo.

—¿A la defensiva? Ahora eres tú el que pareces de Los Ángeles.

¡Por Dios! ¡Cómo le gustaba esa mujer!

—A ver, no puedo... visualizarlo. —Sintió una especie de tensión atenazándole esa parte muerta de su cuerpo donde debería estar el corazón, que le exigía que le diera algo, una libra de carne, por haber sido tan desagradable—. ¿De acuerdo? Cuando me visualizo como el capitán, veo a un impostor. No soy Brendan. Yo no me tomo la vida tan en serio. Me limito a divertirme, y todo el mundo lo sabe.

Bebió un largo trago de cerveza y luego la soltó de golpe sobre la isla. Unos años antes Brendan lo había ascendido a segundo de a bordo y, pese a sus reservas, había aceptado el puesto a regañadientes, sabiendo que rara vez se le exigiría que relevara al firme capitán al timón. Desde entonces, a los hombres les gustaba bromear diciendo que a Fox no le disgustaban las sobras. Cuando se sentaba al timón un rato, le decían que era como sus rollos de una noche.

«Entrar y salir. Lo justo para que se te moje, ¿eh, colega?».

Fox se reía y fingía que no le importaba, pero los comentarios se le clavaban en la piel, cada vez más hondo. Sobre todo desde el verano anterior. ¿Y encima Brendan quería que fuera capitán? ¿Para que tuviera que enfrentarse a más escepticismo y faltas de respeto? ¡Ni hablar!

—Con el tiempo, se daría cuenta de que fue un error pedírmelo. Así que lo que intento es ser considerado y ahorrarnos a todos un tiempo valioso.

Hannah guardó silencio un momento.

—Supongo que así es como te sientes cuando yo digo que no soy una actriz protagonista.

Eso lo hizo reflexionar. El hecho de que ella se hubiera colocado a sí misma en una especie de banquillo permanente lo desquiciaba. Pero no, sus circunstancias no podían ser más distintas.

—La diferencia es que tú quieres ser la protagonista. Yo no quiero ser el héroe de la historia. No me interesa.

La vio apretar los labios, y eso hizo que entrecerrara los ojos.

—¿Has apretado los labios porque estás intentando no soltar todos los términos psicológicos que quieres soltarme?

La expresión de Hannah se tornó tristona.

—Pues sí.

Se obligó a reír.

—Siento decepcionarte, Pecas, pero aquí no hay nada. No todo el mundo es terreno fértil que arreglar.

Ella levantó los hombros y los dejó caer.

—De acuerdo, no lo intentaré. Si me dices que no quieres ser el capitán, te creo. Y apoyaré tu decisión.

—¿De verdad?

—Sí. —Pasaron unos segundos—. Después de que te visualices en el papel de un buen capitán. De que te imagines en la cabina del puente de mando, disfrutando del momento. La tripulación te ve como un tío simpático al que le va la marcha, pero hay un tiempo para la diversión y un tiempo para la responsabilidad. Ellos tienen claro que tú reconoces la diferencia.

—Hannah... —¿Por qué estaba al borde del pánico? No quería visualizarse como un capitán al que la tripulación tomaba en serio como sustituto de Brendan. De esa forma, solo conseguiría albergar falsas esperanzas. ¿No se daba cuenta Hannah de eso? Además, era imposible. Aunque su imaginación pudiera conjurar algo tan improbable, jamás sería capaz de verse de forma realista en esa posición de liderazgo—. No puedo hacerlo —le aseguró, levantando un hombro con brusquedad—. Hannah, ni quiero ni puedo visualizarlo, ¿de acuerdo? Te agradezco que intentes ayudarme.

Ella asintió con la cabeza al cabo de un momento.

—De acuerdo. —Esbozó una sonrisa lenta y juguetona—. Me temo que nos hemos quedado sin tiempo. Retomaremos esta conversación durante la sesión de la próxima semana.

—Siento que no haya habido progresos.

Hannah se tomó su tiempo para disfrutar de otra cucharada de helado de chocolate, y las sospechas de Fox aumentaron al ver que sus labios rodeaban la cuchara con un gesto un tanto ufano. Dejó el botellín de cerveza en el aire, a escasa distancia de sus labios mientras la observaba rodear la isla con cierto engreimiento para dejar la cuchara en el lavavajillas.

—Creo que he sembrado unas cuantas semillas.

Tal vez fuera cierto.

Porque cuando lo miró a los ojos, extrajo la suficiente fuerza de ella como para visualizarse en el puente de mando, solo por un instante. Por primera vez desde que Brendan le pidió que considerara el puesto, se permitió agarrar el timón imaginario, a sabiendas de que no tendría que dejarlo cuando Brendan volviera de orinar o de arreglar algo en la sala de máquinas. Sería suyo desde el momento que zarparan hasta que atracaran de nuevo. Se imaginó oyendo su voz por la radio, observando el movimiento en la cubierta.

Volviendo a casa después de haberlo hecho todo bien, ganándose el respeto de la tripulación...; en ese punto fue donde se atascó. Era imposible imaginarse esa parte.

Desterró la imagen lo más rápido posible y carraspeó con fuerza.

—Buenas noches, Pecas.

—Buenas noches —replicó ella con ternura al tiempo que se ponía de puntillas para darle un beso en una mejilla—. ¿Qué día musical has tenido?

Suspiró, contento de haber vuelto a terreno conocido.

—¿Al volver a casa después de cuatro días en la mar? Mmm... Algo sobre el hogar.

—«Home», de Edward Sharpe and the Magnetic Zeros.

Evitó a duras penas levantar la mano para echarle el pelo hacia atrás.

—Esa no la conozco —logró decir.

—Te la enviaré con un mensaje antes de dormirme. Es perfecta.

Fox asintió con la cabeza.

—¿Y tú?

Ella meneó las cejas y se apartó.

—«Just One Kiss» de The Cure.

—¡Qué bonita!

Mientras la observaba alejarse por el piso con ese vestido rojo tan corto y sonriéndole con complicidad por encima del hombro desnudo antes de entrar en la habitación de invitados, empezó a preguntarse si vivir con Hannah podría ser peligroso en más de un sentido.

«De que te imagines en la cabina del puente de mando, disfrutando del momento. La tripulación te ve como un tío simpático al que le va la marcha, pero hay un tiempo para la diversión y un tiempo para la responsabilidad. Ellos tienen claro que tú reconoces la diferencia».

¿Creía Hannah que, si cavaba un poco, encontraría algo interesante o que valiera la pena bajo la superficie? ¿Daría con la ambición que enterró hacía tanto tiempo?

Tal vez debería demostrarle lo que mejor se le daba.

Podía borrar todos los pensamientos de esa preciosa cabeza, dejando solo la certeza de que estaba a la altura de su fama. De que solo servía para una cosa.

Se imaginó a Hannah al otro lado de la pared, con ese vestido rojo deslizándose hasta los tobillos. Se imaginó que se le ponía la piel de gallina si lo veía entrar por la puerta.

«Solo un beso», le diría, exhalando el aliento contra su nuca. «Aunque no sé yo...».

«No lo hagas. No la cagues», se dijo al final.

Porque eso sería lo que acabaría pasando. En un abrir y cerrar de ojos. Cuando la verdad… Por primera vez desde hacía muchísimo tiempo, no quería que una chica pensara que solo era bueno para una cosa. Hannah era como un soplador de hojas apuntando directamente a su hasta entonces inmóvil montón de posibilidades y, joder, la esperanza empezaba a gustarle. Pero al mismo tiempo deseaba que todas esas posibilidades regresaran debajo de la lona y se quedaran allí protegidas.

Dio un paso en dirección a la habitación de invitados mientras imaginaba ese beso, mientras imaginaba los golpes de la cama y los gritos de Hannah reverberando por el piso. Sabría Dios cómo llegó a su dormitorio sin llamar antes a su puerta. Eso sí, se pasó toda la noche pensando en ese momento.

8

El sábado no hubo rodaje, y el equipo casi al completo se fue a Seattle para aprovechar el tiempo libre. Hannah recibió un mensaje de Christian a las diez de la mañana que decía: **«¿Vienes a Seattle, sí o no? Me da igual».** Y aunque le resultó dificilísimo dejar pasar una invitación tan amable y generosa, estaba deseando pasar un buen rato con su hermana. Dado que Brendan ya estaba de vuelta en tierra firme y podía entretener a sus padres, el capitán tuvo el acierto de darle a Piper su tarjeta de crédito, y tras mascullar que tuviera cuidado y besarla como si no hubiera un mañana, empujó a una aturdida Piper hacia ella, que la esperaba en la entrada fingiendo que semejante muestra de afecto en público le provocaba náuseas.

—A ver, ahora en serio —le dijo Hannah a su hermana mientras se acomodaba en el asiento del acompañante de la camioneta de Brendan, que les había prestado para ese día—. ¿Tu vagina no se cansa nunca?

Piper resopló.

—A veces, te juro que me parece que sí, pero luego me doy cuenta de que solo es mi cuerpo diciéndome que me hidrate. —Hannah se dejó caer de lado en el asiento entre carcajadas, y Piper le revolvió el pelo con una sonrisa indulgente—. Cuando lo hace bien, nunca me canso. —Piper se echó un vistazo en el retrovisor para ver cómo tenía el maquillaje, apretó los labios y arrancó la camioneta—. Algún día tendrás motivos para darme la razón.

A Hannah no le gustaban los derroteros que iban a tomar sus pensamientos... Y, efectivamente, allá que fueron de inmediato.

La mirada intensa que le echó Fox la noche anterior mientras ella entraba en su habitación.

Seguro que no esperaba que ella volviera la cabeza por encima del hombro, porque de lo contrario no la habría mirado así. La verdad fuera dicha, el adjetivo «seductor» normalmente le parecía ridículo. Era una palabra que le recordaba a los antiguos avances de las películas de Sharon Stone. Y de vez en cuando la oía mientras ojeaba los canales de la televisión por cable, donde solo había anuncios de café.

Mezclas seductoras. Aroma seductor.

Nunca había reflexionado sobre el verdadero significado de la palabra hasta ese momento. Fox era atractivo. Poseía un atractivo innegable. Eso era un hecho. Pero la noche anterior, la mirada de sus ojos le había ofrecido sin querer un vistazo detrás del telón y fue como pisar un nuevo país con una moneda y un clima diferentes. Incluso se atrevería a decir que su expresión era ardiente. Seguro que estaba pensando en el sexo, no le cabía duda. Y aunque mentiría si dijera que entre ellos nunca saltaban chispas, siempre había pensado que con Fox era algo normal. Que estando a su lado era algo que sucedía sin más.

Sin embargo, lo de la noche anterior fue distinto.

Durante ese breve momento, todo ese torrente de energía sexual se había concentrado en ella, y se había calentado como un horno tras poner la temperatura al máximo. ¿Quería acostarse con ella? El hecho de que le hubiera dado consejos para captar la atención de Sergei hacía que esa posibilidad pareciera remota. No obstante, la simple idea de que Fox la desease era como un salto en paracaídas. Como tirarse en caída libre y sentir que el estómago se le quedaba atrás.

Durante sus años de estudiante en la Universidad de California en Los Ángeles, salió con uno de sus compañeros de la carrera de Historia de la Música, una relación que duró algo más de un año y que fue lo bastante seria como para presentarle a sus padres e irse juntos de vacaciones a Maui. Pero su interés por él se basaba principalmente en la conveniencia, ya que compartían clases, y no se molestaba cuando ella se refugiaba en la música con los auriculares. Durante esos momentos, él jugaba con la Xbox y también desconectaba. Al cabo de un tiempo, la relación se convirtió en una competición para encontrar formas de pasar el uno del otro. Definitivamente era imposible usar la palabra «seductor» para describir nada de lo que sucedió.

Ya enamorada de Sergei, salió una vez con un chico. Un extra que conoció en el set de grabación, recién llegado a Los Ángeles procedente de una granja de Illinois para perseguir su sueño. Era coordinador de dobles y se pasó todo el rato comentando anécdotas de películas clásicas, algo que en teoría no le molestaba (de hecho, seguían siendo amigos a través de las redes sociales), pero no percibió conexión alguna con él.

En otras palabras, hasta la fecha había estado jugando en las ligas menores.

Si el beso de Fox en la fiesta era un indicio, él jugaba en las ligas mayores en lo referente al sexo. Por supuesto que lo sabía antes de ese instante. Al menos, en teoría. Era un casanova y ni siquiera se molestaba en intentar negarlo. Pero experimentar de primera mano esas habilidades la noche anterior, que llevara a la práctica todos esos conocimientos con ella, fue cuanto menos revelador.

Estaba bastante segura de que su cerebro y sus ovarios habían intercambiado brevemente sus posiciones durante ese beso.

Si quería acostarse con ella (y, en fin, era muy posible que lo hubiera malinterpretado), ¿qué iba a hacer con todo ese... fuego seductor? ¿Por qué no podía dejar de pensar en eso? En cómo se movería. En cómo gemiría cuando llegara al orgasmo. En cómo sentiría la parte delantera de sus musculosos muslos contra la parte posterior de los suyos.

Seguro que lo hacía bien.

Y la dejaría deshidratadita.

—Hannah.

—¿¡Qué!? —gritó.

Piper chilló y dio un volantazo con la camioneta mientras la miraba con los ojos de par en par.

—Te he preguntado si querías parar para tomarnos un café.

—¡Ah! Lo siento. —¿Estaba sudando?—. Por supuesto que sí.

Se dio una sacudida mental y se concentró en contar las líneas blancas pintadas en mitad de la carretera. La culpa se instaló en su estómago como los posos en una copa de vino. Se acabó lo de pensar en Fox en esos términos. En términos sexuales. El beso, seguido de esa ávida mirada, la había dejado perpleja. En ese momento, necesitaba espabilarse. Volver a batear en las ligas menores. Volver a su inofensivo enamoramiento del director. Además, seguramente había malinterpretado a Fox.

Después de detenerse para disfrutar de un par de cafés con leche con una buena capa de caramelo y nata montada, Piper siguió conduciendo durante unos cuarenta minutos hacia el sur, hasta un centro comercial abierto. Se pasaron la jornada mirando tiendas, pero estaban demasiado ocupadas hablando y poniéndose al día como para comprar mucho, aunque Piper salió de una tienda de lencería dándose mucha importancia y llevando en la mano una bolsita rosa, y ella se compró unas gafas de sol redondas de carey. Se demoraron durante el almuerzo en un acogedor bistró francés, y no pararon de pedir tazas de café para que no las echaran.

El cielo empezaba a oscurecerse cuando volvieron a Westport, mientras Hannah cantaba acompañando a la radio, mal, aunque su hermana estaba acostumbrada.

—Oye —dijo Piper cuando la canción terminó—, Brendan va a traer a sus padres a Cross e Hijas esta noche. ¿Por qué no vienes a conocerlos?

—¿Crees que voy a desaprovechar la oportunidad de conocer a los responsables de engendrar al Malote? —Se sacó el móvil del bolsillo—. Déjame enviarle un mensaje a Fox.

Piper aspiró el aire por la nariz con fuerza.

—Me estoy alojando en su casa. Está feo que no lo avise. —Empezó a teclear un mensaje rápido, pero titubeó—. ¿Debo invitarlo?

—Es sábado por la noche... ¿No tiene planes? —Piper le dirigió una mirada elocuente.

—¿Planes? ¿Qué...? ¡Ah! —No tenía por qué sentir un nudo en el estómago—. A ver, no me ha dicho nada. De que haya quedado con alguien. Pero si lo invito, lo peor que puede decir es que no.

¿Por qué la ponía nerviosa que él la rechazara? ¿Que le dijera que se iba a Seattle para su entretenimiento habitual? Lo que Fox hiciese con su tiempo no era asunto suyo. Dejó los dedos sobre la pantalla unos segundos antes de teclear un mensaje.

> **HANNAH (19:18):** Voy a Cross e Hijas con Piper, por si te apetece.

Un minuto después, él respondió:

Hannah soltó el aire despacio al tiempo que apoyaba la cabeza en el respaldo del asiento. La velocidad con la que su estómago se relajó le resultó alarmante. Pero así fue. Como si un mar embravecido se convirtiera en un lago tranquilo tan solo con cuatro palabras. ¿Qué le pasaba? ¿Tanto apreciaba el poco tiempo que tenía para pasar con un amigo? Eso era posible, ¿verdad?

Entraron en el Cross e Hijas poco después, antes de que la clientela de la noche empezase a llegar. El corazón le dio un vuelco en cuanto atravesó el umbral y la invadieron los recuerdos: Piper y ella lijando la vieja y descuidada barra; el día que encontraron la fotografía de Henry detrás de un tablero de contrachapado; Piper con la sartén en llamas corriendo hacia la puerta; los preparativos para la gran reapertura. Tantos recuerdos en un espacio tan pequeño... Además, sintió una increíble satisfacción al mirar hacia arriba y saber que fue ella quien colgó en el techo la red dorada, pintada con spray.

Piper se apresuró a plantarse detrás de la barra para consultar con Anita y Benny, el chico al que acababan de contratar para que sirviera las bebidas y del que le había hablado durante el almuerzo. Su hermana parecía muy segura de sí misma, mientras señalaba la carta de bebidas y respondía preguntas sobre el funcionamiento de la caja registradora. Un año antes, Piper no sabía lo que era un talonario de cheques, ni mucho menos era capaz de hacer balance de sus gastos. En ese momento, era la dueña de un exitoso bar que ella misma gestionaba.

¡Por Dios! ¡Qué orgullosa estaba de ella!

—¿Estás bien?

Se giró al oír la voz ronca de Fox y lo descubrió repantingado en un taburete de la barra, con un brazo apoyado en el respaldo y el otro ocupado con el botellín de cerveza que tenía en el regazo. Fue imposible contener el hormigueo que le recorrió el cuero cabelludo, y que tras bajarle por el cuello descendió por la parte delantera del torso hasta endurecerle los pezones. Fue tan rápido que no tuvo tiempo para pensar en algo que contrarrestara el efecto, como babosas, mocos u hongos en los pies.

Fox la observó, muy consciente de lo que le sucedía, tal como reveló el azul de sus ojos, que se oscureció cuando bajó la mirada hasta sus pechos mientras se llevaba la cerveza a esos labios carnosos para beber un buen trago.

«Contrólate, Hannah», se dijo.

Aquello solo era el efecto que Fox tenía en las mujeres. Pero ella no tenía que ser como las demás y cosificarlo. Podía reconocer su atractivo y mantenerse objetiva, ¿verdad?

—Hola. Sí. Solo estaba... Mmm... —Mientras suplicaba para sus adentros que se le pasara la tontería, se sentó en el taburete de al lado—. Estaba recordando todo el trabajo que hicimos aquí.

Él asintió con la cabeza.

—Lo habéis devuelto a la vida.

Le dio un codazo y suspiró en su fuero interno al descubrir que esos músculos tan firmes ni siquiera acusaron el golpe.

—Tú también colaboraste.

—Solo venía por la compañía —replicó en voz baja mientras le sostenía la mirada el tiempo justo para que se le hicieran varios nudos en el estómago. Acto seguido, como si se hubiera obligado a sí mismo a cambiar de marcha, estiró un brazo y le dio un golpecito con un dedo en la nariz—. ¿Qué quieres beber?

—Mmm... Nada de licores fuertes. Con lo de anoche tengo para todo lo que queda de año. ¿Una cerveza, quizá?

—Pues una cerveza.

Fox le hizo un gesto a Benny y pidió algo que parecía alemán. Al cabo de un momento, se encontró bebiendo de una jarra que contenía un líquido frío y dorado, adornada con un gajo de naranja en el borde.

—¡Qué rico! ¿Esto es cerveza?

Fox sonrió.

—¡Oh, oh! Me da que alguien va a beber hoy suficiente cerveza para el resto del año.

—¡Ni hablar! Yo no. Tengo que estar en el set de grabación por la mañana.

—Ya veremos. —Se cruzó de brazos con expresión guasona—. Hace tiempo que no venías por aquí.

Hannah hizo una pausa a mitad de un sorbo.

—¿Qué se supone que significa eso?

Fox no llegó a responder, porque en ese mismo momento Piper le dio un golpecito en un hombro y, cuando se volvió, le presentó a los padres de Brendan con una floritura.

—Hannah, el señor y la señora Taggart. Michael, Louise, esta es mi hermana, Hannah.

¡Oh! No cabía duda de que eran los padres de Brendan. Imposible confundirlos. Tenían los hombros rígidos y estaban serios, como si no se sintieran cómodos en absoluto en el ambiente del bar. Sin embargo, lo estaban intentando aunque sus sonrisas parecieran apagadas. Percibió los nervios de Piper sin necesidad de mirarla siquiera, por el hecho de tener a sus futuros suegros en el bar, así que hizo lo que mejor sabía hacer: sacar a la animadora que llevaba dentro.

Tras esbozar una enorme sonrisa, se bajó del taburete y se inclinó para saludar a los Taggart con sendos besos acompañados por un apretón de manos, ganándose de esa forma toda su atención.

—Encantada de conocerlos. ¿Están disfrutando de su regreso a Westport?

Louise pareció relajarse un poco.

—Pues sí. El pueblo no ha cambiado mucho, y eso me parece bastante reconfortante.

De tal palo, tal astilla, ¿verdad?

—Piper no ha parado de decirme durante todo el día lo increíble que ha sido tenerlos de visita. Deberían tener cuidado por si los encierra en la casa para que no se vayan.

Louise se alegró un poco, y sus mejillas se tiñeron de rosa.

—¡Ah, vaya! ¡Qué agradable oír eso!

Hannah asintió con la cabeza.

—Incluso ha creado un cóctel especial para celebrar su visita. El... Taggart-tini. ¿Verdad, Pipes? —Su hermana la miró sin pestañear, con una sonrisa congelada en los labios—. ¿A qué esperas? Vuelve a la barra y prepárales uno.

Piper se volvió y rodeó la barra a paso de tortuga.

A fin de darle tiempo a Piper para que creara de verdad el Taggart-tini, Hannah le puso una mano en el brazo a Fox.

—Seguro que conocen a Fox, ¿verdad? Creció con Brendan.

Fue imposible no percatarse del ligero enfriamiento que sufrió la actitud de Louise. Un cambio muy sutil, pero Hannah lo detectó por el rictus de sus labios.

—Sí, claro que sí. Hola, Fox.

El aludido se volvió un poco y asintió con la cabeza.

—Me alegro de verlos. —Su sonrisa parecía forzada—. Espero que disfruten de la visita.

—Sí, gracias —replicó Michael, que también estaba tenso.

Hannah frunció el ceño para sus adentros al ser testigo de semejante intercambio, deseosa de pedirle explicaciones a Fox, pero Piper eligió ese momento para colocar dos martinis de color rojo turbio en la barra.

—¡Aquí está! —exclamó Piper entre dientes con tono cantarín—. El Taggart-tini.

—¡Oh, en fin! ¡No creo que...! —replicó Louise, que se llevó una mano a la garganta.

—Claro que van a probarlo, ¿verdad? —Hannah le ofreció las copas a la pareja, ayudándolos a brindar—. Un sorbito no les hará daño.

Veinte minutos más tarde, Louise le había agarrado la cara a Piper entre las manos y le estaba diciendo con lengua de trapo:

—Nunca he visto a mi hijo tan feliz. Eres un ángel. Un ángel del cielo. ¿A que sí, Michael? ¡Nuestro hijo por fin sonríe! Me sorprende verlo sonreír tanto, y tú..., tú vas a darme nietos, ¿verdad? ¡Ay, por favor! Eres un ángel caído del cielo. Mi hijo ha tenido mucha suerte...

Piper miró a Hannah, parpadeando con los ojos llenos de lágrimas de agradecimiento.

«Gracias», articuló con los labios.

Hannah soltó el aire, satisfecha, y siguió con su cerveza, que por desgracia ya estaba caliente. Al cabo de un momento, se dio cuenta de que Fox la estaba mirando sin parpadear.

—Joder, Hannah. Eso ha sido poco menos que magistral.

Hizo una leve genuflexión.

—El poder del alcohol, Casanova.

—¡Qué va! —replicó Fox, que negó tajantemente con la cabeza—. Ha sido obra tuya.

—A Piper le costaba relacionarse con Louise. Solo necesitaban un empujoncito, nada más. ¿Hay alguien que no quiera a Piper? —Echó un vistazo por encima del hombro, hacia el lugar donde Louise estaba intentando bailar una balada con Piper—.

Veamos si mi hermana sigue agradeciéndomelo mañana cuando tenga una futura suegra resacosa entre manos.

Fox se rio.

—Nada que unas patatas grasientas no puedan curar. Lo importante es que se ha roto el hielo.

«No saques a relucir el extraño saludo entre Fox y Louise. No lo hagas. ¿Por qué siempre tienes que sacarles punta a todos los detalles?», se dijo.

—Hablando de hielo... —«Buena transición, Barbara Walters», pensó—. ¿Son cosas mías o entre la madre de Brendan y tú hay cierta incomodidad?

Fox se tomó su tiempo para responder.

—No, no son cosas tuyas —respondió con una carcajada mientras se movía en el taburete—. No es nada importante. Es que protegían mucho a Brendan mientras crecía, y yo era... En fin, pues una mala influencia para su hijo, que, al contrario que yo, era perfecto.

No hubo amargura en su forma de decirlo. Se limitaba a constatar un hecho.

—¿Crees que fuiste una mala influencia?

—No —contestó despacio, después de unos segundos—. Es que fui... más promiscuo que los demás chicos antes de que ellos estuvieran siquiera preparados. Pero jamás obligaría a nadie a hacer... lo que yo hice. Lo que yo hago —se corrigió de inmediato—. ¡Por Dios, no! Nunca lo haría.

Daba la impresión de que quería decir más. Mucho más.

Hannah quería oírlo. Esa explicación ocultaba algo más profundo, pero Fox ya estaba pidiendo otra cerveza para los dos y cambió la conversación a lo que ella había hecho ese día. De manera que el tema, doloroso a todas luces, quedó relegado al olvido y pronto estuvieron riendo. Otros miembros de la tripulación de la Della Ray fueron llegando poco a poco y se unieron al grupo, hasta que todos se apiñaron alrededor de dos barriles y empezaron a contar anécdotas. Fue un momento de reencuentro para Hannah con los lugareños que habían llegado a significar tanto para ella el verano anterior.

En Los Ángeles no tenía eso. Y lo había echado de menos. Mucho.

En la ciudad, solo salía para ir a trabajar y luego regresaba a casa. De vez en cuando, salía a tomar algo con sus compañeros de trabajo en Storm Born, pero nunca había experimentado esa sensación. Una sensación que le decía que estaba en el lugar adecuado. Que ese era su hogar y que ahí la aceptarían sin hacer preguntas. Siempre. Durante una anécdota bastante larga de Deke, percibió la mirada de Fox sobre ella y volvió la cabeza sintiendo el zumbido del alcohol en las venas, que le provocó un estremecimiento que fue ascendiendo despacio desde los brazos hasta el cuello.

«Sí, es el alcohol», se dijo.

Aturdida, observó que él se humedecía el labio inferior, tras lo cual se lo frotó con el superior, lo que dejó su boca con un aspecto fresco y masculino. Esos ojos azules no dejaban de mirarla con los párpados entornados.

Mezclas seductoras. Aromas seductores.

Sharon Stone.

«Vete a casa, estás borracha».

—¡Es la hora de los cuartos! —gritó Benny desde detrás de la barra mientras hacía sonar una campana colgada por encima de la caja registradora—. ¿Quiénes son las víctimas de esta noche?

Fox la agarró por una muñeca y le levantó el brazo antes de que ella supiera lo que estaba pasando.

—¿¡Qué tal hermana contra hermana!? —gritó Brendan desde el fondo del bar.

Hannah y Piper se miraron entre la multitud como dos pistoleros del Oeste.

—¡Eso está hecho! —gritó Hannah.

El bar estalló en vítores.

Irse a casa quedaba descartado.

Fox se inclinó hacia atrás en el taburete para ver mejor a Hannah, que se encontraba en el centro de la barra, compitiendo contra su hermana en el juego más tonto que jamás había presenciado.

El juego tenía una regla.

Había que lanzar una moneda de veinticinco centavos, un cuarto de dólar, a la barra, lograr que rebotara y que cayera en una jarra de cerveza.

Sin embargo, en el Cross e Hijas se daba una vuelta de tuerca. Cada vez que un jugador metía una moneda en la jarra debía contarles a todos los presentes una anécdota bochornosa de sí mismo. La tradición comenzó una noche en la que un turista quemado por el sol decidió jugar y, de alguna manera, lo convencieron de que esa regla era la norma. Lo que empezó como una forma de reírse de un forastero se había convertido en el juego habitual.

Hannah ni siquiera se inmutó al oír la regla y se limitó a asentir con la cabeza como si tuviera todo el sentido del mundo. No era la primera vez que se maravillaba de la facilidad con la que encajaba en Westport, como si siempre hubiera vivido allí. Llegó al pueblo el verano anterior y en poco tiempo consiguió un empleo a tiempo parcial en Discos y Más, integrándose sin problemas entre la generación más joven que, poco a poco, iba dejando su huella en ese viejo pueblo de pescadores. ¿Cómo sería la vida en él si las Bellinger no hubieran aparecido? Brendan seguiría llevando la alianza y los años pasarían mientras se cerraba cada vez más, mientras se volvía más rudo. En cuanto a él...

Nada sería distinto, se apresuró a pensar.

Todo seguiría exactamente igual.

Bueno, no tanto. Tal vez no estaría de pie al borde de la multitud, con una sonrisa de oreja a oreja, viendo a Hannah reírse con tantas ganas que estaba doblada por la cintura. No podía evitarlo. Mirarla era como ver el amanecer sobre el agua después de una mala tormenta. Se le daba fatal jugar a los cuartos. Solo se salvaba porque a Piper se le daba todavía peor.

Ambas estaban casi sin monedas y todavía no habían metido ni usa sola en la jarra. En ese momento, se estaban guardando en los bolsillos las que recogían del suelo para ponerse de nuevo en posición y retomar el juego muertas de la risa. Él no era el único que estaba completamente cautivado. Los lugareños se habían enamorado de las dos hermanas, pero él no podía apartar los ojos de Hannah. Todos los parroquianos las rodeaban, animándolas, y cuando Hannah logró por fin meter una moneda en la jarra, la multitud enloqueció.

—¿¡Cuál es tu anécdota vergonzosa!? —gritó Fox por encima del jaleo.

Ella se encogió de hombros.

—Suspendí el examen de conducir porque no paraba de cambiar la emisora de radio. —Levantó una mano y estiró varios dedos—. Tres veces.

—Lo que le falta de concentración al volante, lo compensa yendo a buscarme al calabozo —añadió Piper, que la besó en una mejilla—. ¡Es una broma, Louise! —exclamó, dirigiéndose a su boquiabierta suegra, tras lo cual las hermanas estallaron en carcajadas.

Al ver que Hannah perdía el equilibrio por completo, Fox supuso que esa era su señal para llevarla a casa.

Dejó la cerveza medio vacía en la mesa más cercana y se acercó a ella, muy consciente de todos los que estaban a su alrededor, incluidos Piper y Brendan, que de entrada recelaban muchísimo de que Hannah se alojara en su habitación de invitados. Cada palabra que salía de su boca, cada gesto que hacía era analizado al detalle para evaluar su interés y sus intenciones. Lo último que deseaba era recibir otra «conversación» de Brendan. Bastantes había recibido ya en el barco.

De manera que intentó parecer lo más distante posible cuando se acercó a Hannah y se agachó un poco para mirarla directamente a los ojos.

—Oye, me voy ya a casa, por si quieres acompañarme dando un paseo. —Enfrentó la mirada de Brendan un instante—. O, si no, quédate y que te lleven más tarde. Lo que prefieras.

No le cabía la menor duda de que, si escogía la segunda opción, se sentaría en su dormitorio hasta oírla llegar y saber que estaba a salvo en casa.

—Debería irme ahora si no quiero ser una zombi mañana en el set de grabación —dijo mientras se daba media vuelta para abrazar a Brendan y a Piper—. Os quiero, chicos. Hasta pronto.

—Nosotros también te queremos —replicó Brendan, dándole una palmadita en la cabeza y ganándose una mirada de adoración de su mujer. Claro que él no se dio ni cuenta, porque estaba mirándolo con expresión asesina.

Muy bien.

Era fácil descifrar lo que su amigo intentaba comunicarle.

Salir del bar con Hannah enviaría un mensaje equivocado. Un mensaje negativo. Desataría las habladurías de la gente y, al final, Hannah quedaría mal. ¡Por Dios! Eso era lo último que quería. Debía ser más cuidadoso. Hasta ese momento, habían logrado que su alojamiento temporal en su habitación de invitados fuera lo bastante inocente, pero salir juntos del bar un sábado por la noche daría pábulo a las especulaciones que ya se estuvieran gestando.

—Nos vemos fuera —se apresuró a añadir al tiempo que se daba media vuelta y atravesaba a ciegas la multitud con un gran peso en el estómago. Un vez en el exterior, rodeado por la fresca niebla primaveral, le resultó imposible resistirse a mirar hacia el interior a través de la ventana y vio que Hannah se despedía de todo el mundo mientras salía, demorándose para hablar largo y tendido hasta que, por fin, se reunió con él en la penumbra de la calle.

Sin mediar palabra, ella lo tomó del brazo y le apoyó la cabeza en el hombro. Una muestra de confianza que abrió aún más el boquete que había aparecido en su estómago.

—¡Por Dios, Pecas! —exclamó Fox, mientras le acariciaba con un dedo la raya que le dividía el pelo en dos—. Tienes que aprender a jugar bien a los cuartos.

Ella jadeó.

—Pero ¿qué dices? ¡Si he ganado!

—¡Qué va! Has sido la que ha perdido menos.

Su risa reverberó en la calle envuelta por la niebla.

—¿Cuál es la ventaja de ganar si tienes que contarle a la gente algo vergonzoso sobre ti misma? Es un castigo.

—Bienvenida a Westport.

Ella suspiró y le frotó el brazo con la mejilla.

—En noches como esta, creo que podría vivir aquí.

El corazón le dio tal vuelco que tuvo que esperar un rato para poder hablar.

—¿Ah, sí?

—Sí. Pero luego recuerdo lo descabellada que es la idea. No puedo vivir en Westport y seguir trabajando en el mundo del entretenimiento. Y el bar... —Sonrió—. El bar es de Piper.

En fin, pues ahí acababa todo, ¿verdad?

De todas formas, ¿cómo iba a soportarlo si Hannah se mudaba al pueblo? La vería constantemente. Cada sábado por la noche sería así. Fingiendo delante de ella y delante de todos los que lo miraran que no quería llevarla a casa. Llevarla a casa de verdad. Y una vez que eso sucediera, en fin... Se metería en un buen follón. Porque rompería su propia regla de no enrollarse en Westport, fastidiaría su relación con Brendan y, tal vez, acabaría hiriendo los sentimientos de Hannah. Era mejor para todos que siguiera viviendo en Los Ángeles.

Claro que eso no evitó que lo embargara una decepción tan grande que casi lo aplastó sobre los adoquines.

Giraron a la derecha al llegar a Westhaven y cruzaron la calle, caminando en paralelo al mar sin hablarlo siquiera.

—¿Amas la mar tanto como lo hace Brendan?

Allí estaba. Haciéndole preguntas que lo hacían reflexionar. Preguntas que no le permitían escurrir el bulto con cualquier ocurrencia, aunque a decir verdad, con Hannah no le gustaba hacer eso. Le gustaba hablar con ella. Le encantaba, en realidad, incluso cuando era difícil.

—Creo que la amamos de diferentes maneras. A él le encanta la tradición de la pesca y su estructura. A mí me encanta lo salvaje que puede ser la naturaleza. Su capacidad de cambio. De evolución. Un año, los cangrejos están en un lugar, al siguiente están en otro. Nadie puede... definir la mar. Se define a sí misma.

Hannah debía de estar conteniendo la respiración, porque expulsó el aire de golpe.

—¡Vaya! —Miró hacia el agua—. Eso es precioso.

Intentó no darle importancia a la satisfacción que le provocaba que reconocieran y comprendieran unas palabras salidas de su boca. Era algo que no le ocurría a menudo. Pero no lo consiguió, así que dejó que el halago se asentara.

—Bueno, creo que me has convencido. Quiero pescar cangrejos reales —siguió Hannah, que asintió con fuerza con la cabeza—. Seré vuestra nueva grumete.

No sabía si lo decía en serio o no.

Más valía que estuviera bromeando.

—En un barco de pesca lo llamamos «aprendiz», y no va a suceder, nena. Ni siquiera eres capaz mantener el equilibrio jugando a los cuartos. —Lo recorrió un escalofrío al pensar en Hannah en la cubierta mientras se acercaba una ola de quince metros—. Si me oyes gritar en plena noche, que sepas que tú tienes la culpa de mis pesadillas.

—Puedo encargarme de la música en el barco.

—No.

—Has hecho que la mar me parezca romántica. La culpa es tuya.

La miró a la cara y, por fin, se convenció de que estaba bromeando, ¡gracias a Dios! Pero, joder, a la luz de la luna, esa expresión guasona y esos ojos tan brillantes... eran una obra maestra. Su cuerpo era de la misma opinión. Lo que más le gustaba era su boca, cuando se humedecía esos labios tan carnosos como si se preparara para un beso. ¿Quién no iba a besar a esa mujer tan guapa, tan llena de vida, a la luz de la luna?

Bajó un poco la cabeza.

—Hannah...

—¡Ten cuidado con ese! —gritó alguien desde la otra acera—. Corre mientras puedas, guapa.

Hannah soltó una carcajada, y Fox supo, antes de mirar siquiera, que eran los viejos clientes del Derribad al Hombre, que estaban fumando en la calle, como siempre. Los mismos con los que había bromeado cientos de veces sobre sus conquistas en Seattle. Porque era más fácil darles lo que querían. Reírse con ellos en vez de que se rieran de él. Hacer una broma en vez de convertirse en la broma. Y, sobre todo, impedirles que vieran lo mucho que le molestaba todo aquello.

Hannah parpadeó varias veces y se apartó de él, como si fuera consciente de su entorno y de lo que había estado a punto de ocurrir entre ellos. Casi se habían besado. ¿O se lo había imaginado? Resultaba difícil pensar con la alarma sonando en su cabeza. ¡Por Dios! No quería que Hannah oyera las porquerías que podían salir de la boca de esos hombres.

—¿Quiénes son? —le preguntó ella, mientras inclinaba un poco el cuerpo para mirar hacia la acera opuesta.

—Nadie. —La agarró por la muñeca y empezó a andar más rápido, alegrándose de que ella se hubiera puesto zapatillas deportivas porque así podía seguir el ritmo con facilidad—. Pasa de ellos. Están borrachos.

—¿Tu madre no te advirtió de que no te acercaras a los mujeriegos? Asegúrate de que le pague al taxista.

Hannah se detuvo a su lado y se zafó de su mano de un tirón.

Antes de que pudiera volver a agarrarla, había cruzado la mitad de la calle.

—¡Oye, so cerdo! ¿Por qué no cierras la boca? —Soltó al tiempo que le clavaba un dedo al líder del grupito, cuyo cigarro se detuvo en el aire—. Las madres ni se molestan en advertirnos sobre los imbéciles como tú porque ninguna mujer te tocaría ni con un palo. ¡Vejestorio repugnante!

—¡Oye, un momento! ¡Que solo era una broma! —protestó el hombre.

—¿A costa de quién? —gritó Hannah, que se volvió al instante con la mirada clavada en el suelo.

Fox, que estaba de pie detrás de ella completamente estupefacto, paralizado por el asombro y el autodesprecio, se obligó a hablar.

—¿Qué estás haciendo?

—Buscando algo que arrojarles —contestó ella con una nota paciente en la voz.

—Muy bien, ¿cómo es que fue Piper la que terminó en el calabozo? —Le rodeó la cintura con un brazo y la llevó por la calle en dirección al bloque donde vivía, sin saber qué decir. Nada. Nunca había tenido a nadie que lo defendiera así.

No quería que esa calidez que le robaba el aliento se extendiera más por su pecho. No estaba preparado para la peligrosa esperanza que empezaba a aflorar hasta la superficie. La esperanza de que, si esa mujer creía que él merecía la pena (lo bastante como para defenderlo en la calle de esa manera), tal vez valiera la pena el esfuerzo.

No. Ya había pasado por eso y se había dejado llevar por el optimismo. No quería repetir la historia.

¿Verdad?

—Hannah, no era necesario que hicieras eso, de hecho, desearía que no lo hubieras hecho.

El dolor que asomó a sus ojos no le gustó.

—Se han pasado de la raya.

—No, no lo han hecho —la contradijo con una carcajada, aunque le dolió como si le estuvieran cortando la garganta con una cuchilla de afeitar—. Saben que no pasa nada si me hacen esas bromas, porque yo soy el primero que digo eso de mí. No pasa nada.

—Ya lo veo —murmuró ella, dejando que la guiara por la escalera del bloque hasta llegar a su piso, cuya puerta abrió en silencio.

Una parte de él quería abrazarla y darle las gracias de corazón, pero no. No, no necesitaba que lo defendieran. Se había ganado el escarnio a pulso, ¿verdad?

Los últimos siete meses no eran más que una anomalía.

Claro que el celibato, y la perseverancia de la amistad de Hannah, había hecho que se sintiera tan bien consigo mismo como hacía años que no se sentía.

Entraron en el piso y encendió la solitaria lámpara.

Ansiaba encerrarse en su dormitorio, antes de que la vergüenza que le provocaba que Hannah hubiera presenciado el escarnio de camino a casa se filtrara por sus poros y se hiciera visible, pero no quería que la última imagen que veía de ella esa noche fuera una expresión dolida. De manera que hizo lo que mejor sabía hacer y le restó importancia.

—Debo admitir que me ha gustado mucho tu creatividad para los insultos. «Vejestorio repugnante» me ha parecido muy creativo. Diez de diez.

La vio esbozar una sonrisa torcida.

—¿Estamos bien? —le preguntó Hannah, que se humedeció los labios—. ¿Tú estás bien?

—Todo está bien, Pecas. —Se rio y su risa reverberó en el piso vacío, como si se burlara de él—. Duerme un poco, ¿sí? Nos vemos por la mañana.

Ella asintió al cabo de un momento. Y allí la dejó, mirándolo con expresión pensativa, a medio camino entre la cocina y la puerta principal.

En cuanto estuvo solo en su dormitorio, apoyó la frente sobre la fría puerta, resistiendo a duras penas el impulso de golpearse la cabeza contra la madera. Obviamente, no había engañado a Hannah haciéndole creer que las burlas no le importaban. Que la vida solo era una sucesión de placeres y diversiones para él. Esa mujer lo había calado por completo. Y lo

peor era que quería seguir cavando hasta el fondo. Pero no podía permitírselo.

Y sabía exactamente cómo evitar que ella siguiera haciéndolo.

9

Hannah se despertó a las seis de la mañana con un montón de ratones usando su cabeza como trampolín.

Tanteó con una mano sobre la mesilla de noche hasta dar con los AirPods, que se metió en las orejas en nada de tiempo. A continuación, le tocó el turno al móvil, donde buscó con el pulgar la aplicación de música y seleccionó Zella Day en la biblioteca, para que sus notas se filtraran entre la niebla y la despertasen poco a poco. Era domingo. No un día ideal para trabajar, pero era su primer día en un rodaje como algo más que una asistente de producción (se había convertido en una observadora, ¡yuju!) y tenía que dar con la tecla. Mostrarse serena, pero centrada.

«Hannah, no era necesario que hicieras eso, de hecho, desearía que no lo hubieras hecho».

La reprimenda de Fox de la noche anterior acudió a su mente, y los ratones dejaron de brincar en su cabeza y corrieron para esconderse en algún agujero. ¡Ay, por favor! ¿De verdad les había gritado a esos hombres desde el centro de la calle? ¿No había sido un sueño? En realidad, no tenía problemas para aceptar lo que había hecho. Aunque les hubiera lanzado algo, se habrían merecido la herida resultante.

Se lo habrían merecido por tratar a Fox, a cualquiera en realidad, con tan poco respeto.

¿Por qué Fox no pensaba lo mismo?

Parecía estar bien antes de acostarse. ¿Habría exacerbado el alcohol una situación que no era para tanto? ¿Y si los pescadores hablaban así entre ellos y había malinterpretado la intención de sus palabras?

Sin embargo, nada le parecía bien, de modo que decidió preguntarle a Fox a lo largo del día y se obligó a concentrarse en el trabajo que la esperaba. Repasó las escenas en su cabeza en busca de inspiración para enriquecer la banda sonora, pero pasó una hora sin que se le ocurriera nada que le pareciese perfecto. Y eso era preocupante. No había llegado al extremo de saber con total seguridad que su vocación era crear bandas sonoras de películas, porque eso sería vender la piel del oso antes de cazarlo, pero siempre había estado muy segura de su habilidad para sacarse canciones de la manga que se ajustaran perfectamente a cualquier situación. ¿Y si había estado demasiado segura?

El olor a jengibre la distrajo de sus inquietantes pensamientos.

No era un olor desagradable ni mucho menos. Todo lo contrario. Casi era... ¿estimulante por su aroma? Y ya lo había olido antes en el piso, pero nunca tan fuerte. ¿Qué era?

Se destapó y salió de la cama, dejándose los AirPods puestos de camino al cuarto de baño, donde se lavó los dientes y pasó por el inodoro, aunque se los quitó a regañadientes para ducharse. Fox no tenía motivos para estar despierto tan temprano, de modo que intentó hacer el menor ruido posible, se envolvió con una toalla y echó a andar de puntillas hacia la habitación de invitados.

Al ver que la puerta del dormitorio de Fox se abría y él salía bostezando, ataviado solo con unos calzoncillos negros, se golpeó con el lateral del sofá, lo que le provocó un dolor agudo en la cadera. El choque hizo que se tambaleara unos pasos hacia atrás, de modo que se golpeó el trasero con una lámpara de pie. En fin, solo ella sería capaz de encontrar los dos muebles que había en ese piso tan vacío y golpearlos... Y encima se lo estaba comiendo con los ojos. Pues claro que sí. ¿Qué otra cosa se suponía que podía hacer?

Fox se acercaba a ella con una sonrisa torcida y casi desnudo.

Con los hoyuelos a plena vista. Preparado para protagonizar un anuncio de cuchillas de afeitar.

¡Ay, madre! ¡Acababa de descubrir que tenía tatuajes!

Haciendo honor a su nombre, llevaba la silueta de un zorro en la cadera derecha; un enorme calamar enroscado en un ancla en el costado izquierdo; una serie de estrellas de distinto tamaño le salpicaba los pectorales, y tenía unos cuantos más que era incapaz de descifrar porque sus músculos reclamaban toda su atención. ¿Se suponía que los músculos se marcaban tanto? Sí. Sí, porque no los había conseguido en un gimnasio. Tenía esos músculos por sacar enormes jaulas de acero del agua y redes cargadas de peces, por mantener el equilibrio en cubierta durante un temporal.

—Cuidado, Pecas —dijo él con voz ronca por el sueño al tiempo que señalaba con la cabeza la lámpara de pie, que se tambaleaba—. ¿Todavía no mantienes el equilibrio?

—Esto... —Clavó la vista en el suelo con decisión—. Supongo que tengo más resaca de la que creía. Será mejor que esta noche no salga.

Cuanto más se acercaba Fox, más fuerte era el olor a jengibre. Y más le costaba a ella no admirarlo en todo su casi desnudo esplendor. Que sí, que se ponía cachonda como cualquiera. Al menos, de vez en cuando. Sobre todo cuando escuchaba a Prince. Pero las veces que se había excitado un poco y se había sentido algo incómoda no podían compararse con la forma en la que se le tensaban los músculos o el calor que sentía en sus partes íntimas en ese momento.

La culpa se le clavó en el estómago. No lo bastante como para quitarle el calentón, pero sí para decirse de todo por ser una mala amiga. ¿No estaba haciendo lo mismo que las chicas que se lo habían rifado durante la fiesta del sábado por la noche?

—Yo, esto... —Bajó la cabeza para que el pelo mojado le cubriese la cara. «Tienes que resistir la tentación de esa tableta de chocolate»—. Hoy empezamos temprano. Tengo que darme prisa y llegar al rodaje.

—¿Dónde vais a rodar hoy?

¿Su voz sonaba más cerca que antes? Se le estaba poniendo la piel de gallina, y deseó tener algo más que una simple toalla para taparse.

—Vamos a rodar en el puerto. La escena de un beso, la verdad. El gran final. Deberíamos tener la luz que esperamos.

—¿Final? —repitió él a toda velocidad—. ¡Pero si acabáis de empezar!

—No siempre se ruedan las escenas en orden. A veces, depende de la disponibilidad de las localizaciones...

Fox se colocó delante de ella, dejándola sin más alternativa que clavar la mirada en el techo, tras lo cual fingió buscar grietas. De lo contrario, no se fiaba de no mirar directamente al ojo de la tormenta.

También conocido como «el paquete de Fox».

—No puedes mirarme a la cara, ¿verdad? —le preguntó él con sorna—. No estoy acostumbrado a que haya alguien más en casa. ¿Quieres que me ponga los pantalones de deporte la próxima vez?

«¡Dios, no!», gritó la parte pervertida que había alquilado un rincón en su mente.

—Sí, por favor. Y yo... usaré la bata. No creía que estuvieras despierto.

El calor del torso de Fox le calentaba los hombros desnudos, y todo de ahí para abajo se le aflojó y se le mojó. De repente, fue muy consciente del sonido de sus manos al ponerlas en jarras, piel contra piel. De la altura y la fuerza de Fox a su lado.

Menuda vergüenza reaccionar a la proximidad de un amigo de esa manera.

Era evidente que no se iba a acostar con él. A esas alturas de la vida, no le interesaba el sexo sin ataduras. Sobre todo con Fox. Porque, además de pasar de las relaciones serias, él pasaba de cualquier relación. Que ella se quedara por allí después lo incomodaría, lo haría arrepentirse de haber tenido algo físico, y eso estropearía su amistad.

«Me limito a divertirme, y todo el mundo lo sabe».

Recordó las palabras que le dijo el viernes y, por algún motivo, el recuerdo la hizo mirarlo a los ojos. La estaba observando con cierta expectación, como si esperase que se muriera de excitación o intentara abalanzarse sobre él. ¿Intentaba... desequilibrarla por algún motivo? ¿Por qué?

Era incapaz de desentrañar el misterio con ese olor nublándole el cerebro. ¿Qué clase de feromonas nucleares lanzaba Fox?

Con mucha discreción, o eso esperaba, tomó una honda bocanada de aire para aspirar su olor.

—¿Qué es eso?

Fox frunció el ceño.

—¿El qué?

—Ese olor a jengibre. ¿Es... crema o loción de después del afeitado o algo?

—No. —Sonrió con sorna—. Nada de eso.

Esperó a que él se explicara. No lo hizo.

—¿Y qué es?

Fox se llevó un segundo la punta de la lengua a la comisura de los labios con un brillo travieso en los ojos azules.

—Aceite de masaje.

De entre todas las explicaciones posibles, esa era la única que no se esperaba.

—Aceite de masaje. —Se echó a reír—. ¿Qué estabas, dándote un masaje o...? —Se puso como un tomate—. ¡Ay! ¡Uf! Me he metido yo solita en un charco. Yo... ¿Estabas... haciendo eso esta mañana? —Agitó las manos con frenesí—. Da igual. No contestes.

Él se limitó a sonreír con más ganas.

—Pues sí. La primera oportunidad que he tenido desde la última salida a faenar. Tenía que eliminar tensión. ¿Debería haberte pedido permiso antes?

—No. —¡Ay, no! En ese momento se imaginó a Fox pidiéndole permiso para masturbarse. Era como decir: «No pienses en elefantes rosas».

Salvo que el elefante rosa era el pene de Fox.

—No, claro que no. Es tu casa. —Y en ese momento estaba fascinada a regañadientes—. ¿Usas aceite de masaje para eso?

Él musitó un sí.

—También sirve de lubricante. Puedes usarlo cuando quieras. —Bajó la mirada al nudo que ella tenía entre los pechos y después todavía más, al punto donde el bajo de la toalla le llegaba a mitad del muslo—. Pero solo si te gusta estar bien sensible primero. —Se frotó el ombligo con los nudillos, a través del vello rubio y la tinta desvaída—. Como unos preliminares con tus propios dedos.

Se le quedó atascada la saliva en la garganta.

Una gota de sudor le cayó por la columna.

—Lo guardo en el armario del cuarto de baño. —Le guiñó un ojo al tiempo que retrocedía, hasta que se dio media vuelta para dirigirse a su dormitorio—. El bote naranja.

—Mu-muy bien —consiguió decir con la lengua de trapo—. ¿Gracias?

¿Los amigos compartían lubricante?

¿A lo mejor solo las personas que eran amigas de ese hombre en concreto?

—Hoy voy a estar trabajando en el barco todo el día —le dijo él de camino a su dormitorio antes de cerrar la puerta a su espalda, aunque añadió desde el otro lado—: Te veo en el puerto, Pecas.

¡Ah!

Estupendo.

Regresó a su habitación aturdida.

Fox observó desde la cubierta de la Della Ray al equipo de rodaje moverse como una pieza de relojería. Había tres enormes camiones aparcados en la calle, gente joven con auriculares y portapapeles moviéndose de un lado para otro. Otras personas se congregaban alrededor de una mesa con comida y bebida. Unos cacharros enormes con aspecto de lámparas fluorescentes rodeaban a dos actores: un tío delgado con aspecto taciturno y una pelirroja que pasaban de hacerse ojitos a mirar los móviles y no hablarse entre toma y toma.

Durante la última hora había estado reponiendo las provisiones con Sanders y reparando el cabestrante hidráulico. Solo lo necesitaban para la temporada del cangrejo real, pero al parecer se estaba inventando todas las excusas posibles para permanecer en la cubierta.

Donde tenía una vista perfecta del set de grabación.

Con suerte, después de lo de esa mañana a Hannah no le quedarían ganas de defender su reputación. Lo subestimaría con una sonrisilla elocuente, como todos los demás, y él podría librarse de la esperanza que le provocaba. Podría quedarse donde estaba a salvo. Donde sus compañeros de tripulación y los residentes de Westport se reían y hacían bromas sobre él, pero al menos donde nadie juzgaba su legitimidad como líder.

Seguro que Hannah se reiría de un hombre que prefería una marca y un olor de aceite de masaje concretos, ¿no? Aunque no había necesitado nada de eso hasta hacía poco.

Normalmente, si necesitaba alivio y solo tenía su mano como opción disponible, se la cascaba con la mano enjabonada en la ducha. Como en ese momento la única opción era masturbarse, había decidido comprarse algo que le diera vidilla. ¿Y qué?

Brendan le daría una paliza si supiera que le había hablado a Hannah de esa manera. Pero había sopesado la amenaza que suponía la ira de su mejor amigo en comparación con las crecientes expectativas de Hannah. Porque él no era capitán, joder. No era alguien a quien confiar un barco valioso ni las vidas de cinco hombres. Desde luego que no merecía que Hannah le ofreciera sus labios a la luz de la luna. Ni que les echara la bronca a unos cuantos desconocidos por reírse de él.

Solo era alguien con quien divertirse. Nada más y nada menos.

Sanders salió a cubierta y se puso a su lado, saludándolo con un gruñido. Soltó la llave que había estado usando para arreglar la bomba de aceite y se pasó una mano por la espesa mata de pelo rojo.

—¡Joder, qué calor hace ahí abajo! Creo que voy a poner una ventana en el casco. ¿Crees que a Brendan le importará?

—¿Que hundas el barco intentando que entre la brisa? ¡No, qué va! —contestó él con sorna, aunque se quedó inmóvil al ver a Hannah y a Sergei discutir acerca de algo sobre un portapapeles. Agarró con fuerza la soga que estaba enrollando y dejó que se le clavara en la piel, cada vez con más fuerza, hasta que Hannah se alejó. ¿El director la estaba observando alejarse?

Sí, efectivamente.

El beso de la otra noche había obrado milagros. Bien.

A lo mejor Hannah le había pedido que levantara algo pesado. O se había mordido el labio de forma estratégica. Todo gracias a sus consejos.

Pronto volverían a Los Ángeles con un flamante aprecio el uno por el otro.

Estupendo.

Pasó del sabor agrio que tenía en la boca e intentó concentrarse de nuevo en reparar el cabestrante. El sol caía a plomo sobre la cubierta, más caluroso de la cuenta, hasta que Sanders y él acabaron por quitarse las camisetas y los zapatos.

Antes detestaba esa clase de tarea laboriosa. Quería estar en la mar, enfrentándose a las olas, soportando su impacto, viendo el lado más furioso de la naturaleza. Viendo cómo cambiaba de idea en cuestión de segundos. Tal vez los humanos no pudieran cambiar, pero la naturaleza sí. La naturaleza vivía por el cambio.

De un tiempo a esa parte, no le había importado tanto llevar a cabo esas tareas. La repetición de sacar la Della Ray a la mar, devolverla al puerto sana y salva y prepararla para la siguiente salida. Bajo sus pies la cubierta estaba caliente y el barco se mecía suavemente en el agua, movido por las olas que creaban los barcos que llevaban a los turistas a dar una vuelta o a avistar ballenas. La brisa era salada. Las gaviotas planeaban en el cielo.

Tal vez en otra vida podría poner las manos en el timón de su propio barco y saludar a la naturaleza según sus propias condiciones. Presentarse como el que estaba al mando en vez de como el que aceptaba órdenes y volvía a casa sin el peso de la responsabilidad. Mientras crecía, ocupar la cabina del puente de mando había sido el sueño. Una obviedad. Aunque había aprendido a bloquearlo. Había bloqueado ese sueño de forma tan eficaz que no asomaba por ninguna parte.

Una nota aguda procedente del bolsillo hizo que se secara la sudorosa frente con el brazo antes de sacar el móvil.

Carmen.

Miró el nombre con los ojos entrecerrados mientras intentaba recordar la cara a la que pertenecía. No tuvo suerte. ¿Tal vez la auxiliar de vuelo? Si contestaba, seguramente su voz lo ayudara a recordar. O podría pedirle que le dijera su nombre de usuario en redes sociales y así saber quién era. De todas formas, la mayoría de las chicas con las que quedaba en Seattle no tenían una imagen concreta en su borrosa memoria. Tenían tanto interés en el compromiso como él.

Mientras miraba el móvil, dejó que saltara el buzón de voz sin contestar, a sabiendas de que lo tenía lleno. Llevaba meses sin oír sus mensajes.

Un minuto después de que el móvil dejara de sonar, apareció un mensaje de texto en la pantalla.

¿Estás por aquí esta noche? C.

Empezó a latirle una vena en la frente. Seguro que por culpa del sol.

Soltó el teléfono y se frotó la nuca, que le picaba. Ya contestaría al mensaje después. O no. El constante flujo de llamadas para quedar le resultaba casi... aterrador de un tiempo a esa parte. ¿Siempre había recibido tantas?

No ponía excusas, le gustaba el sexo. La creciente tensión y la liberación que suponía. La carrera por llegar al final, cuando no tenía que pensar, cuando su cuerpo se encargaba de todo.

Su móvil lo avisó de la llegada de otro mensaje, algo que no era raro un domingo, ya que solía reservar los fines de semana para las mujeres, aunque su móvil estaba más activo los viernes por la noche. De un tiempo a esa parte había llegado al extremo de meter el dichoso chisme en el frigorífico para no oír ni ver los mensajes entrantes. ¿Cuándo fue la última vez que contestó uno? ¿O que se fue de Westport para ligar?

«Sabes muy bien cuánto tiempo ha pasado», se contestó.

Después de que Hannah se marchara el verano anterior, se fue a Seattle. Una vez. Decidido a borrar el dolorcillo que ella le había dejado en el pecho, el constante aluvión de imágenes de los días que habían pasado juntos.

Había invitado a una chica a una copa, sudando literalmente todo el tiempo por lo mal que se sentía, incapaz de concentrarse en una sola palabra de lo que ella le decía ni en dónde estaban. Cuando les llevaron la cuenta, dejó un puñado de billetes en la barra, se excusó y se largó, y las náuseas solo se calmaron cuando se echó a un lado de la carretera para mandarle un mensaje de texto a Hannah.

Sanders abrió una lata de Coca-Cola a su derecha.

—¿Vas a contestar a tus ligues, colega? —Su compañero le dio un buen sorbo a la lata antes de dejarla en la borda del barco—. ¿Cómo se supone que voy a vivir a través de tus aventuras si no las tienes?

—¡Ah! Voy a devolverles la llamada. —Esbozó una sonrisa que empeoró el dolor de cabeza que tenía—. Puede que todas a la vez.

Las carcajadas de Sanders resonaron por el muelle.

Como si estuviera preparado, su móvil sonó de nuevo.

Le dio un tirón, dos, a la pulsera de cuero que llevaba en la muñeca.

—Contesta —dijo Sanders a la ligera mientras señalaba el teléfono con la cabeza—. Casi hemos terminado.

En un trabajo con mucha presión lleno de endurecidos yonquis de la adrenalina, demostrar debilidad era una mala idea a menos que quisiera más burlas.

—Solo quieres enterarte de cómo lanzo la caña.

—A ti no te hace falta lanzar nada con esa cara que tienes, colega. Te basta con aparecer y ya tienes para elegir. ¿Yo? Parezco una puta morsa. Yo sí necesito saber tirar la caña. —Apuró el refresco con cara de asco—. Anoche me tragué la película de *Cats* para ganar puntos delante de la parienta. Un cuesco, solo uno, y perdí todo lo que había ganado.

Contuvo una sonrisa al oírlo.

—No hubo suerte, ¿eh?

—Tuve que dormir en el sofá —masculló Sanders.

—No te lo tomes tan a pecho, hombre. —Se estremeció pese al calor—. Esa película secaría el Pacífico.

—No sé, Judi Dench tiene un algo… —susurró Sanders.

En ese momento, le llegó otro mensaje al teléfono, y consideró la idea de tirar el dichoso chisme al agua. Ni siquiera se molestó en ver el nombre. No podría recordar su cara, y eso solo empeoraría el sabor de boca que tenía.

—¿Qué haces? ¿Te estás haciendo el duro? —Sanders soltó una risotada al tiempo que le clavaba un codo en el estómago—. Sería la primera vez.

—Ya. —Soltó una carcajada al tiempo que buscaba de nuevo con la mirada el lugar donde estaban rodando la película. La clavó en Hannah, a la que localizó de inmediato, y se sorprendió al ver que lo estaba mirando por encima del hombro, mordiéndose el labio inferior. Con expresión pensativa.

La saludó.

Ella lo miró con una sonrisilla torcida.

—Ya... —Sanders seguía con lo suyo—. Nunca te has hecho el duro. ¿Recuerdas el último año del instituto? Casi no te graduaste de lo ocupado que estabas en el aparcamiento.

Apartó los ojos de Hannah, sintiéndose culpable por mantener esa conversación mientras la miraba.

—Oye —se encogió de hombros—, sigo creyendo que deberían haberme dado créditos extra para la clase de Educación Física.

Sanders se echó a reír y volvió a trabajo.

Al igual que él, aunque sus movimientos no eran tan ágiles, porque sentía una opresión a ambos lados de la cabeza. Al final, se apoyó en la borda del barco, buscando a Hannah de nuevo, y la observó hablar con una elegante morena. Su lenguaje corporal le dijo que pasaba algo. Que algo andaba mal.

¿La morena era la encargada de la banda sonora?

¿Habría recuperado Hannah las canciones?

Podría habérselo preguntado esa mañana en vez de intentar desviarla de sus inseguridades hacia algo con lo que no se sentía inseguro en lo más mínimo: el sexo. Ya era demasiado tarde para arrepentirse. Demasiado tarde para preocuparse por la reacción de su mejor amigo cuando se enterara de que le había hablado a la hermana pequeña de Piper de masturbarse mientras llevaba únicamente unos calzoncillos y una sonrisa.

Brendan seguía preocupado por que intentase seducir a Hannah. Pese a la «conversación». Pese a la mínima decencia y pese al hecho de que, desde luego, sería imperdonable. Pero nadie esperaba que se comportase bien. Ni Brendan, ni los habitantes del pueblo, ni la tripulación, ni nadie. Sanders se lo había recordado con total claridad. Se lo había recordado con tanta claridad que tenía la sensación de que necesitaba una ducha.

Nadie confiaba en él. Así que a la mierda. ¿Por qué intentarlo siquiera? La cabra siempre tiraba al monte.

Unos minutos más tarde una Hannah muy frustrada echó a andar a toda prisa hacia su piso, y él conocía de sobra a las mujeres para reconocer el problema. La piel ruborizada, las miraditas que le dirigía. El gesto de levantarse el pelo de la nuca para abanicarse. Estaba excitada, frustrada, cachonda. Y era un problema que él sabía cómo solucionar a la perfección. ¿Qué sentido tenía resistirse?

La noche anterior con los hombres que estaban fumando en la puerta del Derribad al Hombre, esa mañana con Sanders... Joder, todos los días de su vida le demostraban que no podía huir de lo que la gente pensaba de él. Ceder ante lo que sentía por Hannah tendría un doble propósito. Podría desahogarse por fin después de siete meses y cortar de raíz su afán por encontrar la explicación a su comportamiento. Un revolcón con Hannah lo devolvería todo a un nivel superficial, donde él estaba más cómodo.

Tal vez ella todavía deseara al director. Pero, a ver, la novia que tuvo en la universidad lo usó, sin que él lo supiera, para ponerle los cuernos a su novio formal durante gran parte de un año. No había motivos para que Hannah no lo usara de la misma manera, ¿verdad? Solo iban a pasar un buen rato y ya.

Aunque tenía la sensación de estar respirando a través de una pajita, ni se molestó en ponerse la camiseta antes de seguir a Hannah.

10

No había ningún plan establecido sobre cómo Hannah debía observar a Brinley. Eso significaba que le correspondía a ella crear sus propias oportunidades, además de tener que lidiar con los actores, darles órdenes a los extras y asegurarse de que la comida que habían pedido llegase tal como debía. Pepinillos en uno, sin pepinillos en otro. ¿Qué le pasaba a la gente con los pepinillos?

Christian estaba más gruñón que de costumbre esa mañana debido a que se había retrasado la visita de su novio a Westport, y su estado de ánimo parecía contagioso. Saltaba a la vista que gran parte del equipo se había pasado de rosca el sábado por la noche, solo había que fijarse en las ojeras que llevaban todos, y para colmo de males una gaviota se cagó en la cabeza de Maxine, lo que retrasó el rodaje una hora mientras le lavaban el pelo y la peinaban de nuevo.

Así que decidió aprovechar esa hora perdida.

En cuanto tuvo un respiro de sus tareas, se acercó a la coordinadora de la música, que estaba sentada en una silla junto a la vacía de Sergei.

—Buenos días, Brinley —la saludó.

La aludida la miró con frialdad.

—Ah, hola. —Repasó las notas que tenía en el regazo—. Hannah, ¿verdad?

—Sí.

Sin más motivo que el hecho de que el barco fuera visible por encima del hombro de Brinley, su mirada voló hasta la Della Ray, que estaba amarrada a puerto. No era la primera vez que miraba el barco desde que llegó al set de grabación. De hecho, hasta el apuntador estaba mirando a Fox y su divino cuerpo, reluciente por el sol. Su cuerpo era lo único que impedía que el gruñón elenco y el equipo de rodaje se lanzaran al canibalismo esa preciosa mañana de domingo. Más aún, él no parecía consciente de la distracción que suponía, se limitaba a atraer la ya limitada atención de todos los presentes.

Incluso Brinley se bajó las gafas de sol y echó alguna que otra miradita hacia el barco antes de mirarla a ella de nuevo, que en ese momento no estaba pensando ni mucho menos en el hecho de haber estado en el mismo piso mientras Fox se la cascaba.

«La primera oportunidad que he tenido desde la última salida a faenar».

«Tenía que eliminar tensión».

¿Qué quería decir eso exactamente? Era evidente que estaba... necesitado de un desahogo. ¿Para él era un suplicio estar cuatro o cinco días sin placer? A ver, ¿encendía velas, se desnudaba por completo y se acariciaba muy despacio mientras añadía más aceite? ¿Se mordía el labio? ¿Se torturaba a sí mismo? ¿Hacía un espectáculo del asunto?

Esa imagen sí que la distraía.

Ella podía pasarse meses sin darse cuenta de que, ¡a ver!, tenía una vagina con un montón de terminaciones nerviosas que debería explorar más a menudo.

En fin, le iría bien explorarlas en ese momento.

Se había puesto un vestido suelto y una rebeca, aunque se la había quitado por el calor. El vestido era muy práctico, si bien en ese instante se sentía casi desnuda. Sentía una llamarada en el cuello, y el sujetador le rozaba los pezones, más de la cuenta. Sus pensamientos se negaban a organizarse.

Y el hecho de que su compañero de piso deambulara por ahí en todo ese esplendor tatuado de rompecorazones no la ayudaba. Ese botecito naranja de aceite de masaje la estaba llamando. A esas alturas, sería capaz de destaparlo con los dientes.

Aunque lo primero de todo era el trabajo.

Esa oportunidad con Brinley había tardado meses, o mejor dicho años, en llegar, y no podía desperdiciar algo tan bueno porque su cuerpo se estaba rebelando. Así era. Se estaba rebelando y mucho. Se suponía que no debía babear por su amigo. Lo único que impedía que la culpa la consumiera por completo era la extraña intuición de que Fox le había provocado eso a propósito.

Al darse cuenta de que había dejado que el silencio se alargase, carraspeó y apartó la mirada del musculoso pescador con gesto decidido.

—Esto... —Volvió el cuerpo hacia el punto donde Christian y Maxine se darían su gran beso, con el agua a su espalda y un par de barcos anclados recortados contra el horizonte—. Me preguntaba si podrías compartir tus planes para la escena.

—Claro —contestó Brinley sin levantar la mirada—. No me voy a desviar de la versión original. Sé que el entorno ha cambiado drásticamente de Los Ángeles a Westport. Pero creo que el sonido industrial es incluso más cañero teniendo en cuenta el ambiente del pueblo. Es un contraste interesante.

—¡Ah! Sí. —Asintió con gesto entusiasta de la cabeza.

Claro que... ¿estaba de acuerdo? El contraste sí era interesante. Desde luego que había algo bueno en darles un toque de modernidad a los dramas de época con la música. En meter algo de hip hop en el ballet. En que sonara una ópera durante la escena de un asesinato. Una rareza de ese tipo podía resaltar un momento concreto. Podía aumentar el dramatismo. La música conocida ayudaba a los espectadores a empatizar con algo desconocido. Y en ese caso los espectadores de cine independiente de Sergei apreciarían un beso con música industrial de fondo, porque no quisiera Dios que fuese demasiado romántico.

¿Qué música usaría ella en esa escena?

Su mente se quedó totalmente en blanco.

Como si percibiera un momento de debilidad, Brinley la miró con una sonrisa expectante.

—¿Qué te parece?

Repasó mentalmente la colección de discos que tenía en Bel-Air, pero fue incapaz de ver una sola carátula, de leer uno solo de los títulos. ¿Qué le pasaba?

—En fin... —dijo mientras buscaba algo útil que contestar. Cualquier cosa que la hiciera merecedora de esa oportunidad—. He estado leyendo sobre una técnica en la que se les da a los actores pinganillos para que escuchen la música mientras se rueda y así coordinar las emociones en los momentos indicados. Básicamente es actuar al ritmo de la música...

—¿De verdad crees que Christian lo aceptaría? —la interrumpió Brinley, que volvió a repasar sus notas—. Se queja cuando le ponemos el micro. Esta mañana ha interrumpido una toma porque la etiqueta de la camiseta le picaba.

—Podría hablar con él...

—Gracias, pero creo que dejaremos la idea para otro día.

Un momento después, Hannah asintió con la cabeza y fingió concentrarse en el portapapeles que llevaba para que nadie viera que se había puesto colorada. ¿Por qué había sugerido una técnica nueva la primera vez que abría la boca? Antes incluso de entablar una relación cómoda. Debería haberle dado la razón a Brinley y esperar una oportunidad mejor para ofrecer una sugerencia. En cambio, se había presentado como una advenediza que creía saber más que una veterana.

Sergei se bajó de uno de los remolques y la miró con una sonrisa de oreja a oreja.

—Hola, ¿qué tal? —Al llegar al lugar donde estaban las dos, le puso una mano en el hombro un momento y le dio un apretoncito antes de apartarla.

«¡Ay, madre!», exclamó ella para sus adentros. ¿Qué estaba pasando? Desde luego que Sergei nunca había hecho nada parecido. No a menos que ella tuviera una brecha en la cabeza. Además, si no le engañaban los ojos, la estaba mirando de reojo mientras hablaba con Brinley sobre la estructura de la escena.

Debería estar prestando atención. Observando. Como había pedido hacer.

Sin embargo, era una tarea complicada cuando le estaba pasando algo muy importante. La mano del director en el hombro no le había provocado reacción alguna. Sentía menos atracción hacia Sergei que el viernes. Normalmente, estar tan cerca de él le habría acelerado el pulso, además de provocarle un vuelco en el corazón. Lo mínimo sería rezar para que el aliento no le oliera a café.

En ese preciso momento solo quería estar sola.

Con ese dichoso bote naranja. ¿Por qué no podía dejar de pensar en el aceite?

En contra de su voluntad, desvió la mirada hacia la Della Ray, donde Fox estaba levantando una jaula metálica sin apenas esfuerzo, mientras sus trapecios se tensaban, junto con otra serie de músculos de los que no se sabía los nombres. Una vez que la tuvo amarrada, lo vio pasarse el brazo por el pelo rubio oscuro, dejándolo alborotado y sudoroso. De repente, descubrió que le costaba respirar. Muchísimo.

Se odió un poco en ese instante. ¿Se distraía con tanta facilidad? El hombre que tenía a menos de medio metro era un director visionario. Un genio. La trataba con respeto y era guapísimo, con ese aura emocional de artista. Sergei era su tipo. Nunca había sido de las que se distraían con el primer hombre cañón que pasaba. Jamás.

Sin embargo, en la vida había estado tan excitada, y todo se debía al hombre que le estaba dejando su habitación de invitados. Necesitaba ocuparse de ese asunto. Purgar el deseo. Llevaba mucho tiempo sin... apreciarse, y esa mañana se había sobreestimulado. En cuanto controlase sus hormonas, en cuanto las calmara, podría concentrarse en esa potencial nueva faceta de su trabajo. A lo mejor incluso podría decidir si de verdad era capaz de convertirla en su profesión. También podría retomar su apropiado interés en Sergei. Ese enamoramiento tan largo por fin empezaba a ser recíproco.

Sí. Ese era el plan.

—Ya ha llegado la comida —anunció uno de los chicos de prácticas desde el otro lado de los remolques.

Menos mal.

—Creo que voy a por la mía —susurró Hannah sin dirigirse a nadie en particular y se dio media vuelta. A hurtadillas. Mirando a derecha e izquierda mientras silbaba entre dientes. «Nadie se va a enterar de que te vas a tomar un descanso para masturbarte. Relájate».

Dio unos cuantos pasos antes de que Sergei la alcanzara.

—Oye, Hannah.

¡Ay, no! Su cuerpo ya empezaba a caldearse con la expectación, como pasaba siempre que estaba de humor. Ya se había puesto en marcha. ¿Se daría cuenta Sergei con solo mirarla?

¿Que tenía planes que incluían el uso de aceite de masaje de jengibre?

—¿Qué? —dijo con voz entrecortada.

Sergei se acarició toda la perilla, con un aspecto de lo más... ¿tímido?

—¿Adónde vas tan deprisa?

«¡Ah! A ninguna parte. Solo tengo que hacer un recadito en Villa Orgasmo».

—Me he dejado una cosa en... el piso. —Se señaló la cara—. El protector solar. Voy a acabar más colorada que la nariz de Rudolph el reno si no me lo pongo.

—¡Ah, no! Eso sería imposible.

¿Por qué no estallaba de felicidad por el cumplido?

Unas cuantas semanas antes, la simple sugerencia de que le resultaba atractiva a Sergei la habría llevado a buscar un rincón íntimo para poner a todo volumen «For Once in my Life» de Steve Wonder y bailar (muy mal) sin moverse del sitio. En ese instante, solo quería dar con una excusa para escabullirse. Era en ese momento en el que debería estirar la mano y acariciarle el brazo con los dedos. Localizar su bíceps y comprobar su dureza, como si fuera un aguacate en un mercado. O recordarle sus diferencias físicas, tal como Fox había sugerido. «Tú hombre, yo mujer. ¡La ciencia dice que lo hagamos!». Pero no tenía el menor deseo de coquetear ni de hacerse con su interés.

«¿Qué me está pasando?».

—Si quieres, te acompaño —le sugirió él.

Una vez más, nada. Ni una chispita de alegría.

No, le gustaba Sergei. Las chispas regresarían. Solo necesitaba borrar ese... hechizo físico temporal que la afectaba.

—No, tranquilo. —Le hizo un gesto con la mano—. Ve a por tus brotes con hummus y pan de pita. Volveré antes de que te des cuenta.

Él asintió con la cabeza, con expresión decepcionada, y ni siquiera fue capaz de sentirse mal por ello. Solo había cabida para el anhelo egoísta que le recorría la parte frontal del cuerpo con manos invisibles, atormentando zonas erógenas allá por donde pasaban.

Bote naranja. Bote naranja.

Ya había sacado la llave cuando por fin llegó delante del bloque de Fox, y la metió en la cerradura, tras lo cual entró en el piso vacío y a oscuras antes de cerrar la puerta tras ella. Estaba jadeando. Jadeando. ¡Menuda ridiculez! Pero fue derecha al cuarto de baño de todas formas y agarró el potente bote del armarito para llevárselo a la habitación de invitados como un jugador de fútbol americano que protegiera la pelota.

—¡Ay, por el amor de Dios! —masculló al tiempo que cerraba la puerta del dormitorio y apoyaba la frente en ella—. Tranquilízate.

Claro que era más fácil decirlo que hacerlo.

Le temblaban tanto las manos que casi no pudo abrir el bote. Sobre todo al recordar que Fox abría las cervezas con los dientes. ¿Por qué le resultaba tan excitante esa tontería? Su dentista seguro que se llevaba las manos a la cabeza.

Por fin consiguió destapar el bote, y el olor flotó en el ambiente, sensual, potente y muy sexual. Con razón se había empeñado en descubrir de dónde procedía. Sujetó el bote con las rodillas y se quitó el vestido por encima de la cabeza, dejando que cayera al suelo...

La puerta del piso se abrió y se cerró.

«Pero ¿qué...?», pensó.

—Hannah —la llamó la voz de Fox desde el otro lado de la puerta del dormitorio. Pero justo desde el otro lado. Parecía que le llegaba a través de la madera. «No pienses en nada duro»—. ¿Estás bien? Me ha parecido que pasaba algo.

—Estoy bien —mintió, aunque no demasiado bien, ya que su voz parecía tan áspera como una lija—. Solo necesito un momento.

Se produjo un largo silencio.

Después:

—Huelo el aceite, Hannah.

Se puso colorada como un tomate.

—¡Por Dios! —exclamó al tiempo que pegaba de nuevo la frente a la puerta—. ¡Qué vergüenza!

—Tranquila, Hannah. —Su voz se había vuelto más ronca—. Esta mañana no me dio vergüenza cuando admití que estaba haciendo lo mismo.

—No lo hiciste en horario laboral.

Su risa ronca le erizó el vello de la nuca.

—Si ya has dejado de ponerte verde por tener impulsos naturales, abre la puerta.

—¿Cómo? —murmuró mientras miraba la barrera con expresión estupefacta—. ¿Por qué?

Un lento suspiro.

—Hannah...

No dijo nada más.

¿Qué quería decir con eso?

«Hannah».

Entrecerró los ojos e intentó leer entre líneas, pero mientras tanto el calor que se le agolpaba en el abdomen no disminuyó. De hecho, y que Dios la ayudara, estar allí de pie en sujetador y tanga con Fox al otro lado de la puerta la excitaba todavía más.

Y no debería.

Por un sinfín de razones.

La primera, él no estaba disponible. «No busco una relación seria y nunca la buscaré». Después de soltar eso, había reforzado la idea al intentar ayudarla a conquistar a otro hombre. Por no hablar de que lo había besado en la fiesta por la sencilla razón de que no pudo evitarlo. Quería hacerlo. No tuvo nada que ver con Sergei. Pero él había dejado claro que solo le estaba echando una mano.

¿Verdad?

¿Otra razón por la que no debería abrir la puerta de la habitación de invitados? Eran amigos. Le caía bien. Muy bien. Si lo dejaba entrar y pasaba algo, las cosas se complicarían. Seguramente Fox se arrepentiría de liarse con su invitada de inmediato, porque no habría una salida fácil.

Eso la llevó a la tercera razón por la que no debería abrir la puerta por nada del mundo.

La intuición de que Fox había intentado alterarla esa mañana con su sexualidad innata. Que la había usado como un arma por algún motivo que a ella se le escapaba.

De modo que allí estaba, armada con tres razones y un bote de aceite lubricante de jengibre, cuando el pomo de la puerta se movió y apareció una rendija entre la hoja y la jamba. Una rendija que se fue agrandando centímetro a centímetro. Hasta que retrocedió para que se abriera por completo, momento en el que se le encogió el estómago al ver a Fox recortado en el vano de la puerta. Descamisado, sucio, curtido y sudoroso.

¡Uf!

Fox bajó la mirada hasta el triángulo negro de su tanga, y se le tensó un músculo en el mentón.

—No te muevas.

Paralizada, lo observó desde la puerta dirigirse al fregadero de la cocina para lavarse las manos, tras lo cual se las secó con un paño, que arrojó al suelo. Y después regresó con paso lento hacia ella, cruzando el piso en penumbra para entrar de nuevo en el dormitorio y cerrar la puerta a su espalda.

—Ven aquí, Hannah.

La ronca orden casi le arrancó un gemido. ¿El hecho de que Fox se hubiera lavado las manos significaba lo que ella creía? ¿Que planeaba... tocarla? Era algo muy práctico. Como si se estuviera preparando para ponerse manos a la obra.

—No creo que sea buena idea.

—Es una idea estupenda si necesitas masturbarte.

Dio un paso hacia delante, y él la agarró de una muñeca para acercarla cada vez más, hasta que sus cuerpos estuvieron a punto de tocarse, pero él se apartó en el último segundo para que se apoyara con suavidad contra la puerta, dándole la espalda. Le metió los dedos en el pelo, instándola a ladear la cabeza hacia la izquierda mientras derramaba su aliento sobre la nuca. A Hannah se le nubló la vista cuando le colocó las manos en la cintura y le dio un apretón antes de deslizarle las palmas hacia el centro del abdomen, despertando un montón de hormonas desconocidas con las que no se había topado antes.

—Joder, Hannah. ¡Qué sexi eres!

—Fox...

—¡Ah, no! Vamos a hablar un momento de esto —la interrumpió él con voz ronca contra el cuello antes de rozarle la piel con los dientes mientras le acariciaba el ombligo con los nudillos—. Te has ido del rodaje como si hubiera un incendio para venir a tocarte.

Ella emitió un sonido ininteligible que bien podría pasar por un sí. ¿De verdad estaban hablando de eso en voz alta? ¿Estaba sucediendo de verdad?

—Sé que el director no te ha provocado esto. —Con mucha suavidad, le rozó el elástico del tanga con la punta de los dedos, dejando que el dedo corazón se colara por debajo del elástico y la atormentara con sus movimientos—. A lo mejor recurres a él para una conversación estimulante, pero en lo referente a temas sexuales, aquí me tienes.

¿Qué?

Con mucho esfuerzo intentó encontrarle sentido a sus palabras. No solo a las que había pronunciado Fox, sino a la rebelión que suscitaban en su interior. «Piensa», se ordenó. No era fácil cuando él la estaba acorralando despacio, muy despacio, contra la puerta y una vez allí... sintió que la tenía muy dura porque se pegó a su trasero y movió las caderas como si le estuviera ofreciendo un premio.

—¿Quieres que te toque yo entre los muslos?

«Sí».

La verdad, casi lo gritó.

Sin embargo, había algo mal en todo aquello. Si su libido dejara de gritar como una loca durante un segundo, podría encajar todas las piezas.

—Fox...

—Esto es lo que se me da bien, Hannah. Déjame hacerlo. —Le acarició el lateral del cuello con la lengua con una sexualidad tan descarnada que se quedó bizca—. Puede ser un secreto entre amigos en la oscuridad.

Amigos.

Esa palabra atravesó la neblina.

Y después: «Esto es lo que se me da bien». Estaba alardeando... y al mismo tiempo no lo hacía. Porque su voz tenía un tono apenas perceptible que no encajaba con un escenario como ese. Durante todo el día la había consumido una extraña sensación con respecto al comportamiento de Fox de esa mañana, y por fin comprendía lo que pasaba. El motivo seguía siendo un misterio, pero al menos tenía por dónde empezar.

—Fox, no.

Él dejó las manos quietas de inmediato, las apartó y las colocó en la puerta.

—¿No?

Quedaba más que patente que nunca había oído esa palabra. No en boca de una mujer. Claro que tampoco podía culpar a ninguna. Había algo en su forma de hablar con tanta franqueza, de tocar con el ánimo de excitar, de moverse con tanta elegancia, de hacer que las inhibiciones y las inseguridades parecieran irrelevantes. Solo eran dos personas aliviando un deseo, y no había nada de malo en eso, ¿verdad? Fox era un invitación andante a soltarse el pelo.

Sin embargo, ella no había picado.

No tenía un plan maestro. Era incapaz de formular uno cuando su cerebro y su vagina tiraban en direcciones tan opuestas. De modo que habló con sinceridad, sin dudar de sí misma.

—Muy bien... —susurró en la oscuridad, humedeciéndose los labios—. Bien. Tú me has provocado esto. Tú has hecho que necesite... hacer esto. Con tanto hablar de eliminar tensión... y por ir descamisado. ¿Es lo que querías oír?

—Sí —le gruñó él al oído—. Deja que te ayude.

—No.

Fox apretó las manos contra la puerta y dejó escapar una carcajada carente de humor que le agitó el pelo de la sien.

—¿Qué te preocupa, Hannah? ¿Que las cosas se enrarezcan entre nosotros? Eso no va a pasar. ¿Sabes lo que es raro? Que todavía no te haya echado un polvo. Es tan fácil como respirar para mí.

—No, no lo es.

En cuanto lo dijo, sus sospechas se convirtieron en una certeza absoluta.

Ese era el tono que había captado en su voz. Por eso le dio la sensación de que esa mañana estaba interpretando un papel. Actuando. Disimulando un sentimiento de inferioridad.

Se hizo un momentáneo silencio.

—¿Qué?

—No es fácil para ti, ¿verdad? —Se dio media vuelta entre Fox y la puerta, y observó su expresión recelosa con la sensación de que algo pesado le rebotaba en el estómago—. ¿El sexo es lo tuyo? Puede. Pero no es lo único. Deja de intentar convencerme de esas tonterías. Lo hiciste esta mañana y lo estás haciendo ahora.

Esos dientes tan blancos brillaron en la oscuridad, porque soltó una carcajada.

—¡Por Dios, Hannah! Ya estamos con las pamplinas psicológicas.

—Llámalo como quieras.

De repente, Fox adoptó una expresión seductora e informal. Agachó la cabeza, de modo que su boca quedó a un milímetro de la suya.

—Que sepas —dijo casi rozándola con los labios— que podría convencerte.

—Inténtalo si quieres.

Muy bien, no debería haberlo dicho.

La sonrisilla traviesa de Fox era el preludio de un desastre.

—Suelta el aceite, nena —repuso él—. Los dos sabemos que no lo necesitas, porque ya estás empapada.

¡Por Dios! ¡Qué declaración más arrogante... y cierta, por más que la irritara. Esas palabras deberían haberla molestado, no devolverla a la cima del deseo, justo donde había estado antes de atisbar los posibles demonios que ese hombre llevaba dentro.

Se le aceleró la respiración y la pasión le caldeó todas las terminaciones nerviosas. Ya había admitido que era él quien la había excitado. Pero tenía que marcar las casillas de su propio deseo. No podía ser él quien se lo despertase.

Claro que era imposible negar que quería compartir algo con él. Le había echado en cara que usara el sexo como arma, había destapado el farol de que la intimidad era fácil para él. Las barreras de Fox se habían derrumbado un instante, enervándolo, y en ese momento quería mostrarse vulnerable delante de él. Darle a cambio un trozo de sí misma.

Tal vez una disculpa. O una invitación para observar mientras ella estaba indefensa, como lo había visto a él unos segundos antes.

Exposición por exposición.

Soltó el aceite.

Y él soltó una risilla elocuente.

El sonido se interrumpió cuando ella se metió los dedos por el elástico del tanga separándose los labios húmedos con el índice. La sexualidad innata de Fox le permitió mantener el contacto visual mientras hacía algo tan íntimo. Mientras se tocaba delante de un hombre, mientras era la estrella del espectáculo. Estaba saliendo de su zona de confort en un intento por dejarlo entrar a él.

Se acarició el clítoris con la yema de un dedo, y casi se le aflojaron las rodillas.

Se le escapó un sonido, a caballo entre un gemido y un suspiro entrecortado.

—Hannah —masculló él con los dientes apretados y las manos firmemente plantadas en la puerta, por encima de su cabeza, mientras sus fuertes músculos se tensaban. ¡Ay, por Dios! Tener a ese hombre tan cerca, exudando una virilidad tan exacerbada, oliendo a sudor y a aceite de masaje, iba a hacer que terminase muy rápido—. Deja que lo haga yo.

Solo atinó a sacudir la cabeza mientras una sensación abrumadora empezaba a extenderse desde su interior, desde un lugar al que no había accedido antes y que acababa de alcanzar. Si alguna vez hubiera sentido algo igual, lo recordaría. Tan fuera de control y tan centrada al mismo tiempo. Acariciarse hasta llegar al orgasmo delante de ese hombre era el subidón supremo y, sin embargo, también sucedían más cosas. Se había establecido una comunicación entre ellos que era muchísimo más importante que el desahogo físico.

Fox, que todavía no había tirado la toalla en su intento por hacerla cambiar de rumbo, le acarició el cuello con la nariz y le susurró al oído:

—Solo quería que siguiera siendo algo inocente, pero a lo mejor estás esperando que te haga una propuesta mejor. — Sintió su aliento en la oreja—. ¿Quieres que te tumbe en la cama y te lo coma entero, Hannah? Solo tienes que decirlo y yo me encargo del resto. Solo tienes que meterme los dedos en el pelo.

Al oírlo, Hannah perdió la capacidad de respiración y empezó a mover los dedos más deprisa sobre esa zona tan erógena, que se hinchó al mismo tiempo que aumentaba la presión en su interior. El calor corporal de Fox, su olor y el deseo con el que la miraba, con la respiración también entrecortada, hizo que todo su cuerpo se volviera más sensible si cabía. Fue como si sus folículos capilares intentaran tocarlo, recibiendo una descarga eléctrica en respuesta, y se estremeció mientras apretaba los muslos en torno a su mano.

—No necesito que me toques —susurró, sin ser consciente de que lo había dicho en voz alta hasta que la expresión de Fox pasó de excitada a perpleja y su torso se sacudió—. Me basta con que seas tú.

Lo miró a la cara, vio que la confusión daba paso al anhelo y cambiaba de nuevo.

—Hannah —dijo él con voz entrecortada al tiempo que bajaba las manos y le acariciaba las caderas, enganchando los dedos en el elástico del tanga—. De acuerdo, me rindo. —El gruñido que soltó contra su cuello la estremeció de los pies a la cabeza—. ¿Quieres hacerlo, nena? Ven aquí.

Era como si no pudiera imaginarse que a una mujer le bastase con su presencia.

Como si el hecho de que lo rechazara solo significase que quería hacer otra cosa.

Que solo quería otro favor de él.

Aunque no pensaba que en ese momento hubiera algo capaz de cortarle el rollo, ese atisbo bajo su fachada lo consiguió. La vulnerabilidad que vio pese a los intentos de Fox fue como un ventilador que le echara aire sobre la piel sudorosa, humedeciéndosela. Algo parecido a la indignación creció en su pecho. Allí fallaba algo. Había algo en el interior de Fox que no debería estar, y quería saber de qué se trataba.

Mientras intentaba calmar su respiración, se sacó la mano del tanga y la dejó caer a un costado.

—Fox...

Él retrocedió como si hubiera recibido una descarga eléctrica mientras resoplaba por la nariz.

Lo vio abrir la boca para decir algo, aunque la cerró de golpe.

Se miraron en silencio un buen rato. Y después él buscó con la mano el pomo de la puerta y la apartó con suavidad, pero de forma implacable, para poder salir de la habitación, y no se detuvo hasta haber salido del piso.

Hannah se quedó con la mirada perdida mientras los primeros acordes de «Dazed and Confused» de Led Zeppelyn sonaban en su cabeza. ¿Qué acababa de pasar?

No lo tenía del todo claro, pero de repente no le parecía bien llamarlo Casanova, y en ese preciso instante se juró que no volvería a hacerlo.

11

Fox decidió que haría como si nunca hubiera ocurrido.

No había más vuelta de hoja.

Además, ¿qué había pasado en realidad? Nada.

Aparte de ver a Hannah en sujetador y tanga, una imagen que llevaría grabada a fuego en el cerebro para toda la eternidad, le había puesto los labios en el cuello y le había acariciado la sedosa piel. Le había dicho algunas guarradas. ¿Y qué? Aunque había estado a punto de perder el control, no había traspasado ningún límite.

No había nada por lo que estar tenso.

No había motivos para ese boquete que sentía en las entrañas.

Se pasó una mano por la nuca con fuerza en un intento por aligerar la tirantez. Estaba en mitad de la cocina, rodeado de los ingredientes para la sopa de patatas y puerro, con las verduras bien cortadas en la encimera sin tabla de cortar. Había montado un buen follón, y ni siquiera lo recordaba. Como tampoco recordaba haber ido a la tienda para comprar todo lo necesario. Solo sabía que Hannah regresaría del rodaje en cualquier momento y que tenía la impresión de que le debía una disculpa. Había necesitado algo de él, y había sido incapaz de dárselo.

Le había cortado el rollo.

No la había puesto cachonda. Le había cortado el rollo.

Debía de gustarle el director más de lo que él creía. De lo contrario, habría dejado que la volviera loca, ¿verdad? Ese debía de ser el motivo por el que había parado antes de llegar al final. No podía tratarse de otra cosa. No podría tratarse de que él se hubiera expuesto sin querer y de que a ella no le hubiera gustado lo que había visto.

¿O sí?

Le echó un poco de tomillo a la sopa y observó que el caldo absorbía los trocitos verdes, muy consciente del pulso que le latía con fuerza en la garganta. Tampoco se podía decir que el rechazo fuera algo ajeno por completo a él. Pero después de la universidad, se había mantenido alejado de situaciones en las que el rechazo fuera una posibilidad. Hacía bien su trabajo y volvía a casa. Cuando ligaba, siempre dejaba claras las cosas con la mujer antes de nada, para evitar cualquier malentendido. Para evitar confusiones sobre sus intenciones. Sin arriesgar nada. Sin zarpar hacia nuevos horizontes.

Eso con Hannah era precisamente un nuevo horizonte.

Era amistad..., y tal vez ese fuera otro motivo por el que había presionado tanto antes, joder. Porque no sabía cómo ser amigo de nadie. La posibilidad de fracasar, de decepcionarla, era aterradora. Pero ¿distraerla con sexo? Eso era mucho más fácil.

El sonido de la llave en la cerradura hizo que se le encogiera todo por dentro, pero removió la sopa con gesto tranquilo y levantó la cabeza con una sonrisa cuando Hannah entró.

—Hola, Pecas, espero que tengas hambre.

Ella lo miró en silencio y titubeó antes de darse media vuelta para cerrar la puerta, unos segundos que él aprovechó para mirarla de arriba abajo y captar todos los detalles posibles mientras ella estaba de espaldas. El moño suelto en la nuca, los mechones de pelo rubio pajizo que se escapaban por todas partes. Hannah en versión clásico. Su perfil, sobre todo la terca nariz. La forma tan práctica con la que se movía, cerrando la puerta para echar la llave, mientras los omóplatos se movían bajo la camiseta de manga corta.

¡Dios! Estaba para comérsela en ropa interior.

Vestida de calle era la hermana pequeña de alguien. La vecina que vivía al lado.

En sujetador negro con tanga a juego, sujetando el aceite de masaje y con los ojos entrecerrados por el deseo, era una diosa sexual.

Que bien podría excitarse por él una temporada, pero que quería clavarle las uñas a otro. Debía seguir ese rumbo, de verdad, en esa ocasión. En el fondo, había creído que si se esforzaba un poquito, de forma física, ella caería rendida a sus pies y se olvidaría del director por completo. ¿No había sido así? En fin, pues se había equivocado. Hannah no era la clase de mujer a quien le gustaba un hombre mientras se liaba con otro, y había estado mal, fatal en realidad, ponerla en esa tesitura.

Se concentró de nuevo en la sopa cuando ella se volvió hacia la cocina.

—Huele que alimenta. —Se detuvo junto a la isla, a su espalda, y se percató de que ella intentaba decir algo. Debería haber sabido que no sería capaz de fingir que no había pasado nada esa tarde. No era su estilo—. En cuanto a lo de esta tarde...

—Hannah —soltó una carcajada antes de añadir pimienta molida a la cazuela—, no pasó nada. No merece la pena hablar de eso.

—Muy bien.

Aun sin volverse, supo que Hannah se estaba mordiendo el labio mientras intentaba convencerse de dejar el tema. También supo que sería incapaz.

—Solo quería decir que... lo siento. Debería haber parado antes. Yo...

—No. Yo debería haberte dejado tranquila. —Intentó aliviar el nudo que tenía en la garganta—. Supuse que me querrías contigo y no debería haberlo hecho.

—No se trataba de que no te quisiera conmigo, Fox.

¡Dios! ¿Intentaba que se sintiera mejor pese al rechazo? Preferiría echarse la sopa ardiendo por la cabeza antes que oír que solo estaba siendo fiel a lo que sentía por el director.

—Que sepas que es perfectamente posible comer la sopa y hablar de otra cosa. Te prometo que se te pasarán las ganas de hablar de todos y cada uno de los detalles de lo sucedido.

—Eso se llama «supresión» y no es muy saludable.

—Sobreviviremos por esta vez.

Ella se dirigió al extremo más alejado de la isla, recorriendo la encimera con un dedo. Después hizo el recorrido inverso, llenando un carrillo de aire que después soltó despacio.

Por favor, era una locura que lo frustrase tanto la incapacidad de Hannah de dejar un tema tan sensible al mismo tiempo que lo agradecía. Jamás había conocido a nadie a quien le importasen tanto las cosas como a ella. Que le importasen las personas. Creía que esa compasión la convertía en una actriz secundaria en vez de en la protagonista, y no se daba cuenta de que su empatía, la ferocidad con la que se involucraba, la convertía en algo mucho mayor. Hannah pertenecía a una categoría mucho más real que la de los créditos de una película. Pertenecía a una categoría creada para ella sola.

Y con ella quería claudicar. Repasar lo sucedido en el dormitorio, su reacción al sentirse... inútil. Al menos en ese momento quería claudicar y dejar que ella analizara sus mierdas, por mucho que lo asustase la conversación. Porque con cada día que pasaba, ella estaba más cerca de regresar a Los Ángeles, y él no sabía cuándo volvería a tenerla a su lado. Tal vez nunca. No en su piso. No sola. Esa oportunidad pronto llegaría a su fin.

Usó un cucharón para llenar dos cuencos de la cremosa sopa, añadió dos cucharas y le deslizó uno de los cuencos a Hannah por la encimera.

—¿Podemos ir despacio hasta que sea momento de tener la conversación? —preguntó con voz gruñona, incapaz de mirarla a los ojos en ese preciso instante.

Cuando lo hizo, vio que ella asentía con la cabeza despacio.

—Pues claro. —Se sacudió de forma visible, levantó la cuchara y sopló antes de llevársela a los labios de una manera que él observó sin poder evitarlo con expresión voraz, mientras sus abdominales se tensaban con fuerza bajo la encimera—. ¿Quieres que te cuente el día tan espantoso que he tenido a modo de distracción? Y no me refiero a desastroso por... —Señaló con la cabeza hacia la habitación de invitados—. No solo por eso.

Su vanidad se quedó hecha trizas al oírla.

—Muy bien. ¿Qué más ha sido espantoso?

—No conseguimos la toma que necesitábamos porque Christian se negó a salir de su remolque después del almuerzo. Puede que tengamos que añadir varios días de rodaje si no nos andamos con cuidado.

No debería haberse sorprendido al comprobar que se le aceleraba el pulso por la felicidad de pensar que Hannah tal vez se quedara más tiempo, pero así fue.

¿Hasta qué punto sentía algo por esa chica y en qué sentido? Con él todos los sentimientos, o la ausencia de estos, estaban relacionados con el sexo. Solo con el sexo. Aunque el director no fuera un problema, ¿era capaz de ir más allá con Hannah?

—Y he intentado hablar dos veces con Brinley, pero está decidida a darme largas. No sé si voy a conseguir la experiencia que esperaba y... No le digas esto a nadie.

Levantó una ceja al oírla.

—¿A quién se lo iba a decir?

—Claro. —Su voz se convirtió en un susurro—. No me gusta mucho el rumbo que ha tomado con la banda sonora de la película.

Le costó lo suyo no echarse a reír.

—Tienes que mejorar lo de echar pestes de los demás.

—No estoy echando pestes. Es que... Sergei cambió de rumbo al trasladar el rodaje a Westport, y no creo que ella haya cambiado para mantenerse en sintonía. Lo que ha elegido es cañero. Algo apropiado para los clubes de Los Ángeles. —Fox conservó la sonrisa cuando la oyó mencionar el nombre del director, pero le costó—. Las canciones no encajan, pero no puedo hacer sugerencias sin quedar como una sabelotodo.

—¿Por qué no hablas con...? —empezó a preguntarle, aunque hizo una pausa para librarse del sabor agrio de la boca y, al ver que era imposible, acabó llevándose una buena cucharada de sopa a los labios—. ¿Por qué no hablas con Sergei?

—¿Y pasar por encima de ella? —Hannah dibujó una equis en la sopa con la cuchara—. No, no sería capaz.

La miró en silencio un segundo.

—Si estuvieras al mando, ¿qué harías de otra forma?

—Ahí está la otra parte espantosa de mi día. No lo sé. No se me ocurren las canciones como de costumbre. Supongo que... elegiría algo que capturase el ambiente imperecedero de este lugar. Las facetas y las generaciones... Dejó la frase en el aire antes de repetir en voz baja la última palabra—. Generaciones.

Al ver que no añadía nada más, Fox se dio cuenta de que estaba conteniendo el aliento a la espera de lo que fuera a decir.

—¿Generaciones...?

—¡Ajá! —Sacudió la cabeza—. Acabo de acordarme de las salomas que mi abuela me dio el otro día. Una carpeta llena que encontró. Al parecer, las escribió mi padre.

—¡Vaya! —Soltó la cuchara y estuvo a punto de preguntarle que por qué no se lo había contado, pero creyó que parecería presuntuoso—. Es alucinante, ¿no? —La miró a la cara y se percató de la tensión de sus labios—. Sientes algo concreto al respecto, ¿verdad?

Ella soltó un sonido apagado.

—No es nada.

—¡Ah, no! Ni hablar. —Apartó el cuenco y cruzó los brazos por delante del pecho—. Si quieres atarme a una silla y obligarme a hablar de mierdas que me incomodan, Pecas, tú vas a hacer lo mismo.

—Bueno, perdona. ¿Quién te ha dicho que tienes razón?

Esbozó una sonrisilla al oírla y le hizo un gesto para que siguiera hablando.

—Estoy esperando.

Ella se metió la última cucharada de sopa en la boca con gesto serio y lo imitó con ademanes exagerados al apartar el cuenco a un lado y cruzar los brazos por delante del pecho.

—Mira. Esta soy yo, ganando tiempo.

¿Por qué le gustaba tanto, joder?

—Ya lo veo.

—Esto no me va a distraer de la conversación que vamos a tener —le advirtió ella.

Le temblaron los labios al contener una sonrisa.

—Me doy por advertido.

—Muy bien, voy. —Bajó los brazos y empezó a pasearse de un lado para otro—. Es que... Ya sabes, Piper, ella conectó de maravilla con el alma de Henry Cross. Cuando estuvimos aquí el verano pasado y eso. Pero yo..., pues como que lo fingí.

Dejó de pasearse para mirarlo, para calibrar su expresión, aunque él se mantuvo impasible. Por dentro, se moría de curiosidad.

—Está bien, lo de fingir lo pillo.

Ella lo miró con expresión pensativa antes de continuar.

—Tenía dos años cuando nos fuimos de Westport. No recuerdo nada de Henry Cross ni de este sitio. Da igual lo mucho que lo intente, no puedo..., no puedo sentir nada por este... pasado invisible. Al menos, nada que no sea culpa.

—¿Qué te obliga a sentir algo?

—Nada, la verdad. El problema es que normalmente sentiría algo. Lo que fuera. Soy capaz de ver la interpretación de una canción en mi cabeza, como si fuera una película, y me vinculo con las palabras y el sonido, conecto con algo escrito en una situación que no me suena de nada. Soy una persona emocional, que lo sepas. Pero esto... Es como si no hubiera nada. Como si sufriera un bloqueo mental en todo lo relacionado con mi padre.

Aquello la inquietaba de verdad. Fox lo veía claro. Y, por tanto, también lo inquietaba a él. No solo el hecho de que su falta de conexión con Henry Cross la obsesionara, sino... ¿y si él era incapaz de encontrar las palabras necesarias para mejorar la situación? Consolar a las mujeres no era precisamente su fuerte.

—¿Quieres establecer alguna clase de vínculo con el pasado? ¿Con Henry?

—No lo sé.

—¿Por qué te atrajo este lugar?

—Echaba de menos a mi hermana. Echaba de menos el pueblo. Incluso te echaba de menos a ti un poquito —añadió con tono travieso, pero se puso seria enseguida—. Ya está.

—¿Ya está? ¿Echabas de menos a las personas? ¿O le estás dando vueltas a algo que eres incapaz de nombrar? —Ojalá se hubiera quitado la camiseta, así no se sentiría tan expuesto. ¿Y eso tenía algún sentido?—. De la misma manera que llegaste y empezaste a escarbar para obligarme a mantener una dichosa conversación... A lo mejor estás haciendo lo mismo con este sitio. Estás cavando hasta encontrar el modo de entrar. Pero ¿sabes una cosa? Si no lo logras, eso no te hace culpable de nada, Hannah.

Poco a poco una expresión agradecida apareció en su cara, y él suspiró.

—Gracias. —Hannah clavó la mirada al frente, en la distancia—. Igual tienes razón.

Desesperado por apartar la atención de sí mismo, al menos mientras intentaba reconfortarla, tosió contra el puño.

—¿Quieres que les eche un vistazo a las salomas? A lo mejor reconozco alguna.

—¿De verdad? ¿Seguís... cantando a bordo?

—A ver, no a menudo. A veces, Deke empieza una. No unirte te convierte en un imbécil. Claro que Brendan nunca canta con los demás.

Eso le arrancó a Hannah una carcajada, y él sintió que se quitaba un peso de encima.

—Muy bien, voy a por ellas.

Hannah parecía muy nerviosa por todo el asunto, así que bien podían ponerse cómodos. Mientras ella estaba en la habitación de invitados, llevó los cuencos al fregadero y se trasladó al salón, donde se sentó en el sofá. Un minuto después ella volvió con una carpeta de un azul descolorido, llena de papeles, y se sentó en el suelo delante de la mesa del sofá, haciendo una breve pausa antes de abrirla. Recorrió con un dedo uno de los versos, con el ceño fruncido por la concentración, y después le dio un montón de hojas.

Leyó unos versos de la primera página y no reconoció la letra, pero la segunda le resultaba muy familiar.

—¡Ah, sí! Esta me la sé bien. Los viejos la cantan todavía de vez en cuando en el Derribad al Hombre. —Su carcajada reveló la incredulidad que sentía—. No sabía que la había escrito Henry Cross. Siempre supones que estas canciones tienen como mil años.

Hannah se sentó con las piernas cruzadas en el suelo.

—Así que esa te la sabes. ¿Puedes cantarla?

—¿Cómo? ¿Ahora mismo dices?

Ella lo miró con ojitos de cordero degollado, y él sintió que la yugular se le tensaba como la piel de un tambor. «Te tiene calado». Pero ¿saber que podía ayudar, saber que podía hacer algo que la hiciera feliz? Era como tener en las manos las llaves de un reino. Aunque tuviera que cantar para abrir las puertas. El deseo de darle a Hannah lo que ella necesitaba hizo que se colocara bien la hoja en el regazo y que carraspeara.

Había una probabilidad enorme de que eso no significara mucho para ella, pero cuando lo miraba de esa manera, tenía que intentarlo.

—A ver, si es tan importante para ti…

Con una voz que no le haría ganar ningún concurso, empezó a cantar «La recompensa del marinero».

12

Nacido en la niebla
Por la marea llevado,
Al vientre de su barco
Donde el orgullo se ha ganado,
La recompensa del marinero
Es una moneda en la mano y nadie a su lado.

La caza no se acaba.
Es un juego, es la fama.
Un amor que se ampara.
Un tesoro que se reclama.
Botas a cubierta, hombres, vamos, las olas nos han
llamado.

El cristal cambié
Por mi chica
Y lo salvaje
Por mi niña.
El viento cambié
Por ella.
El caos cambié
Por ellas
Y las anclas están echadas. Hay vida más allá del mar.

El tesoro no solo es
Rubíes y oro.
Cuando un marinero encuentra amparo
Del frío.
Las aguas azules dejan de ser su única amante.

El hogar es la fortuna,
La salud es el botín,
Yacer entre sus brazos,
Mirarlas a los ojos,
Las leyes de tierra firme un marinero respetará.

El cristal cambié
Por mi chica
Y lo salvaje
Por mi niña.
El viento cambié
Por ella.
El caos cambié
Por ellas
Y las anclas están echadas. Hay vida más allá del mar.

Pronto, amores míos, pronto.
Pronto, amores míos, pronto.
Un último viaje,
Cuando la luna salga.
Después volveré por mi recompensa a casa.
Escribiremos la canción de nuestra familia.

Hannah tenía once años cuando recibió su primer par de auriculares.

Siempre había cantado a todo pulmón lo que sonaba en la radio. Siempre había tenido el don de recordar la letra, de saber exactamente dónde se aceleraba el ritmo. Pero cuando le regalaron los auriculares, fue cuando su disfrute se disparó.

Dado que eran un regalo de su padrastro, eran el tope de gama. Unos auriculares rosas con cancelación de ruido que casi pesaban demasiado para su cuello. De modo que se pasó horas y horas en su habitación, tumbada, con la cabeza apoyada en una almohada, reproduciendo la música que su madre le había metido en el móvil. Billie Holiday la transportó a las salas de *jazz* llenas de humo de antaño. Las canciones de Metallica que se había descargado, aunque no contaba con el permiso de su madre, la hicieron querer soltar su rabia y darles patadas a las cosas. Cuando creció un poco, Pink Floyd le despertó la curiosidad por los instrumentos, los métodos y la experimentación artística.

La música podía destrozarla. Ninguna otra cosa en la vida tenía esa capacidad. A menudo se preguntaba si le pasaba algo para que un suceso en la vida real tuviera menos impacto en ella que una canción escrita cincuenta años antes. Pero esas dos líneas paralelas, la vida real y el arte, nunca se habían cruzado de esa manera. Y por segunda vez desde que conoció a Fox, él vivía la experiencia con ella. Una experiencia en la que siempre, siempre, había estado sola. Siempre había querido estar sola. La primera vez fue en la exposición de vinilos en Seattle, cuando compartieron unos AirPods en mitad de un bullicioso pasillo y el mundo a su alrededor dejó de existir. La segunda vez fue en ese preciso instante. En el salón de su piso.

Él cantaba las palabras de su padre, llenando el espartano salón con un eco del pasado que le atenazaba la garganta, enroscándose a su alrededor.

Cantaba con una voz algo más ronca que al hablar, más grave, como un amante que le susurrase a alguien en la oscuridad, y esa cualidad íntima le sentaba muy bien. Como si estuviera contando un secreto. Le provocaba un cálido estremecimiento y la envolvía como el abrazo que necesitaba con desesperación, porque, ¡ay, por Dios!, la canción era preciosa. Aunque no era una canción cualquiera..., era una canción sobre su familia.

Lo supo desde la primera estrofa.

La intuición le provocó un hormigueo en los dedos hasta que tuvo que entrelazarlos con fuerza en su regazo, y a medida que los versos sobre la creciente dedicación del marinero hacia su familia brotaban de los labios de Fox, su imagen empezó a hacerse borrosa. Pero no podía parpadear para librarse de las lágrimas, solo podía dejar que se acumulasen, como si cualquier movimiento pudiera hacer desaparecer la melodía del aire y robarle la creciente quemazón que sentía en el pecho.

En muchísimas ocasiones había intentado estrechar el abismo que la separaba del hombre que la había engendrado, pero nunca lo había conseguido. No sucedió cuando fue a ver la estatua de bronce levantada en su honor en el puerto, ni tampoco cuando miró sus fotografías con Opal. Sintió un ramalazo de nostalgia al abrir Cross e Hijas con Piper, pero... nada parecido a eso. Oír la canción era casi como mantener una conversación con Henry Cross. Era lo más cerca que estaría de hacerlo. Esa explicación del conflicto entre sus dos amores: la mar y su familia.

En un momento dado, al menos mientras escribía la canción, su padre había deseado dejar de pescar. Había querido pasar más tiempo en casa. Con ellas. Sin embargo, no sucedió a tiempo. O acabó volviendo a la mar una y otra vez. Fuera cual fuese el motivo, con esa confesión, por fin se volvía real.

—Hannah.

La voz preocupada de Fox hizo que alzara la cabeza, y lo vio levantándose del sofá para acercarse a ella. Dejó caer la hoja, que se detuvo al llegar a la mesa, y ella lo vio todo borroso por culpa de las lágrimas, con el corazón atascado en la garganta.

—Lo siento, no me lo esperaba. No esperaba...

Dejó la frase en el aire porque se le quebró la voz. Y después Fox la alzó en brazos del suelo. Parecía casi sorprendido por haberlo hecho y dio una vuelta completa como si no supiera qué hacer con ella, aunque acabó girando para sacarla del salón. Con la frente pegada a su cuello (¿Cuándo lo había hecho?), Hannah vio que se detenían delante de la puerta del dormitorio principal y se percató de que Fox se tensaba por completo.

—Mmm... No insinúo nada al traerte aquí, ¿vale? Es que me ha parecido que querías alejarte.

¿Tenía sentido? Pues no. Pero para ella sí lo tenía. Y Fox estaba en lo cierto. Quería alejarse del momento antes de que la engullera, y él se había dado cuenta. Él abrió la puerta con el hombro y la llevó a su dormitorio, fresco y a oscuras, antes de sentarse en la cama deshecha, con ella acurrucada en su regazo, llorando a lágrima viva.

—¡Dios! —dijo él al tiempo que agachaba la cabeza para mirarla a los ojos—. No sabía que cantaba tan mal.

Una carcajada trémula se le escapó al oírlo.

—Pues ha sido bastante perfecto.

Parecía escéptico, pero también aliviado por su risa.

—No recordaba de qué iba la canción hasta que ya llevaba cantada la mitad. Lo siento.

—No. —Apoyó la sien en su hombro—. Es bueno saber que no estoy hecha de piedra, ¿sabes?

Los dedos se quedaron suspendidos sobre su cara un instante para después enjugarle las lágrimas con los pulgares.

—Nada más lejos de la realidad, Hannah.

Pasó un buen rato mientras ella repasaba la letra en su cabeza, contenta de estar entre esos brazos, pacientes y fuertes.

—Creo que tal vez, hasta que he oído la canción, una parte de mí no creía de verdad que Henry pudiera ser mi padre. Como si fuera un error y yo hubiera estado siguiendo la corriente.

—¿Y ahora?

—Ahora tengo la sensación… de que ha encontrado la manera de tranquilizarme. —Volvió la cara para pegarla a su torso y suspiró—. Me has ayudado con eso.

Sintió que le temblaban los músculos del brazo que tenía bajo sus rodillas.

—Yo… No.

—Sí —lo contradijo ella en voz baja—. Opal cree que mi amor por la música viene de Henry. Es raro pensar que procede de algún sitio. Como si un trocito de ADN fuera el responsable de que me recorra un escalofrío por la espalda con los primeros acordes de «Smoke on the Water».

El torso de Fox vibró cuando dijo:

—Para mí es «Thunderstruck». AC/DC. —Un segundo de silencio—. Muy bien, es mentira. Es «Here Comes the Sun».

La cálida camiseta de Fox absorbió su carcajada.

—Es imposible no oírla sin sonreír.

—Pues no, la verdad. —Fox le acarició el brazo derecho con los dedos antes de apartarlos, como si lo hubiese hecho sin pensar y se hubiera dado cuenta de que era demasiado—. Siempre me he preguntado por qué no tocas un instrumento.

—¡Uf! Menuda historia te puedo contar. —El brazo le hormigueaba allí donde la había tocado. Estaban sentados en la oscuridad, hablando en voz baja, sentados en su cama. Ella estaba en su regazo, entre sus brazos, y no había nada incómodo en la situación. Nada de la vergüenza que sentiría por echarse a llorar delante de alguien que no fuera Piper. Aunque no podía negar que había cierta tensión en él. Como una corriente eléctrica que no supiera cómo cortar, pero que intentaba controlar—. A los trece años pasé por una fase hípster muy molesta. Como si creyera que estaba descubriendo los clásicos por primera vez y nadie más los comprendiera o los valorara como yo. Me porté fatal. Y quería ser distinta, así que pedí asistir a clases de armónica. —Echó la cabeza hacia atrás y lo miró a los ojos en la oscuridad—. Consejo: no se te ocurra aprender a tocar la armónica con aparato corrector en los dientes.

—Hannah. ¡Ay, Dios! No. —Fox echó un instante la cabeza hacia atrás y se le escapó una carcajada—. ¿Qué pasó?

—Nuestros padres estaban en el Mediterráneo, así que fuimos a la casa de los vecinos, y descubrimos que estaban en Francia...

—¡Ah, sí! Los problemas normales con los vecinos.

Resopló al oírlo.

—Así que su jardinero se ofreció a llevarnos a Piper (que se había hecho pis encima de la risa) y a mí en la parte trasera de su camioneta. —Apenas conseguía que le saliera la voz por las ganas de reír—. Nos llevó al hospital más cercano allí sentadas, yo con la armónica pegada a la boca, y cada vez que respiraba la armónica tocaba unas notas. La gente empezó a tocar el claxon...

Fox empezó a reírse a carcajadas y así supo que por fin se había relajado de verdad. La tensión sexual no había desaparecido por completo, pero la había controlado de momento.

—¿Qué te dijeron en el hospital?

—Me preguntaron si aceptaba peticiones.

En ese momento, las carcajadas hicieron que Fox cayera de espaldas a la cama, muerto de la risa. Ella chilló porque el colchón se hundió y acabó tumbada sobre él, con una cadera contra su abdomen y el torso girado, de modo que sus pechos quedaban pegados.

La risa de Fox desapareció al darse cuenta de la postura.

Sus bocas quedaban a escasos centímetros..., y quería besarlo. Con desesperación. Los ojos oscurecidos de Fox indicaban que él deseaba lo mismo. Para ser sincera, deseaba sentarse a horcajadas sobre él y hacer mucho más que besarlo. Pero le hizo caso a su instinto, el mismo que había seguido esa tarde, y se apartó de él, tras lo cual apoyó la cabeza en la almohada. Él la miraba con los párpados entornados, con el pecho agitado por la respiración, y después se tumbó con cuidado, de modo que quedó frente a ella, con la cabeza en la otra almohada. Como si estuviera dejándose llevar por ella.

Se quedaron así un buen rato y pasaron varios minutos antes de que le pusieran fin al silencio. Como si estuvieran acostumbrándose a estar en la cama juntos. A estar tan cerca, de forma tan íntima, sin el peso de las expectativas. Le bastaba con estar allí tumbada, a su lado, y necesitaba hacérselo saber. No se quitaba de encima la sensación de que para Fox era importante saber que no tenía que suceder nada entre ellos para que el tiempo que pasaban juntos mereciera la pena.

—Muy bien... —dijo él mientras la miraba fijamente—. Supongo que ya ha llegado el momento de hablar.

Hannah no se movió. Ni siquiera tragó saliva.

Fox cambió de postura y estiró el brazo donde llevaba la pulsera de cuero.

—Esto era de mi padre. Trabajaba en la costa, no lejos de aquí. También era pescador. Se casó con mi madre cuando se quedó embarazada de mí, pero el matrimonio solo duró unos años que fueron espantosos. —Giró la muñeca, de modo que la pulsera se movió un poco—. La llevo para recordarme que soy igual que él y que nunca cambiaré.

Su forma de decirlo fue un reto para que Hannah se apartara. O lo negara.

Sin embargo, ella se limitó a mirarlo a los ojos y a esperar con paciencia, con un puño sobre la almohada y los ojos hinchados por las lágrimas. Preciosa, compasiva y especial. Única en su especie. ¿Y le interesaba una historia triste?

Además, ¿qué estaba pasando allí? ¿Una conversación sincera a oscuras con una chica? Su cabecero debería estar rebotando contra la pared en ese preciso instante. Ella debería estar gritando contra su hombro, arañándole la espalda hasta hacerlo sangrar. El animal acorralado que llevaba dentro protestó y le rogó que la distrajese. Que estirara los brazos y le agarrara el vestido, que tirase de ella para tumbarla sobre el colchón y se colocara encima, que le metiera la lengua en la boca hasta enloquecerla.

Aunque a esas alturas estaba desarmado. Ella lo había desarmado esa tarde.

No tenía armadura. Nada con lo que esquivar el ataque.

Y una parte de él detestaba con todas sus fuerzas la vulnerabilidad en la que ella lo había sumido. La barandilla del barco había desaparecido, no había barrera alguna que le impidiera caer a una mar turbulenta. No deseaba esa clase de intimidad. No quería compasión, lástima ni comprensión. Le iba muy bien protegiendo la herida. Fingiendo que no estaba allí. ¿Quién puñetas era ella para arrancarle la venda?

Hannah. Era Hannah. Punto.

La chica que no quería acostarse con él, pero que seguía interesada. Que estaba tumbada en su cama con deseos de saber más de él. Sin afán de criticarlo. Sin impaciencia. Sin moverse lo más mínimo. Y por más que detestase la intromisión en su infierno personal, la adoraba, joder, quería darle todo lo que deseara. Con tanta desesperación que le quemaba la piel.

«La llevo para recordarme que soy igual que él y que nunca cambiaré».

Con esas palabras flotando en el aire, metió la mano debajo de la almohada para ocultar la pulsera.

—Nunca tomé la decisión consciente de ser como él, sucedió sin más. Incluso antes de estar con una chica, era como si... todo el mundo me tratase como si tener... experiencia fuera algo inevitable. Supongo que es algo de mi personalidad, de mi aspecto. Los padres de mis compañeros siempre decían: «Cuidado con ese. Tiene cara de ser un buen elemento...» o «Tu madre no quiere que te acerques a los chicos como él». Cuando era más joven, no tenía sentido, pero a medida que fui creciendo y empecé a reconocer el comportamiento de mi padre con las mujeres, lo entendí. Mi profesora de quinto de primaria decía: «Este va a ser un rompecorazones». Todo el mundo se reía y le daba la razón y, mira, no recuerdo bien cuándo empezó, pero al final hice mía la imagen en cuanto entré en el instituto, hasta que todo se volvió borroso. Se convirtió en un puto torbellino de cuerpos, de caras y de manos. —Respiró hondo por la nariz y soltó el aire, haciendo acopio de valor para continuar. Para exponerse por completo delante de esa chica que tanto le importaba—. Cuando estaba en último curso, mi madre me mandó con mi padre un fin de semana. Él había intentado retomar el contacto, mandándome postales y cosas así. No tenían un acuerdo formal, pero ella creía que se merecía una oportunidad. Y... después de pasar dos días en su casa, lo supe. Supe que no quería ser como él, Hannah.

Decidió guardarse algunos detalles.

Ya tenía la sensación de que esa explicación tan sórdida de su estilo de vida estaba corrompiéndola. A Hannah, una chica muy dulce con todo un futuro por delante y una cabeza llena de canciones que no necesitaba que su pasado se le metiera dentro. Estaban en extremos opuestos de la cama, como las dos caras de la luna, la oscura y la brillante, de modo que no le hablaría de la cantidad de mujeres que vio pasar por el piso de su padre aquel fin de semana. Ni de los ruidos que oyó. De los coqueteos, de las peleas y del asfixiante olor a marihuana.

Tragó saliva con fuerza y rezó para que se le calmara el pulso.

—En fin...

Pasó un minuto entero mientras intentaba mantener la compostura. No estaba seguro de poder explicarle el resto hasta que Hannah deslizó una mano por el colchón y entrelazó sus dedos. Dio un respingo, pero ella no lo soltó.

—En fin —repitió mientras intentaba hacer caso omiso de la calidez que le corría brazo arriba—, el asunto es que siempre saqué buenas notas, te lo creas o no. Seguramente tenga que darle las gracias a Brendan. Siempre me arrastraba a grupos de estudio y me obligaba a hacer fichas con él.

—Lo de hacer fichas es muy típico de Brendan —susurró ella—. Seguro que estaban clasificadas por colores.

—Y por orden alfabético. —Fue incapaz de contenerse y pegó el pulgar al punto donde le latía el pulso, para acariciar la sensible zona una vez antes de retomar el apretón platónico. No iba a distraerla con sexo, eso no era lo que ella quería. Y por mucho que la situación lo decepcionara, empezaba a ver algo liberador en no tener que esmerarse en el plano físico. En no tener que cumplir con las expectativas—. La mayoría de mis amigos se quedó por aquí cerca cuando llegó la hora de ir a la universidad, pero yo me largué. Quería librarme de esta imagen. De la... etiqueta de semental. Me la había ganado a pulso, sí, pero ya no la quería. Así que me marché. Me fui a Minnesota e hice nuevas amistades. Yo era una persona nueva. Los dos primeros años de universidad salí de vez en cuando con chicas, pero nada comparado a lo que hacía en el instituto. Ni por asomo. Y después conocí a Melinda. No íbamos a la misma facultad, pero vivía cerca y... yo creí que era algo serio. Nunca había tenido una relación de verdad, pero aquella me lo parecía. Íbamos al cine, salíamos de la ciudad. Dejé de ver a otras. Era algo en plan: joder, que soy capaz de hacerlo. Ya no tengo que seguir un patrón. —Un objeto punzante se le clavó entre las costillas, preparado para destrozarlo—. En aquel entonces trabé amistad con un chico, ¿sabes? Kirk. Fue él quien me presentó a Melinda. Como una amiga de la familia. Kirk y yo compartíamos habitación en la residencia, los dos estudiábamos Ciencias Empresariales. Durante el tercer año, decidimos trabajar juntos para crear una empresa emergente. Se nos ocurrió la idea de fundar una empresa *online* con fotos de stock, especializada en tomas aéreas. Con drones. —Sacudió la cabeza—. Ahora hay empresas que lo hacen. Sin duda tu productora las ha usado. Pero en aquel entonces no había nada parecido. Y nos dejamos la piel. Íbamos a ser socios. Yo estaba como a un millón de kilómetros de quien había sido en Westport, de lo que había sido aquí, ¿sabes?

¿De verdad iba a contarle lo siguiente y humillarse a propósito? Ya era bastante malo que tuviera que vivir con la vergüenza de lo sucedido, pero sería mucho peor ver a Hannah asimilarlo todo. Sin embargo, ella le agarraba la mano con fuerza y su mirada no flaqueaba, de modo que siguió hablando, como si le hubieran dado un empujón invisible, sin saber dónde acabaría, pero convencido de que no podía parar en ese punto.

—Un fin de semana durante unas vacaciones, Melinda se fue a casa para visitar a sus padres. Yo mentí y dije que también me volvía a casa, pero no lo hice. Por aquel entonces nunca volvía. Quería fingir que Westport no existía. Nadie sabía quién había sido, y quería que siguiera así. —Soltó un largo suspiro—. Aquel fin de semana volví a la habitación después de haber terminado un trabajo en la biblioteca y me los encontré. Juntos. Viendo una película en la cama de Kirk. —Intentó zafarse de la mano de Hannah, porque empezaba a sentirse muy sucio por lo que iba a contar a continuación y no quería que dicha suciedad la tocase, pero ella lo agarró con más fuerza—. Así que me enfrenté a ellos. Le dije que Melinda y yo llevábamos meses saliendo. Kirk estaba furioso, pero Melinda... se echó a reír.

Hannah frunció el ceño. Era su primera reacción evidente ante la sórdida historia. Por algún motivo, absorbió esa reacción como si fuera una esponja. Sí, era desconcertante, ¿verdad? Ya. A ella también se lo parecía. Menos daba una piedra. Se lo explicaría dentro de un minuto, y el desconcierto se esfumaría, pero de momento ese ceño fruncido fue el empujoncito que necesitaba para terminar.

—Resulta que le estaba poniendo los cuernos conmigo. —El objeto punzante de las costillas se retiró antes de clavársele de nuevo—. Melinda le recordó a Kirk que yo era la aventura que podía permitirse tal como habían acordado desde el primer día, así que no podía enfadarse porque le hubiera puesto los cuernos. Para ella solo fui una distracción. No un novio serio. —Se encogió de hombros con un gesto trémulo—. Yo no sabía que estaban saliendo, porque nunca quedaban cuando él estaba conmigo. Precisamente por eso. Porque estaba celoso de que yo le resultase atractivo. Y, por cierto,

Melinda descubrió que Kirk iba de farol con lo de la relación abierta y la aventura. En realidad, no le gustaba nada. Así que dejó la empresa, se cambió de residencia y nunca volvió a hablarme..., y tampoco lo culpo. Yo había hecho exactamente lo mismo que todo el mundo esperaba que hiciera desde el instituto. Había llevado el sexo conmigo a todas partes, quisiera o no. Daba igual lo mucho que intentase ser otra persona, llevaba pegada la etiqueta de mujeriego. Melinda lo supo sin tener ni idea de mi pasado. Mi socio ni se atrevía a presentarme a su novia. Eso era lo que veían en mí. —Se dio cuenta de que respiraba con dificultad e intentó calmarse—. Dejé la universidad después de aquello. No tenía sentido convencer a los demás de que era algo que no soy. He estado trabajando en la Della Ray desde entonces.

Se sumieron en el silencio durante un buen rato, sin moverse siquiera.

El pánico lo atenazó cuando Hannah se deslizó hacia él con expresión sombría.

—Soy alguien con quien divertirse. Un tío fácil. No me molesta.

—No.

—Hannah.

Cuando se colocó a su lado y le acarició la cara, Fox pegó sus frentes y le rozó los labios con los suyos. Hannah no pudo ocultar su reacción. Como tampoco pudo ocultar el leve temblor que le recorrió las piernas y el abdomen. Despacio, tiró de ella para pegarla por completo a él y fundió sus labios. Era una situación de huir o luchar. De atacar o de arriesgarse a exponerse más, sin importar que estuviera enfrentándose a lo que lo reconfortaba.

Distraer. Distraer.

—Vamos, nena —susurró contra sus labios y gimió al sentir que se le ponía dura sin problema nada más subirle el vestido—. Haré que te lo pases fenomenal. Quiero hacerlo.

—No. —Ella le rodeó el cuello con los brazos y se agarró a él, pegando el torso agitado por la respiración al suyo, mucho más ancho—. Estamos bien así. —Le acarició el mentón con la nariz y se pegó a él todavía más, como si quisiera hacerle saber que no tenía miedo—. Así sin más.

¿Incluso después de lo que le había contado?

¿No le había prestado atención?

Podía resistirse a él todo lo que quisiera, tomarlo de la mano y ser su amigo, pero nada podría cambiarlo. Su identidad estaba escrita en piedra. ¿Qué quería Hannah de él?

Eso, al parecer. Solo eso.

Quería lo que quisiera que fuese, una horrorosa mezcla de defectos y verdades, quería que se quedara tumbado con ella.

Tardó un rato en superar la incredulidad, pero al final consiguió pasarle una mano por debajo para acunarle la cabeza. Con cuidado, la pegó a su cuello y cerró los ojos mientras el bálsamo que era Hannah se extendía por su interior. No le estaba curando las heridas, pero desde luego que mitigaba el dolor aunque fuera un momento.

Solo un momento. La abrazaría... un momento.

Segundos después se quedó dormido entre los brazos de Hannah.

13

Hannah abrió los ojos el lunes por la mañana y absorbió la imagen de Fox al otro lado de la almohada que compartían, con la luz matinal que empezaba a colarse por las persianas que él tenía a la espalda y que hacía que su pelo alborotado brillara como el oro bruñido. Con la boca entreabierta y la barba de un día en el mentón y el labio superior, estaba para comérselo. ¿En serio? A las seis de la mañana podría rodar un anuncio para Emporio Armani.

Sin embargo, después de la noche anterior era incapaz de mirarlo sin ver al diamante en bruto que llevaba dentro, detrás de la fachada. Elegante y glorioso por fuera. Pero por dentro su luz incidía en un pico fragmentado y se reflejaba en mil direcciones.

Un dolor sordo se extendió por su pecho y se volvió tan acuciante de repente que tuvo que llevarse una mano al punto exacto, que se frotó para aliviar la presión. El dolor que él había revelado la noche anterior había cruzado la cama y se le había clavado en el pecho, y no quería que desapareciera. No quería que Fox tuviera que cargar él solo con eso. Era evidente que llevaba haciéndolo mucho tiempo y que había dejado que el daño se enquistara.

¿Qué significaba para ella que lo ayudase a cargar con el peso de su pasado? ¿Estaba siendo una buena amiga y solo eso? ¿O su decisión de apoyarlo procedía de otra cosa?

¿De algo... romántico?

Porque no sería una buena idea.

De hecho, sería una idea desastrosa.

Después de la noche anterior jamás volvería a verlo como un mujeriego. Al rebajarse él mismo y reforzar esa imagen despectiva, se estaba engañando él más que a cualquier otro. Pero seguía siendo Fox Thornton, soltero empedernido y amante de las mujeres. No quería una relación, punto. Él mismo se lo había dicho.

Así que daba igual la clase de sentimientos impulsivos y pegajosos que estuvieran saliendo a la superficie, el puesto de amiga solícita era el único que estaba disponible para ella, ¿verdad?

Sus pensamientos se desperdigaron como la pelusa de un diente de león arrastrada por viento cuando los ojos azules de Fox se abrieron, atravesándola desde el otro lado de la almohada. Tenían una expresión cálida, un poco aliviada. Y después parpadeó y levantó sus defensas de nuevo.

—Hola —dijo él despacio, observándola con detenimiento—. Has dormido aquí toda la noche.

Hannah sintió que las palabras se le atascaban en el pecho. Frases que había aprendido en el psicólogo a lo largo de los años. Cosas que quería decirle y que explicarían por qué él se sentía tan mal por lo sucedido en la universidad. Sugerencias para ajustar su punto de vista y garantías de que nada era culpa suya.

Sin embargo, toda esa jerga que se usaba para dar apoyo le parecía inadecuada por primera vez. De alguna manera durante la noche había entrado en la refriega con Fox sin tomar una decisión consciente. Participaba en esa batalla por su alma. Sin embargo, una vez allí, empezaba a ver que era poco probable seguir así mucho tiempo sin... enamorarse de él.

¡Por Dios! Ya lo estaba haciendo. Y a marchas forzadas.

—¡Ajá! —susurró al final mientras se sentaba y se apartaba con los dedos varios mechones de la cara, cargados de electricidad estática—. Lo siento, se ve que me quedé dormida como un tronco.

Él se incorporó sobre un codo.

—No buscaba una disculpa. No pasa nada.

Asintió con la cabeza al oírlo. Lo miró y... ¡ay, por favor, allí estaba! La abrumadora necesidad de tocarlo. De tumbarlo en el colchón, de subirse sobre él y de decirle entre besos que era mucho más que un tío con el que echar una aventura. Que era muchísimo más de lo que él mismo creía. Pero eso era lo que hacía una novia solícita..., algo que ella no podía ser.

—Hoy empiezo temprano a trabajar —consiguió decir.

—Claro. —Él se pasó una mano por el pelo, a todas luces sin saber qué decir—. En fin.

—¿Qué?

Encogió un fuerte hombro y la sonrisa no terminó de llegarle a los ojos.

—Tengo la sensación de que te estoy despachando sin nada a cambio.

El abismo que se había abierto la noche anterior en su pecho aumentó de tamaño, y le costó la misma vida tragarse el gemido. Y después la rabia la consumió. ¿Cómo se atrevían sus profesores y los demás adultos a cosificarlo siendo tan joven? ¿Cómo podía su padre llevar mujeres a su casa cuando su hijo de dieciocho años estaba de visita? ¿Quiénes eran esos monstruos de los que se había hecho amigo en la universidad? Seguramente trabajarían para la hacienda pública en ese momento. Y sí, también parte de esa rabia iba dirigida a sí misma, porque ella lo había llamado «el colega guapo» la primera vez que lo vio. «Casanova» después de eso. Quería golpearse la cabeza con la pared por ser como todos los demás.

Antes de poder controlarse, se volvió y recorrió la cama de rodillas para echarle los brazos al cuello y abrazarlo con todas sus fuerzas, algo que parecía incapaz de evitar. Sobre todo cuando él la rodeó despacio con los brazos, pegándola a su torso antes de apoyarle la cara en el cuello.

—Anoche me cantaste —dijo—. Me acercaste a Henry más de lo que jamás podré acercarme. ¿Y dices que no has hecho nada?

—Hannah...

—Y después de lo que me contaste anoche, podría quedarme aquí sentada durante horas y despotricar sobre la masculinidad tóxica y sobre tu afán de subestimarte, pero no voy a hacerlo. Solo voy a decirte que... volveré esta noche y que eres muy importante para mí.

Fox tragó saliva de manera audible.

—El miércoles zarparemos para pasar cinco noches faenando. Dentro de dos días. Es un viaje más largo de lo normal. Lo digo... por si tenías curiosidad o querías saber cuándo me marchaba.

—Pues claro que quiero saberlo. —Apretó los labios—. Eso quiere decir que volverás a casa cuando terminemos con el rodaje de *Días de gloria*.

Se miraron fijamente, ya que ninguno parecía saber qué hacer con esa información. Calendarios, agendas, marchas, regresos. No acababan de entender qué sentido tenían para dos personas que se habían limitado a dormir en la misma cama.

De modo que le besó el áspero mentón y le dio un último apretón mientras intentaba pasar por alto que había movido las caderas y que su respiración se había agitado contra su cuello.

—¿Solo esto, Hannah? —Fox le hundió los largos dedos en el pelo para sostenerle la cabeza, que le ladeó hacia la izquierda para acariciarle el pulso con los labios—. ¿Solo nos vamos a abrazar?

Sabía que bastaba una sola palabra para encontrarse tumbada en la cama, y que disfrutaría de cada segundo. Pero tal vez... Tal vez su misión no fuera ser la amiga solícita, sino demostrarle a Fox que él podía serlo. Que su presencia y su personalidad bastaban sin más alicientes físicos.

—Solo esto.

¿Le estaba pidiendo demasiado al intentar que se viera desde otra perspectiva? ¿Cuando ella misma estaba intentando hacer lo mismo y no le estaba resultando nada fácil? A lo mejor si quería que ese hombre se creyera capaz de ser capitán de un barco y depender solo de su ingenio, de su sentido del humor y de su espíritu, ella debía creerlo antes de sí misma. No podía pedirle que intentase aspirar a algo más si ella no estaba dispuesta a hacer lo mismo.

Los primeros acordes de «I Say a Little Prayer», de Aretha Franklin, sonaron en su cabeza, y abrió los ojos de golpe al tiempo que esbozaba una sonrisa agradecida. ¡Aleluya! Las canciones habían vuelto. Cierto que la letra, con eso de rezar y demás, era un poco alarmante teniendo en cuenta que estaba en la cama de Fox, pero quizá la canción no se le había ocurrido para aplicarla a su relación en sí. ¿Y si la intención era aplicar solo parte de la letra? ¿Más concretamente la parte de rezar?

Tragó saliva con fuerza. ¿Por qué habían vuelto las canciones en ese momento? ¿Haber oído a Fox cantar la saloma de Henry la noche anterior las había liberado? ¿La llamada de un nuevo rumbo para su carrera profesional? ¿O el regreso de su forma de pensar con canciones significaba otra cosa?

Reacia a analizar las posibilidades con detenimiento, se permitió aspirar el aroma de Fox y después le soltó el cuello, negándose a reconocer el palpitante deseo que sentía entre los muslos o el aleteo de su corazón. Ese día no. Tal vez nunca.

Se bajó de la cama y sintió que el calor le subía por la espalda bajo la atenta mirada de Fox. Salió del dormitorio y fue al cuarto de baño. Una vez que se duchó, se vistió y se secó el pelo, pasó por el salón, donde titubeó un segundo antes de recuperar la carpeta con las salomas originales y llevársela al pecho. Sin rastro de Fox, salió del piso, aunque tuvo que volver para buscar un paraguas al ver las nubes que se cernían sobre ellos. Pero en vez de dirigirse al set de grabación, dejó que el anzuelo que tenía clavado en las entrañas tirase de ella hacia la tienda de discos.

Hannah suspiró cuando vio la fachada de Discos y Más, anodina y sin ningún rótulo distintivo, con las luces azules de Navidad en el escaparate como única señal de que la tienda estaba abierta.

El verano anterior había aceptado un trabajo a media jornada en la tienda de discos. Más que nada para añadir dinero a su presupuesto de modo que Piper ya no tuviera que cocinar y así evitar el riesgo de que le prendiera fuego al edificio. Pero también porque necesitaba algo con lo que distraerse para que su hermana no se sintiera mal por pasar más tiempo con Brendan. Si a eso se le añadía que vivía por y para los vinilos, fue el trabajo temporal perfecto.

Una sensación de familiaridad se apoderó de ella en cuanto apoyó la mano en el pomo de bronce y tiró de la puerta, momento en que la asaltaron el olor a incienso y a café, incitándola a entrar en el húmedo paraíso. Fue un alivio, sobre todo ese día, comprobar que nada había cambiado. Discos y Más seguía siendo muy anticuado y acogedor, con los mismos carteles que había durante el verano en las paredes, filas y más filas de luces de Navidad parpadeando en el techo y Lana Del Rey cantando con voz ronca desde el altavoz encastrado.

La dueña, Shauna, salió de la diminuta trastienda, con la cara metida en una taza de café, y pareció casi sorprendida al ver que tenía un cliente.

—¡Hannah! —Se le iluminó la cara y dejó la taza en el expositor bajo donde se alineaban la bisutería hecha con abalorios y los atrapasueños que ella misma creaba—. Me preguntaba cuándo ibas a pasarte por aquí.

—Siento haber tardado tanto. —Se abrazaron en el centro del pasillo, y fue el tipo de abrazo que se le daba a una persona que la había ayudado a pasar su primer tifón—. No tengo perdón. —Dio una vuelta completa para verlo todo a su alrededor—. Creo que me preocupaba la posibilidad de dejar el trabajo en el acto y suplicarte recuperar el que tenía aquí si venía.

—Pues te voy a ahorrar la molestia: no contratamos a nadie, ya que solo hemos tenido dos clientes desde que tú te fuiste.

Soltó una carcajada al oírla.

—Ojalá fueran buenos.

—Los que consiguen encontrarnos suelen serlo —replicó Shauna con una sonrisa—. Bueno, ¿qué te cuentas?

«¡Ah! Poca cosa. Solo que empiezo a darme cuenta de que siento algo por un hombre que es la personificación de "no disponible"».

—Mmm... Pues casi todo es trabajo. —Recorrió con los dedos las fundas de plástico de la sección de la letra «B». B.B.

King, The Beatles, Ben Folds, Black Sabbath. Pero levantó la cabeza cuando la voz de Lana desapareció y oyó la serie de notas que comenzaban la siguiente canción... ¿Eran violines? Seguidos por el lúgubre golpe de un tambor. Después llegó la voz. Una voz grave y femenina que le puso los pelos de punta.

—¿Quién es?

Shauna señaló el altavoz con gesto interrogante, y ella asintió con la cabeza.

—Son los Unreliables. La novia de mi primo es la vocalista.

—¿Son de aquí?

—De Seattle.

Esa música sí que sería perfecta para *Días de gloria*. Cambiar el sonido industrial por el triste toque del tambor, el torrente de emoción de la vocalista, el toque folk de los violines. Le daría vida a la historia del pueblecito. No solo enriquecería la película; ese sonido le imprimiría personalidad.

No se dio cuenta de que estaba embelesada y con la mirada perdida hasta que Shauna se colocó a su lado.

—¿Qué llevas en la carpeta?

—¿Qué? —Desconcertada, clavó los ojos en la carpeta con las salomas de Henry que llevaba bajo el brazo. Las llevaba para enseñárselas a Brinley, de una amante de la música a otra, con la esperanza de establecer de esa manera un vínculo con la coordinadora—. Ah, esto... Bueno, son canciones marineras. Las originales que escribió mi padre en vida. Muchas son solo palabras en una hoja. Voy a tener que hablar con los lugareños para aprender la música, pero me imagino que suena parecido a esto. —Señaló el techo—. A los Unreliables.

Susurró la última parte, porque se le había encendido una bombilla en la cabeza. Miró la carpeta y fue pasando de una hoja a otra, llenas de letra sin melodía. Pero ¿y si se pudiera añadir la música? Las letras eran profundas, emotivas y poéticas. Hipnóticas. Hacían que Henry fuera real para ella. ¿Y si pudiera ir un paso más allá y hacer que su música cobrara vida?

¿Era una locura?

—Una pregunta rara —le dijo a Shauna—. ¿Conoces bien a los Unreliables? ¿Estarían dispuestos a...? —empezó, pero se calló, porque ¿cómo llamarlo siquiera?—. ¿A colaborar? Tengo estas canciones de mi padre y me encantaría añadirles música como la suya, una voz..., y creo que serían perfectos. Solo tengo las letras, claro, así que tendrían que poner mucho de su parte en el aspecto creativo...

¡Ay, por favor!

Una vez que se había encendido esa bombilla, su cabeza parecía Hollywood Boulevard de noche. Se había pasado días sin inspiración alguna, pero en ese momento rebosaba de ella, y todo por la desvaída carpeta azul que tenía en las manos.

Días de gloria se desarrollaba en Westport.

Westport era Henry Cross.

¿Cuántas veces se lo habían dicho?

De momento, la banda sonora de la película consistía en canciones ya existentes que nunca le habían parecido bien. Música para otra época y otro lugar que disminuía la magia de ese sitio. Disminuía el impacto de Westport como trasfondo. Pero ¿y si la banda sonora se componía de las canciones escritas por el hombre que definía el pueblo?

—¿Quieres grabarlas? Tiene su aquel —dijo Shauna al tiempo que hacía un mohín con los labios—. Así que te gustaría que ellos les dieran su toque a las canciones. Que grabaran unas pistas...

—Sí. A ver, si están en Seattle, podría reunirme con ellos. Compensarlos por el trabajo. —Si había algún momento para ceder y usar el dinero de la familia que estaba a su alcance, era ese. Y ¡en fin! Todo aquello parecía propio de una actriz principal. Pero le gustaba, de modo que dio un paso más—. También me gustaría tener capacidad de decisión.

Shauna asintió con la cabeza, y parecía hasta impresionada.

—Deja que hable con mi primo a ver si están libres. Pero no te hagas muchas ilusiones. Podría ser un callejón sin salida. Que se pusieron de nombre los Unreliables porque muy de fiar no son.

—Me imagino —replicó ella con sorna al tiempo que cerraba la carpeta y la acariciaba con una mano, cada vez más convencida de la idea, porque algo le decía que era estupenda. Que era algo gordo. Acababa de encendérsele la bombilla y ya se moría por ponerse manos a la obra. Por sumergirse en el proceso que siempre había observado desde bambalinas. Podría formar parte de él. Con su padre—. Gracias.

Shauna echó a andar sobre el viejo suelo y se sentó en un taburete al otro lado del mostrador.

—¿Dónde te estás alojando en el pueblo? ¿Con Brendan y Piper?

—Esta vez no. Los padres de Brendan están aquí, así que... —Tragó saliva al pensar en la cara de su compañero de piso temporal, relajada mientras dormía—. Así que me quedo con Fox, junto al puerto.

Shauna se dio una palmada en el muslo.

—¡Ah! Espera, retiro lo dicho sobre los dos clientes. Fox también ha estado viniendo mucho por aquí últimamente.

Eso la dejó de piedra.

—¿En serio?

—Como te lo cuento. —Shauna se distrajo con una mancha en el mostrador, que rascó con una uña—. Yo también me sorprendí la primera vez que vino. Que sepas que estaba en último curso cuando yo empezaba el instituto. El mismísimo Fox

Thornton. —Sacudió la cabeza—. No te esperas ver esa cara entrando por la puerta. Tardé un rato en dejar de balbucear. Pero tiene muy buen gusto. Lo último que se compró fue de Thin Lizzy. En concierto.

El desconcierto se apoderó de Hannah.

—Pero si ni siquiera tiene tocadiscos. —Repasó mentalmente el espartano piso—. A menos que sea invisible.

—¡Qué raro! —replicó Shauna.

—Pues sí... —Sumida en sus pensamientos, se dirigió hacia la puerta para hacer una última parada antes de ir al set de grabación. Ya analizaría el misterio de la compra de vinilos por parte de Fox más adelante—. Mucho. Hasta pronto, espero.

—Ya te digo.

14

Hannah movió un poco los pies, enfundados en sus zapatillas deportivas, y jugueteó con la carpeta azul que tenía en las manos, doblándola y desdoblándola, mientras esperaba a que Brinley dejara de hablar por teléfono.

Había muchas posibilidades de que aquello no saliera bien. Pero cuantas más vueltas le daba a la idea de grabar las salomas de Henry, más correcto le parecía. Más inevitable. Como mínimo, necesitaba hablar del tema. Intentarlo. Por Henry. Por ella misma. Y quizá también necesitaba intentarlo por Fox. No porque él esperase o quisiera que ella se comportara como una actriz protagonista, sino porque no podía animarlo a desarrollar todas sus capacidades si ella no estaba dispuesta a hacer lo mismo.

Y al pensar en Fox, le entraron muchas ganas de oír su voz. En ese momento, mientras los nervios intentaban sabotearla. Normalmente, acudía a Piper si necesitaba un calmante verbal, pero en cambio se descubrió abriendo el kilométrico hilo de mensajes con Fox, y los nervios que tenía en el estómago se calmaron solo con ver su nombre en la pantalla. Sin apartar la mirada de Brinley, tecleó un mensaje.

HANNAH (13:45): Hola.

FOX (13:46): Hola, Pecas. ¿Qué pasa?

H (13:46): Pues nada. Solo era para saludarte.

F (13:47): Si me echas tanto de menos, diles que estás enferma y vente a casa. Te llevaré a comprar zapatos.

H (13:48): ¿Hacer novillos con un pescador? Parece peligroso.

F (13:48): No te dolerá.

H (13:49): Mentira. ¡Atrás, Satanás! ¿Comprar zapatos? ¿Le he mandado un mensaje por error a mi hermana?

F (13:50): Necesito unas XTRATUF nuevas. Botas de goma para el barco. A riesgo de echar por tierra mi increíble atractivo sexual, las que tengo empiezan a apestar.

H (13:52): El atractivo sexual se mantiene. Increíble.

F (13:54): Es una maldición. 🙁

F (13:55): Te veo desde la ventana. Vuélvete.

Hannah se dio la vuelta y descubrió a Fox mirándola desde una de sus ventanas, momento en el que esbozó una sonrisa involuntaria. Lo saludó agitando una mano, y él le devolvió el saludo. De repente, la invadió un deseo arrollador de pasar el día con él y la pilló tan desprevenida que bajó el brazo de golpe al tiempo que se le formaba un nudo tamaño XXL en la garganta.

> **H (13:58):** ¿Es raro que quiera oler tus botas para descubrir si es verdad que huelen tan mal?

> **F (13:59):** Es tu sentencia de muerte.

> **F (14:00):** Eres única, Hannah.

> **H (14:01):** Eso dicen. Hasta luego. Gracias.

> **F (14:02):** ¿Por?

Hannah hizo ademán de responder, pero vio que Brinley le ponía fin a la llamada telefónica.

«Sin agallas, no hay gloria», se dijo. Y ya se sentía más envalentonada después de intercambiar unos cuantos mensajes de texto con Fox. Además, verlo allí en la ventana la ayudaba, era una presencia tranquilizadora cuando más la necesitaba.

Tras enderezar la espalda como si se pusiera almidón, se abrió paso por el set de rodaje en dirección a Brinley, tratando de no parecer insegura. Cuando llegó junto a la coordinadora de música, se detuvo al ver que tardaba todo un minuto en levantar la mirada de la nota que estaba escribiendo en su cuaderno.

—¿Sí?

—Hola, Brinley —Hannah se mordió los labios un instante mientras hacía girar la carpeta entre las manos—. He traído una cosa que a lo mejor te interesa.

—¿Vamos a tardar mucho? Porque tengo que hacer una llamada.

—No. —Resistió el impulso de aparcar el tema, decirle a Brinley que no era nada y marcharse—. Bueno, en realidad, no sé si vamos a tardar o no... Pero creo que merece la pena dedicarle unos minutos. —Soltó el aire y abrió la carpeta—. Son unas salomas originales. Escritas por mi padre, en realidad. Y son buenas. Muy buenas. Muchas de ellas hablan de Westport, de la familia y del amor. Del sentimiento de pérdida. Abordan los temas de la película, y después de hablar con mi abuela esta mañana, tenemos permiso para usarlas. Creo que... En fin, me gustaría que consideraras la posibilidad de hablar con Sergei para ver si puede usar estas canciones originales. Sé que obtener una grabación profesional sería un gasto extra, pero...

—Exactamente. ¿Cuánto piensas aumentar el presupuesto, Hannah? —Brinley soltó una carcajada exasperada—. Tu última sugerencia nos arrastró a la capital del pescado. ¿Y ahora quieres grabar una banda sonora original? A lo mejor luego quieres que el estreno se celebre Abu Dabi...

—Me gustaría ver las canciones, por favor —dijo Sergei con brío, tras salir de detrás del remolque que Hannah tenía a la derecha. Le dio tal susto que estuvo a punto de dejar caer la carpeta. El director miró con hostilidad a Brinley, que se había quedado blanca de repente, pero su actitud se suavizó cuando le tendió la mano a ella para que le diera la carpeta—. ¿Puedo?

Eclipsar a Brinley era lo último que tenía en mente. La mujer era buena en su trabajo, y la respetaba. Incluso había estado dispuesta a entregarle las canciones y dejar que ella se llevara el mérito de la idea original.

Eso ya no iba a suceder.

Intentó pedirle disculpas a la coordinadora con una mirada, pero ella estaba pendiente de Sergei, que ya estaba leyendo las primeras salomas.

—Es difícil captar el potencial solo con la letra —dijo, un tanto decepcionado—. ¿No hay forma de escucharlas con música?

Brinley le dirigió una mirada asesina y triunfal.

—Bueno... —empezó Hannah, experimentando de nuevo el impulso de quitarle la carpeta, reírse y disculparse por haber tenido una idea tan terrible. En cambio, respiró hondo y echó abajo la puerta de su zona de confort—. Estoy en ello. Ya he organizado la grabación. Así que todo depende de que Storm Born quiera incluirlas en este proyecto o no.

Efectivamente. Acababa de mentir. Solo un poco.

Porque pensaba encontrar la manera de grabar las canciones, ¿verdad? Aunque esa bola de nieve acababa de ponerse en acción solo unas horas antes. Y también había muchas posibilidades de que los Unreliables no estuvieran interesados, o de que no estuvieran disponibles cuando Shauna se pusiera en contacto con ellos. Si ese era el caso, ya encontraría a otro. En resumidas cuentas, estaba haciendo creer que el producto final era algo inminente cuando no era así.

Sin embargo, era difícil hacerse con la atención de Sergei porque se distraía con facilidad y en ese momento lo tenía casi enganchado a esa idea en la que creía en cuerpo, alma y corazón. Como no le diera algo tangible a lo que aferrarse, en ese mismo momento, desaparecería de su mente como la pelusa de un diente de león, arrastrada por el viento.

Y aquello era el negocio del entretenimiento. Donde había que fingir hasta conseguir lo que se quería.

Sergei la miró, casi interesado. Solo necesitaba un empujoncito.

¿Cómo?

—Puedo... En fin —murmuró, con la barbilla pegada al pecho—. Puedo cantar una de ellas.

—Sí, muy bien —se apresuró a decir Brinley, con una sonrisa deslumbrante, al tiempo que apoyaba la barbilla en una muñeca—. ¡Eh! —exclamó tras inclinarse hacia un lado para llamar a unos cuantos miembros del equipo que estaban cerca—. Hannah va a cantarnos una saloma.

A juzgar por cómo la rodearon todos, bien podría ser Hailey Bieber saliendo del aeropuerto de Los Ángeles, convertida de repente en el foco de los rabiosos *paparazzi*.

—¡Uf! —exclamó y carraspeó al tiempo que estiraba un brazo para recuperar la carpeta de manos de Sergei. La canción que la había hecho llorar la noche anterior. ¿De verdad iba a cantarla delante de todos sus compañeros de trabajo? No solo le preocupaba reaccionar de la misma manera con público, sino que además su amor por la música no llegaba hasta el punto de contar con una habilidad vocal asombrosa—. Bueno, pues... esta canción se llama «La recompensa del marinero».

Era la primera vez que podría haberse oído un alfiler golpeando el suelo en el normalmente bullicioso set de grabación.

Hasta Christian parecía interesado.

El primer verso de la canción le salió plano, en voz bastante baja. Y, en ese momento, se le ocurrió levantar la mirada para contemplar a la Della Ray meciéndose en el agua, justo allí delante, en el puerto. Sintió algo en su interior. Algo profundo y desconocido, un poco aterrador. Un puente al pasado, a otro tiempo. Su padre se había ganado la vida en ese mismo barco. Había encontrado la muerte en él. Y ella estaba cantando una de sus canciones, así que bien podía hacerle justicia. Gracias a esas canciones había recibido sus palabras y sus pensamientos.

Nunca lo conocería, pero ¿no era ese pequeño gesto una forma de devolverlo a la vida?

No se dio cuenta de cuánto había subido la voz hasta que la canción estuvo casi terminada y se percató de que nadie hablaba ni se movía. No se engañó en ningún momento pensando que su talento los mantenía tan quietos como estatuas. ¡Por Dios, no! Su inmovilidad seguramente se debiera al hecho de haberse esforzado con la canción como jamás lo había hecho con ninguna otra cosa, salvo quizá con la creación de la lista de reproducción perfecta.

Su voz voló por el puerto y el viento pareció llevarla hasta el agua. Cuando la canción terminó, Sergei comenzó a aplaudir y todos lo imitaron. Fue tan inesperado, ese momento de regresar a la realidad por culpa del repentino ruido, que retrocedió y estuvo a punto de caerse de culo, lo que hizo que Christian pusiera los ojos en blanco. Sin embargo, no pudo agradecerles a todos el aplauso ni preguntarle a Sergei qué le había parecido la canción, porque Brinley tiró su cuaderno al suelo.

—A ver, llevo semanas trabajando para conseguir los derechos de sincronización de las canciones. El equipo de sonido ya ha aprobado la secuencia preliminar. Espero que no te tomes esto en serio, Sergei, porque eso significaría empezar de cero, y ya hemos superado el presupuesto y vamos con retraso. Es una idea terrible. Procedente de una cría.

Hannah oyó el coro de exclamaciones que se alzaba tras ella.

Sintió que le ardía la cara. Por la vergüenza, sí, pero sobre todo por la indignación. No había nada terrible en la idea. Ni en las canciones de Henry. Y fue esa indignación la que la llevó a subir la apuesta. ¿Por qué ser amable al intentar no complicar las cosas con Brinley? Saltaba a la vista que sería imposible, así que debía luchar por lo que era importante. Por las cosas sobre las que tenía control.

Con suerte.

Era ella quien hacía todo el papeleo de Storm Born. Conocía las cifras del presupuesto, llevaba años leyendo las hojas de uso de Brinley y los contratos de derechos de sincronización. De manera que usaría ese conocimiento en su beneficio.

—No. En realidad, si usamos las salomas reduciríamos el presupuesto. Y los derechos serían exclusivos.

A Sergei le gustaba la palabra «exclusivo». Mucho. Había clavado de nuevo la mirada en la carpeta, mientras esa vena creativa le palpitaba en la sien.

—Podríamos ofrecerles a los cantantes una tarifa fija de veinte mil por la sesión de grabación. En realidad, lo que hay presupuestado ahora mismo para los derechos de una sola canción es mucho más que eso. No voy a pedir nada por hacer de intermediaria, pero mi abuela sí se llevará el quince por ciento de cualquier beneficio que obtenga la banda sonora durante los próximos diez años. Así les ahorraríamos dinero a los productores y posiblemente pondríamos a un grupo *indie* en las listas de éxitos. —Y susurró entre dientes—: Exclusivo —Por si acaso.

—Pero el tiempo que llevaría... —protestó Brinley.

—Como mínimo, me gustaría oír una maqueta. Estas canciones le dan valor histórico a la película, enriquecen la historia de fondo. —Sergei empezó a pasarse de un lado para otro entre el silencioso equipo, un gesto un tanto teatral, mientras estiraba un brazo hacia el mar . Me estoy imaginando un amanecer a cámara rápida mientras se oye la voz ronca y lastimera de un marinero procedente del horizonte. Un inicio impactante. Potente. Que arrastre al público al momento y al lugar gracias a las voces de sus habitantes. De los hombres que pisaron estas aguas.

Técnicamente, no se podía pisar el agua, a menos que se fuera Jesús, pero a Hannah no le pareció el mejor momento para comentarlo. Sergei estaba en modo inspiración; todo el mundo contenía la respiración y Brinley parecía estar a dos segundos de apuñalarla con un bolígrafo Bic.

Sergei se dio media vuelta y miró al grupo.

—Brinley, vamos a seguir la dirección marcada desde el principio, pero me gustaría darle una oportunidad a la sugerencia de Hannah. Ya vamos con retraso y hemos superado el presupuesto. Tienes razón en eso.

El director se acarició la barbilla de forma pensativa, un gesto que antes derretía a Hannah, pero que en ese momento observó con objetividad. «Por favor, que no sea segundo de a bordo...», pensó.

—Hannah, si de verdad puedes conseguir que graben las canciones y se digitalicen reduciendo el presupuesto, me decantaré por tu opción después de consultarlo.

—A ver, voy a facilitarte las cosas —terció Brinley con dulzura—. Si esa es tu intención, renuncio.

El grupo exclamó al unísono por la sorpresa, entre ellos, la propia Hannah. Definitivamente, así no era como se había imaginado que sucederían las cosas cuando se despertó esa mañana. En vez de encontrar un nexo de unión con Brinley gracias a las salomas, había acabado enfrentándose con una mujer cuyo trabajo admiraba muchísimo.

Sergei dejó que la amenaza flotara en el aire durante un instante.

—Bueno, ya veremos —dijo mientras se pasaba una mano por el pelo oscuro, sin inmutarse, seguramente hasta encantado con todo el drama—. Por la boca muere el pez. —Se abrió paso entre el grupo, que contemplaba la escena con asombro—. Hannah, ¿puedo hablar contigo en privado?

«¡Ay, por Dios!», pensó.

¿Estaba intentando que la asesinaran?

Sopesó la idea de pedirle que hablaran más tarde, cuando no se encontrara sometida a ese intenso escrutinio (que en un caso concreto rayaba en homicida), pero no quería parecer desagradecida por la oportunidad que acababa de darle. Claro que la palabra «oportunidad» tal vez fuera una exageración. Quería que ella grabara las canciones de Henry. Que tal vez acabarían en la banda sonora de la película. ¡Y ni siquiera se había puesto todavía en contacto con los Unreliables! Que ella supiera, incluso podrían haberse separado. Fingir hasta conseguir lo que quería le había parecido una gran idea al principio. Pero la parte de conseguir lo que quería prometía ser todo un reto.

¿Sería capaz de hacerlo?

Avivó el paso para alcanzar al director.

—A ver —dijo mientras se colocaba a su altura y seguían caminando a buen ritmo en paralelo al agua—, ¿de qué quieres hablar?

—Últimamente te veo muy segura de ti misma —dijo él, que aminoró el paso hasta detenerse mientras se daba unos tironcitos de las mangas del jersey de cuello vuelto—. Confieso que pensaba ser egoísta y mantenerte como asistente de producción para siempre, pero de un tiempo a esta parte, te veo con otros ojos. He estado prestando más atención, y he visto que estás asumiendo responsabilidades muy por encima de tu nivel salarial.

Hannah se rascó la parte posterior de una oreja.

—No te lo discuto.

Sergei se rio, y eso acentuó las arruguitas de sus ojos.

«Vamos, hormonas mías. Es vuestra última oportunidad para emocionaros».

Sin embargo, las muy tercas se mantuvieron inactivas.

—Tengo curiosidad por ver si puedes conseguir añadir estas canciones a la banda sonora. Cuando he dicho que enriquecerán la película, no mentía. Al proyecto le faltaba... ese toque final.

Era gratificante y suponía una especie de alivio saber que no era la única que notaba la falta de magia.

—Gracias. No te defraudaré.

Sergei asintió con la cabeza y volvió a tirarse de las mangas del jersey.

—Y al margen de eso, porque esto no tiene nada que ver con el proyecto... Mira, no quiero que pienses que te doy esta oportunidad porque... me gustas. O porque espero algo de ti, pero...

Estuvo a punto de pedirle que lo repitiera. ¿Acababa de decir que le gustaba? Tampoco parecía que lo hubiera dicho de forma platónica. De hecho, parecía que no podía establecer contacto visual con ella. ¿Era de verdad? Buscó la emoción casi a la desesperada; buscó la antigua versión de sí misma que suspiraba por el taciturno director a todas horas del día y de la noche, pero... siendo sincera consigo misma, ni siquiera recordaba la última vez que había garabateado su nombre en una servilleta ni cotilleado su Instagram.

—¿Qué? —preguntó para animarlo a seguir hablando.

—Puede que no sea una pregunta muy profesional, pero siento... —Soltó el aire de golpe—. Siento mucha curiosidad por saber si tu relación con el pescador va en serio. ¿Vais a seguir a distancia o... estarás disponible para salir con otras personas cuando estemos de vuelta en Los Ángeles y no estés tan... distraída?

¿Era seria su relación con Fox?

Esa era una pregunta magnífica. Suponía que ninguno de los dos sabría qué respuesta dar. Sí o no. Sin embargo, todos los indicios apuntaban al sí. Habían mantenido el ritual de enviarse mensajes de texto todas las noches durante siete meses. Conocían las inseguridades más profundas del otro. Habían dormido abrazados y, además, hablaban sin tapujos sobre la masturbación. Así que...

Cuando pensaba en Sergei, su cerebro se mostraba levemente interesado. Le gustaba su pasión, su creatividad y su visión. Los jerséis de cuello vuelto le sentaban de maravilla porque estaba delgado. Tendrían intereses comunes si alguna vez mantuvieran conversación de índole personal. Una relación con él estaría... bien. Sin más.

Sin embargo, cuando pensaba en Fox, sentía un millar de mariposas en el estómago. Un sinfín de emociones a la vez (anhelo, afán protector, confusión, deseo sexual) y además de toda esa locura, le hacía muchísima más ilusión la idea de verlo esa noche en su casa que la de quedar con Sergei al volver a Los Ángeles.

Era del todo posible que su interés por el director hubiera empezado a desvanecerse unos siete meses antes, cuando cierto disco de Fleetwood Mac apareció en la puerta de Piper, y que a esas alturas hubiera muerto del todo.

No obstante, y volviendo a la pregunta, ¿era seria su relación con Fox? No lo sabía.

Aunque, de repente, se descubrió respirando hondo y diciendo:

—Sí, vamos en serio.

Y de alguna manera, al decirlo en voz alta, le pareció que era cierto.

Esa misma tarde, Hannah se encaminó despacio al piso de Fox.

Había vuelto a la carrera a Discos y Más después del rodaje para meterle prisa a Shauna y que se pusiera en contacto con los Unreliables cuanto antes, y se quedó allí mientras su amiga hacía la llamada. Antes de irse, le dejó unas copias de las salomas para que se las enviara al grupo junto con la emocionante (y esperanzadora) noticia de que Storm Born podría pagarles.

Si no aceptaban, sería un buen mazazo, ya que tenían el sonido perfecto; pero en el peor de los casos, empezaría a buscar otras opciones a primera hora de la mañana siguiente.

Hacia el final del rodaje, unos oscuros nubarrones habían cubierto el cielo, entristeciendo mucho el ambiente. Las tormentas siempre despertaban en ella el deseo de meterse en la cama con los auriculares, pero después de rechazar a Sergei (diciéndole que lo de Fox iba en serio), necesitaba un minuto antes de encontrarse cara a cara con el pescador. ¿Sabría él, solo con mirarla, que había expresado en voz alta semejante imposible?

Aunque tal vez no fuera del todo imposible.

No podía dejar de repetir lo que Shauna le había dicho. Supuso que no era una locura que Fox se hubiera pasado por el Discos y Más. Westport era un pueblo pequeño. En primer lugar, fue él quien la llevó a la tienda.

Sin embargo, que hubiera estado comprando discos...

Para un observador casual, las compras de Fox no serían gran cosa. Pero él sabía lo que significarían para ella. No tenía sentido ocultárselo, a menos que hubiera alguna razón importante. Esa tarde en el set de grabación había vuelto a revisar sus mensajes de texto y había encontrado el que no acababa de recordar del todo bien, pero le parecía importante.

F (18:40): Además de que sea atormentado e intenso... ¿Qué te atrae de un hombre? ¿Qué convierte a un tío en el elegido?

H (18:43): Que encuentre un motivo para reírse conmigo, aunque el día sea horrible.

F (18:44): Eso parece lo contrario a tu tipo.

H (18:45): ¡Anda! Pues es verdad. Seguro que ha sido el vino.

H (18:48): Debe tener un armario lleno de vinilos y un tocadiscos, por supuesto.

F (18:51): Faltaría más, claro.

Coleccionar discos no era un interés de Fox cuando lo conoció el verano anterior. Así que el hecho de que hubiera comprado vinilos era una información pertinente. ¿Dónde los guardaba? Y si le estaba ocultando eso..., ¿qué más estaba ocultando?

O bien no quería que le diera demasiada importancia a su nuevo interés o bien tenía la suficiente importancia y no quería que lo descubriese antes de estar preparado para admitirlo.

A menos, por supuesto, que estuviera completamente loca y a Fox se le hubiera olvidado sin más que había comprado algunos discos. Pero para un tío que nunca compraba nada para el piso, ¿no sería algo relevante? ¿No debería habérselo comentado a esas alturas?

Del aceite lubricante habían hablado largo y tendido. ¿Por qué no hablar de los vinilos?

Suponiendo, hipotéticamente, que Fox hubiera empezado a coleccionar discos porque quería acercarse a su tipo ideal de hombre (y esa posibilidad le aflojaba las rodillas solo con pensarla), ¿hasta dónde llegaba su interés? No lo sabía. Pero la misma intuición que la había llevado a calificar su relación de seria, la alentaba en ese momento y le decía que esperara, que fuese paciente, que mantuviera el rumbo con Fox.

Que si estaba escondiendo unos discos, también escondía el deseo de ser... más.

Aunque asegurase lo contrario.

Sumida en sus pensamientos, se colocó con cuidado debajo de un brazo los nuevos discos a los que no había podido resistirse y entró en el piso. Cuando entró, la saludó de inmediato el olor intenso de la loción para después del afeitado, y al ver a Fox salir de su dormitorio con unos vaqueros oscuros y una camisa de color gris pizarra, lo supo.

Había quedado con otra.

Se le cayó el alma a los pies.

15

Fox iba a ver a su madre.

Siempre se enteraba con muy poca antelación cuando ella trabajaba cerca de Westport. Si no estaba faenando, aprovechaba siempre para verla, porque nunca sabía cuándo volvería. La verdad, se había sentido un poco decepcionado cuando lo llamó para decir que esa noche estaría en Hoquiam, porque ir a ver a su madre significaba que no estaría en casa con Hannah.

Hannah, que había dormido en su cama la noche anterior, y que de repente descubrió, en plena madrugada, que le había plantado ese apretado culito en el regazo y así estuvo durante unas buenas dos horas. Esa mañana, en cuanto ella salió por la puerta del piso, él se puso boca arriba y se masturbó, aunque no duró ni dos telediarios. ¡Qué vergüenza! Cuando normalmente necesitaba unos buenos cinco minutos. Sin embargo, el poco rato que tardó en llegar al orgasmo se lo pasó pensando en Hannah. Tal como hacía desde el verano anterior. Salvo que en ese momento ya no era solo la chica en la que no podía dejar de pensar. Era la chica que se negaba rotundamente a follar con él.

Y, joder, en ese momento acababa de entrar en el piso, con la ropa húmeda y pegada al cuerpo por la lluvia, y allí que iba él de nuevo a pensar en metérsela. Con la espalda inclinada hacia delante y la boca abierta mientras gritaba su nombre.

Hasta oía el golpeteo de sus cuerpos con cada embestida. «Para ya, cabrón», se dijo.

Hasta hacía poco tiempo, nunca había fantaseado con una mujer en concreto mientras se masturbaba.

Un cuerpo era solo un cuerpo.

Sin embargo, en sus fantasías con Hannah, sus mentes estaban tan sincronizadas como sus cuerpos. Reían tan a menudo como gemían. Le resultaba hasta placentero pensar en sus dedos agarrados, en la confianza con la que lo miraban sus ojos. Imaginarse en su interior le parecía genial. Mucho mejor que genial. Sus orgasmos eran muchísimo más satisfactorios que antes, pero muchísimo más.

Y eso lo acojonaba.

Se distrajo de sus inquietantes pensamientos cuando Hannah se detuvo en seco justo al entrar, enmarcada por la luz grisácea del aguacero del exterior, mientras su expresión pasaba de pensativa a desanimada. ¿Triste, incluso?

—¡Oh! —la oyó exclamar mientras lo miraba de arriba abajo—. ¡Oh!

Intentó con valentía desoír los latidos de su corazón. ¡Por Dios! Cada vez eran más fuertes y, por tanto, más difíciles de controlar cuando estaban a solas en la misma estancia. Durante mucho tiempo, había pensado que si echaban un polvo, ese efecto desaparecería. Esa sensación envolvente, abrasadora, fundente y desgarradora que le inspiraba en un abrir y cerrar de ojos. Después se sentiría mal por haber puesto en peligro su amistad, pero al menos eso se acabaría y podría dejar de sentirse tan obsesionado con ella. A esas alturas ya dudaba incluso de que tuviera solución.

—Hola a ti también —dijo, con la voz tensa.

—Lo siento, no esperaba... Yo... —Dejó caer la bolsa que llevaba debajo de un brazo, se sobresaltó y se agachó para levantarla—. Te has arreglado para...

Fox frunció el ceño.

—¿Para qué?

—Para salir. —Hannah se enderezó con la bolsa contra el pecho, y esos ojos abiertos de par en par y clavados en él—. Con alguien.

De repente, se le encendió la bombilla.

Y vio su comportamiento como lo que era. La suposición de que había quedado con una mujer la había desconcertado mucho. Sinceramente, una parte de él ansiaba sacudirla y decirle: «Ahora ya sabes cómo me siento yo cuando te vas todas las mañanas con tu director». Pero, ¿en qué situación los dejaría semejante conversación? ¿No era algo intrínseco a una pareja?

Porque ellos no lo eran. Hannah vivía en la otra punta del país y estaba colada por otro hombre. Él solo podía ofrecerle una ristra de conquistas sexuales, más el escarnio que eso conllevaba. Seguramente para los dos. Entre ellos no habría ninguna relación, pese a la evidente decepción de ella de que pudiera tener una cita. Así que, por una fracción de segundo, consideró la idea de dejarla creer que había quedado con otra. Quizá eso pondría fin a lo que fuera que estaba ocurriendo entre ellos. No deberían dormir en la misma cama, no deberían contarse secretos íntimos y vergonzosos. Porque eso solo provocaba lo que tenía delante: celos y el anhelo de llevarla en brazos a su dormitorio de nuevo para rodearse de su bondad y volver a sentirse normal. Ella era la única persona que lo hacía sentirse normal. Que lo hacía... sentirse bien.

Sin embargo, al final no fue capaz de seguir adelante con la idea. No podía dejarla pensar ni por un segundo que prefería pasar su tiempo con otra mujer. Eso lo atormentaría.

—Mi madre está en el pueblo —le dijo, y el alivio se asentó en su estómago cuando vio el de Hannah—. Bueno, está en

Hoquiam, solo por esta noche. A unos cuarenta minutos de aquí. Allí es adonde voy. Para verla.

Hannah relajó los hombros y tardó un momento en hablar.

—¿Por qué solo esta noche?

Fox esbozó una sonrisa torcida.

—Es una organizadora de bingo ambulante. Viaja por toda la costa organizando noches de bingo en iglesias y residencias de ancianos.

—¡Ah, vaya! No esperaba que dijeras eso. —Su expresión se tornó guasona—. ¿Vas a jugar al bingo?

—A veces lo hago. Pero lo que hago casi siempre es ayudar a controlar la multitud.

—¿La gente se descontrola cuando juega al bingo?

—Pecas, no tienes ni idea.

La vio agachar la mirada hasta la bolsa que tenía en la mano, tras lo cual su sonrisa adoptó un rictus curioso al tiempo que fruncía el ceño.

—Fox —sus ojos parecieron atravesarlo—, ¿tienes un tocadiscos?

Acababa de reconocer, demasiado tarde, la bolsa de papel marrón con el logotipo morado de Discos y Más, y sintió que se le retorcían las entrañas. Por supuesto que había ido a la tienda. ¿Por qué no iba a ir al menos una vez durante su estancia? Había sido una metedura de pata por su parte comprar los discos allí cuando ella podía descubrir tan fácilmente que había ido a la tienda.

—¿Tengo un tocadiscos?

Hannah levantó una ceja.

—Eso es lo que te acabo de preguntar.

—Ya te he oído.

El pecho de Hannah subía y bajaba.

—Sí que tienes uno.

—Yo no he dicho eso.

—Ni falta que hace.

—Hannah...

Sin embargo, ella había echado a andar con determinación, provocándole un aguijonazo de pánico en el abdomen. Ocultarle el tocadiscos y los vinilos había sido egoísta. Se había sentido egoísta muchas veces. Pero había comprado el dichoso chisme por razones que no sabía cómo expresar en voz alta. Por la necesidad visceral de ser lo que ella quería.

Y Hannah... conseguiría que lo admitiera.

Al pasar a su lado, dejó la bolsa de papel sobre la mesa de la cocina y echó un vistazo por la estancia hasta detenerse en el armarito cerrado.

—¿Está ahí dentro?

Fox tragó saliva.

—Sí.

Hannah soltó un gemido como si estuviera dolida y se llevó una mano al centro del pecho.

Había llegado el momento. No podía escapar de lo que llegaría a continuación. Con el descubrimiento del tocadiscos oculto en el armario, ella sabría lo mucho que pensaba en ella. Sabría que lo mejor de sus días eran sus mensajes de texto antes de acostarse. Sabría que sus manos temblaban por la necesidad de tocarla cuando estaba en la ducha. Que ya no podía mirar a otras mujeres y que su existencia se había vuelto prácticamente monacal. Que se había pasado todo el día rememorando las palabras que ella le había dicho esa mañana y con el pecho atenazado por alguna emoción a la que no podía poner nombre.

«Solo voy a decirte que... volveré esta noche y que eres muy importante para mí».

Hannah guardó silencio tanto tiempo, mientras se mordía ese carnoso labio inferior, que se preguntó si iba a decir algo.

Parecía estar debatiéndose consigo misma. ¿En qué estaría pensando?

—¿Durante todo este tiempo, Fox? ¿En serio? —le preguntó con un hilo de voz, y él sintió que el corazón le martilleaba los tímpanos—. ¿Me he pasado todos estos días escuchando música en el móvil cuando no era necesario?

Soltó el aire lentamente, mientras el alivio guerreaba contra... ¿la decepción?

No. Aquello no podía ser verdad.

O bien ella lo estaba liberando, o bien no acababa de comprender el verdadero significado de que hubiera comprado el tocadiscos. Para estar cerca de ella. Para tener una conexión con aquel día que pasaron juntos en Seattle, cuando se sintió humano y escuchado por primera vez desde que tenía uso de razón. Para ser el hombre con el que ella se imaginaba.

—Lo estaba... guardando como una sorpresa —le explicó mientras rebuscaba detrás del armarito la bolsa de cuero y sacaba la llave, muy consciente de lo extraño y revelador que resultaba que la hubiera escondido. Con las palmas de las manos sudorosas, la introdujo en la cerradura—. El plan era enseñártelo si tenías un mal día en el trabajo, ¿sabes?

Cerró los ojos cuando la oyó murmurar algo. Justo a su espalda. Estaba tan cerca que casi podía sentir la vibración en la nuca, lo que hizo que todas sus terminaciones nerviosas cobraran vida y se le pusiera la piel de gallina. ¡Por Dios! ¡Qué ganas tenía de tocarla y saborearla! Se pondría de rodillas si ella lo mirase y simplemente parpadeara. No podía negar lo que estaba pasando entre ellos: su angustiosa reacción a que él hubiera quedado con alguien lo dejaba bien claro. Pero, en cambio, se obligó a aceptar lo que ella le ofrecía: amistad.

Hannah sabía que no podrían funcionar como pareja. Lo sabía tan bien como él, y le estaba ahorrando la mala experiencia, ya que él no era lo bastante fuerte para hacerlo. Tal vez con el tiempo le resultara más fácil mantener las manos quietas. Si a cambio conseguía una amistad con Hannah, no tenía motivos para quejarse.

Abrió el armario y retrocedió mientras absorbía la expresión de Hannah como si fuera una esponja seca que arrojasen al mar.

Al ver la alegría que aparecía en su cara, ardió en deseos de darse cabezazos contra la pared por no habérselo enseñado antes.

—¡Oh, un Fluance! —exclamó al tiempo que pasaba el dedo por el suave borde—. Fox, es precioso. ¿Lo estás cuidando bien?

Sintió que le temblaban los labios por la risa.

—Sí, Hannah.

Ella retrocedió un paso y ladeó la cabeza, para contemplar el tocadiscos desde otro ángulo. Soltó un suspiro de felicidad.

—Es perfecto para ti. La madera me recuerda a la cubierta de un barco.

—Eso fue justo lo que pensé —reconoció. La confirmación que Hannah parecía ofrecer siempre sin el menor esfuerzo lo animó a abrir el armario que había debajo y a revelar la ordenada hilera de discos que había reunido durante los últimos siete meses. Se rio al oír el jadeo estrangulado de Hannah—. Adelante. Pon lo que quieras.

Ella habló en voz baja, con tono reverente, mientras se inclinaba hacia delante para examinar la selección de vinilos, que incluía desde el metal hasta el *blues* y lo alternativo.

—Por favor. Me voy a pasar la noche poniendo música mientras tú estás fuera.

—No, no lo harás, porque me vas a acompañar.

No pensaba que hubiera algo capaz de competir con los discos, pero los ojos de Hannah se clavaron en los suyos al oír semejante afirmación, y ambos se miraron sin decir nada durante el silencio que lo siguió. ¿Acababa de invitar a Hannah a conocer a su madre? No. No, no debería haberlo pensado siquiera. ¿Presentarle una chica a Charlene? Seguro que a las ranas les había salido pelo. Sin embargo, en cuanto las palabras salieron de su boca, no imaginaba la noche de ninguna otra manera. Por supuesto que iba a ir con él. Por supuesto.

—¿Quién soy yo para rechazar una partida de bingo tan caótica que hace falta controlar a la multitud? —preguntó ella, sin aliento, con las mejillas un poco sonrojadas, y Fox tuvo que contenerse para no besárselas. Para no dejarle una lluvia de besos hasta el cuello sonrojado y adorarlo hasta que acabara con las bragas empapadas—. Déjame que vaya a cambiarme.

—Sí —dijo con fuerza, al tiempo que se metía las manos en los bolsillos de los vaqueros.

Hannah casi había llegado a su dormitorio cuando se detuvo y regresó de nuevo a la carrera hasta el tocadiscos para sacar con cuidado un álbum de Ray LaMontagne. Tras colocar la aguja en la primera pista, esbozó una sonrisa alegre nada más escuchar el primer crujido.

—Para ambientar —le dijo con los ojos brillantes.

Luego volvió a la carrera a su dormitorio y allí lo dejó, mirándola con el corazón atascado en la garganta.

¡Uf! ¡Qué cerca había estado!

16

Fox no había bromeado.

Los asistentes al bingo habían ido para ganar.

Cuando entraron en el aparcamiento de la iglesia, ya había una cola que le daba la vuelta a la esquina, y los jugadores (casi todos pertenecientes a la tercera edad) no parecían muy contentos de tener que esperar en el exterior bajo la fina lluvia.

Fox apagó el motor y se acomodó en el asiento del conductor mientras comenzaba a darle golpecitos con un dedo a la parte inferior del volante. Nervioso. Así había estado durante la segunda mitad del viaje, y aunque no sabía por qué, Hannah empezó a preguntarse si se debía a la perspectiva de ver a su madre.

Tal vez ella debería haberse quedado en casa buscando grupos alternativos por si los Unreliables no aceptaban el proyecto, pero no le apetecía estar en ningún sitio que no fuera ese. La invitación a conocer a la madre de Fox le parecía casi sagrada. Como echar un vistazo detrás del telón. Le había resultado imposible contestar con otra cosa que no fuera un sí.

Simple y llanamente, quería estar con él. Cerca de él.

Había comprado un tocadiscos y lo había escondido.

No se había tragado la excusa de que lo había guardado para darle la sorpresa si tenía un mal día. Una sorpresa para sacarla de la chistera si le iba mal en el set de grabación. No, eso era una ridiculez absoluta, y estaba bastante segura de que ambos lo sabían. Que ese hombre comprara algo permanente para su espartano piso significaba mucho. Y admitía que le asustaba un poco descubrir lo que era. Seguir quitándole capas a ese hombre y descubrir que correspondía a lo que sentía por él, eso que crecía tan rápidamente. Porque, ¿qué pasaría después?

Además del obstáculo más evidente, que no vivían en el mismo estado, una relación entre ellos nunca funcionaría. ¿O sí?

Fox afirmaba no desear ni una novia ni un compromiso.

Ella era todo lo contrario. Cuando decidía comprometerse con alguien o con algo, lo hacía sin medidas. Llevaba en la sangre la lealtad hacia las personas que le importaban. La lealtad la hacía ser quien era.

Había fingido que lo del tocadiscos estaba bien. Que no era nada del otro mundo. Un descubrimiento gracioso. Pero su corazón, al parecer de tendencias autodestructivas, quería abarcar el significado más profundo. Y hacer caso omiso de ese deseo la estaba matando, aunque se obligó a concentrarse en el momento presente. En el hecho de que Fox necesitaba una amiga que lo distrajera, que lo tranquilizara, y eso es lo que ella sería. Negarse a permitir que su relación llegara al plano físico había desbloqueado un sentimiento muy parecido a la... confianza. Algo que resultaba inusual y valioso, tanto como la idea de que le presentara a su madre.

Su mirada siguió el perfil de Fox, los fuertes ángulos de su rostro enmarcados por la ventanilla del conductor, empañada por la lluvia. Tenía un tic nervioso en el mentón y no dejaba de golpear el volante con el dedo. No podía negar que quería acercarse, volverle la cabeza y besarlo. Dejar que el fuego ardiera por fin entre ellos, pero... aquello, lo de ser una amiga de verdad, era más importante.

—Este es mi sonido favorito —confesó al tiempo que se desabrochaba el cinturón de seguridad y se ponía cómoda en el asiento del acompañante—. En Los Ángeles no llueve muy a menudo. Cuando lo hace, conduzco el coche solo para oír cómo las gotas golpean el techo.

—¿Y qué tipo de música pones?

Sonrió, encantada de comprobar que la conocía tan bien.

—The Doors, por supuesto. «Riders on the Storm». —Se echó hacia delante para buscar la emisora de rock clásico en su radio por satélite—. Es una canción perfecta para el momento de la protagonista.

—¿El momento de la protagonista?

—Sí. Ya sabes, cuando tienes el estado de ánimo perfecto y la música te acompaña. Vas conduciendo por una carretera lluviosa, y todo te parece muy melancólico. Eres la estrella de tu propia película. Rocky entrenando para el combate. O Baby aprendiendo a bailar merengue en *Dirty Dancing*. O estás triste por un amor perdido. —Se volvió un poco en el asiento—. ¡Todo el mundo lo hace!

La expresión de Fox era entre guasona y escéptica.

—Yo no lo hago. Estoy seguro de que Brendan tampoco lo hace.

—¿Nunca te ha pasado que estás en el barco, arrastrando las jaulas de cangrejos, y sientes que te está observando un público?

—No.

—¡No seas mentiroso!

Lo vio echar la cabeza hacia atrás mientras soltaba una carcajada. Después guardó silencio un instante antes de decir:

—Cuando era pequeño me encantaba la película *Tiburón*. La vi cientos de veces. —Se encogió de hombros—. A veces, cuando estamos todos en las literas hablando, recuerdo aquella escena en la que Dreyfuss, Shaw y Scheider beben.

Hannah sonrió.

—¿La parte en la que cantan?

—Sí. —La miró de reojo—. Soy un Scheider total.

—Sí. Bueno, no, discrepo. Definitivamente eres el tiburón.

La carcajada que soltó hizo que ella se volviera en el asiento por completo para apoyar la mejilla en el reposacabezas. A través de la ventanilla, veía la fila de personas mayores que empezaban a entrar con emoción, pero Fox no parecía tener prisa por salir del coche todavía. La tensión que lo embargaba todavía era evidente en su postura.

—¿Cómo es tu madre?

El cambio de tema no pareció sorprenderlo en absoluto. Se llevó la mano a la pulsera de cuero trenzado de la muñeca que descansaba en su regazo, y empezó a hacerla girar lentamente.

—Ordinaria. Le encantan las bromas subidas de tono. Es una especie de criatura de costumbres. Siempre tiene encima el paquete de tabaco, un café y una trola que contarte.

—¿Por qué te pone nervioso el hecho de verla?

Fox la miró en ese momento, como si acabara de comprender que estaba siendo transparente, y después sus ojos se apartaron de ella mientras tragaba saliva y se le movía la nuez.

—Es obvio que cuando me mira, ve a mi padre. Justo antes de que sonría, siempre veo una especie de... No sé, como un respingo.

Hannah sintió como si le clavaran una lanza afilada en la garganta.

—Y aun así vienes a verla. Eres muy valiente.

Fox se encogió de hombros.

—Ya debería estar acostumbrado. Algún día de estos lo conseguiré.

—No —replicó ella, aunque su voz casi quedó ahogada por la lluvia—. Algún día de estos ella se dará cuenta de que no te pareces en nada a él y dejará de sobresaltarse. Eso me parece más probable.

Era evidente que él no estaba de acuerdo. En un claro esfuerzo por cambiar de tema, se pasó los dedos por ese pelo rubio oscuro y movió un poco el cuerpo para mirarla de frente.

—Ni siquiera te he preguntado cómo ha ido el rodaje de hoy.

Hannah soltó un suspiro, y la responsabilidad cayó sobre ella como un montón de ladrillos.

—Bueno, ha sido... interesante, supongo.

Lo vio fruncir el ceño.

—¿En qué sentido?

—En fin... —Se mordió el labio inferior mientras se decía que no debía añadir nada más. Era egoísta, ese afán por ver la reacción de Fox. El anhelo secreto de que le diera una pista sobre lo que realmente sentía por ella. ¿Y qué haría después con esa información?—. Sergei me ha insinuado que quiere salir conmigo. Cuando volvamos a Los Ángeles.

Un movimiento de ojos fue la única pista de lo que estaba ocurriendo en la cabeza de Fox.

—¿Ah, sí? —Carraspeó con fuerza y clavó la mirada al otro lado de la luna del parabrisas—. Genial. Eso es... genial, Hannah.

«Lo he rechazado. Le he dicho que lo nuestro va en serio».

Tenía tantas ganas de hacer esa confesión que le dolía el estómago, pero se imaginaba la cara de incredulidad que pondría Fox. «No busco una relación seria y nunca la buscaré», le había dicho. Aunque hubiera escondido un tesoro de música cargado de significado en un armario cerrado, en la superficie... Su idea de seguir soltero no había cambiado en una semana, y si lo presionaba demasiado pronto (o insinuaba que sus sentimientos eran cada vez más profundos), él podría negarse. ¡Por Dios! ¡Qué doloroso sería eso!

—Pero eso es secundario con respecto a lo que pasó. —Regresó a la realidad y enterró la decepción—. Es una historia un poco larga, pero en resumen... Me han encargado que grabe una maqueta de las salomas de Henry que podría sustituir a la actual banda sonora de la película. Y, si eso ocurre, Brinley ha amenazado con abandonar, así que el equipo está haciendo apuestas sobre si va a suceder o no. O si de verdad lo consigo.

—¡Por Dios! —exclamó Fox, que no necesitó más explicaciones para entender la situación—. ¿Cómo habéis llegado a ese punto?

Hannah se humedeció los labios.

—Bueno, ¿recuerdas que las canciones de mi cabeza desaparecieron? —le preguntó y él hizo un gesto afirmativo—. Pues regresaron esta mañana, con «Say a Little Prayer». Empezaron a fluir de nuevo. En ese momento, estaba en Discos y Más y me di cuenta: no hay mejores canciones para la banda sonora que las de Henry. Simple y llanamente tiene sentido. Son canciones sobre Westport. —Hizo una pausa—. Shauna me está ayudando a ponerme en contacto con un grupo de Seattle para que, posiblemente, las grabe. Mi intención era grabarlas en cualquier caso, pero cuando le planteé a Brinley la posibilidad de usarlas en la película...

—Se ofendió.

—No era mi intención ofenderla —protestó con voz débil—. Solo iba a plantearle la opción, pero Sergei oyó toda la conversación. —¿Eran imaginaciones suyas que Fox acababa de tensarse por la mención del director?—. De todos modos, parece que ahora debo sortear una especie de reto a fin de demostrar si estoy o no preparada para una responsabilidad mayor en la empresa. O tal vez solo a nivel... profesional. Conmigo misma.

—Lo estás —afirmó él con rotundidad. Tras lo cual añadió—: ¿No crees estar preparada?

Hannah hundió la cara en el asiento y se rio.

—Se te está pegando mi palabrería de psicólogo de Los Ángeles.

—¡Dios! ¡Es verdad! —Sacudió la cabeza despacio y la miró con detenimiento—. Ha sido una jugada audaz, Pecas. Ponerte en contacto con un grupo. Llevarle las canciones a la coordinadora. ¿No quieres afrontar el reto?

—No lo sé. Pensé que eso era lo que quería. Pero ahora tengo miedo de no estar a la altura del desafío y de darme cuenta de que mi destino nunca ha sido el de ser protagonista, ¿sabes? Que esa sensación solo es para conducir sola en mi coche mientras escucho a The Doors.

—Mentira.

—Podría decir lo mismo de tus motivos para no capitanear un barco —replicó en voz baja.

—La diferencia es que yo no quiero ser un líder. —Había menos convicción en su voz que la última vez que hablaron de la posibilidad de hacerse cargo de la Della Ray, pero Fox no pareció notarlo. Sin embargo, ella sí se percató—. ¿Tú, en cambio? Sí puedes hacerlo.

La gratitud se extendió por su pecho, y quiso que él lo viera. Lo observó mirarla, sorprendido.

—Esas canciones probablemente seguirían en la carpeta, sin sentido alguno, si no me hubieras cantado una —le dijo mientras veía cómo subía y bajaba su pecho, aunque Fox era incapaz de mirarla a esas alturas—. Gracias por eso.

—En fin —replicó él mientras se pasaba los nudillos de una mano por el mentón, que parecía áspero por la barba—. ¿Cómo voy a ocultarle al mundo el poco talento que tengo?

Como si el cosmos se hubiera alineado a la perfección, en ese momento sonó en la radio «You've Lost That Lovin'

Feeling» de los Righteous Brothers, y a Hannah se le escapó un suspiro de felicidad.

—Me alegro de que pienses así, porque vas a cantar ahora mismo conmigo.

—Me temo que no...

Hannah cantó con voz grave las primeras palabras, haciéndolo reír, y su risa fue como el sonido del bajo en el interior del coche, acompañado por el repiqueteo de la lluvia. Por segunda vez ese día, su falta de habilidades vocales hizo que quisiera parar, pero cuando Fox miró hacia la entrada del salón parroquial con renovada ansiedad, subió el volumen y siguió adelante, mientras agarraba un bolígrafo del portavasos para que le sirviera de micrófono. Para la segunda estrofa, Fox sacudió la cabeza y se unió. Y allí siguieron, sentados bajo la lluvia y cantando a pleno pulmón, hasta la nota final.

Cuando por fin entraron en el salón parroquial unos minutos después, la tensión había desaparecido por completo de los hombros de Fox.

17

Charlene Thornton era exactamente como Fox la había descrito.

Llevaba unas gafas grandes vintage con cristales degradados de color rosa, un largo jersey que envolvía su esbelto cuerpo, y en sus sienes se adivinaban unas cuanta canas. El salón parroquial estaba lleno de mesas plegables, y Charlene caminaba entre ellas, convertida en el centro de atención, soltando ocurrencias a los jugadores a su paso y aplacando el mal humor de aquellos aún enfurruñados por haber tenido que esperar tanto bajo la lluvia.

Sujetaba un paquete de Marlboro Reds en una mano, aunque no parecía tener prisa por hacer nada, mucho menos por salir a fumar. Parecía más inclinada a usar el paquete para gesticular o tal vez fuera una especie de objeto de apego.

Hannah no estaba preparada para el respingo del que había hablado Fox, sobre todo tratándose de su propia madre. Ni para el intenso afán protector que la recorrió de los pies a la cabeza. Fue tan fuerte que buscó la mano de Fox y entrelazó sus dedos sin pensarlo. El corazón le dio un pequeño vuelco cuando él no solo no se apartó, sino que la pegó más a su costado.

—Hola, mamá —saludó a la susodicha al tiempo que se inclinaba para besarla en una mejilla—. Me alegro de verte. Estás estupenda.

—Lo mismo digo, por supuesto. —Antes de que pudiera apartarse, ella le tomó la cabeza entre las manos y lo miró con ojos de madre—. ¡Mirad qué hoyuelos más bonitos tiene mi hijo! —exclamó por encima del hombro, haciendo que varias cabezas se volvieran—. ¿Y quién es esta chica? ¡Joder, pero qué mona es!

—Sí, esta es Hannah. Es muy guapa, pero te recomiendo que no la hagas enfadar —replicó con una sonrisa torcida—. Yo la llamo «Pecas», pero su otro apodo es «Matacapitanes». Es famosa en Westport por enfrentarse a Brendan. Y más recientemente por haber llamado a algunos de los lugareños «vejestorios repugnantes».

—¡Fox! —masculló ella.

Charlene soltó la cabeza de su hijo entre carcajadas y puso los brazos en jarras.

—Bueno, yo diría que eso merece el mejor asiento de la casa. —Se volvió y les hizo un gesto para que la siguieran—. Vamos, vamos. Como no empiece pronto, habrá un motín. Encantada de conocerte, Hannah. Eres la primera chica que me ha presentado Fox, pero no tengo tiempo para hacer muchos aspavientos.

¡Vaya! A Hannah le gustó enseguida.

Aunque, en realidad, le habría encantado detestarla después de ver el respingo.

Charlene los empujó hacia unas sillas emplazadas en la parte delantera del salón, justo a los pies del escenario donde estaba instalado todo lo necesario para la noche de bingo. Acto seguido, se sacó unos cuantos cartones además de unos marcadores del delantal y los dejó caer sobre la mesa.

—Buena suerte a los dos. Esta noche el gran premio es una batidora de vaso.

—Gracias, mamá.

—Gracias, señora Thornton —dijo Hannah a regañadientes.

—¡Por favor! Nada de formalidades —protestó ella mientras le daba un apretón en los hombros y la conducía hacia una de las sillas metálicas—. Llámame Charlene, y espero que mi hijo tenga dos dedos de frente y te traiga de nuevo para que puedas llamarme como te dé la gana. ¿Qué te parece? —Tras lo cual se marchó, dejando la pregunta en el aire.

Fox exhaló, con cara de disgusto.

—Es un espectáculo.

—Me apetecía enfadarme con ella —confesó Hannah, muy seria.

—Sé exactamente cómo te sientes, Pecas —replicó él, aunque sus palabras quedaron prácticamente ahogadas por el ruido de las sillas al arrastrarse y los murmullos de las conversaciones que los rodeaban.

Frente a ellos se sentaron dos mujeres que habían colocado una barrera portátil entre ellas, y que tenían diez cartones cada una emplazados en la mesa, junto con un buen número de marcadores de todos los colores del arcoíris.

—No perdáis de vista a Eleanor —dijo la mujer de la derecha, la que estaba más cerca del escenario—. Es una tramposa.

—Cierra la boca, Paula —masculló la tal Eleanor por encima de la barrera—. Sigues amargada porque gané la cazuela de hierro fundido hace dos semanas. Bueno, pues que te den morcilla, porque gané limpiamente.

—Claro —murmuró Paula—. Ganar limpiamente para ti es hacer trampas.

—¿Es posible hacer trampa en el bingo? —le preguntó Hannah a Fox en voz baja.

—Mantén una actitud neutral. No te involucres.

—Pero...

—Sé como Suiza, Hannah. Hazme caso.

Todavía seguían tomados de la mano por debajo de la mesa. Así que cuando Eleanor se inclinó hacia el otro lado y sonrió con dulzura (tras haber olvidado al parecer las amargas acusaciones) para preguntarles que cuánto tiempo llevaban saliendo, la respuesta de Hannah pareció falsa en cierto modo.

—¡Oh, no, solo somos...! —Miró brevemente a Fox—. ¡Amigos!

Paula no disimuló su escepticismo.

—Amigos, ¿eh?

—Eso es lo que hacen ahora los jóvenes —terció Eleanor, que enderezó los cartones aunque no era necesario—. Nada de etiquetas y nada serio. Así es con mis nietos. Ni siquiera salen en pareja. Ahora quedan en grupo. Así no hay presión para nadie, porque ¡no quiera Dios que alguien se agobie!

Paula los miró con cara de asco.

—¡Qué manera de desperdiciar la juventud tienen estos jóvenes! —sentenció mientras golpeaba la mesa con un dedo huesudo—. Si yo tuviera cincuenta años menos, estaría etiquetando a cualquiera que caminara erguido.

—Paula —la regañó Eleanor a través de la barrera—, que estamos en una iglesia.

—El Buen Señor conoce mis pensamientos.

Hannah miró a Fox, y se dio cuenta de que ambos estaban prácticamente temblando por culpa de la risa contenida mientras se apretaban las manos por debajo de la mesa. Se salvaron de cualquier otro comentario sobre los defectos de su generación porque Charlene encendió el micrófono, y su carcajada resonó por todo el salón parroquial.

—Muy bien, vejestorios. Vamos a jugar al bingo.

No era una cita (ni una quedada en grupo).

Solo eran dos amigos jugando al bingo.

Solo eran dos amigos que se tomaban de la mano de vez en cuando por debajo de la mesa, rozando sin querer la cara interna de un muslo con los nudillos. En algún momento, Fox decidió que había demasiado jaleo en el salón como para oír bien a Hannah y acercó su silla, fingiendo no percatarse de su mirada interrogante. ¿Se podía saber qué estaba haciendo?

No sería uno de esos imbéciles que deseaban algo el doble porque no podían tenerlo, ¿verdad? El director la había invitado a salir. Dentro de poco, estarían de vuelta en Los Ángeles, y Sergei podría verla todo lo que quisiera, mientras que él se quedaba en la costa noroeste del Pacífico, mirando fijamente el teléfono a la espera de su mensaje de texto diario. Que era justo como tenía que ser.

Sin embargo...

Cada vez que pensaba en que Sergei la tomaría de la mano en vez de hacerlo él, le daban ganas de arrojar al suelo de un manotazo todo lo que había encima de la mesa, cartones de bingo incluidos. Y después a lo mejor podía acabar dándole unas cuantas patadas al tablón de anuncios de la iglesia, por si acaso. ¿Quién se creía ese cabronazo para invitar a salir a Hannah Bellinger?

Un hombre mejor que él, seguramente. Uno que no se había rebajado a arrastrarse por el fango desde más o menos el día después de que le salieran pelos en los huevos. De tal palo, tal astilla. ¿No era ese el motivo por el que llevaba la pulsera que en ese momento descansaba en el muslo de Hannah?

—¡Ay, madre! ¡Esto engancha mucho! —la oyó susurrar.

Y no le costó trabajo oírla porque estaba sentado demasiado cerca, intentando no mirar esos pequeños mechones de pelo rizado que la lluvia había creado alrededor de su cara. Ni la forma en que aspiraba cada vez que conseguía marcar un número. Ni su boca. Joder, sí, esa boca tan increíble que tenía. Quizá debería inclinarse, besarla y al cuerno con las consecuencias. No la había saboreado desde la noche de la fiesta aquella, y la necesidad de hacerlo de nuevo le resultaba insoportable.

—Muchísimo —replicó con voz ronca—. Sí.

Los ojos de Hannah se clavaron en los suyos, y luego bajaron hasta su boca, momento en el que pensó que lo que estaba pasando por su cabeza no era apropiado, teniendo en cuenta que tenía delante a su madre. No era apropiado pensar eso delante de la madre de nadie.

La necesidad que le creaba Hannah nunca desaparecía, pero en ese momento lo golpeaba con más fuerza que nunca. Tenerla allí era más reconfortante de lo que podría haber imaginado. Se obligaba a sí mismo a ir a ver a su madre de vez en cuando, no solo porque se preocupaba por ella, sino porque ese respingo involuntario validaba su existencia como hedonista sin responsabilidades.

Aunque Hannah... empezaba a tirar de él en sentido contrario. Como una fuerza gravitatoria. Y en ese instante, atrapado entre ella y el recuerdo de su pasado, ir en la dirección de Hannah le parecía casi posible. Estaba ahí con él, ¿no? Jugando al bingo, cantando con él en el coche, hablando. Sin sexo. Si le gustaba por algo más que su potencial para provocarle un orgasmo..., si alguien tan inteligente e increíble veía en él algo más..., ¿no sería cierto?

Como si le leyera la mente, Hannah le frotó los nudillos con el pulgar al tiempo que se volvía un poco y le apoyaba la cabeza en el hombro. Con confianza.

Como una amiga. Solo era una amiga.

¡Por Dios! ¿Por qué no podía respirar?

—¡Bingo! —gritó una de las mujeres sentadas frente a ellos.

—¡Vaya por Dios! ¿Acabo de oír a Eleanor cantar bingo ahí abajo? —dijo Charlene, que silbó al tiempo que hacía sonar el pequeño gong que tenía en su mesa—. Eleanor, estás que te sales desde hace dos semanas.

—¡Eso es porque es una tramposa de mierda! —masculló Paula.

—A ver, Paula, no te lo tomes así —la regañó Charlene—. Todos tenemos una racha de suerte de vez en cuando. ¿Eleanor? El bombón de mi hijo va a traerme tu cartón para que lo revise, ¿de acuerdo?

Eleanor le entregó el cartón a Fox con una floritura, al tiempo que esbozaba una sonrisa de oreja a oreja solo para Paula. Fox echó la silla hacia atrás, deseando que la partida hubiera durado más tiempo para disfrutar de la cabeza de Hannah sobre el hombro durante unos minutos más. Tal vez, si jugaba bien sus cartas, volvería a dormir en su cama esta noche. La idea de abrazarla mientras dormía, de despertarse a su lado, hacía que estuviera deseando llegar a casa para ver cómo la engatusaba…

«¡Por Dios!, pero ¿tú te estás oyendo?», se preguntó.

Estaba tratando de encontrar la manera de llevarse a Hannah a la cama para dormir juntos en plan platónico. ¿Se le habría caído lo que tenía entre las piernas o algo?

Hannah seguro que se pasaba la noche soñando con otro.

Contando los minutos que faltaban para volver a Los Ángeles.

Le entregó el cartón a su madre y se dio cuenta de que casi se lo había cargado por haberlo apretado tanto en la mano.

—Gracias, Fox —canturreó Charlene, que se inclinó un poco hacia delante para tapar el micrófono—. ¿Vas en serio con esa chica, hijo?

La pregunta lo pilló desprevenido. Seguramente porque nunca había hablado con su madre sobre chicas. No desde que cumplió los catorce años y le hizo ver un tutorial *online* sobre cómo ponerse un condón. Después de aquello, Charlene puso una lata de café vacía en la despensa que siempre mantenía llena de billetes de un dólar y de cinco. Aunque no le dijo explícitamente cuál era su propósito, no tardó en comprender que era para que comprase condones. Antes de que mantuviera relaciones sexuales, su madre ya había adivinado cuál sería su comportamiento.

O tal vez se había comportado de cierta manera porque era lo que se esperaba de él.

Nunca se había planteado en serio esa posibilidad. Sin embargo, en el transcurso de la última semana, había tenido la sensación de salir de la niebla. De mirar a su alrededor y preguntarse cómo había llegado a ese punto exacto. Polvos de una noche, nada de responsabilidades, sin raíces que se hundieran en la tierra. ¿Llevaría viviendo así demasiado tiempo como para dejarlo a esas alturas?

«Ya lo has dejado, idiota».

Temporalmente.

Sí.

Con la pregunta de su madre todavía en el aire, Fox miró a Hannah de nuevo. ¡Por Dios! Todas las células de su cuerpo se rebelaban por la idea de quedar con otra mujer (que no fuera Hannah) en Seattle. Pero ya había intentado escapar de sí mismo antes y al final le salió el tiro por la culata. La experiencia le dejó cicatrices y le enseñó una dolorosa lección sobre la impresión que daba a la gente por el mero hecho de existir. Y no iba a intentarlo de nuevo, ¿verdad? ¿Iba a arriesgarse por esa chica que podía destrozarlo eligiendo a otra persona? En cierto sentido, ya había elegido a otro.

—No —dijo por fin, como respuesta a la pregunta de su madre, aunque le salió la voz estrangulada—. No, somos amigos. Nada más. —Le regaló una sonrisa que casi le dolió—. Ya sabes cómo soy.

—Desde tu primer año de instituto, sé que llegabas a casa todos los días oliendo a Bath and Body Works. —Se rio—. En fin, trátala bien, ¿quieres? Esa chica tiene algo. Como si quisiera protegerte, aunque no te llega ni a la barbilla.

Contuvo el impulso de decirle que, sí, así era exactamente como Hannah hacía que se sintiera. Protegido. Deseado. Por razones que no podría haber comprendido antes de conocerla. A Hannah le gustaba. Le gustaba pasar tiempo con él.

—La trataré bien —le aseguró casi con voz temblorosa—. Que no te quepa duda.

—Bien. —Charlene cambió la mano con la que cubría el micrófono para poder acariciarle la cara—. Mi precioso rompecorazones.

—Nunca le he roto el corazón a nadie.

Eso era cierto. Nunca había intimado tanto con alguien como para que existiera esa posibilidad. Ni siquiera con Melinda. Tal vez a su novia de la universidad le dio más de sí mismo que a cualquiera de las anteriores, pero jamás habían llegado a lo que tenía con Hannah.

¿Quería sentirse aún más cerca de ella?

Si Sergei no fuera un inconveniente, ¿qué implicaría acercarse más a ella?

¿Una relación? ¿Que Hannah se mudara a Westport? ¿Que él se mudara a Los Ángeles? ¿Qué?

Todas eran opciones ridículas en el contexto de su vida.

—Y, ¡por Dios!, no voy a empezar a hacerlo ahora —añadió al tiempo que le guiñaba un ojo a su madre—. ¿Quieres que le lleve la batidora a Eleanor?

La sonrisa de Charlene desapareció poco a poco.

—¿Estás seguro?

—Creo que puedo manejarlo.

Su madre titubeó un instante antes de levantar el pequeño electrodoméstico, que todavía llevaba la pegatina de liquidación pegada en un lateral, y entregársela. Fox bajó del escenario y se acercó de nuevo a la mesa. Todos se volvieron para verlo pasar (o para ver la batidora, más bien) como víboras en la hierba. La dejó frente a Eleanor, fingiendo que no notaba la tensión en la mesa. Quizá si hacía caso omiso del ambiente, los demás lo imitarían.

O eso esperaba.

En cuanto dejó la batidora delante a Eleanor, Paula se abalanzó sobre ella.

Sus huesudos dedos se clavaron en la parte superior de la caja, pero Eleanor no era una novata. Se había anticipado a la jugada y empezó a golpear a Paula en las manos con el marcador, dejándoselas cubiertas de puntos azules. El jaleo que estaban ocasionando hizo que los demás jugadores se volvieran para ver mejor la escena. Seguro de que podía calmar la tensión (al fin y al cabo, era un pescador de cangrejo real), Fox se introdujo entre las mujeres y las miró con su mejor sonrisa, primero a una y luego a la otra.

—Señoras, vamos a terminar la velada como buenas amigas, ¿eh? Permítanme traerles a ambas un refresco del bar y...

Eleanor blandió el marcador y le dio justo en el centro de la frente.

Hannah jadeó y se llevó las manos a la boca.

Y, en ese momento, vio que empezaban a temblarle los hombros.

¿Cómo podía culparla por reírse? Tenía un punto azul gigante en medio de la frente. Era un cartón de bingo humano.

Por raro que pareciera, estaba encantado de verla reírse, aunque fuera a su costa.

—¿De verdad, Hannah? —le dijo.

Ella soltó una carcajada, olvidando todo disimulo a esas alturas.

—¿Alguien tiene un pañuelo de papel? —preguntó entre lágrimas—. ¿O una toallita húmeda?

—Tendrás que frotar bien para que se quite —dijo alguien de entre los presentes, sentados en las sillas baratas.

Mientras Hannah rodeaba la mesa, alguien le colocó un paquete de pañuelos de papel en la mano, tras lo cual ella siguió andando hacia él, aunque estuvo a punto de tropezarse por la risa. Antes de darse cuenta de lo que ocurría, le había permitido que lo tomara de la mano y lo sacara por la puerta lateral a la fría y brumosa noche.

La lluvia había cesado, pero la humedad persistía en el aire junto con el lejano olor del mar. Las farolas proyectaban su luz amarilla sobre los charcos, que se agitaban con el viento. El tráfico se movía por la autopista cercana, y de vez en cuando se oía el largo bocinazo de algún camión. Era un entorno que, en los últimos siete meses, podría haber hecho que se sintiera solo y exasperado consigo mismo por echar de menos a Hannah. Pero en ese momento no había soledad. Solo estaba ella. Abriendo el paquete de pañuelos con los dientes, sacando uno de ellos y colocándole el suave papel en la frente, aunque seguía riéndose a carcajadas.

—¡Ay, Dios mío, Fox! —exclamó mientras le frotaba la frente en círculos con el pañuelo—. ¡Ay, Dios mío!

—¿Qué? ¿Nunca habías visto un ataque geriátrico antes?

La pregunta le arrancó una nueva oleada de carcajadas, que resonaron en el silencioso aparcamiento e hicieron que se le subiera el corazón a la garganta.

—Con razón me dijiste que tu madre necesitaba a alguien para controlar a la multitud, y yo sin creerte. Lección aprendida. —Se reía con tanta fuerza que apenas podía mantener el brazo en alto, de manera que no paraba de bajarlo—. Parecías tan convencido y seguro cuando te colocaste entre ellas... —Bajó la voz para imitarlo—. «Señoras, señoras. Por favor».

—Sí —murmuró—. Al parecer, no eres la única inmune a mis encantos, ¿eh?

No quería decirlo en voz alta, pero era demasiado tarde para retractarse.

Las palabras habían salido de su boca, y Hannah ya no se reía.

El viento sopló a través de la escasa distancia que los separaba, susurrando y encrespando aún más con su humedad los rizos perfectos que Hannah tenía en las sienes. Y, en ese momento, Fox se dio cuenta de que estaba conteniendo la respiración. Esperando a que ella le diera la patada con suavidad.

Soltó una risa forzada.

—Lo siento, no quería decir...

—No soy inmune —susurró ella—. Nada más lejos de la realidad.

La confesión le aflojó las rodillas, que se le quedaron como si fueran gelatina, pero justo después se le tensó todo el cuerpo. Todo. Todos los músculos. La erección fue inmediata.

—¿Hasta qué punto?

La vio entornar los párpados como si le pesaran, respondiendo en parte su pregunta. Lo deseaba. Sintió que se le quedaba su nombre atascado en la garganta, por la sorpresa. Por el alivio.

Hannah se internó todavía más en las sombras del edificio y se dio media vuelta para apoyar la espalda en la pared, invirtiendo sus posiciones de forma deliberada mientras le acariciaba la cara con suavidad y lentamente. Ese roce tan inocente y perfecto lo hizo pedazos. Su forma de agarrarle el cuello de la camisa para tirar de él hacia abajo hasta que sus bocas quedaron tan cerca que ambos podían sentir sus respectivos alientos en los labios.

—Bésame y descúbrelo.

Se acercó hacia ella con un suspiro inseguro, pero incapaz de detenerse después de que le diera permiso. La agarró por las caderas y fue acercándose a ella poco a poco, atrapándola contra la pared de ladrillo a medida que sus cuerpos se amoldaban el uno al otro, lo que le arrancó un gemido.

—Lo dices en serio.

—Sí.

—Gracias, Señor.

¿Por dónde empezaba? Si la besaba de entrada en la boca, estaba seguro de que la devoraría por completo, de manera que se decidió por el cuello. Tras sujetarle la coleta con una mano para ladearle la cabeza hacia la izquierda, dejó un reguero de besos sobre su piel, aspirando su aroma mientras lo hacía y soltando el aire justo al llegar a la oreja. El grito que salió de sus labios le supo a gloria, y le encantó ver que su cuerpo se quedaba lacio entre la pared de ladrillo y él, de manera que se vio obligada a agarrarse a la pechera de su camisa para sostenerse.

Sin embargo... y aunque todavía estaba preocupado por la posibilidad de perder el control si la besaba en la boca, lo hizo de todas formas y capturó esos labios separados y expectantes. Su sabor le arrancó un gemido porque le llegó a la médula de los huesos, haciendo que la cabeza le diera vueltas.

«¡Por Dios!», pensó.

Le acarició la lengua y se la chupó una vez, dos. Percibió su anhelo, la expectación que la embargaba, el movimiento de sus caderas que él había atrapado contra la pared. Dichos movimientos se la estaban poniendo muy dura. Tenía tantas ganas de metérsela que comprendió de inmediato que nunca, ni una sola vez, había deseado a alguien como la deseaba a ella.

Con Hannah se sentía bien. Con Hannah todo era perfecto.

Estar en su interior sería una celebración, no parte de una rutina.

No había nada normal en lo que estaba pasando. No había movimientos ensayados. Era una combustión espontánea de los impulsos que había estado reprimiendo con ella, tanto físicos como emocionales, y esa implosión le provocó una urgencia imperiosa.

Ya. La necesitaba en ese mismo momento.

Bajó las caderas y la levantó un poco, creando fricción contra su sexo, y Hannah puso los ojos en blanco al tiempo que tiraba de él para acercarlo aún más. Sus bocas se movieron a un ritmo frenético, sus lenguas se acariciaron a placer. Fue subiendo las manos desde sus caderas, deslizándolas por sus curvas, despertando la suave piel oculta bajo la ropa. Mojándola y doblegándola. Estaba tan claro como el agua.

—¿Eres virgen, Hannah? —le preguntó con voz ronca mientras le acariciaba el cuello con los dientes.

—No —susurró ella, con los ojos desenfocados.

—¡Gracias a Dios! —masculló al tiempo que se le ponía todavía más dura, aunque pareciera imposible. Lo atenazaba un deseo voraz—. Porque una vez que te la meta hasta el fondo, no creo que pueda parar.

Volvió a subirla de nuevo usando las caderas sin dejar de observar su cara para memorizar sus pequeños jadeos, encantado de sentir el roce de sus pechos al subirla y bajarla, de sus pezones endurecidos. ¡Por Dios, estaba tan cachonda que lo volvía loco! Estaba deseando quitarle el sujetador y las bragas. Tenerla desnuda y bien abierta en la cama, sin ningún obstáculo para su lengua ni sus dedos, para poder metérsela a placer. Esa noche los gritos de Hannah echarían abajo el puto edificio.

Un sonido estridente lo sacó de sus pensamientos.

Un teléfono.

No. No, los teléfonos no estaban permitidos. Los teléfonos no importaban.

Formaban parte de la realidad, y aquello... aquello era mucho mejor que cualquier realidad que hubiera conocido. Porque allí no se sentía como un actor interpretando un papel. Sin embargo, el sonido no se detuvo y siguió sonando una y otra vez, vibrando a la altura de sus caderas hasta que al final se separaron, aunque dejaron las frentes unidas a modo de apoyo mientras agachaban la mirada hacia la procedencia del ruido.

—Es mi... mi móvil —balbuceó Hannah, que respiraba con dificultad.

—No.

—Fox...

—No. Joder, me encanta tu boca.

Sus labios se encontraron de nuevo, intentando saborearla todavía mejor, antes de que ella se apartara, aunque resultaba evidente que apenas podía mantener el cuello erguido y tenía los ojos nublados por el deseo.

—No podemos... hacerlo aquí. No po-podemos. —Su esfuerzo por formar pensamientos coherentes era visible y, joder, a él le pasaba igual. Se sentía desbordado, no había rastro de su sentido común—. Tu madre está dentro y antes tenemos que hacer otras cosas, como hablar —siguió ella—. ¿No crees?

—Cosas como hablar —masculló él al tiempo que soltaba el aire con brusquedad y le sujetaba la barbilla con firmeza, inclinándola hacia arriba para poder contemplar su preciosa cara—.

Contigo hablo más de lo que nunca he hablado con nadie, Hannah.

La vio parpadear. Ablandarse.

—Quiero que lo hagas. Me encanta que lo hagas.

—¿Sí?

—Sí. Pero...

Su móvil volvió a sonar, y Fox apretó los dientes, porque necesitaba oír lo que pasaba por su cabeza. Tal vez eso lo ayudara a entender lo que estaba pasando en la suya. Porque, en su opinión, estaba a punto de cargarse su amistad con Hannah o de que le dieran la patada de nuevo.

Detestaba ambas opciones.

Acostarse con ella significaría herir sus sentimientos a la larga, cuando comprendiera que no podía ofrecerle nada más que sexo. Y ni muerto le pediría a esa chica que fueran amigos con derecho a roce. Si otro hombre se lo propusiera, le daría una paliza. ¿Cómo iba a hacerlo él?

Hannah tal vez no fuese inmune a sus encantos, pero no lo quería de esa manera. Al menos, no lo suficiente. Aunque lo deseara, su fuerza de voluntad era lo bastante fuerte como para imponerse. Porque, en última instancia, ella quería a otra persona.

El corazón le dio un vuelco y sintió un tic nervioso en un ojo.

—Vamos, contesta —le dijo con voz ronca mientras la dejaba apoyada en la pared y se apartaba de ella. Acto seguido se dio media vuelta para pasarse los dedos por el pelo.

Mejor que contestara la llamada antes de que lo rechazara de plano, ¿verdad?

—Shauna —la oyó decir un segundo después, con la respiración todavía un poco agitada—, por favor, dime que tienes buenas noticias.

Una larga pausa.

Después contuvo la respiración tras aspirar hondo y trazó un círculo a su alrededor mientras se tanteaba los bolsillos y miraba al suelo mojado por la lluvia, como si estuviera buscando un bolígrafo. Fox abrió la aplicación de notas de su teléfono y se lo dio, asintiendo con la cabeza cuando ella lo miró agradecida. De repente, Hannah se detuvo en seco con la cara iluminada por la luz de los dos móviles.

—¿Mañana? —Sacudió la cabeza—. Es imposible que lo hagan. Es imposible, ¿verdad?

«¿Qué pasa?», le preguntó articulando las palabras con los labios.

Ella levantó un dedo.

—De acuerdo, ¿me puedes pasar la información de contacto y la dirección del estudio de grabación? Gracias. Muchas gracias, Shauna. Te debo una. —Cortó la llamada y dejó caer a su costado la mano que sostenía el móvil, casi tan aturdida como lo estaba durante el beso.

—¿Qué pasa, Pecas?

—El grupo que quiero que grabe las salomas de Henry. Sale de gira dentro de dos días. Durante seis meses. Van a estar en el estudio mañana grabando unos *reels* para Instagram...

—*Reels*. Me he perdido...

—Da igual —replicó ella, agitando los teléfonos en el aire—. Les gusta lo que les envié y creen que pueden preparar los arreglos esta noche para grabar una maqueta de los temas mañana. El dinero que ofrecí es mucho para que un grupo *indie* lo rechace. Y tampoco pueden rechazar la oportunidad de formar parte de la banda sonora de una película. Si a Sergei le gusta lo que hacen, sacarán tiempo durante la gira para volver y grabar de verdad. —Pasaron unos segundos—. Podría esperar e intentar encontrar en Los Ángeles algún grupo dispuesto a grabar las canciones, pero conozco cómo trabaja Sergei y sé que perderá el interés en la idea como no me mueva rápido. —Acto seguido, pasó el pulgar por la pantalla del móvil y seleccionó algo. La vio cerrar los ojos cuando la voz ronca de una mujer se alzó en el aire, acompañada por un par de violines y los repiques de un tambor. Hannah se llevó la mano libre al cuello muy despacio, mientras aparecía una sonrisa en esa boca que había besado poco antes—. Son ellos —le dijo—. Sin duda me voy a Seattle.

Fox se dio cuenta de que le estaba devolviendo la sonrisa, porque su corazón no le permitía hacer otra cosa cuando ella estaba feliz.

—No, Pecas. Nos vamos a Seattle.

La alegría que la embargó fue palpable. Se alegraba porque él iba a acompañarla. ¿De verdad pensaba que iba a permitir que se fuera sola?

—Pero zarpas dentro de...

—No nos vamos hasta el miércoles por la mañana. Así que mañana tengo todo el día libre.

—De acuerdo —susurró ella, que se movió y le tendió una mano.

La dejó en el aire un momento, con expresión vulnerable, hasta que él la aceptó con un nudo en la garganta. Era evidente que no sabía si entrar de nuevo en el salón parroquial, y él intuía que la conversación anterior no estaba zanjada ni mucho menos. Del mismo modo que un cielo oscuro significaba lluvia, Hannah necesitaba atar todos los cabos sueltos. Y en ese caso, los cabos sueltos se encontraban en su interior, reflexionó Fox. Ella no iba a dejar de escarbar hasta encontrarlos e identificarlos uno a uno.

Una parte de él se sentía muy aliviada al ver que se preocupaba tanto como para intentarlo. Pero el resto de su persona, el hombre que protegía sus heridas como un perro vapuleado, estaba muerto de miedo. O bien iba a echar sal en esas heridas rechazándolo, o bien iba a obligarlo a suturarse a sí mismo. ¿Se encontraba mínimamente preparado para cualquiera de las dos cosas?

No.

Desde la universidad, su mecanismo de defensa había consistido en salir corriendo antes de que lo trataran con condescendencia o le recordaran que solo servía para una cosa. Pero salir corriendo no iba a ser posible con Hannah. No según su estilo habitual: desaparecer sin más. ¡Por Dios, no! Con ella no quería desaparecer. Pero podía ponerle fin a la expectativa del sexo entre ellos, que se estaba convirtiendo en una bola de nieve. En ese mismo momento. Podía hacerlo antes de que ella lo rechazara. Porque con Hannah... no sobreviviría.

18

El trayecto hasta su casa fue silencioso.

Entraron de nuevo en el salón parroquial para despedirse rápidamente de Charlene y volvieron al coche tomados de la mano. Fox le abrió la puerta como si estuvieran en una cita romántica, con un tic nervioso continuo en la mejilla. El silencio reinante en el interior del coche hasta que llegaron a la autopista fue ensordecedor. ¿En qué estaría pensando Fox?

¿En qué estaba pensando ella?

Sus pensamientos estaban dispersos, como si los hubiera arrollado un tornado.

¡Ese beso!

¡Por Dios Bendito!

El que compartieron durante la fiesta fue como las suaves notas iniciales de «The Great Gig in the Sky». Pero el de la pared de la iglesia era como ese solo que se oía en la última parte de la canción. El que siempre despertaba en ella el deseo de sumergirse en la complejidad de las mujeres y sus turbulentos corazones.

Y hablando de turbulencias, no había mejor descripción para lo que le había hecho la habilidosa boca de Fox. Su cuerpo había respondido como una flor a la que por fin le llegara la luz del sol, desesperada y hambrienta. Todavía en ese momento podía sentir una especie de zumbido eléctrico en las yemas de los dedos y la humedad entre los muslos.

«Porque una vez que te la meta hasta el fondo, no creo que pueda parar».

Al recordar esa afirmación tan contundente, giró la cabeza y ahogó un gemido contra su propio hombro, mientras experimentaba un deseo palpitante. ¿Iban a casa para echar un polvo? ¿Era eso lo que quería?

Sí.

Obviamente.

Había pocas dudas de que el sexo con Fox sería alucinante. Lo supo desde que lo conoció el verano anterior. Pero si él pensaba que no tenían motivos para hablar primero y resolver algunas cosas, estaba loco de remate. Su relación era un rompecabezas complicado que se volvía más confuso por momentos. Eran buenos amigos y se sentían muy atraídos el uno por el otro. Esa noche se habían comportado como una pareja, negarlo era ridículo. Como también lo sería negar lo mucho que le había gustado. Agarrarle la mano por debajo de la mesa, compartir bromas íntimas con la mirada, sin necesidad de palabras.

Sus sentimientos por Fox crecían a un ritmo exponencial, sin signos de ralentización, y la única comparación posible era la de ir directa a una alta cascada en un kayak. Tal vez ella significase para Fox un poco más que sus ligues habituales, pero eso no significaba que deseara algo más que una amistad.

De repente recordó el respingo de Charlene y recorrió con la mirada el mentón tenso de Fox y su pelo, que él mismo se había alborotado. Y no por primera vez, vio a alguien que estaba asustado. Su expresión le recordaba a la que puso la tarde que lo rechazó y lo despojó de su poder sensual. En ese momento, veía en él el mismo desconcierto.

Como si tal vez sí quisiera ser el hombre que la tomara de la mano en el bingo y la llevara a Seattle, pero los respingos de Charlene, la pulsera de cuero y los complejos del pasado se interpusiesen en su camino y lo hicieran dudar de que pudiera hacerlo.

¿Sería un análisis exagerado?

Apartó los ojos de ese perfil perfecto y los clavó en los limpiaparabrisas, que se movían rítmicamente sobre el cristal para apartar la lluvia que caía y permitirles ver y continuar. Y así siguieron hasta que la lluvia cesó por fin.

¿Y si ella pudiera hacer lo mismo con Fox?

¿Mantenerse firme, inamovible hasta que se le aclarase la vista?

¿Era lo bastante fuerte para resistir?

La fuerza era lo de menos. Intentar sacar a ese hombre de la soltería era algo totalmente autodestructivo, y podría acabar con el corazón hecho trizas. Aunque el hecho de irse, de volver a Los Ángeles, como si Fox no estuviera reclamando cada vez más espacio en su corazón, le parecía muchísimo peor que el hecho de intentarlo.

¡Uf! Acababan de pasar junto a un cartel que anunciaba que estaban en Westport, pero bien podría avisar de «Precaución, curvas peligrosas».

Tragó con fuerza.

—Así que... Mmm... —Se agarró al cinturón de seguridad—. ¿Estás seguro de querer llevarme a Seattle por la mañana? No sé qué me voy a encontrar cuando llegue al estudio. Tal vez sea una espera larga.

—Estoy seguro, Hannah. —La miró de reojo—. Ahora pregúntame lo que de verdad quieres preguntarme.

Sintió un nudo en el estómago al oír otra prueba más de que la conocía tan bien.

—De acuerdo. —Sintió que se le aceleraba el pulso en la base del cuello—. Tú... Mmm... Nosotros... Mmm... En fin, que lo que ha pasado fuera del salón parroquial ha sido un preludio, ¿verdad? A ver, que como me has preguntado si soy virgen y eso, me da que lo hacías por ese motivo. Vamos, que quieres acostarte conmigo.

Lo vio estirar esos largos dedos sobre el volante antes de que volviera a agarrarlo con fuerza.

—De momento, vas acertando. Sigue.

—Bueno, supongo que me estoy preguntando qué va a pasar después. Después de que lo hagamos. Si es que lo hacemos.

Fox levantó un hombro para rotarlo.

—Esperar a que se me levante otra vez. Hacerlo en otra postura.

—Fox...

—Hannah. No puedo responder algo que no sé —respondió con un rictus tenso en los labios—. ¿Qué quieres que te diga? ¿Quiero follar contigo? Sí. ¡Dios! No sabes... —Cerró los ojos un momento y esas manos curtidas de pescador se flexionaron sobre el volante—. Tengo tantas ganas de tenerte debajo que soy incapaz de acostarme sin sentir que estás conmigo en la cama. Ni siquiera lo hemos hecho y tu cuerpo me tortura.

Eso le robó todo el aire que tenía en los pulmones, dejándola sin aliento. Menos mal que Fox siguió hablando, porque era imposible que ella añadiera algo más mientras flotaba en el aire esa última afirmación: «Tu cuerpo me tortura».

—A ver —siguió él, cuyo pecho subía y bajaba con rapidez—, es mejor que no lo hagamos. Y no sabes lo que me mata decir eso. Pero el hecho de que me estés preguntando qué va a pasar después deja bien claro que es una mala idea. Porque lo que pasa después, Pecas, es que suelo llamar a un taxi y largarme.

—¿Por qué?

—Supongo que... para aferrarme al hecho de que conmigo solo hay sexo antes de que ellas lo deduzcan, ¿vale? —dijo en un arrebato—. Prefiero irme antes de ver de nuevo esa expresión en la cara de otra persona. Casi como si pensara: «¡Qué mono! El tío guapo que se cree que sirve para algo más que un aquí te pillo, aquí te mato». Ser consciente de lo que soy es más fácil que descubrir que me han usado. Así nadie me da la patada y me deja hecho una mierda. Y no solo son las mujeres las que no me toman en serio. Son...

—Sigue hablando —dijo ella, obligándose a asimilar la dura confesión, a seguir manteniéndose a flote por él para que pudiera soltarlo todo—. ¿Quién más te hace sentir así?

Fox tardó un momento en seguir y, cuando lo hizo, mantuvo la mirada fija en la carretera.

—Cada vez que recibo un mensaje de texto o una llamada telefónica delante de la tripulación, si insinúo siquiera que tal vez no me interese quedar con quien me invita a salir, me tratan como si me pasara algo malo. Siempre ha sido así. Es como si perdiera la masculinidad si no estoy a la altura de las expectativas..., y no recuerdo siquiera cuándo se establecieron.

Hannah sintió el ardiente escozor de las lágrimas en los ojos. Aquello le dolía. Era horrible. Pero quería saber, necesitaba saber, todas las feas verdades que ocultaba en su interior.

—No está bien que la gente haga suposiciones sobre lo que sientes o quieres. Eres tú quien debe fijar tus propias expectativas, y no te resta masculinidad que digas que no si te están presionando. ¡Faltaría más! Por supuesto que no pasa nada si te niegas.

Vio que la nuez le subía y le bajaba varias veces al tragar saliva. La pausa fue tan larga que hasta dudó de que fuese a hablar.

—Hannah, si te hubiera conocido en la universidad, podría haber disculpado la mierda de vida que llevé antes. Podría haber pensado que eran locuras de juventud o algo así... y ser el hombre que mereces. Sin fisuras. Pero, a estas alturas, llevo tanto tiempo haciéndolo que... he destrozado la oportunidad de empezar de cero. Me he convertido en lo que la gente parecía querer que fuera. Me he ganado mi reputación, y por muy buena que seas, por muy dulce y maravillosa que seas, Hannah, no quiero ser tu único fallo. Ni la elección sobre la que dudes. —Soltó un taco y se masajeó la parte posterior del cuello con evidente nerviosismo—. No volveré a besarte. No debería haberlo hecho esta noche. Sé que es lo mejor. Si no nos llegan a interrumpir...

Al ver que estaba aparcando el coche, Hannah se dio cuenta de que ya estaban delante de su bloque y que desde la carretera se veía la espuma blanca de las olas que rompían contra las rocas.

Un tenso silencio se instaló entre ellos, sin otra cosa que le pusiera fin salvo las olas y sus aceleradas respiraciones.

—Aunque no nos hubieran interrumpido, habríamos acabado manteniendo esta conversación —le aseguró ella.

Fox sacudió la cabeza.

—¿Por qué? ¿Qué pretendes sacar de esta charla? —La miró con una mueca torcida en la boca y vio algo en su cara que jamás había visto. Algo que no supo identificar—. De todos modos, es obvio que has conquistado al director. —Tragó saliva con tanta fuerza que el sonido ahogó al de las olas—. Quizá... quizá deberías concentrarte en eso. En él.

—Lo rechacé —confesó—. Cuando me preguntó si podíamos salir una vez que volviéramos a Los Ángeles, le dije que no.

Fox trató de ocultar el alivio con todas sus fuerzas, pero ella lo vio. Lo vio resonar en él como una sirena. Vio que la tensión se derretía, que abandonaba sus músculos, sus ojos, su mentón. Y supo que esa emoción extraña que había visto antes eran celos.

—En fin —siguió él, con voz distante, al cabo de unos segundos—. Quizá no deberías haber hecho eso. El sexo es la única satisfacción que puedes obtener de mí.

—No. No lo es —lo contradijo con voz trémula—. Me satisface agarrarte la mano. Oírte cantar. Ser tu amiga.

—¿Ser mi amiga? —preguntó él con tono burlón—. En ese caso, menos mal que no vamos a follar, porque después solo serías otro ligue más para mí.

Hannah retrocedió como si la hubiera abofeteado. La sorpresa y el dolor le hicieron un boquete en la garganta. A ciegas, abrió la puerta del acompañante y bajó del coche sin detenerse a mirar. Hizo caso omiso de la voz de Fox que la llamaba por su nombre mientras subía la escalera exterior del bloque que llevaba a su piso, situado en la segunda planta, y aceleró cuando oyó sus pasos que la seguían.

Llegó a la puerta, con las manos temblorosas mientras intentaba sacar la llave del piso del bolsillo. La encontró, pero no tuvo la oportunidad de introducirla en la cerradura, porque Fox la alcanzó y la abrazó por la espalda, estrechándola contra su cuerpo. Con fuerza.

—No he querido decir eso —le dijo contra el pelo, presionando los labios sobre su coronilla—. Por favor, Pecas. Te juro que no lo he dicho en serio.

Ya lo sabía.

Por la lámpara de sal rosada del Himalaya, por el tocadiscos escondido, porque le había presentado a su madre, porque le había cantado la saloma y se había ofrecido a llevarla a Seattle. Por el disco de Fleetwood Mac. Por siete meses de mensajes de texto. Incluso por su forma de abrazarla en ese momento, con la respiración acelerada, como si fuera a derrumbarse si ella seguía enfadada. Sabía que Fox no quería decir esas palabras tan hirientes que había dicho. Lo sabía. Pero eso no significaba que ese comentario tan despectivo no le hubiera dolido.

Se dio cuenta en ese momento de que podía huir del daño potencial que supondría luchar por Fox. O podía mantenerse firme. Negarse a retroceder. ¿Qué elegía?

Luchar. Como una actriz protagonista.

Eso era lo que él merecía.

Aunque una relación entre ellos fuera imposible o no pudiera funcionar, no iba a dejar que las horribles creencias que él albergaba en su interior se enquistaran para siempre. Se negaba a que eso sucediera.

No había una etiqueta para lo que eran el uno para el otro. Una pareja de amigos que estaban deseando acostarse no lograba trasladar la importancia de lo que existía entre ellos, a la espera de que lo desenterraran. Pero sabía que no se trababa de curarlo a él ni de sumirse de nuevo en el papel de secundaria. No estaba repitiendo un patrón. Ser comprensiva, como había hecho tantas veces en el pasado, era fácil. Muy fácil. Como lo era mantenerse en los márgenes y no ser parte activa del guion. Pero, en esa ocasión, las consecuencias de sus actos en esa historia podrían determinar su futuro. El suyo propio. No el de una amiga ni el de su hermana.

El suyo. Y el de Fox.

¿Continuarían su historia juntos o separados?

Era incapaz de imaginarse lo último. Ni por asomo. Por desgracia, eso no significaba que él sintiera lo mismo. Y aunque lo sintiera, una relación tal vez fuera esperar demasiado en la etapa en la que se encontraban. Tal vez acabasen siendo amigos. Esa era una posibilidad muy real. Una posibilidad que hizo que se le cayera el alma a los pies. Decidir ser la responsable de impulsar un futuro juntos la asustaba. Resultaba aterrador. Hacía que el fracaso y el rechazo fueran una posibilidad. Sin embargo, valía la pena luchar por él. Si algo la obligaba a atrincherarse y mantenerse fuerte, era la necesidad de demostrárselo a él. De conseguir que creyese en sí mismo.

Aunque algún día eso acabara beneficiando a otra mujer en vez de beneficiarla a ella. Era lo bastante desinteresada como para demostrarle lo que era posible. Que sentirse unido de verdad a otra persona no tenía por qué dar miedo. Podía hacerlo, ¿verdad?

Tras respirar hondo para armarse de valor, se giró entre los brazos de Fox. Solo alcanzó a ver la expresión torturada de sus ojos un instante antes de ponerse de puntillas y capturar sus labios. Para besarlo.

Sorprendido de repente, Fox tardó unos segundos en devolverle el beso, pero cuando lo hizo, se lanzó de lleno. Dejó escapar un gemido entrecortado y suplicante en su boca, y la pegó a la puerta avanzando a trompicones mientras levantaba las manos para tomarle la cara entre ellas, al tiempo que sus bocas se movían con voracidad, febriles, a modo de promesa y de disculpa.

Separarse antes de que aquello fuera demasiado lejos tal vez fuese lo más difícil que Hannah había hecho en la vida, pero lo consiguió. Le puso fin al beso y apoyó la frente en la de Fox, estremecida por la energía que vibraba entre ellos.

—Hasta mañana —susurró ella contra su boca.

Tras apartarse de él, que parecía aturdido, entró en el piso y echó a andar hacia la habitación de invitados. Una vez en el interior, apoyó la espalda en la puerta y se deslizó por ella hasta acabar en el suelo, hecha un ovillo de hormonas y determinación.

Lo mejor sería dormir un poco. Fox y sus arraigadas dudas seguirían en el mismo sitio cuando saliera el sol. Quizá si pudiera quedarse más tiempo en Westport, podría ir cincelándolas poco a poco. Esperar que finalmente comprendiese que era capaz de establecer un compromiso saludable con otra persona. Sin embargo, le quedaba poco tiempo. Su única opción era intentar aprovechar al máximo los días que le quedaban.

Esa noche le había dicho que su modus operandi consistía en marcharse antes de que cualquier mujer pudiera darle la patada. Pues bien, ella no iba a permitirlo. Seguiría a su lado después de la conversación que habían mantenido, de las palabras hirientes y de las revelaciones, y le demostraría que la relación que había entre ellos era resistente. Que él podía formar parte de algo más intenso que la fuerza de la costumbre y el pasado. Que ella podía mirarlo a los ojos, respetarlo y preocuparse por él. Que podía seguir a su lado, punto. Eso era lo que había estado haciendo todo el tiempo, tal vez de forma inconsciente, y no se iba a desviar del camino a esas alturas. Con suerte, le inculcaría la fe, la posibilidad, de algo más.

El valor y la confianza para volver a intentarlo.

Clavó la mirada en la carpeta de las salomas que descansaba en su cama.

Sí, al día siguiente lucharía, en más de un sentido.

19

Fox estaba de pie delante de la cocina, con la espátula en la mano, la mirada fija en la puerta de la habitación de invitados y todas las células de su cuerpo en alerta máxima. ¿Quién iba a salir por esa puerta? Y, lo más importante, ¿a qué iba a jugar?

La noche anterior apenas había dormido, ocupado como estaba repasando el trayecto de vuelta a casa. Cada palabra que ella había dicho, el significado oculto del beso delante del piso. ¿Se podía saber a qué estaba jugando Hannah? Él le había dicho, sin rodeos, que no iban a acabar en la cama. Que debería concentrarse en su director, porque entre ellos nunca podría haber nada más que una amistad.

¿Por qué todas esas declaraciones le parecían vacías a esas alturas?

Seguramente porque si ella salía de la habitación de invitados en ese momento y lo besaba, se postraría de rodillas y lloraría de gratitud.

«Hace conmigo lo que quiere».

Eso tenía que cambiar. Y deprisa.

¿O no?

Allí estaba, preparándole tortitas, con un buen montón de disculpas atascadas en la garganta por las cosas inexcusables que le había dicho.

«En ese caso, menos mal que no vamos a follar, porque después solo serías otro ligue más para mí».

¡Por Dios! No se merecía vivir después de mentir de esa manera.

O tal vez sí se merecía vivir con la expresión que vio en su cara y la certeza de que él se la había provocado. ¡Qué cerdo era! ¿Cómo se le había ocurrido? ¿Cómo se le había ocurrido decirle semejante asquerosidad a una chica que, quizá de forma imprudente, se preocupaba por él?

Se había pasado mucho tiempo intentando evitar la humillante expresión en la cara de una mujer cuando esta insinuaba que solo era una aventura o una diversión pasajera. La que Melinda puso hacía tantos años mientras estaba tumbada en la cama de su mejor amigo. Nunca creyó que vería esa expresión en la cara de Hannah, no hasta la noche anterior. No hasta que le confesó todo y su pasado casi lo obligó a huir del coche.

Si Hannah lo miraba alguna vez de esa manera, lo mismo podía sacarle el corazón del pecho. La traición de Melinda sería una tontería al lado de lo que le provocaría la decepción o el rechazo de Hannah. La mera posibilidad lo había obligado a lanzar el primer golpe. A decir algo para alejarla y protegerse a la vez.

¡Por Dios! Le había hecho daño.

Y tal vez ella había expresado ese dolor, pero... lo perdonó con el beso.

Con ese beso decidido y sin barreras.

Lo que lo devolvió a la preocupación que lo corroía. ¿Quién iba a salir de la habitación de invitados? ¿Su mejor amiga Hannah? ¿O Hannah con un plan? Porque el beso de la noche anterior, el que se la había puesto tan dura como una piedra, iba cargado de promesas. Le había acariciado la lengua sin titubear.

Como si quisiera hacerle saber que iba en serio. Que no pensaba cortarse. Y eso lo asustaba tanto como...

La esperanza cobró vida en su pecho.

Una esperanza peligrosa y ridícula que lo llevaba a plantearse preguntas como «¿Qué pasaría si...?».

¿Qué pasaría si se plantaba y se enfrentaba a la falta de respeto de su tripulación? ¿Si aceptaba algunas de las responsabilidades que evitaba con tanto ahínco?

Porque alguien que se mereciera a Hannah tendría que ser responsable. No él, ¿verdad? Solo... alguien. Quienquiera que fuese. No tendría un piso con una falta absoluta de carácter y de comodidades. Necesitaría ascender en su trabajo. Como pasar de segundo de a bordo a capitán. Pero eso solo era un ejemplo, porque no estaba pensando en sí mismo.

Ni mucho menos.

Asintió con un gesto firme de la cabeza y le dio la vuelta a la tortita. Pasaron unos 4,8 segundos antes de que mirara de nuevo hacia la puerta en busca de las sombras que pasaban por debajo. ¡Qué ridiculez echar de menos a alguien a quien había visto la noche anterior! Contando el día siguiente, se pasaría cinco más en el barco. Si la echaba de menos después de pasar una noche separados, ciento veinte horas iban a ser un dichoso inconveniente. A lo mejor debería empezar a practicar cómo bloquear esa emoción.

«No la echo de menos».

Se concentró en el escozor que sentía en el pecho.

Pues no había funcionado.

—Hannah —la llamó con un tono muy poco natural en la voz—, el desayuno.

Las sombras dejaron de moverse un momento antes de empezar de nuevo.

—Ahora mismo voy.

Soltó el aire al oírla.

Estupendo. Iban a fingir que lo de la noche anterior no había pasado. Iban a comportarse como si él no hubiera confesado las inseguridades que lo habían abrumado a lo largo de gran parte de su vida. Como si no hubiera revelado las burlas, al parecer inocentes, a las que lo sometía la tripulación. Ya se habían besado antes y lo había superado.

Esa ocasión no sería distinta.

¿Por qué el escozor que sentía en el pecho iba a más?

A lo mejor... no quería que lo superaran.

Cuando vio salir a Hannah del dormitorio, dejó la espátula en el aire y se quedó sin aliento mientras absorbía su aspecto como una aspiradora.

Ese día no llevaba moño. Se había dejado el pelo suelto. Liso, como si hubiera usado una plancha de esas. Y llevaba un vestido corto de color verde oliva en vez de los habituales vaqueros. Pendientes. Botas negras de ante que le llegaban hasta las rodillas, haciendo que el trozo de muslo que se le veía pareciera un postre.

«Tendría que habérmela cascado».

Ya era bastante duro estar a su lado a diario. ¿Pasar el día con ella en Seattle a sabiendas de que podría meterle mano fácilmente con ese vestido? Una tortura. Sería incapaz de parpadear sin imaginarse los tobillos ocultos por esas botas cruzados detrás de su espalda.

El olor a quemado lo obligó a volver al presente. Genial. Se había cargado la tortita. Se había casi carbonizado mientras se comía con los ojos a la chica que lo hacía plantearse comprar cojines y cortinas.

—Hola —lo saludó ella antes de darse un tironcito en uno de los pendientes.

—Hola —repitió él, que sacó la tortita quemada de la sartén con los dedos y la tiró a la basura antes de echar masa para hacer otra—. Estás muy bien.

«Y me gustaría tumbarte en el sofá y devorarte».

—Gracias.

Detestaba la tensión que crepitaba entre ellos. No tenía cabida. De modo que buscó la forma de erradicarla.

—¿Hasta qué hora te quedaste preparando la lista de reproducción para el viaje?

—Hasta muy tarde —contestó ella sin titubear, aunque hizo una mueca—. Pero no puedes culparme. Vamos a un estudio de grabación en la capital mundial de la música *grunge*. Estoy sobreestimulada. —Se sentó en uno de los taburetes de la isla de la cocina y apoyó la barbilla en un puño—. Lo siento, nene. Vas a acabar harto de Nirvana y de Pearl Jam antes de que llegue la tarde.

Ese «nene» quedó flotando en el aire como si fuera napalm, y casi quemó otra tortita. Ella procedió a buscar algo en el móvil, como si el apelativo cariñoso nunca hubiera brotado de sus labios, mientras que a él no dejaba de patearle el estómago. Él también la había llamado «nena», pero nunca de esa manera. Nunca... desde el otro lado de la isla de la cocina, a plena luz del día, con el olor del jarabe caliente en el aire. Era un ambiente hogareño. Hacía que se sintiera parte de una pareja.

¿Ese era el plan de Hannah? ¿Plantarse allí después de lo mal que se había comportado él la noche anterior y... quedarse sin más? No solo en el piso, sino con él. Con su vínculo intacto. Inquebrantable. Porque el hecho era que ella conocía todas y cada una de sus facetas, por dentro y por fuera, y seguía allí sentada... Y eso tenía su efecto. El alivio y la gratitud que lo abrumaron eran enormes. Una sensación maravillosa. Y le dolía físicamente no abrazarla en ese momento. No devolverle el apelativo y acurrucarse con ella para darle los buenos días. No preguntarle por sus sueños. La noche anterior en el bingo se había metido en el papel de novio, y le asustaba un poco lo bien que se había sentido. Tomarla de la mano, reírse y bajar la guardia.

Cuanto más pensaba en ese último beso de la noche anterior, más le parecía una promesa. ¿De que ella no pensaba darse por vencida con él? ¿O de la posibilidad de estar juntos?

¿De verdad había pronunciado las palabras «No volveré a besarte»?

En plan, ¿decirlas en voz alta?

Esa promesa le resultaba totalmente ridícula a la luz del día. Sobre todo cuando la vio comerse un trocito de la tortita que él había preparado y soltar un gemido ronco de placer por el sabor antes de pasar un dedo por el jarabe del plato y llevárselo a la boca. Para chupárselo con fruición.

¿Era peligroso conducir un vehículo a motor cuando la tenía tan dura?

—Sé perfectamente lo que estás haciendo, Hannah.

Ella levantó la cabeza, sobresaltada, la viva estampa de la inocencia.

—¿A qué te refieres?

—El vestido. Llamarme «nene». Intentas seducirme para que piense... que este tipo de mañanas pueden ser normales para mí.

—¿Funciona? —le preguntó ella, que lo miró un instante con seriedad mientras seguía comiendo.

No podía contestar. Solo atinaba a imaginarse a Hannah allí sentada todas las mañanas. De forma indefinida. Sabiendo que estaría allí. Sabiendo que ella quería estar allí.

Con él.

—Puede, sí —admitió con voz ronca.

Sorprendida por su confesión, Hannah dejó de masticar y tragó con dificultad. Se tomó unos segundos para recuperarse mientras se miraban por encima de la isla.

—Eso es bueno.

De repente, sintió la abrumadora necesidad de apoyar la cabeza en su regazo. De rendirse, porque su voluntad estaba bajo mínimos en ese momento, y dejar que hiciera con él lo que quisiera. Se había despertado con la determinación de mantenerse firme, de recordar todos los motivos por los que ser parte de una pareja con Hannah no estaba sobre la mesa. Casi habían escapado de esa visita sin heridas. Hannah, sobre todo. Faltaba menos de una semana para que se fuera..., y él estaría faenando la mayor parte de ese tiempo. Darle falsas esperanzas en ese momento podría acabar haciéndole daño, y antes se ataba un ancla a los pies y saltaba por la borda.

Aunque la voluntad le flaqueaba.

Las posibilidades empezaban a asaltarlo cada vez con más frecuencia.

Todavía escuchaba una voz terca en la cabeza que le insistía en que ella se merecía algo mejor que un mujeriego sin responsabilidades que había estado yendo de cama en cama desde el instituto. Pero cada vez le parecía más lejana al enfrentarse al... compromiso que ella parecía haber establecido con él. ¿Era eso? Él había puesto todas las cartas sobre la mesa. La noche anterior se había arrancado un pedazo de piel y se había expuesto. Pero allí estaba Hannah, sin ceder un milímetro. Estaba allí sin más. A su lado. Permanente. Y empezaba a darse cuenta de que el compromiso era recíproco. Lo había formado hacía ya bastante tiempo. Por ella, ¿no? En algún momento, había empezado a pensar en ella como suya. No solo como su amiga, su novia o su fantasía sexual. Su... todo.

Y en cuanto lo admitió en su fuero interno..., quemó otra tortita. Aunque lo más importante fue que la sensación de que el sitio de Hannah estaba a su lado, de que estaban destinados a estar juntos, enraizó.

Razón por la que, unas horas más tarde, cuando entraron en el estudio de grabación y varios integrantes del grupo miraron a Hannah con interés, le echó un brazo por encima de los hombros y casi gruñó: «Apartaos, ya está pillada».

Hannah se quedó prendada de Alana Wilder de inmediato.

La vocalista de los Unreliables estaba en la cabina de grabación cuando entraron en Reflection Studio, y el sonido de su ronca voz electrificaba el ambiente y la mantenía a ella hechizada. Se acercó al cristal como si estuviera hipnotizada, con la piel de gallina por la emoción, imaginándose ya las palabras de Henry cantadas a la multitud por la garganta de la voluptuosa pelirroja.

Antes de que pudiera pegar una mano al cristal, como si así tocara la música, la calidez de Fox la rodeó y su pulgar le acarició el brazo desnudo arriba y abajo. Sintió un hormigueo hasta la punta de los pies y sus folículos capilares suspiraron, contentos. ¡Ay, por favor! Se había equivocado. Viajar al paraíso de la música *grunge* no era sobreestimulante.

Aquello sí lo era.

Con el estómago encogido por la emoción, echó la cabeza hacia atrás para mirar a Fox con expresión interrogante y descubrió que él miraba con irritación algo situado a un lado de la mujer que cantaba la letra como si hubiera nacido de la magia.

Siguió su mirada y descubrió un sofá ocupado por tres músicos, uno con una guitarra; el segundo con un bajo en el regazo, y el tercero con un violín que parecía haber vivido tiempos mejores.

—¿Eres la chica de la productora? —le preguntó el violinista.

—Sí. —Estiró el brazo y echó a andar hacia el trío, aunque se descubrió moviéndose a la par que Fox, que en ese momento le había puesto la mano en la base de la espalda.

—Esto... Soy Hannah Bellinger. Encantada de conoceros.

Le estrechó la mano al guitarrista y al bajista, y se percató de que a los dos les hizo gracia que Fox se quedara tras ella como un guardaespaldas.

—¡Vaya! —susurró al tiempo que señalaba con la cabeza hacia la cabina de grabación—. Es increíble.

—¿A que sí? —Eso lo dijo el bajista, que tenía un ligero acento caribeño—. Nosotros solo somos el decorado.

—¡Ah! No me lo creo. —Se echó a reír al oírlo.

—Y ahora también vamos a dejar de serlo contigo aquí. —El violinista se puso en pie, la tomó de la mano y se la besó—. Eres mucho más agradable a la vista que nosotros, que somos tres esperpentos.

La carcajada forzada y cómica de Fox duró cinco segundos más que la del resto.

Ella se volvió y lo miró con una ceja levantada por encima del hombro.

«¿Qué te pasa?».

Al darse cuenta del ridículo que estaba haciendo, Fox tosió contra un puño y cruzó los brazos por delante del pecho, pero se quedó cerca. ¿Estaba celoso?

De no estar tan sorprendida, tal vez se habría sentido... ¿emocionada? La noche anterior había hecho mucho más que trabajar en la lista de reproducción de *grunge* que iba a dejar a todas las demás a la altura de la suela de un zapato. Mientras escogía canciones, su decisión de hacer cambiar de idea a Fox solo se había cimentado. No pensaba volver a Los Ángeles sin hacerle saber que era mucho más que un tío guapo con el que divertirse. Un hombre que todos esperaban que cumpliera un destino de mierda por la sencilla razón de que podía hacerlo. Eso no iba a suceder.

Y tal vez el hecho de que se sintiera celoso era un indicio sutil de progreso, ¿no? A lo mejor estar celoso por ella le demostraría que podía ir en serio con... alguien algún día.

Si, por ejemplo, ellos no estuvieran destinados a estar juntos.

Pasó de la espantosa quemazón que sintió en el pecho y se volvió.

—¿Habéis podido echarles un ojo a las canciones que os mandé anoche?

—Pues sí. Y no hemos pegado ojo trabajando en los arreglos.

—Te van a gustar —dijo el bajista con decisión, haciendo gala de la arrogancia de los músicos—. Sin dudarlo.

El violinista la miró con una expresión a caballo entre una disculpa y una mueca por su compañero.

—En cuanto Alana termine ahí dentro, repasaremos las salomas para asegurarnos de que te gustan.

Sonrió al oírlo.

—Sería estupendo, gracias.

El trío retomó su conversación, y ella se volvió hacia el cristal para observar a Alana, mientras Fox se colocaba a su lado.

—¿A qué ha venido eso? —le preguntó en voz baja.

—¿A qué ha venido el qué?

—Te estás comportando de forma muy rara.

—Te estoy ayudando. Te miraban como si acabara de entrar por la puerta una tarta de cumpleaños de diez pisos. —Fox no había conseguido hablar con indiferencia, y se llevó una mano nerviosa al mentón para frotárselo—. Los músicos son de lo peor, todo el mundo lo sabe. Ahora te dejarán tranquila. De nada.

Hannah asintió con la cabeza mientras fingía que lo tomaba en serio.

—Lo entiendo. —Pasaron unos segundos en silencio—. Gracias por la consideración, pero no hace falta. No necesito que interfieras. Si le intereso a alguien, ya me ocuparé yo.

A Fox le apareció un tic nervioso en un ojo.

—¿Cómo te vas a ocupar?

—Pues decidiendo si me interesa o no. Soy capaz de hacerlo yo solita.

La miró como si la tuviera bajo el microscopio.

—¿Por qué me haces esto?

Soltó una carcajada al oírlo.

—¿Qué te hago? ¿Destapar tu farol? —Se percató de que Fox apretaba con fuerza los dientes y de que en sus ojos había un brillo desdichado—. Si estás celoso —siguió en voz baja—, dilo sin más.

Varias emociones contradictorias libraron una batalla en la cara de Fox. Precaución. Frustración. Y después se dio por vencido y se plantó delante de ella con una sinceridad absoluta.

—Pues sí que estoy celoso, joder. —Parecía tener dificultades para llenarse los pulmones de aire—. Eres... mi Hannah, ¿sabes?

Ella intentó por todos los medios no estremecerse ni demostrar lo que sucedía en su interior. Pero tenía una noria girando a toda velocidad en el estómago. ¿De verdad acababa de decir Fox eso en voz alta? Una vez que lo había hecho, una vez que estaba al descubierto, no podía llevarle la contraria. Era

suya desde hacía seis meses. «Que no se te vaya la pinza y aca-
bes poniéndolo a la defensiva de nuevo».

En cambio, se puso de puntillas.

—Sí, lo sé —susurró contra su boca.

Fox soltó un suspiro aliviado y fue recuperando el color.
Parecía estar a punto de hacer otra gran confesión, de decir algo
más, mientras el pecho le subía y le bajaba con fuerza. Lo vio
humedecerse los labios mientras le recorría la cara con la mirada. Pero antes de que pudiera pronunciar una sola palabra, la
puerta de la cabina de grabación se abrió de golpe y Alana salió
en tromba a la zona de descanso.

—Muy bien, gente. —Dio dos palmadas—. Vamos a hablar
de salomas antes de que estos dos se enrollen, ¿de acuerdo?

Lidiar con el síndrome del impostor a renglón seguido de la
confesión de Fox no fue tarea fácil. Hannah tenía la sensación
de que tiraban de ella en diferentes direcciones, muy consciente del hombre que tenía al lado, como una columna, con
esa energía expuesta que vibraba cual nervio a flor de piel, al
mismo tiempo que observaba cómo cobraba vida su visión
artística.

¿Quién era ella para dar su opinión sobre los arreglos mu-
sicales?

Sin embargo, después del tercer pase, había algo que no
funcionaba con el estribillo de «La recompensa del marinero».
Se aplanaba a mitad, y como oyente su interés también flaqueaba cuando en realidad debería estar absorta. El grupo parecía satisfecho con su trabajo y, por favor, eran buenísimos.
Mucho mejores de lo que habría esperado con tan poca prepa-
ración. ¿Por qué no darles las gracias y seguir adelante?

Estaba de pie junto a Fox en un rincón de la sala de control, oyendo la grabación de la canción en el altavoz, mientras que al otro lado del cristal el grupo se preparaba para pasar a la siguiente canción. Estaban repasando los versos individualmente.

¿Podía interrumpir el proceso con una opinión que tal vez fuera del todo errónea?

—Diles lo que te preocupa sin más —le susurró Fox al oído antes de darle un beso en la sien—. Te arrepentirás si no lo haces.

—¿Cómo sabes que me preocupa algo?

Él la observó con detenimiento, como si estuviera luchando contra el peso de su afecto, y casi le aflojó las rodillas en el proceso.

—Siempre tienes una expresión decidida en la cara cuando oyes música, como si intentaras meterte dentro. Ahora mismo parece que la puerta está cerrada y no puedes entrar.

—¡Ajá! —susurró al tiempo que sentía una punzada en el corazón. Era incapaz de decir nada más.

Fox le hizo un gesto con la cabeza y añadió con voz estrangulada:

—Échala abajo, Hannah.

La adrenalina le corrió por las puntas de los dedos, así como una enorme ola de gratitud. La urgencia se apoderó de ella, de modo que no esperó un segundo más. Se acercó al micrófono que había en la mesa de mezclas y pulsó el botón para hablar.

—Alana. Chicos. El estribillo de «La recompensa del marinero». Cuando llegamos a la parte de «El viento cambié por ella», ¿podemos hacer una pausa y adornarlo un poco? ¿Qué os parece si alargamos la palabra «viento» en una armonía a cuatro voces?

—Para que suene como el viento —replicó Alana con el ceño fruncido por la concentración—. Me gusta. Vamos a probarlo.

Hannah soltó el botón para hablar y exhaló el aire con una euforia que la recorrió de la cabeza a los pies. Cuando se echó hacia atrás, sabía que acabaría contra el cálido torso de Fox, y sus dedos se entrelazaron como la música, rivalizando con la emocionante y nueva versión del grupo de «La recompensa del marinero».

Estaba en lo cierto. Con ese cambio, la canción era la bomba.

Después de aquello, el día fue a las mil maravillas.

Los Unreliables le hicieron un flaco favor a su nombre. En su cabeza, a partir de ese momento los llamaría los Reliables, porque se podía confiar en ellos al cien por cien, aunque tenía la sensación de que se ofenderían si los legitimaba, de modo que se lo calló.

Sentada junto a Fox en un viejo diván, escuchó al grupo cantar las canciones de su padre sobre la mar, la tradición, la pesca y el hogar. En un momento dado, Fox se levantó para regresar con pañuelos de papel, y fue entonces cuando se dio cuenta de que tenía los ojos llenos de lágrimas.

Parecía un topicazo, pero les habían insuflado vida a las palabras, habían conseguido que bailaran sobre el papel, las habían imbuido de pena, de optimismo y de lucha.

Era como si Alana sintiera cada nota, como si hubiera conocido a Henry en persona y como si hubiera vivido los triunfos y las tragedias de sus canciones con él. El grupo se anticipaba a ella y se ajustaba a la improvisación, elevándola, apoyándola mientras ella tejía con la voz. Magia. Eso era lo que se sentía al formar parte del proceso creativo. Como oyente obsesiva de música, Hannah siempre se había beneficiado de esa inventiva desde que tenía uso de razón, acurrucada en los mundos que se sucedían dentro de sus auriculares, pero siempre la había dado por sentada. Ya no se imaginaba haciendo lo mismo.

Pidieron que les llevaran comida al estudio, y los integrantes del grupo les contaron a Fox y a ella anécdotas de sus bolos. Al menos, hasta que descubrieron que Fox era pescador de cangrejo real, porque después de eso solo querían oír sus historias. Y él los complació. Mientras le acariciaba la base de la espalda con el pulgar, Fox les contó las veces que había estado en peligro, las peores tormentas que había visto y las bromas que se gastaban los tripulantes.

En el siguiente pase, la interpretación de Alana fue todavía más colorida. Fox y ella observaron cómo sucedía desde el otro lado del cristal, con el brazo de Fox sobre sus hombros mientras la pegaba a él. Se lo echó por encima como si estuviera poniendo a prueba el gesto, como si los estuviera poniendo a prueba a ambos, y después esbozó una sonrisilla torcida y la abrazó con más confianza.

—Tus historias han hecho eso —consiguió decir ella mientras señalaba a Alana con la cabeza antes de mirar a Fox, que la miraba a su vez—. ¿Captas el tono de peligro en su voz? Tú la has inspirado. La canción es más rica gracias a ti.

Fox la miró, estupefacto, antes de inclinarse despacio para besarla en los labios. Mientras sus costados se tocaban, dejaron que la música los envolviera.

Hannah quería quedarse y oír cómo grababan toda la maqueta, pero Fox tenía que zarpar por la mañana, así que se despidieron con abrazos, buenos deseos para la gira y la promesa de que le mandarían las grabaciones digitales al día siguiente. No se dio cuenta de que tenía los dedos entrelazados con los de Fox hasta que casi habían llegado a su camioneta. Por encima de sus cabezas las nubes empezaban a concentrarse en el cielo vespertino, como era habitual en Seattle, mientras los transeúntes llevaban paraguas preparados para la humedad que se acumulaba en el ambiente.

La conversación que habían mantenido antes acudió a su mente con absoluta claridad, y la expresión pensativa de Fox le indicó que él también la estaba recordando. ¿La retomarían donde la habían dejado?

Lo dudaba. Fox fingiría que nunca había pasado. Como esa mañana, cuando había intentado pasar de puntillas por la importancia de la noche anterior al prepararle tortitas y saludarla con tanta tranquilidad.

Fox apretó el botón del mando para abrir el coche y después le abrió la puerta del acompañante para que ella subiera. Antes de que pudiera soltarle la mano y meterse en la camioneta, él la sujetó con fuerza y le impidió agacharse.

—Si te apetece dar un rodeo... —dijo al tiempo que le acariciaba uno de los mechones agitados por el viento y se lo colocaba detrás de la oreja—. Me gustaría llevarte a un sitio.

Tenía su cara tan cerca, con un brillo tan azul en los ojos y su cuerpo estaba tan en sintonía con su tamaño, su calidez y ese aroma tan masculino, que si le pidiera nadar hasta Rusia con él, habría jurado intentarlo con todas sus fuerzas.

—Muy bien —susurró, porque confiaba en él plenamente—. Vamos.

20

Fox siempre se había enorgullecido de no tomarse nada en serio.

El recuerdo de su fallida reinvención todavía le ardía en el pecho como una marca a fuego, de modo que se había pasado años esforzándose por representar una identidad que tal vez lo quemara incluso más, pero que al menos se le daba bien. Era lo que todos esperaban, y así no habría más sorpresas dolorosas.

Y en ese momento iba a abrirse por completo, a exponerse a un montón de posibilidades que no podía controlar. Porque estaba enamorado de Hannah. Un amor ridículo, incontrolable y desbocado que se le enroscaba en el pecho y que le provocaba un hormigueo en los dedos. Bien podía asumirlo: había empezado a enamorarse el verano anterior. ¿Y en ese momento? Pues en ese momento se había caído de culo y tenía pajarillos dándole vueltas alrededor de la cabeza como en los dibujos animados.

Le encantaba su sentido del humor, su tenacidad, su valor, su forma de defender a las personas que amaba como un soldado en plena batalla. Le encantaba que no rehuyera temas espinosos, aunque en ese momento a él lo asustaran. Su férrea voluntad, esa costumbre tan suya de cerrar los ojos y murmurar letras de canciones como si la estuvieran bautizando. Le encantaba su cara, su cuerpo, su olor. Se le había metido dentro, se había convertido en parte de sí mismo antes de darse cuenta de lo que sucedía, y en ese momento...

No quería dejarla salir. Quería seguir envuelto en su bondad.

Y, por Dios Bendito, bien podría estar cruzando el Gran Cañón del Colorado sobre una cuerda floja. Según su experiencia, lo único que conseguía al intentar algo ajeno a sus capacidades era el fracaso. Que lo golpearan y lo devolvieran a la casilla de salida. Pero mientras estuvieron sentados en el estudio de grabación, con Hannah apoyada contra él como si ese fuera su sitio (y había sido una sensación maravillosa, joder), había empezado a preguntarse de nuevo y si... Y si...

Ella regresaría pronto a Los Ángeles, de modo que tenía que obtener lo antes posible una respuesta a esa incógnita. O se despertaría una mañana y la metería en un autocar que la alejaría de su vida, y la simple idea le helaba la sangre.

Mientras se acercaba a la verja y le daba veinte dólares al guardia, seguía sin tener claro ese «y si», pero sí tenía una confianza absoluta en la capacidad de Hannah para sonsacarle cosas si él se lo permitía. Si de verdad renunciaba a sus últimas defensas, ella lo guiaría. Porque era el ser más extraordinario, cariñoso e inteligente que había sobre la faz de la tierra, y la quería tanto que a veces perdía la capacidad de raciocinio.

—¿Adónde me llevas? —Lo miró un momento, apartando la vista del parabrisas, mientras iban dejando atrás la vegetación a cada lado del coche, envueltos en el atardecer—. Me encantan las sorpresas. Piper me organizó una fiesta sorpresa cuando cumplí los veintiuno, y tuve que encerrarme en el baño porque mis lágrimas de felicidad avergonzaron a todo el mundo.

Sonrió porque no le costó nada imaginarse la escena.

—¿Qué te gusta exactamente de las sorpresas?

Ella se dio un tironcito del bajo del vestido, haciendo que la mirase.

—Supongo que el hecho de que alguien haya pensado en mí. Que quiera hacerme sentir especial. —Se mordió el labio y lo miró de reojo—. Seguro que tú las odias, ¿verdad?

—No. —En circunstancias normales, no habría añadido nada más, pero esa noche no iba a ser simpático, esquivo ni fácil. Iba a desenterrar las palabras que tenía en el fondo de la mente y las iba a pronunciar. A partir de ese preciso momento. Y cada vez que se frenara, pensaría en subir a Hannah a un autocar. Tal vez no tuviera una solución en mente, dado que retenerla en Westport (¿solo por él?) parecía poco probable, pero cuando le dejaba claro lo que pensaba, siempre se sentía más cerca de ella, se sentía mejor, de modo que no podía equivocarse—. Hannah, tú eres una sorpresa. ¿Cómo voy a odiarlas? —Carraspeó con fuerza—. Aunque te conozca, eres una sorpresa constante.

El silencio se alargó poco a poco.

—Has dicho algo precioso.

Sintió que más palabras le presionaban la garganta, queriendo salir, pero la verdadera sorpresa empezaba a verse, y quería captar la reacción de Hannah.

—En fin. Veremos si hoy podemos reducir al mínimo las lágrimas. —Aparcó a varios metros de la instalación artística, rodeó la camioneta por detrás para abrirle la puerta y le ofreció la mano—. Vamos, Pecas.

Ella le puso los suaves dedos sobre los suyos, mientras fruncía el ceño al ver las enormes torres de acero, con el lago Washington de fondo. A esa hora del día, eran los únicos allí, lo que le confería a la atracción un aire abandonado y solitario. Era irónico, porque jamás se había sentido menos solo. Mucho menos cuando la tomaba de la mano.

—¿Qué es este sitio?

—Es el Jardín del Sonido —le contestó al tiempo que la guiaba hacia el agua—. Diseñaron las torres de modo que, cuando sopla el viento, crean música.

La observó con detenimiento y vio la transformación de su cara, que adoptó una expresión maravillada al oír la primera nota ululante que recorría las torres, una emotiva melodía que lograba suavizar el ambiente, engrosándolo como si estuvieran dentro de una de esas bolas de cristal con nieve, mientras su entorno se movía muy despacio. Las crestas de las olas, las nubes e incluso el movimiento de su pelo parecían viajar a un ritmo distinto, mucho más lánguido.

A diferencia de su propio corazón, que quería salírsele del pecho.

—¡Dios mío! —la oyó exclamar y vio que tenía los ojos brillantes—. No me puedo creer que esto esté aquí, sin más. ¿Y yo no tenía ni idea? Fox, es... increíble. —Un silbido agudo cruzó el viento, y ella cerró los ojos mientras soltaba una carcajada—. Gracias. ¡Es genial!

Él miró sus dedos entrelazados, y eso le dio la fuerza que necesitaba.

—Quise traerte aquí el verano pasado. El fin de semana que fuimos a la exposición de vinilos. Pero me dio miedo sugerirlo.

Hannah abrió los ojos y lo miró fijamente.

—¿Miedo? ¿Por qué?

Se encogió de hombros antes de contestar.

—Fuiste a Westport por tu hermana. Fue un acto muy altruista, trabajar en el bar y vivir en ese polvoriento piso y... te merecías un día solo para ti. Pero ya me había pasado un montón de tiempo investigando esa exposición, buscando algo que te gustase. Me preocupaba que si te enseñaba el Jardín del

Sonido además de llevarte a la exposición, quedaría claro lo que sentía. Acabar enseñándote mis cartas.

Jamás habría una imagen más hermosa que la de Hannah allí de pie, en la orilla, brillando por el atardecer mientras el viento le agitaba mechones de cabello contra los labios.

—Enseñándome tus cartas —repitió ella mientras parpadeaba.

«Sigue. Confiésalo todo. Piensa en Hannah volviendo a Los Ángeles», se dijo.

—Estaba coladito por ti, Hannah. Si no te diste cuenta en la exposición, creía que lo del disco de Fleetwood Mac te lo dejaría claro. —Se le quebró la voz—. Estoy colado por ti, Hannah. De verdad. —Soltó el aire—. Hasta las cejas. He intentado no dejarte entrar. —Se golpeó el pecho con el puño libre—. Pero no te vas. No vas a irte nunca. Jamás.

—Fox... —susurró ella con voz trémula, y su voz se mezcló en absoluta armonía con el sonido ululante de las torres—. ¿Qué tiene eso de malo?

—¡Dios! Hannah... ¿Y si no soy lo que necesitas? ¿Y si todo el mundo lo sabe menos tú? ¿Y si te das cuenta de que es verdad y te consigo..., solo para perderte después? Eso me mataría, joder. No sé qué hacer...

—Es que yo también estoy coladita por ti.

Se le escapó todo el aire que tenía en los pulmones de golpe, dejándolo solo con los atronadores latidos de su corazón.

—Si le hubieras dicho que sí a Sergei, habría enloquecido, Pecas. ¿Lo sabes? Te habría suplicado de rodillas que no lo aceptaras. Me he estado volviendo loco mientras esperaba que destaparas mi farol...

—No se me habría ocurrido decirle que sí. —Ella le apretó la mano con más fuerza—. Solo era un encaprichamiento tonto, pero incluso eso..., incluso eso desapareció. Y, en realidad, me estaba aferrando a la idea de ese enamoramiento, para no verme obligada a admitir que lo sabía. Que sabía muy bien por qué me habías regalado ese disco.

El alivio estuvo a punto de tirarlo al suelo, pero Fox se aferró a la precaución.

—Y lo que significaba te asustaba. Como es normal hacerlo. Yo debería asustarte, Hannah. No sé cómo hacer esto. —Rebuscó entre las telarañas que tenía en el pecho en busca de la verdad para contársela—. Me he acostumbrado a que todo el mundo me tenga por este... este puto degenerado. Alguien con quien echar un polvo increíble. Para pasar un buen rato y nada más. Pero si... Hannah, te juro por Dios que no soporto la idea de que duden de mí contigo. Me destrozaría. ¿Lo entiendes? Que la gente esté a la espera de ver cuándo voy a cagarla. Eso no lo soportaría. Que pronuncien tu nombre con lástima porque estás conmigo. Ya me los imagino: «Se ha vuelto loca. Nunca va a sentar cabeza. No es hombre que se conforme con una sola». Querrás morirte cuando los oigas decir esas mierdas. Es una forma de humillación que no puedo tolerar. No cuando se refiere a ti.

Hannah respiraba como si acabara de nadar diez kilómetros.

—Fox, si estuviéramos juntos, lo único importante sería mi confianza. Y la tendrías por completo. Sé quién eres. Si otras personas no se han molestado en mirar más detenidamente, ellos se lo pierden. Problema suyo, no nuestro.

Tragó saliva para aliviar el puño que le obstruía la garganta.

—¿Confiarías en mí?

—Sí.

El hecho de que pareciera enfadada con él por preguntárselo siquiera le provocó tal nudo en la garganta, tal veneración, que estuvo a punto de ahogarse.

—No sé qué implica eso de intentarlo para nosotros. Solo sé que quiero hacerlo.

—¡Ay, Fox! —susurró ella, que se acercó a él hasta que sus torsos se tocaron antes de ponerle una fría mano en la mejilla—. Llevamos todo este tiempo intentándolo.

Era imposible no besarla después de eso.

Mientras el corazón se le rompía y se le recomponía en la caja torácica, inclinó la cabeza hasta que sus bocas se tocaron y le suplicó con la lengua y con los labios que lo salvara del océano en el que había estado existiendo sin ella durante tanto tiempo.

El beso de Fox fue como el azote de una tormenta.

Hannah todavía no había recuperado el aliento después de todo lo que se habían dicho, y desde luego no iba a tener la oportunidad de hacerlo en ese instante. Fox estaba desatado, ya no se interponía nada entre ellos, y, por Dios, se alegraba mucho de haberse obligado a esperar hasta el momento indicado para dejar que la presa se rompiera.

Su beso era sincero, salvaje e insaciable, tan real como la lluvia que empezaba a caer a su alrededor, mojando la tierra mientras el viento chillaba a través de las estructuras del jardín, atrapándolos en el centro de un campo de fuerza.

Él le había metido las manos en el pelo, como si estuviera desesperado por tocar todos y cada uno de sus mechones mientras la devoraba. Había estado conteniéndose o tal vez había adoptado su fachada de mujeriego para parecer que no lo afectaba. Pero eso había desaparecido, había caído como un velo, y su anhelo estaba desnudo, en todo su esplendor. Y ella lo correspondía, se agarraba a sus fuertes y húmedos hombros, se amoldaba a las caricias de su lengua. Las manos de Fox le recorrieron la columna hasta llegar a la base de la espalda, donde empezó a levantarle el vestido poco a poco, dejándola al descubierto.

El beso se tornó más lento un momento, mientras él le hablaba con los ojos: «¿Puedo?».

Ella ya asentía con la cabeza, con la piel ardiendo, convencida de que si no la tocaba, si no la tocaba por entero en ese mismo segundo, se derretiría sobre el suelo con la lluvia. Pero Fox no permitió siquiera que eso pudiera suceder, ya que le metió esas grandes y hábiles manos por debajo de las bragas, asiéndola por el trasero, adueñándose de él con un firme apretón.

—Me muero por hacer esto desde hace meses —masculló él contra sus labios, masajeándole el culo con las manos—. Llevo queriendo meterle mano, verlo sobre mi regazo...

—Ahora parece el momento ideal —susurró ella con la respiración entrecortada.

—¡Qué va! —Echó a andar hacia el coche haciendo que ella avanzara de espaldas mientras añadía con voz seductora e hipnótica—: Quiero verte esa preciosa cara la primera vez que te haga mía. —Se apoderó de su boca con un beso brusco y húmedo—. ¿Voy a hacerte mía ahora, Hannah?

Tocó el lateral del coche con la espalda, y gimió al sentir ese duro y musculoso cuerpo contra ella, la caricia de su mano en la cadera, allí donde sus cuerpos se tocaban, mientras sus dedos amenazaban con metérsele por la parte delantera de las bragas.

—¿Vas a dejar que te toque esta vez o me rechazarás de nuevo? —Esos dedos le tocaron el pubis—. Si no quieres, paramos. Ya soy un experto en esperarte, joder. —Abrió la boca y se la pegó a la garganta, derramando su cálido aliento sobre la piel—. Esperar por ti es lo mejor que he hecho nunca.

—No quiero esperar. Nada de esperar, no.

Él se echó a reír y le lamió la piel hasta llegar a la oreja, y cuando le dio un mordisco, casi se le aflojaron las piernas. ¿Lo que se oía eran sus dientes castañeteando? No tuvo la oportunidad de sentirse avergonzada ni de averiguarlo, porque Fox se apoderó de su boca una vez más en un torbellino de sensaciones, mientras esos largos y hábiles dedos se deslizaban despacio, despacísimo, hacia su sexo. Se detuvieron justo antes de llegar a la mejor parte y la torturaron con livianas caricias que le provocaron una oleada de calor hasta los pies. Cuando estaba a punto de suplicarle que la tocase más abajo, Fox se apartó para verle la cara y le separó los labios con el dedo corazón a fin de acariciarle el clítoris.

—¡Ay, nena! —Se mordió el labio inferior—. ¿Esto tan dulce está mojado por mí?

—Sí —consiguió decir mientras acuñaba una nueva frase.

«A muerte por Fox».

Jamás permitiría que su sexualidad innata lo definiera, pero fingir que no era muy habilidoso sería inútil. Porque, madre del amor hermoso, blandía dichas habilidades como una espada. Sabía dónde tocarla, cómo hablarle, comprendía las virtudes del ritmo, y su cuerpo lo apreciaba más que ninguna otra cosa en el mundo. Se estaba mojando tan deprisa que temblaba entre Fox y el coche. Y él lo sabía. Lo veía clarísimo en la absoluta confianza del dedo que le acariciaba el clítoris, al que se unió un segundo para presionar con más fuerza, haciendo que echara la cabeza hacia atrás y se le escapara un gemido que la sacudió por entero.

—¡Ay, Dios mío! —dijo con voz entrecortada.

Fox la miró a los ojos y le arrancó las bragas de un tirón.

—Y ni he empezado, Hannah.

Se dejó caer de rodillas delante de ella, en la blanda tierra, mientras la lluvia resbalaba por su pelo rubio oscuro y le mojaba las mejillas. Y parecía darse cuenta de que ella estaba a punto de alejarse flotando en una nube de lujuria jamás conocida, porque le colocó un brazo por delante de las caderas, pegándola con fuerza al coche, y le metió la cara entre los muslos, hundiéndose en ella, penetrándola y acariciándole con la lengua la entrada a su cuerpo.

Sin dejar de observarla en ningún momento, sin perderse ni un segundo de su reacción a esa primera y perfecta fricción, Fox gimió, con las pupilas dilatadas, y tensó el brazo contra su abdomen.

La absoluta carnalidad que demostraba él le dio permiso para acariciarse los pechos a través del corpiño del vestido, pasándose las palmas por los endurecidos pezones y disfrutando al ver que la observaba con los ojos oscurecidos por el deseo. Arqueó la espalda y permitió que Fox le levantara un pie y se lo apoyara en un hombro para profundizar con cada caricia de su ansiosa lengua, mientras le chupaba el sensible botón con los labios despacio, rítmicamente, hasta que ella empezó a estremecerse, a palpitar, y se le nubló la vista mientras sacudía la cabeza de un lado a otro.

—¡Ay, por Dios! Voy... —susurró y el sonido acabó convertido en un gemido mientras le metía los dedos en el húmedo pelo a Fox—. Ya... Voy a ... Me... Me corro.

Como si no estuviera ya haciendo bastante, haciendo todo el trabajo, él eligió el momento de su confesión para penetrarla con los dedos índice y corazón. Hasta el fondo. Hasta ese instante, le había encantado la sutileza de sus caricias, pero sin saberlo siquiera, había ansiado ese trato brusco. Aunque él sí lo sabía. Lo sabía todo de todo y, ¡ay, Dios!, ¡qué bien que usaba ese conocimiento! Se puso de pie en mitad del orgasmo para meterle los dedos hasta el fondo mientras ella se estremecía. Dentro y fuera, deprisa. Sin rastro de delicadeza. Sentía esa boca sobre la suya, gruñendo, mientras su flujo empapaba esos dedos gruesos y el cielo se derramaba sobre ellos.

—Fox —murmuró, agarrada a sus hombros, casi alarmada por la intensidad del temblor de sus piernas, mientras su cuerpo se tensaba y se relajaba en torno a sus dedos, que seguían penetrándola despacio, muy despacio, al tiempo que el orgasmo llegaba a su fin.

Sin embargo, de alguna manera, no era suficiente. El mejor orgasmo de toda su vida no era suficiente. Nada físico volvería a ser suficiente sin él, sin todo él, jamás en la vida. Esa certeza inamovible se afianzó en su interior mientras sus bocas se fundían, se devoraban, mientras le recorría el estómago con los dedos para desabrocharle el cinturón.

—Te necesito. Te necesito.

Fox le atrapó la mano y se la colocó sobre la erección para que lo acariciara mientras le mordisqueaba el labio inferior y le daba un tironcito.

—Estoy listo. Llevo ardiendo mucho tiempo. —Se bajó la cremallera y plantó ambas manos en el techo del coche—. Tócame. Por favor. Apriétamela con la mano y acaríciamela con fuerza. Cáscamela.

¿Cómo?

¿Cómo era posible que siguiera mojándose? Acababa de tener el orgasmo de su vida.

Por su forma de mirarla, ese era el motivo. La cruda sinceridad de sus palabras, el descarnado movimiento de sus caderas cuando se la rodeó con la mano y empezó a acariciársela. Con fuerza, como él le había pedido. Empezó a jadear cuando lo sintió ponerse todavía más duro, aunque pareciera imposible, haciendo que su mano se llenara todavía más.

—¡Ay, Dios! —murmuró ella antes de poder contenerse.

Un atisbo de la conocida fanfarronería apareció en sus ojos azules, y eso hizo que el corazón se le desbocara.

—Nena, por favor... —Fox se humedeció los labios y un gemido brotó de su garganta, concentrado como estaba en las caricias de su mano, en su forma de movérsela arriba y abajo, tocándolo de forma tan íntima—. Ya sabías que iba a ser enorme.

Se le escapó una carcajada ahogada al oírlo, y él también se echó a reír, aunque el ronco sonido pronto se convirtió en ardientes jadeos contra su frente, en órdenes susurradas para que fuera más deprisa. Más deprisa, y más..., hasta que contuvo la respiración y estiró un brazo para abrir la puerta trasera.

—Dentro —gruñó, y sin esperar a que lo obedeciera abrió la puerta de un tirón y le rodeó la espalda con un brazo para arrastrarla al interior, y no se detuvo hasta que la tuvo tumbada de espaldas en el asiento, casi rozando la puerta contraria con la coronilla.

Se tumbó sobre ella, y sus bocas se besaron con frenesí mientras ella le buscaba el bajo de la camiseta con las manos y le subía la prenda, de modo que pudiera sentir su torso, tocarlo y besarle la piel desnuda. Fox se apartó un poco para hacer lo propio con su vestido y el sujetador, con toda la ropa, que acabó tirada en el suelo de la camioneta en cuestión de segundos; a excepción de los vaqueros que él llevaba, que se bajó hasta las rodillas con manos ansiosas sin dejar de besarse con ardor en ningún momento.

—Tengo que sacar un condón o la liamos —dijo él entre beso y beso, mientras movía las caderas entre sus muslos y le recorría el cuello con los labios—. Para que conste, no había planeado hacer esto en el asiento trasero de mi camioneta.

—¡Ah! ¿Pensabas que podías traer al lugar más romántico del mundo a alguien como yo y que no querría arrancarte la ropa?

A Fox se le escapó una carcajada entrecortada mientras buscaba en la cartera que acababa de sacarse del bolsillo de los vaqueros.

—Lo único que había planeado era decirte lo que siento y rezar para que te importase un poco. —Sostuvo en alto la cartera y empezó a sacar tarjetas de crédito una a una con manos temblorosas, dejándolas caer—. Esto es increíble, justo en el momento más importante soy incapaz de ir despacio.

Hannah tenía una lista de reproducción con trescientas ocho canciones de amor, y ni una sola podía describir ese momento al detalle. Ni siquiera se acercaba. Darse cuenta de que quería a ese hombre mientras él destrozaba su cartera en busca de un condón, con el pelo sobre los ojos y los músculos tensos bajo la tinta de los tatuajes y la fina capa de sudor. El atardecer derramaba una luz anaranjada sobre el interior de la camioneta, y sintió que ese intenso color también cobraba vida en su pecho, donde su corazón intentaba seguirle el ritmo al amor que florecía libre y desatado, de la misma manera que la tormenta primaveral creaba una especie de acogedor ruido blanco alrededor del coche.

«Lo quiero. Lo quiero».

En ese momento, Fox abrió el envoltorio del condón con los dientes y se lo puso sobre la enorme erección, con los músculos tensos a la anaranjada luz del atardecer y con la boca entreabierta mientras miraba ese lugar entre sus muslos con expectación, y la lujuria saltó al primer plano. En cuanto tuvo el condón puesto, se abalanzaron el uno sobre el otro, sin rastro de contención en sus besos. Estaban piel con piel, un curtido marinero pegado a su suavidad; la mano de Fox los separó un instante para colocar la punta de su erección contra la entrada de su cuerpo.

Y después la penetró con una lenta y dulce embestida, por fin.

Hannah siseó y le clavó las uñas en las caderas, cegada por la oleada de deseo descarnado que la recorrió y la tensó por entero.

—Sí —gimió—. Más.

Como si la sensación de estar dentro de ella fuera inesperada, Fox masculló un taco y plantó una mano contra la ventanilla que ella tenía por encima de la cabeza y que se estaba empañando con rapidez.

—¡Por Dios! ¡Qué estrecha eres! —Fox movió las caderas, alejándose de ella para penetrarla de nuevo, y emitió un gemido de dolor mientras se estremecía por completo—. No, joder. —Se tensó sobre ella—. No te muevas. No te muevas. No bromeaba cuando he dicho que no puedo ir despacio contigo. Y encima tienes que ser perfecta, joder...

—Yo no creo que vayas muy rápido —consiguió decir ella con un hilo de voz al tiempo que contraía los músculos a su alrededor, atrapándosela en su interior—. Mmm... Por favor, Fox.

—Para, Hannah. Para, por favor... —Como si no pudiera controlarse, la parte inferior de su cuerpo se apartó y avanzó de nuevo, llenándola despacio, rozando una serie de puntos por el camino, y ella gritó, haciéndole sangre en las caderas con las uñas—. Llevo tanto tiempo deseándote... —masculló él.

—¿Y crees que no me encanta? —Le deslizó las manos por el cuerpo hasta agarrar ese tenso trasero y se movió contra él para sentirlo más adentro a la par que alzaba las caderas, ganándose así un ronco gemido por parte de Fox—. ¿Crees que no me encanta sentir la prueba de lo mucho que me deseas?

—Si la quieres, te la daré —susurró él con voz jadeante mientras unía sus frentes y la besaba con pasión, acariciándola con la lengua—. Te daré lo que quieras, sea lo que sea.

—Demuéstrame las ganas que tienes.

Lo vio resoplar por la nariz y cerrar los ojos, pero después los abrió de nuevo con un brillo endemoniado. Y para ella fue maravilloso verse atrapada en esa determinación tan masculina. Fue maravilloso ver el gesto de su labio superior, sentir que esos brazos le rodeaban la cabeza, que esa boca quedaba a escasos centímetros de la suya.

—Dobla las rodillas, Hannah. —Lo sintió vibrar en su interior mientras se le dilataban tanto las pupilas que casi no se veía el azul de sus ojos—. A ver hasta dónde puedo llegar antes de que grites.

Spoiler: no hizo falta mucho.

Dobló las rodillas, obediente y ansiosa, rozándole las costillas y apretándole el torso. La siguiente embestida de Fox hizo que se le pusieran los ojos en blanco; la segunda consiguió que se retorciera por la confusión. ¿Cómo era posible que llegara a un punto en su interior que parecía desbloquear una fuerza desconocida? Empezó a sentir una presión en lo más hondo, tensándola tanto que era incapaz de pensar o de respirar, mientras el techo de la camioneta se le parecía cada vez más a las puertas del Cielo. Mientras él gruñía con la boca abierta contra su cuello, la penetraba con fuerza, pero con cuidado, venerando su garganta con la lengua y los labios antes de buscarle la boca para silenciar sus gritos con besos. Sí, porque estaba gritando su nombre, y él desde luego que había llegado hasta el fondo, levantándole las caderas del asiento con sus fuertes y rápidas embestidas, cada vez más frenéticas. Acto seguido, se tumbó sobre ella y usó el cuerpo entre sus piernas de la forma más maravillosa y acuciante, como si estuviera desesperado por hacerle ver su deseo, y así fue.

Ya tenía su prueba. Había conseguido algo más que una prueba.

—¡Fox! —gritó entre dientes.

—Sé que estás cerca. Lo noto.

—Sí. Sí.

—Te encanta que te la meta así, ¿verdad? —Le acarició el lóbulo de la oreja con los dientes y le dio un mordisco—. Lo has deseado de la misma manera que yo deseaba follarte, día y noche. En tierra y en la mar. Córrete, preciosa. Demuéstrame lo que te gusta abrirte de piernas para mí.

Hannah sintió que el orgasmo cobraba cada vez más fuerza y le clavó los talones en el trasero, con la boca abierta y jadeante contra su hombro mientras se contraía alrededor de su erección en una caricia interminable.

—¡Oooh, Dios! ¡Dios!

Fox perdió el ritmo de sus embestidas y empezó a gemir de forma entrecortada, besándola con pasión sin apartarse de su boca, mientras respiraba por la nariz y le metía los dedos en el pelo.

—Hannah. —Un beso descarnado y desesperado, y otro, que le robó el alma por completo—. Hannah. Hannah.

Ese duro cuerpo que acababa de llevarla a unas cotas de placer desconocidas se derrumbó sobre ella, abrazándola con fuerza mientras respiraba de forma entrecortada y el corazón le latía con fuerza contra el suyo. Aún le rodeaba las caderas con las piernas, tenían los cuerpos cubiertos de sudor, pero no se veía capaz de moverse en un futuro inmediato. Tal vez no lo hiciera nunca. Al parecer, lo de que el cuerpo se quedara como un flan era cierto.

—A tu lado es como si estuviera en el sitio adecuado. —Fox suspiró contra su cuello y se lo besó con gesto reverente—. Sin nada de lo que huir o de lo que esconderme. Sin nada que quiera esquivar.

Ella volvió la cabeza, y sus bocas se fundieron.

—Confiar en esa sensación está bien. Yo también la siento.

Fox la observó con una expresión tan decidida en sus ojos azules que ella ni se atrevió a respirar. Después lo vio tragar saliva con dificultad antes de que se colocara de costado, llevándola consigo y sin dejar de mirarla, sin dejar de abrazarla. Y se quedaron así, aspirando el aroma de la piel del otro, hasta que la tormenta amainó.

21

Fox abrió un ojo y tuvo la sensación de que se lo habían soldado.

Cuando vio la maraña de pelo rubio pajizo sobre su torso, esbozó una sonrisa al tiempo que el corazón se le atascaba en la garganta, como si hubiera subido en ascensor para quedarse detrás de la yugular. Hannah.

No movió un solo músculo. Sí, porque no quería molestarla. Pero sobre todo porque quería saborear cada detallito, absorberlo y atesorarlo en su memoria. Como la curva de su espalda desnuda, la profusión de diminutos lunares que le salpicaban la columna, como estrellas sobre el océano. Ya no volvería a ver las estrellas de la misma manera. Las veneraría.

Levantó la cabeza muy despacio para admirar ese sensual trasero que ella le había suplicado que azotara la noche anterior durante su tercer, ¿o era cuarto?, asalto. Casi no consiguieron llegar a la puerta antes de que la desnudara y se la echara sobre el hombro para llevarla al dormitorio, tras lo cual cerró la puerta de una patada. Y allí se quedaron, y solo habían salido en una ocasión en busca de helado de chocolate y un paquete de galletitas.

Decir que había sido la mejor noche de su vida sería quedarse cortísimo. Había acertado al contárselo todo. Porque si antes creía que Hannah era la perfección personificada, en ese momento no había forma de describirla. Había perdido la expresión titubeante en la mirada. Al parecer, abrirse a otra persona significaba conseguir más a cambio. Teniendo en cuenta que nunca se cansaría de ella, ser sincero desde luego era la mejor opción.

Aunque ¿qué más podía ofrecerle?

«Permanencia», le susurró una voz desde el fondo de su cabeza.

Un objeto punzante se le clavó de repente en las entrañas y se las atravesó.

Esa mañana se marchaba para pasar cinco días en la mar. Cuando regresase, el rodaje de la película habría terminado. Empezó a sudar al pensar en que se subiría a ese autocar, pero ¿qué podía hacer al respecto? ¿Pedirle que se fuera a vivir con él? Acababa de pasar el obstáculo de admitir sus sentimientos, y ni siquiera en su totalidad. Todavía no había confesado que estaba enamorado de ella. Todavía no.

A Hannah la esperaba un trabajo en Los Ángeles. La profesión que quería como coordinadora de música sin duda se desarrollaría allí. Así que ¿cuál era el plan? ¿Pedirle que se mudara a ese piso de soltero vacío y que pasara de tres a cinco días a la semana sin él? ¿O empezaban algo a distancia?

La segunda opción le provocaba un sarpullido.

¿Su novia guapísima, perfecta y pecosa dando vueltas por Los Ángeles siendo guapísima, perfecta y pecosa sin él? Querría golpearse la cabeza contra la pared sin parar. El problema no era que no confiase en ella; era la idea de que encontrase una opción local mejor. Una relación a distancia también desataría habladurías, sin duda alguna. La gente no sabría que le había sido fiel a Hannah. Ni siquiera lo creerían si decía que había sido la mar de fácil. Que no se imaginaba siquiera deseando a otra. Tal como le había dicho el día anterior, si llegaban a burlarse de ella o a insinuar que acabaría partiéndole el corazón, usándola o siéndole infiel como hacía su padre...

No lo soportaría.

Sin embargo, ¿qué alternativa les quedaba si no era una relación a distancia? Al menos de momento. Hasta que pasaran por lo menos cinco segundos como novios, ¿no? Hasta que ella estuviese segura de que era bueno para ella. Que era lo que quería. En cierto modo, llevaba en una relación a distancia con Hannah desde el verano anterior. Una vez que habían reconocido esos sentimientos, estar separados sería mucho más duro, pero lo haría. Iría a Los Ángeles todas las veces que pudiera y la engatusaría para ir a Westport de cualquier manera posible.

Y al final, cuando los dos estuvieran preparados, no haría falta engatusar a nadie.

Uno de los dos dejaría su vida atrás sin más.

Claro que si era Hannah quien lo hacía, ¿se arrepentiría? ¿Qué tendría que hacer para asegurarse de que eso no sucedía?

Hannah bostezó contra su torso y lo miró con una sonrisa somnolienta, haciendo que el pulso se le disparase hasta la estratosfera. Y debería haberlo sabido. Debería haber sabido que, en cuanto se despertara y lo mirase, todo se arreglaría.

«Hablaré con ella y ya está».

Problema resuelto.

—Buenos días —lo saludó ella con la voz amortiguada contra su piel.

—Buenos días. —Le acarició la columna arriba y abajo con los dedos, arrancándole un gemido satisfecho—. ¿Cómo tienes el trasero? —Se apoderó del culo en cuestión—. Seguro que dolorido.

La carcajada de Hannah los sacudió a ambos.

—Ya sabía yo que ibas a sacar lo de los azotes. —Le clavó la punta de un dedo en las costillas—. No te lo volveré a pedir en la vida.

—No tienes que hacerlo. —La miró con una sonrisa—. Ya sé lo que te gusta, guarrilla.

—Me dejé llevar por el momento.

—Me alegro. Así es como te quiero. —La sujetó por las axilas y la tumbó de espaldas antes de colocarse sobre ella, acoplando sus cuerpos con un gemido y contemplando la vista más maravillosa del mundo. Hannah, desnuda. Con los pechos llenos de las marcas que le había dejado con la boca. Ruborizada y risueña en su cama. ¿Cómo iba a irse durante cinco días? ¿Quién podía esperar que un hombre hiciera algo así?—. Joder, eres guapísima, Hannah.

La expresión risueña desapareció de su cara.

—Ese es el efecto de la felicidad en las personas.

«Habla con ella. Eso siempre, siempre, funciona».

Ella entrelazó sus dedos sobre la almohada, como si ya lo supiera. Por supuesto que lo sabía. Se trataba de Hannah. La primera y la última chica a la que querría.

—Tu estancia aquí ha pasado volando —dijo con voz ronca, mirándola a los ojos.

Ella asintió con la cabeza, despacio. Con gesto comprensivo.

—Ahora vamos contrarreloj para encontrar una solución.

La presión de cargar él solo con la preocupación desapareció como si nunca hubiera existido. Sin más. «La verdad os hará libres». Al parecer, no solo era un eslogan lanzado por un político trescientos años antes.

—Sí.

—Lo sé. —Ella se incorporó para besarle el mentón—. Todo saldrá bien.

—¿Cómo, Hannah?

La vio humedecerse los labios.

—¿Quieres... que esté aquí cuando vuelvas?

La presión lo asaltó de nuevo, encapsulándole los órganos en hormigón. La miró a los ojos, pero solo vio una esperanza sincera.

—¿Era...? —Se atragantó con las palabras—. ¿Cabía la posibilidad siquiera de que no estuvieras? ¡Por Dios! Sí, quiero que estés aquí. —Tragó saliva como si se le hubiera clavado algo afilado en la garganta—. Será mejor que estés aquí.

—Estaré aquí. Muy bien, estaré aquí. Es que no estaba segura de si esto era..., si esperabas que yo supiera que solo había sido un rollo de una noche. O tal vez algo pasajero. En plan de pasar tiempo juntos cuando viniera a ver a Piper...

—No es pasajero. —Joder, tenía la garganta en carne viva—. ¿Cómo puedes preguntármelo siquiera?

Ella tomó una honda bocanada de aire y la soltó bajo su cuerpo, como si estuviera sopesando algo.

—¿Qué estás pensando? —le preguntó al tiempo que se incorporaba de modo que sus frentes quedaban pegadas, como si así pudiera sonsacarle sus pensamientos—. Háblame.

—Bueno... —dijo Hannah, y él sintió que se le enfriaba la piel contra la suya—. A ver, ya sabes que Seattle no está lejos, y allí hay oportunidades para mí, para hacer lo que quiero... Es un trabajo creativo, no uno de oficina con horario fijo. Seguramente no tendría que ir todos los días. Solo de vez en cuando. Podría pensarme lo de mudarme. Para estar más cerca de ti.

Lo primero que sintió fue un alivio absoluto. Incluso euforia.

No tendrían una relación a distancia y podría verla todos los días.

Lo segundo fue absoluta estupefacción por la idea de que esa chica quisiera mudarse para estar cerca de él. ¿Cómo había conseguido algo así?

Sin embargo, el pánico lo fue asaltando poco a poco, y se superpuso a la estupefacción.

Había dicho «mudarse».

Ya.

Se refería a vivir con él, en realidad. Porque sería eso, ¿no? Cuando alguien se mudaba para estar más cerca de su novio, no vivía en otro piso. ¿Confiaba en él? ¿Tanto? Solo había que pensar en la cantidad de veces que había estado a punto de mandar al traste lo que había entre ellos. Había intentado lanzarla a los brazos de otro hombre. Había intentado cosificarse para que ella hiciera lo adecuado y lo rechazara por ser el mujeriego que todos creían que era. ¿Qué esperanza tenía de ofrecerle un futuro estable?

También se reirían de ella. A su espalda.

Creerían que había perdido la puta cabeza al mudarse al norte para estar con un hombre que nunca había ido en serio ni con un plato de patatas fritas, mucho menos con una mujer. Ni siquiera había sido capaz de cuidar de una planta. ¿Podría cuidar de una relación íntima y personal con una novia que viviese con él? ¿De forma que fuera lo que ella se merecía? Se negaba a aceptar el timón de la Della Ray. Era una broma con patas entre sus amigos y su familia. ¿Y en ese momento tenía la osadía de creer que podía ser el hombre adecuado para esa chica?

A lo mejor ella necesitaba la relación a distancia para estar segura. No soportaría que ella abandonase su vida, su carrera, por él y después se diera cuenta de que había actuado de forma impulsiva.

—Hannah...

—No, lo sé. Lo sé. Ha sido... Me he precipitado. —Parecía que le faltaba el aire. Lo mismo que a él. La vio estirar el brazo hacia el móvil, que tenía en la mesita de noche, y encender la pantalla—. ¿A qué hora zarpa el barco?

—A las siete —contestó con voz ronca.

¿Ya estaba? ¿Se había acabado la conversación?

¿Solo había contado con quince segundos para tomar una decisión que marcaría el futuro de Hannah?

Con una mueca exagerada, ella le dio la vuelta al móvil para que pudiera ver la pantalla: las 6:48.

—¡Dios! —masculló y se obligó a apartarse de su maravilloso cuerpo desnudo para sacar el macuto de debajo de la cama sin apartar los ojos de ella. Detestaba la incertidumbre que veía en su cara, como si de repente se sintiera fuera de lugar en su cama, pero no tenía ni puñetera idea de qué hacer al respecto. ¿Qué podía decir? «Sí, vente a vivir aquí. Sí, cambia tu vida por mí, un hombre que ha encontrado el valor de admitir sus sentimientos hace menos de veinticuatro horas». Una enorme parte de él quería decir todas esas cosas. Porque se sentía preparado para absolutamente todo con esa chica. Pero ese resquicio de duda hizo que mantuviera la boca cerrada.

—Hannah, por favor, sigue aquí cuando vuelva.

Ella se sentó en la cama, protegiéndose el cuerpo con la sábana.

—He dicho que voy a estar aquí. Y así será.

«Habla con ella».

Se levantó y se acercó a la cómoda, de la que sacó bóxers, calcetines y ropa térmica, que metió en el macuto. Con el corazón en la garganta, se detuvo para mirarla, memorizando sus facciones pacientes una a una.

—No tengo la confianza necesaria para pedirte que... cambies tu vida, Hannah. No tan deprisa.

—Yo confío en ti —susurró ella—. No lo dudes.

—Estupendo. ¿Te importaría compartirla? —¡Dios! ¿Por qué le hablaba con tanta rabia cuando en realidad se moría por meterse en la cama y hundirle la cara en el cuello? ¿Agradecerle su confianza, recompensarla con las caricias de su cuerpo hasta enloquecerla?—. Lo siento. No debería hablarte así cuando no has hecho nada malo. —La señaló a ella y después al macuto—. ¿Crees que cabrás ahí dentro para llevarte conmigo? Porque estoy seguro de que dentro de una hora voy a estar fatal por irme así.

—Pues no te vayas así. —Se puso de rodillas y se acercó al borde del colchón, sin soltar la sábana, que se sujetaba entre los pechos—. Bésame. Estaré aquí cuando vuelvas. Vamos a dejarlo así.

Se abalanzó sobre ella como un moribundo y la pegó a su cuerpo antes de fundir sus bocas. Le metió los dedos en el pelo alborotado y le ladeó la cabeza para besarla con los labios abiertos, frotando sus lenguas hasta que Hannah gimió y se dejó caer contra él. Si se iba al puerto con una erección, que así fuera. Hannah bien merecía la incomodidad.

Enroscó los dedos en la sábana con la intención de quitársela, de provocarle un orgasmo más solo para oírla gritar su nombre con esa voz tan ronca, y supo que tenía que soltarla. De lo contrario, no se iría en la vida. Se quedaría dentro de ella todo el día, envuelto en su aroma, en el sonido de su risa, disfrutando del contacto de su piel. Y sería lo mejor de lo mejor. Alimentaría su puta alma. Pero no le parecía bien hacerle el amor cuando era incapaz de comprometerse en un sentido o en otro. De demostrar confianza en su relación, tal como ella había hecho.

No podía hacer eso. No a Hannah.

Le puso fin al beso con un taco y se pasó los dedos temblorosos por el pelo. La abrazó con fuerza unos segundos que se le hicieron muy cortos hasta que, a regañadientes, la dejó tumbada en la cama y le alzó la barbilla. La miró a los ojos, pero ya la echaba de menos con todas sus fuerzas.

—¿Dormirás aquí mientras yo no esté?

Ella asintió con la cabeza un segundo después, aunque su expresión era inescrutable.

—Ten cuidado ahí fuera.

Su preocupación fue como colocarse delante de un radiador, y eliminó el frío como solo ella era capaz de hacerlo.

—Lo tendré, Pecas.

La dejó en la cama y se vistió a toda prisa, con una camiseta térmica de manga larga, vaqueros y una sudadera. Se puso unos gruesos calcetines y metió los pies en las botas. Después se colocó un gorro de lana. Nervioso, la miró por última vez antes de salir del dormitorio.

En el exterior la niebla matinal lo envolvió, de modo que dejó de ver el edificio después de recorrer unos cientos de metros, y el boquete que sentía en el estómago creció a medida que se acercaba al muelle.

«Vuelve».

«Dile que se mude».

«Dile que verla todos los días sería tu versión del paraíso».

Bien sabía Dios que era verdad. Solo llevaba unos minutos lejos de sus brazos y ya sentía frío otra vez.

Se detuvo en mitad de la calle mientras la resolución se apoderaba de él. ¿Y si podía hacerla feliz? ¿Y si podía demostrarles a todos que se equivocaban? ¿Y si ella se quedaba, se quedaba para siempre, para poder despertarse todas las mañanas y sentirse sólido y vivo tal como le había pasado ese día? Haría todo lo que estuviera en su mano para que ella sintiese lo mismo, para que nunca se arrepintiera de haberse marchado de Los Ángeles...

—¡Fox!

Oyó la voz de Brendan a través de la niebla, de modo que avanzó unos pasos a regañadientes, tras lo cual la niebla se disipó un poco y le dejó ver el puerto, con la Della Ray en su amarre de siempre, a lo lejos. Saludó a su amigo con un gesto de la cabeza. Entrechocaron los puños.

El sentimiento de culpa que no quería experimentar le provocó un nudo en el estómago.

Había estado tan consumido por Hannah y por la realidad paralela que habían creado juntos que se había olvidado por completo de que Brendan le había pedido que no tocara a su futura cuñada. Siendo realista, nada podría habérselo impedido. Lo que sentía por Hannah era demasiado potente para hacer caso de las advertencias. Eso ya había quedado claro. Pero no podía zafarse del sentimiento de culpa. No cuando sabía que la preocupación de Brendan era legítima. Al fin y al cabo, eran amigos desde hacía mucho tiempo. Mientras Brendan estudiaba y aprendía el oficio de la pesca, él participaba en actividades extracurriculares muy distintas.

—¿Qué pasa? —le preguntó al tiempo que se colgaba el macuto del hombro.

La mirada de Brendan era más esquiva de lo habitual. El capitán era de los que miraban a los ojos a los demás cuando hablaba, para que prestasen atención a sus Palabras Importantísimas.

—Ha surgido algo y tengo que llevar a mis padres a su casa.

Asimiló esas palabras.

—¿No vuelven en avión?

—No. Se les ha inundado el sótano mientras estaban aquí. Se me ha ocurrido llevarlos en coche y solucionarlo del tirón.

—Muy bien —replicó despacio. ¿Qué estaba pasando? Brendan nunca faltaba al trabajo. No desde que lo conocía. Y si esa iba a ser la primera vez, habría llamado para ahorrarles a todos la molestia de hacer el macuto y plantarse en el puerto—. Así que... ¿se cancelan los planes?

La felicidad absoluta que lo abrumó casi lo tiró al suelo.

Cinco días más con Hannah.

Iba a estar de vuelta en su cálido cuerpo en menos de dos minutos. Y esa noche la llevaría a cenar. Adonde ella quisiera. A un concierto. Le encantaría ir a un concierto...

—No, no se cancelan. Lo que voy a hacer es ceder el mando de capitán. —Antes de que él pudiera reaccionar, Brendan le puso las llaves de la Della Ray en una mano—. Es toda tuya.

El alivio de Fox desapareció de inmediato. En ese momento, Brendan se afanaba en remangarse la camisa con movimientos nerviosos. A su amigo nunca se le había dado bien mentir, ¿verdad? Sí, incluso se presentó en el instituto aquel día que todos los demás se saltaron las clases para ir a la playa cuando estaban en el último curso. Era un hombre que había permanecido fiel a su difunta esposa durante siete años. Era tan honesto como la mar que brillaba a la luz del amanecer a su espalda, y era imposible que dejara de salir a faenar por un sótano inundado. Llevaba tejidas en su ser las responsabilidades y las tradiciones.

Por primera vez, lo envidió por eso.

Aunque al mismo tiempo la irritación le tensó la nuca.

Brendan tenía una convicción absoluta a la hora de tomar decisiones y ceñirse a ellas. Sabía exactamente cómo quería que fuera el futuro, y daba los pasos necesarios para conseguirlo. Pedirle matrimonio a Piper. Encargar la construcción de otro barco para ampliar el negocio. El único punto en el que parecía fallar era en la absurda creencia de que él tenía cabida en la cabina de mando. Lo creía con tanta certeza que se había plantado delante de él y le había mentido.

Fox asintió con un gesto seco de la cabeza mientras les daba vueltas a las llaves.

—¿De verdad creías que iba a colar?

Brendan se cuadró de hombros y apretó los dientes.

—¿Qué iba a colar?

—Esto. Mentirme sobre una supuesta inundación para obligarme a capitanear el barco. ¿Qué creías? ¿Que cuando lo hiciera una vez me daría cuenta de que es lo mío?

Brendan sopesó lo de aferrarse a la historia, pero renunció de forma visible en menos de tres segundos.

—Esperaba que te dieras cuenta de que no hay que tenerle miedo a las responsabilidades. —Sacudió la cabeza—. ¿No crees que te has ganado el derecho? ¿La confianza que lo acompaña?

—¡Ah! Así que ahora confías en mí. Confías en mí para capitanear tu barco, pero no con Hannah. ¿Es eso? —La carcajada amarga le quemó la garganta—. Soy lo bastante bueno para tener en mis manos la vida de cinco hombres, pero mejor que mantenga mis sucias manos lejos de tu futura cuñada. Le partiré el corazón. Le seré infiel. ¿En qué quedamos, Brendan? ¿Confías en mí o no? ¿O tu confianza es selectiva?

Hasta que no verbalizó la pregunta, con la voz ahogada por la niebla que los rodeaba, no se dio cuenta de lo pesada que había sido esa preocupación, esa distinción. Había cargado con ella sobre los hombros como sacos llenos de biblias.

Por una vez, Brendan pareció quedarse sin palabras, incluso perdió algo de color.

—No... Jamás lo habría pensado de esa forma. No me había dado cuenta de lo mucho que te molestaba. Todo el asunto de Hannah.

—Todo el asunto de Hannah. —Resopló. ¡Qué descripción más anodina cuando estaba tan enamorado de ella que no sabía ni dónde meterse!—. Pues a lo mejor si hubieras prestado un poquito de atención, te habrías dado cuenta de que no he estado en Seattle ni una sola vez desde el verano pasado. No ha habido nadie más. Nunca habrá nadie más. —Señaló en dirección a su piso—. Me he quedado ahí sentado durante meses, pensando en ella, comprando discos de vinilo y mandándole mensajes de texto como un imbécil enamorado.

Cerró los dedos en torno a las llaves hasta que se le clavaron en la palma de la mano.

¿Sería así si estaba con Hannah?

¿Tendría que convencer a todo el mundo y todo el tiempo de que no era el mujeriego insensible que fue en otra época? Incluso las personas que se suponía que lo querían —Brendan, Kirk y Melinda, su propia madre— lo habían mirado y habían visto alguien incapaz de alcanzar la redención.

«Hannah confía en ti. Hannah cree en ti».

Ese titubeante voto de confianza procedente de su interior lo pilló desprevenido, pero también lo hizo pensar que tal vez, solo tal vez, cabía la posibilidad de que no fuera una causa perdida.

De modo que permitió que la idea germinara. Que creciera.

Si podía ser un amigo leal para Hannah, si podía conseguir que esa chica maravillosa se quedara y lo valorara, no solo a él, sino también sus opiniones y su compañía, a lo mejor también podía hacer eso. Ser un líder. Capitanear un barco. Inspirar respeto y afecto en la tripulación. Al fin y al cabo, había cambiado. Había cambiado por la chica que dormía en su cama en ese momento. Al principio, ella había hecho las mismas suposiciones sobre él que los demás. Pero había logrado que cambiara de opinión, ¿no?

¿Podía hacer lo mismo con la tripulación? ¿Podía ser ese algo más que Hannah necesitaba?

Nunca lo sabría a menos que lo intentase.

Y cuando pensaba en ella en el estudio de grabación el día anterior, ofreciendo su opinión con valentía, arriesgándose y teniendo éxito, descubrió el coraje para buscar en su interior y dar con una reserva de fuerza inexplorada. Una fuerza que ella le había insuflado.

Se obligó a esbozar una sonrisa paciente, aunque por dentro estaba hecho un flan.

—Muy bien, capitán. Tú ganas. Supongo que... estoy al mando en esta ocasión.

22

Hannah esperó en el pasillo a que su abuela abriera la puerta del piso. La última vez que estuvo allí, hacía poco más de una semana, le asustaba entrar. Y hablar de su padre. La posibilidad de sentirse totalmente desconectada de Opal y de Piper en el proceso. A esas alturas, sin embargo, tenía los hombros erguidos en vez de encorvados. No se sentía como una impostora ni como si tuviera que fingir hasta conseguirlo. Porque encajaba perfectamente.

Era la nieta de Opal.

Por fin era la protagonista de su propia vida.

La hija pequeña de Henry Cross.

Habían llegado a un entendimiento a través de su música. Muchos años antes, su padre la quiso. La sostuvo en brazos en la habitación de un hospital, le enseñó a andar y se levantó con ella de madrugada. Zarpó para faenar pensando que volvería a verla. Y a ella le gustaba pensar, tal vez de forma que nadie más lo entendería, que habían tenido un largo y agradable encuentro a través de sus canciones, y que por fin de esa manera ambos habían cerrado la herida. Era muy posible que Henry incluso le hubiera dado algún consejo paternal de forma indirecta, porque el lunes por la mañana, el último día del rodaje, se había despertado con una idea en mente. Un proyecto que emprender desde ese momento.

Un proyecto que significaría seguir trabajando con la música... y estar cerca de Fox.

Si él quería, claro.

Sintió que se le formaba de nuevo un nudo en el estómago, algo habitual de un tiempo a esa parte, revolucionándole el café que se había tomado para desayunar. Si volvía a Los Ángeles como había planeado en un principio, sería con el corazón completamente destrozado. Estar sin Fox cimentaba esa certeza. Lo echaba tanto de menos que le dolía. Echaba de menos su ceño fruncido y el rictus de sus labios cuando ella hablaba, como si se concentrara mucho en lo que decía. Echaba de menos su costumbre de meterse las manos bajo las axilas cuando hacía frío. Echaba de menos su risa contagiosa, sus caricias en el pelo, el tono titubeante de su voz cuando estaba a punto de sincerarse con algo.

El hecho de que hubiera aprendido a ser honesto con ella siempre.

Cada vez que cerraba los ojos se lo imaginaba caminando por el muelle hacia ella, con los brazos abiertos, con cara de haber aceptado hacer el esfuerzo de construir una relación con ella.

Claro que, ¿y si no fuera así? ¿Y si los cinco días que había pasado en el barco le hacían darse cuenta de que era demasiado y, además, demasiado pronto? ¿Que todo era demasiado, simple y llanamente?

Tal vez había sido impulsiva al sugerir que se mudaría de Los Ángeles para estar más cerca de él. Tal vez debería volver a casa e intentar mantener una relación a distancia durante una temporada. Pero no se veía a sí misma feliz de esa manera. No a esas alturas. No cuando sabía lo bien que se sentía con él al lado. A su espalda. A su alrededor. ¿No sentía él lo mismo?

Sí. Lo hacía, y ella confiaría en él. Confiaría en lo que había entre ellos.

La puerta se abrió y apareció su abuela, con una hilera de rulos en el centro de la cabeza.

—¡Oh! Hannah. Estaba a punto de quitarme los rulos y me has pillado hecha un esperpento. Pasa, pasa. Solo somos nosotras dos. ¿Qué más da?

Hannah entró riendo y se metió un dedo en el bolsillo de los vaqueros para comprobar que el sobre seguía dentro, tal como había hecho cientos de veces en el camino desde el set de grabación hasta allí.

—¿Qué te trae por aquí, cariño? Claro que tampoco necesitas un motivo para venir...

Siguió a Opal hasta el cuarto de baño y empezó a ayudarla a quitarse la última fila de rulos de espuma rosa.

—Habría llamado antes, pero estaba muy emocionada. —Se humedeció los labios—. ¿Recuerdas cuando te pedí permiso para utilizar las canciones de Henry en la película que estamos rodando?

—Pues claro. Pero me dijiste que era una posibilidad remota. —Su abuela dejó caer las manos sobre la encimera del lavabo—. No me digas que lo has conseguido, Hannah. —La miró fijamente a la cara, sin dar crédito—. No me lo creo. Yo... ¿Cómo? ¿Cómo? Ni siquiera están grabadas. Son solo palabras escritas en papel.

—Ya no —murmuró Hannah, que procedió a contarle todo lo que había sucedido durante esa semana—. Ven, tengo una preparada en mi teléfono, lista para que la escuches. —Entrelazó un brazo con el de Opal, y la guio desde el cuarto baño hasta el sofá. Una vez acomodadas, sacó el móvil y procedió a reproducir la canción. Cuando la música reverberó en la estancia, soltó el aire bruscamente. Las notas iniciales del violín y el bajo, seguidas de la voz melódica de Alana Wilder y el golpeteo del tambor, añadido en la postproducción.

Recordó cuando se acercó a Sergei en el plató y le entregó sin mediar palabra unos AirPods, tras lo cual reprodujo la canción y lo vio abrir los ojos de par en par antes de empezar a tamborilear con los dedos sobre las rodillas. Esa sensación de triunfo. No importaba lo que él decidiera, porque ella había creado algo mágico. Había movido los engranajes hasta que todo encajó y había superado todas sus inseguridades para conseguirlo.

Su primera actuación como actriz protagonista..., y no sería la última ni mucho menos.

Opal se cubrió la boca con ambas manos, y vio que se le ponían los nudillos blancos.

—¡Ay, Hannah! Esto me ha llegado al alma. Es lo más cerca que he estado de hablar con él en veinticuatro años. Es extraordinario.

Sintió que el calor se extendía por su pecho.

—Hay más. Tres en total. Y estoy trabajando para grabar las demás. —Sacó el sobre del bolsillo y se lo entregó a su abuela, con el pulso acelerado—. Mientras tanto, las canciones tienen derechos de autor a tu nombre, Opal. Recibirás un porcentaje de los ingresos generados por la banda sonora de la película, pero también he conseguido negociar una bonificación a la firma del acuerdo. Por el uso de las canciones de Henry en *Días de gloria*. Eso no incluye lo que la productora tenga que pagarte si utiliza las canciones en anuncios publicitarios.

—¡Hannah! —Opal se quedó boquiabierta al ver el cheque que había sacado del sobre. El que Sergei le había entregado esa mañana—. ¿Esto es para mí?

—Pues sí.

—¡Qué va, no puedo! —dijo ella, nerviosa, tratando de devolverle el cheque.

Hannah le empujó la mano con delicadeza y presionó el cheque contra su pecho.

—Claro que puedes. Es lo que habría querido Henry. —Tragó saliva para librarse del nudo que tenía en la garganta—. Y lo digo con total seguridad. Antes... no lo habría hecho. Pero sus canciones me ayudaron a conocerlo, a entenderlo mejor, y la familia era su vida. —Sonrió—. Me alegro de haber hecho esto, Opal.

Su abuela suspiró y abandonó todo rastro de resistencia.

—Él estaría muy orgulloso de ti.

—Eso espero —replicó Hannah, que se presionó la nariz con una muñeca en un intento por luchar contra las lágrimas—. Y ahora vamos a quitarte los rulos que te quedan. Tienes una buena tajada de dinero que gastar.

Media hora después, Hannah estaba de vuelta en el set de grabación, todavía rodeada por ese cálido resplandor.

Estrechó su fiel portapapeles contra el pecho, disfrutando del contacto y a sabiendas de que ese sería su último día como asistente de producción. Había hecho bien en empezar desde abajo y aprender los entresijos del negocio, pero esa etapa había llegado definitivamente a su fin. Apoyar a otras personas era algo que siempre haría de forma natural, porque le encantaba ser solidaria, pero ¿en lo referente a su carrera profesional? Había llegado el momento de apoyarse a sí misma y de perseguir el objetivo que se había fijado a continuación. De perseguir ese subidón emocional que había conseguido creando arte a su manera.

Todo el equipo estaba apretujado en el interior del Cross e Hijas. Al otro lado de la barra que ella misma había reformado con Piper, los focos iluminaban a Christian y a Maxine, que estaban interpretando su escena final en la película. Una escena que Sergei, fiel a su estilo, había añadido al guion en el último segundo, ya que quería maximizar la nueva banda sonora. En un principio no planeaban rodar en el Cross e Hijas, pero por suerte, técnicamente ella era la dueña de la mitad del negocio. De todas formas, había llamado a Piper para contar con su permiso y su hermana le había dicho que se pasaría por el bar en breve para servirle al equipo unas copas como celebración del fin del proyecto.

Christian y Maxine bailaban frente a ella, inmersos en la escena que iba en crescendo, con la felicidad y la esperanza asomándose poco a poco a sus rostros. Sus movimientos cada vez eran más alegres. Menos comedidos. Hannah sabía que sería una escena a cámara lenta, una forma perfecta de despedirse del público.

Tras dos tomas más, Sergei gritó:

—¡Corten! —Saltó de su silla de director y chocó los cinco con el técnico de sonido más cercano, que estaba sujetando el micrófono de ambiente—. Y se acabó.

Todo el mundo se alegró.

Christian abandonó el personaje más rápido que una bala.

—¿Quién tiene mi café? ¿Hannah?

Lo saludó con la mano. Esperó a que él pareciera aliviado y, acto seguido, le hizo una peineta.

La carcajada de Christian resonó en el interior del bar.

Aun así, estaba en proceso de apiadarse del actor y entregarle su café infusionado en frío una vez más por los viejos tiempos cuando Sergei se interpuso en su camino.

—Hannah, hola. —¿Parecía casi... nervioso?—. Solo quería volver a decirte que la nueva banda sonora le aporta muchísimo a la película. Sin las canciones no sería igual. O sin este lugar. —Se rio—. La película te debe a ti casi tanto como a mí, y eso que yo he escrito el guion y la he dirigido...

El cariño nostálgico que sentía por él le arrancó una sonrisa.

—Y has hecho un gran trabajo, Sergei. Va a ser tu mejor obra hasta la fecha.

—Sí, gracias. —Titubeó—. Ya has avisado con la debida antelación, y lo respeto. Es obvio que estás preparada para cosas más importantes y mejores, pero a la larga me arrepentiré como no te vuelva a preguntar si aceptas un puesto más alto. Ya que Brinley parece estar dispuesta a cumplir su promesa de renunciar, alguien tiene que asumir el puesto de coordinador musical.

Un mes antes habría tenido que pellizcarse, pensando que la había atropellado un autobús y que se acercaba a las puertas del Cielo. Una gran parte de ella estaba encantada, más de lo indecible, de haber demostrado su valía hasta el punto de merecer ese tipo de oferta. Pero no podía aceptarla. No solo porque quería que las cosas funcionaran con Fox, sino porque le había encantado trabajar por su cuenta. Descubrir un grupo, formar parte del proceso, idear una visión y llevarla a cabo. Pensaba seguir en su nuevo papel de protagonista.

—Gracias, pero este va a ser mi último proyecto —replicó—. No creo que hubiera descubierto lo que realmente quiero hacer sin Storm Born. La experiencia ha sido muy valiosa, pero quiero seguir avanzando.

—Y también dejarás Los Ángeles, supongo. —El disgusto que sentía quedó claro en el rictus de sus labios—. Por el pescador.

—Sí. —Se vio obligada de nuevo a contener las terribles dudas que le asaltaron el estómago—. Sí, por Fox.

Sergei soltó una especie de resoplido de descontento.

—¿Me dirás si hay algún cambio en lo profesional o en lo personal?

No lo haría.

Aun cuando ocurriera lo peor y las cosas no funcionasen con Fox, a esas alturas sabía lo que era querer a una persona. De esa forma salvaje y arrolladora que no admitía freno ni sentido común. El enamoramiento que tuvo con el director parecía un desvaído y triste sucedáneo en comparación.

—Por supuesto —dijo ella, que le dio un apretón en un brazo.

—¡A ver, guapetones! ¿Tenéis ganas de fiesta?

Hannah resopló al oír la voz de Piper y los consiguientes jadeos de todo el mundo al reconocerla. Se giró justo a tiempo para recibir un beso en la mejilla, que sin duda le había dejado la marca de la barra de labios al estilo Piper, y vio que todos miraban maravillados a la que fuera la princesa de las fiestas de Los Ángeles, que en ese momento estaba guardando su bolso detrás de la barra mientras le sonreía al miembro del equipo que tenía más cerca y le preguntaba:

—¿Te apetece una copa?

Christian se acercó a Hannah, con la boca abierta por la sorpresa.

—¿Esa es... Piper Bellinger?

—La misma —respondió Hannah, con el amor corriendo por sus venas—. Se mudó aquí el verano pasado después de enamorarse de un capitán de barco. ¿No te parece romántico?

—Supongo. ¿Cómo es que la conoces?

—Es mi hermana. Somos las dueñas de este sitio. —Hizo un gesto con la cabeza para abarcar el bar—. ¿Te apetece algo más fuerte que un café?

Lo vio abrir y cerrar la boca hasta que al final farfulló:

—Sí, creo que lo necesito.

Hannah se estaba abriendo paso entre la multitud que abarrotaba el bar cuando se detuvo en seco. En la puerta del Cross e Hijas estaba Brendan. Pero... ¡si solo era media tarde! La Della Ray no tenía previsto volver al puerto hasta esa noche. ¿Habían regresado antes? Los nervios y la expectación batallaron en su estómago por la idea de ver a Fox antes de lo esperado. Pero algo en la expresión de Brendan hizo que los nervios ganaran la pelea.

—Hola —murmuró cuando su futuro cuñado llegó a su lado—. ¿No se supone que deberías estar en el barco ahora mismo? ¿Habéis regresado antes de tiempo?

Brendan se quitó el gorro y lo hizo girar entre sus manos.

—No, no han regresado todavía. Dejé a Fox a cargo del barco esta vez.

Hannah se sobresaltó y repitió esas palabras unas seis veces en la cabeza, mientras un miedo indeseado le atenazaba las entrañas.

—¿Ah, sí? ¿Fue una decisión de última hora?

—Exacto. No quería darle la oportunidad de echarse atrás. —Brendan titubeó e intercambió una mirada con Piper—. Me pareció una buena idea. Y puede que funcione exactamente como esperaba. Fox tiene instinto, conocimientos y respeta la mar; solo necesita creer en sí mismo. —Carraspeó—. No se me ocurrió hasta después de que zarparan que tal vez fuera un mal momento. Con todo lo que está pasando entre vosotros y eso. Aceptó el reto sin problema, pero es demasiado a la vez.

—Un momento... —Hannah se tragó un nudo del tamaño de un huevo de petirrojo, paralizada por el placer y la sorpresa—. ¿Te ha hablado de lo nuestro?

—Un poco.

Hannah resopló, exasperada.

—¿Qué significa eso?

—Le dijo a Brendan que no había pisado Seattle desde el verano pasado —terció su hermana, que se había inclinado sobre la barra para unirse a la conversación—. Te ha estado esperando, Hanns. Como un «imbécil enamorado», citando sus propias palabras.

Apenas tuvo tiempo de procesar el inmenso peso de esa revelación cuando se dio cuenta de que Brendan aún parecía nervioso. Y supo que había algo más.

—Descubrí el resto sin que me lo dijera. Me imaginé que si eso era lo que sentía y, dado que estáis compartiendo casa, debía de estar pasando algo. Aunque fui a hablar con él antes de que tú llegaras, para pedirle que mantuviera las cosas a nivel platónico.

—¿¡Cómo dices!?

—Y —siguió Brendan— es posible que desde entonces le haya recordado un par de veces que no pase de una amistad contigo. —Carraspeó—. Un par de veces..., digamos que más de veinte.

—Asumo parte de la culpa —dijo Piper, que hizo un mohín—. Es que queríamos lo mejor para ti, pero creo que es posible... No, no lo creo, lo sé y punto. Sé que subestimamos a Fox en el proceso. Lo hemos subestimado durante mucho tiempo.

—Sí. Tenía todo el derecho del mundo a echármelo en cara antes de irse. —Brendan se puso de nuevo el gorro y aceptó la jarra de cerveza que Piper le puso en la barra. Acto seguido, bebió un sorbo larguísimo, como si la conversación le hubiera dado sed. Cuando soltó la jarra, miró a Hannah en silencio—. Le he dicho muchas veces que confío en él y que quiero que ocupe mi lugar en el puente de mando, pero nunca he respaldado mis palabras con hechos concretos. Y ahora me arrepiento.

Hannah sintió un cálido cosquilleo en la punta de la nariz. Fox le había dicho que su peor temor era que alguien cuestionase sus intenciones hacia ella, pero ya había ocurrido. Su mejor amigo lo había puesto en tela de juicio. ¿Había estado sufriendo por eso todo ese tiempo?

¡Por Dios! ¡Qué orgullosa estaba de él por haber tomado el timón del barco!

Por probar.

Sin embargo, no pudo evitar preocuparse. Brendan tenía razón. Eran muchas cosas a la vez.

Estaban a punto de tallar un lugar único para ellos. Un lugar donde intentar estar juntos. Donde construir sobre lo que ya era una preciada amistad y convertirla en mucho más. Pero gran parte de las inseguridades de Fox se enraizaban en la imagen que la gente tenía de él. Los lugareños. La tripulación. ¿Y si su turno como capitán no salía como estaba previsto? ¿Y si volvía a casa demasiado desanimado para continuar donde lo habían dejado?

No se trataba de que ella no creyese en él. Que lo hacía. Pero habían dejado las cosas sin resolver, y ese inesperado cambio de planes podría haber desequilibrado aún más la balanza.

Dos semanas antes, ansiaba ser una actriz protagonista. Por el bien de su carrera profesional, no por el de su vida amorosa. Pero esa noche tendría que hacer acopio de su nuevo sentido de la autoestima y estar preparada para ir a la guerra si resultaba necesario, ¿verdad? Porque ya no era de las que miraban desde la barrera o vivían a través de los demás, apoyándolos cuando era necesario. No, la que tenía delante era su línea argumental, y tenía que escribirla ella misma. Le daba miedo, claro. Pero había aprendido algo desde que llegó a Westport por segunda vez: que era capaz de mucho más de lo que creía.

Le hizo una señal a Piper para que le sirviera una copa.

—Un poco de valor líquido, por favor.

—Enseguida. —Un momento después, Piper agitó algo en una coctelera metálica antes de servirlo en una copa de martini que le colocó delante—. En fin —le dijo mientras se retorcía un pendiente—, el alcohol no hace daño, pero creo que unos zapatos de tacón de aguja y un buen peinado infunden más valor que cualquier cosa.

—Vamos a hacerlo. —Hannah se bebió la copa de un trago—. Estoy un poco enfadada con vosotros dos por haber alejado a Fox de mí, una adulta responsable, pero necesito toda la ayuda posible.

—Me parece justo —resonó la voz de Brendan.

—Justísimo. Voy a compensártelo ahora mismo. —Su hermana enderezó la espalda y cuadró los hombros—. Brendan, vigila el bar. Nosotras tenemos trabajo que hacer.

Fox comprobó el último punto que tenía anotado en el portapapeles y lo volvió a colgar en el clavo, mientras soltaba el aliento que había estado conteniendo durante los últimos cinco días. Se quitó la gorra de la cabeza y la dejó en la silla del capitán, mientras contemplaba el puerto. Mientras dejaba que la tensión lo abandonara.

Abajo, en la cubierta de la Della Ray, Deke, Sanders y el resto de la tripulación estaban descargando las capturas. Lo normal era que estuviese allí abajo ayudándolos, pero había estado ocupado hablando por el teléfono con la lonja, a fin de avisarlos de la llegada del pez espada fresco. También había inspeccionado el barco de arriba a abajo, asegurándose de que en la sala de máquinas todo funcionaba correctamente, de que el equipo estaba en buen estado, de que todo quedaba registrado.

Lo había conseguido.

Había capitaneado el barco durante los cinco días que habían estaba faenando.

Había dado órdenes y las habían cumplido. Claro que el hecho de haber estado aislado en la cabina del puente de mando en vez de bajar a la cubierta, donde tenían lugar las burlas, había ayudado bastante. Además, cuando los hombres se retiraban a sus literas por la noche, agotados, él seguía en la cabina hasta bien tarde, trazando el rumbo para la mañana siguiente, porque se negaba a decepcionar a Brendan.

O a Hannah.

No había tenido muchas oportunidades para comprobar cómo se sentían los hombres con respecto a su capitanía, y quizá fuera lo mejor. Tal vez si mantenía la cabeza gacha y completaba unos cuantos turnos más como capitán sin incidentes, podría volver a integrarse en el grupo poco a poco, tras haber construido el comienzo de una nueva reputación. Era difícil creer que algo así fuera posible después de años del estilo de vida que había llevado. Claro que tampoco se había imaginado nunca capaz de renunciar al sexo durante medio año a cambio de intercambiar ingeniosos mensajes de texto y de coleccionar discos. Pero eso había hecho.

Y se estaba muriendo. De las ganas de estar en casa con su chica.

La echaba tanto de menos que estaba lleno de grietas.

Ella las rellenaría todas. Y estaba empezando a pensar...

Sí. Que al final podría hacer lo mismo por ella.

—Oye, colega —dijo Deke, que golpeó el lateral de la cabina del puente de mando mientras asomaba la cabeza por la puerta—. Todo listo. Me voy a la lonja.

—Genial —replicó él al tiempo que volvía a ponerse la gorra—. Llámame cuando tengas una cifra. —En la lonja, después de que inspeccionaran sus capturas, les otorgarían una categoría y eso decidiría el precio. Era un proceso importante, porque determinaba el sueldo que recibiría cada miembro de la tripulación—. Se lo pasaré a Brendan y él os dirá algo del pago.

—Estupendo. —Deke asintió con la cabeza y después puso cara de asco—. Mírate ahí en la silla del capitán. Dándote ínfulas, al mando y cobrando más. Como si necesitaras ayuda para echar un polvo, ¿eh?

Sanders se colocó junto a Deke y le dio un codazo a su amigo.

—¿A que sí? ¿Por qué no extendemos una alfombra roja hasta el final del muelle? Para ponerles a las chicas las cosas más fáciles y eso.

Fox se quedó congelado en la silla.

¡Por Dios! ¿En serio?

No esperaba que la actitud de sus compañeros hacia él cambiara de la noche a la mañana, pero ni siquiera detectaba un atisbo de respeto en su forma de hablarle. Ni el más mínimo cambio en su comportamiento ni en la opinión que tenían de él. Si le hablaran así a Brendan, los habría despedido antes de terminar una frase.

Se sintió como si estuviera vacío por dentro, pero logró esbozar una sonrisa torcida, consciente de que lo mejor era no dejar que se le notara el fastidio. Porque en ese caso el escarnio seguramente empeoraría.

—En serio, me halaga lo obsesionados que estáis con mi vida sexual. Si pensarais un poco más en la vuestra, no tendríamos este problema. —Se puso en pie y los miró de frente. Sus siguientes palabras fueron totalmente involuntarias. Las pronunció sin ser consciente de lo que decía porque solo tenía en la cabeza a una persona—. De todos modos, no voy a ir a Seattle. Ni a ningún otro lugar. Voy a ver a Hannah.

Ver que ambos lo miraban con idéntica incredulidad hizo que el miedo le atenazara las entrañas.

—A Hannah —repitió Sanders despacio—. ¿A la hermana pequeña? ¿¡Lo dices en serio!?

Consciente de que había cometido un gran error al sacarla a colación de esa manera (tan pronto y sin haberse ganado la estima que debía recibir un hombre si quería ser el novio de Hannah), pasó al lado de sus compañeros para salir de la cabina del puente de mando sin ver nada a su alrededor. Sin embargo, ellos lo siguieron.

—Oí algo sobre vosotros en el Derribad al Hombre, pero ni siquiera yo pensé que pudieras ser tan cerdo —dijo Sanders, que ya no parecía bromear—. Vamos, hombre. La chica es un sol. ¿Cómo se te ocurre?

—Sí —añadió Deke, que cruzó los brazos por delante del pecho—. ¿No podías elegir a otra de entre las mil mujeres a tu disposición?

—Eso no está bien, Fox. —La expresión de Sanders se estaba transformando en asco—. Se supone que con una chica como esa debes casarte, no echarle un polvo y dejarla tirada.

—¿Crees que no lo sé? —masculló Fox, que dio un paso hacia ellos, abandonada ya toda cordura de la misma manera que había abandonado la ridícula e incauta esperanza que había estado creciendo en su interior—. ¿Crees que no sé que se merece lo mejor de todo, joder? ¡No pienso en otra cosa!

«Beso el suelo que ella pisa. La quiero».

Su arrebato los sumió en un momentáneo silencio durante el cual lo miraron con cierta curiosidad, pero en vez de preguntarle por sus intenciones, Deke dijo:

—¿Lo sabe Brendan?

Y Fox solo atinó a darse media vuelta y a alejarse entre carcajadas, aunque el comentario no le hizo ni pizca de gracia.

¡Por Dios! ¡Cómo lo habían mirado! Sin el respeto que se le tenía al capitán de un barco. Había sido un idiota al pensar que podrían llegar a verlo de otra forma. Lo habían tratado como la escoria de la tierra solo por respirar el mismo aire que Hannah, mejor no pensar en su opinión sobre él por tener una relación con ella. Se imaginaba a Hannah recibiendo la misma charla de labios de su hermana, de sus amigos comunes, de todos los que formaban parte de su vida, y la idea le produjo náuseas. Como si le hubieran clavado un puñal entre las costillas y se lo estuvieran retorciendo.

Su peor pesadilla se estaba haciendo realidad. Incluso antes de lo esperado.

Sin embargo, podía detenerlo todo en ese momento. Antes de que las cosas empeoraran para Hannah. Antes de que se mudara a Westport y se diera cuenta del error que había cometido.

Antes de verse obligada a tomar esa dura decisión.

No, lo haría por los dos, aunque eso lo matara.

Tenía una cerilla invisible en la mano, encendida y preparada. No parecía tener muchas alternativas, pero empapó lo mejor de su vida en queroseno y arrojó la cerilla justo encima.

23

Una hora más tarde, Fox estaba de pie en las sombras, apoyado en la fachada de la tienda de pescado y patatas fritas situada enfrente del Cross e Hijas. Debería haberse quedado en casa. No debería estar allí fuera intentando atisbar a Hannah a través de la ventana del bar, como si su propia existencia dependiera solo de verla. Sin embargo, quería verla por lo menos una vez más antes de explicarle que se había equivocado al considerar siquiera que podía ser bueno para ella.

Alguien salió del bar para encender un cigarro, y en ese breve segundo que la puerta estuvo abierta salió al exterior la risa de Hannah. Se tensó hasta tal punto que se separó de la pared como accionado por un resorte.

En fin, a ver, todavía era responsable de su seguridad hasta que ella volviese a Los Ángeles, así que... se limitaría a asegurarse de que ella llegaba bien a casa.

¿Estaba loco o qué le pasaba? Si hubiera una pizca de instinto de supervivencia corriendo por sus venas, habría vuelto a su piso y habría cambiado las cerraduras. Se habría bebido una botella de *whisky*, se habría desmayado y se habría despertado cuando ella ya se hubiera ido.

¿Qué había hecho en cambio?

Con las palabras de Sanders y Deke resonándole en la cabeza, se había duchado de forma mecánica. Se había perfumado.

Hannah estaba en el pueblo y le resultaba imposible mantenerse alejado. La necesidad de estar cerca de ella era un hecho más de la vida. Sin embargo, cuando la viera, estaba obligado a hacer lo correcto.

«Céntrate —se dijo—. Vas a cortar con ella».

Sintió que le atravesaban las entrañas con un destornillador al pensarlo. Cortar. Le parecía muy duro cuando en realidad lo que estaba haciendo era todo lo contrario. Estaba evitando que ella cometiera un error al perder el tiempo con él. Al sufrir el mismo escarnio al que lo sometían a él y que se había convertido en una parte normal de su vida. No podía dejar que se mudara a miles de kilómetros de su casa para estar con un hombre del que la gente (sus propios conocidos) suponía que «le echaría un polvo y la dejaría tirada». Si sus propios compañeros pensaban tan mal de él, ¿qué pensaría el resto del pueblo? ¿Qué pensaría la familia de Hannah?

«Así que entra y díselo».

Lo haría..., en breve.

Embarcó en la Della Ray el miércoles por la mañana alentado por la esperanza. Durante los días que habían estado faenando, se había sentido bien con el timón entre las manos, al sentir la aspereza de la madera en las palmas. Durante ese breve periodo de tiempo sus sueños de juventud habían reaparecido y habían hundido sus garras en él, pero esa sensación ya había desaparecido. Dado que Hannah creía en él, había pensado que podría ganarse el mismo honor por parte de la tripulación, pero estaba claro que eso no iba a suceder. Se encontraba varado en un punto desde el que no podía avanzar, frenado por su reputación, y no iba a consentir que ella acabara atrapada a su lado. De ninguna manera.

Empezó a pasear de un lado para otro por la acera, todavía sin ver a Hannah a través de la ventana. Podía ir al Derribad al

Hombre, tomarse algo para calmar los nervios y volver. Dio un paso en esa dirección y entonces la vio.

De pie junto a la barra del Cross e Hijas.

Primero vio su cara, y el corazón le dio un vuelco, tras lo cual se le cayó al estómago, cual tomate maduro que alguien arrojara a un pozo profundo para estamparlo contra el fondo. ¡Por Dios, por Dios! ¡Qué guapa era! Llevaba el pelo suelto y rizado en partes donde nunca había visto que se le rizara.

Conocía bien la expresión de su cara, ese aire entre serio y distraído, porque seguramente no podía evitar escuchar la música, repetir la letra en su cabeza, distrayéndola del curso de cualquier conversación que estuviera manteniendo. En ese momento, estaba hablando con un hombre.

No era Sergei, sino un chico atractivo, con pinta de actor.

Se pasó la lengua por la parte delantera de los dientes con la garganta seca.

«Ni se te ocurra ponerte celoso cuando estás a punto de cortar con ella», se dijo. Hannah pronto estaría de vuelta en Los Ángeles, y hablaría con millones de hombres. Seguramente la estarían esperando en manada en la salida de la autopista, todos rebosantes de palabras adecuadas y buenas intenciones...

Y, en ese momento, se fijó en el vestidito turquesa que llevaba.

—¡Dios Santo! —murmuró al tiempo que cambiaba de dirección de nuevo. En esa ocasión, se movía a un ritmo mucho más rápido. Antes de atravesar siquiera la puerta del bar, quería mucho más que verla de cerca. Había pasado cinco noches solitarias en el barco, empalmado hasta un punto doloroso por Hannah y solo por ella. De ahí que cuando empezó a sortear a la multitud, pendiente solo de ella, sintiera el hormigueo del deseo en las manos, y esa era una mala señal. Si quería que la complicada conversación llegara a buen puerto, debía mantener las manos alejadas de ella.

«Sé fuerte».

Ella se volvió y sus ojos se encontraron, y menos mal que la música estaba alta, porque se le escapó un sonido a caballo entre la agonía y el alivio. Allí estaba Hannah. A salvo y viva. Preciosa, sensata, compasiva y perfecta. Cualquier hombre con medio cerebro se postraría de rodillas y se arrastraría hasta ella, pero él... no podía ser ese hombre. Le resultó difícil reconocerlo cuando vio que se le iluminaba la cara y el castaño verdoso de sus ojos se oscurecía hasta convertirse en un tono musgo con motitas doradas al tiempo que aparecía una sonrisa en esa boca con forma de corazón.

—Fox. Has vuelto.

—Sí —consiguió decir, aunque dio la impresión de que lo estaban ahogando con un garrote. Menos mal que Piper estaba detrás de la barra o podría haberla besado allí mismo. Dos segundos en su presencia y casi había echado por tierra sus planes. Aunque habría merecido la pena—. ¿Cómo... estás?

Un atisbo de tristeza asomó a su cara (¿porque él no la había besado?) y dejó su bebida en la barra.

—Bien. Estoy bien. —¿Por qué parecía estar midiendo sus respiraciones con tanto cuidado? ¿Pasaba algo malo?—. Fox, este es Christian —dijo al tiempo que señalaba al hombre que estaba a su derecha—. Es el protagonista de la película. Una pesadilla insoportable.

—No miente —masculló el actor entre dientes al tiempo que le tendía una mano a Fox—. Y tú debes de ser el que va a alejarla de nosotros.

Justo cuando pensaba que el estómago no podía retorcérsele más, acababa convertido en un *pretzel*. Hannah ya había hecho planes. Había hecho planes que les facilitarían estar juntos.

Con ella allí delante, tan familiar, cariñosa y suave, la palabra «planes» no parecía tan intimidante. Era lejos de ella cuando empezaba a dudar de su capacidad para ejecutar cualquier tipo de plan. Eran las dudas de los demás las que lo agitaban.

La pulsera de cuero que le rodeaba la muñeca se convirtió en metal fundido, marcándole la piel.

—¡Oh! No —se apresuró a decir ella, poniéndose como un tomate—. A ver, sí, que voy a dejar la productora. Pero esa es una decisión que tomé... por mí. No tiene nada que ver con Fox. Ni con nada.

Hasta que no la oyó decirlo, no asimiló realmente el peso de sus palabras. Lo que significaban para ella.

—¿Has dejado tu trabajo?

Ella asintió con la cabeza y luego añadió con un hilo de voz:

—Van a utilizar las canciones. En la película.

—¡Oh, Hannah! —Su voz sonaba como papel de lija, y tuvo que frotarse el centro del esternón ya que el torrente de sensaciones era muy intenso—. Joder. Joder, es increíble. Lo has conseguido.

Sus ojos lo miraron relucientes, comunicando un millón de cosas. Los nervios, la emoción, el placer que le provocaba compartir la noticia con él. Lo apuró todo como si fuera un vaso de agua fresca que hubieran colocado delante de un sediento.

—Sí... —Christian agitó su bebida con gesto perezoso, sin dejar de mirarlos primero a uno y luego al otro con descarado interés—. Ahora se dedicará a descubrir más grupos nuevos y a añadirlos a más bandas sonoras de películas independientes. Hannah Bellinger, agente musical. Dentro de nada será demasiado buena para mí.

La vio poner una mano solemne en el hombro del actor.

—Ya soy demasiado buena para ti.

El tío echó la cabeza hacia atrás y se rio.

La parte cavernícola del cerebro de Fox se relajó.

No había nada por lo que sentir celos. Saltaba a la vista que Hannah y Christian eran solo amigos. Pero aún había mucho de qué preocuparse. No podía ser una coincidencia que Hannah renunciase a su trabajo justo después de que hubieran discutido la posible logística de una relación, ¿verdad? ¿Había decidido dejar el trabajo en previsión de que lo intentaran?

Pese a la preocupación que le suscitaba ese detalle, Fox ansiaba saber más sobre ese nuevo trabajo. Agente musical. ¿Qué significaba eso exactamente? ¿Tendría que viajar mucho? ¿Se instalaría en Seattle? ¿Cómo estaría de emocionada en una escala del uno al diez?

—Veo que has tomado muchas decisiones desde que me fui —comentó, guardándose las preguntas. Dentro de poco, ya no serían de su incumbencia.

Hannah lo miró fijamente.

—Parece que tú también has tomado muchas decisiones.

—¡Ay, madre! Menudas corrientes subterráneas las vuestras —murmuró Christian, sin dejar de mirarlos—. Voy a reírme un poco de los chicos de prácticas. Que os divirtáis aclarando las cosas.

El silencio fue absoluto entre ellos en cuanto se quedaron solos.

El cerebro de Fox repitió el discurso que había practicado durante el paseo por el pueblo. «Lo siento. Eres increíble. Mi mejor amiga. Pero no puedo pedirte que te mudes aquí. Seré incapaz de conseguir que lo nuestro funcione».

Sin embargo, su boca dijo:

—Estás increíble.

—Gracias. —Ella se obligó a sonreír, aunque resultaba evidente que el gesto era forzado, y Fox deseó borrar esa sonrisa de sus labios con un beso. «No finjas nada conmigo»—. ¿Vas a cortar conmigo aquí o en algún sitio más íntimo?

—Hannah... —La sorpresa hizo que su nombre saliera desgarrado de sus labios, y apartó la cara, incapaz de mirarla—. No digas «cortar». No me gusta cómo suena.

—¿Por qué?

—Parece que estoy... —«Alejándote. Cortando nuestra conexión». ¡Dios! No podía hacerlo. Sería igual que atravesarse el corazón con un picahielos—. ¿Podemos llegar juntos a esa conclusión, por favor? —le preguntó, y sintió que la parte inferior del cuerpo se le tensaba cuando alguien empujó a Hannah y sus pechos acabaron aplastados contra su torso. Eso le hizo perder el hilo de los pensamientos. ¿Llevaba siquiera sujetador con ese vestido? ¿Qué estaba diciendo?—. Si los dos acordamos esta... —Se tragó la palabra «ruptura»—. Este cambio de situación, podemos seguir siendo amigos. Necesito seguir siendo tu amigo, Hannah.

—Mmm... —El dolor que ella intentaba ocultar con tanta desesperación (la barbilla alzada, la mirada fija) lo desgarró despacio—. Así que cuando venga a Westport de visita, pasaremos el rato como si nada. Tal vez incluso podamos escuchar juntos mi álbum de Fleetwood Mac, ¿no?

Fox tardó un momento en poder hablar. En poder pronunciar una respuesta. Porque, ¿qué podía decir? Le había confesado la verdad en el Jardín del Sonido.

«Estaba coladito por ti, Hannah. Si no te diste cuenta en la exposición, creía que lo del álbum de Fleetwood Mac te lo dejaría claro. Estoy colado por ti, Hannah. Hasta las cejas».

¿Estaría ella recordando también esas palabras? ¿Por eso alzó la barbilla y encontró de nuevo su determinación?

—A ver, no voy a discutir contigo por este tema, Fox. —Levantó uno de esos delicados hombros—. Quieres cortar esto que estaba empezando a surgir entre nosotros, fuera lo que fuese. Estás en tu derecho.

Observó, impotente y triste, que ella se humedecía los labios.

¿Qué pasaba a partir de ese momento? ¿Se alejaban el uno del otro sin más?

¿Era de verdad lo bastante fuerte como para hacerlo?

—¿Podrías hacer una última cosa por mí? —le preguntó ella, al tiempo que rozaba levemente las yemas de sus dedos.

—Sí —contestó con voz ronca y asaltado de repente por un dolor palpitante en las sienes.

Hannah inclinó la cabeza y él memorizó con avidez la curva de su cuello.

—Quiero un beso de despedida.

Sus ojos volaron hacia los de Hannah. El deseo se apoderó de él, acompañado por el... pánico. Un pánico absoluto. No podía besarla y dejarlo así. ¿Era ella consciente de lo difícil que sería eso? ¿De lo imposible? ¿Era ese su plan? Tenía una expresión tan inocente que no le parecía posible. Claro que tampoco podía negarse. No podía negarle nada.

La besaría allí. En público, donde era seguro.

Sí.

Como si todo lo relacionado con tocarla fuera seguro cuando estaba a punto de quebrarse. De romperse en mil pedacitos.

Se lamió los labios y se acercó a ella al tiempo que le colocaba una mano en una cadera, como si estuviera imantada. Su pulgar encontró una suave protuberancia debajo el vestido, una especie de tira, y miró hacia abajo mientras la tanteaba con los dedos.

—¿Qué bragas llevas?

—No creo que eso importe. Solo va a ser un beso.

«Es un tanga. Sé que es un puto tanga», pensó.

¡Dios! Estaría para comérsela con él.

—De acuerdo. —Soltó el aire con el pulso latiéndole desbocado en la base del cuello—. Un beso de despedida.

—Eso es. —Hannah parpadeó despacio—. Para ponerle fin.

Fin.

Caso cerrado.

Eso era lo que había decidido. Eso era lo que tenía que pasar.

Algún día ella se lo agradecería.

Su boca parecía muy suave, con esos labios entreabiertos a la espera de que los cubriera con los suyos. Un beso. Sin lengua. Sin saborearla o estaría perdido, porque nadie tenía ese sabor suyo tan perfecto y necesitaba que su recuerdo se desvaneciera, no fortalecerlo.

«Vas listo. Su recuerdo jamás de los jamases se desvanecerá».

Inclinó la cabeza, al parecer en un arrebato suicida, desesperado por probarla una última vez.

En ese momento sonó la campana de la barra mientras Piper gritaba:

—¡Última oportunidad, chicos! Pagad y cada mochuelo a su olivo.

Hannah se zafó de sus brazos y se encogió de hombros.

—¡Vaya por Dios!

La mente de Fox luchaba por comprender qué pasaba mientras notaba que la bragueta de los vaqueros empezaba a quedársele estrecha.

—Espera, ¿qué pasa?

Hannah le contestó como si tal cosa, aunque estaba colorada:

—Un mal momento, supongo.

—Hannah —masculló al tiempo que intentaba invadir su espacio y le colocaba las manos en los costados, por encima del vestido—. Vas a recibir el beso.

La oyó soltar un gemidito.

—En fin, supongo que de todas formas tengo que ir en busca de mi cosas a tu casa. El autocar sale a las siete de la mañana.

Fox sintió que la cabeza le iba a la deriva y que su estómago tocaba fondo y se estrellaba contra las tablas del suelo del Cross e Hijas. Siempre había sabido que el autocar se iría algún día, pero de algún modo había bloqueado esa información. Ya no era posible hacerlo. Hannah se iba. Se iba. Su decisión había dependido de él en todo momento, y ambos sabían que la había tomado.

«Estás haciendo lo correcto».

—Además, tengo que cambiarme y quitarme el vestido —murmuró Hannah, como si estuviera hablando consigo misma.

Aunque él la oyó. Y se la imaginó perfectamente mientras se quitaba ese vestido azul turquesa y se quedaba con el tanga y los zapatos de tacón. Se imaginó perfectamente que le acariciaba la piel con los labios y, ¡por Dios!, se imaginó que experimentaba de nuevo esa sensación de estar donde debía estar que solo sentía con ella.

Piper volvió a tocar la campana y las luces del bar parpadearon.

—Supongo que será mejor que nos vayamos —dijo Hannah, pasando por delante de él.

Preocupado porque tal vez estuviera caminando hacia su perdición, Fox no pudo hacer otra cosa que seguirla.

24

Hannah sentía que el corazón se le hacía pedazos.

Fox lo había hecho. Lo había hecho de verdad.

La posibilidad había estado allí en todo momento. La de que Fox volviera después de que su mejor amigo lo pusiera en un aprieto, y ella descubriese que se había quebrado bajo la presión de los cambios simultáneos en su trabajo y en su vida personal. Sin embargo, se había aferrado a la confianza, segura de que él sería incapaz de mirarla a los ojos y ponerle fin a lo que estaban construyendo juntos. Pero lo había hecho. Lo había hecho de verdad, y mientras subía la escalera hacia su piso, tuvo la impresión de que el corazón la seguía a rastras, magullado y ensangrentado.

¡Por Dios! Ese díscolo órgano casi se le había salido del pecho por la alegría de verlo cuando entró en el Cross e Hijas.

¡Qué tonta! ¡Qué ingenua y qué tonta!

«Entra a por el equipaje y sal. Sal sin más».

De todos modos, besarlo solo multiplicaría el dolor por diez. Se había guardado el beso de despedida en la manga como último recurso, consciente de que con él echaría abajo cualquier defensa que él hubiera levantado en los últimos cinco días, pero en ese momento... en ese momento no quería recurrir a los últimos recursos. Quería encontrar un lugar oscuro donde esconderse y llorar.

Una parte de ella sabía que eso era injusto. Si Fox no quería tener una relación, debía respetarlo, comportarse como una adulta y desearle lo mejor. Al fin y al cabo, ella había sido consciente de su devoción por la soltería desde el principio. Lo que estaba pasando no era una noticia de última hora. Pero, claro, que alguien se lo dijera a su corazón...

Abrió la puerta y entró en el piso, que atravesó acompañada por el repiqueteo de los tacones sobre el suelo mientras Fox la seguía despacio. El olor de su gel de baño todavía flotaba en el aire, y ella lo aspiró de camino a su dormitorio, donde había dejado la bolsa de viaje ya preparada, ya que el sexto sentido le había dicho que lo prudente sería estar lista. Sin embargo, esperaba volver a deshacerla al día siguiente. Para quedarse en Westport. Esperaba que Fox no la dejara marcharse sin descubrir qué había entre ellos.

Siguiendo su rutina habitual, descartó la lámpara de techo y encendió con un toquecito la de sal rosa del Himalaya que sumió la oscura habitación en su rosado resplandor. Tras colocar la bolsa de viaje en la cama, abrió la cremallera y sacó unas bragas de algodón, unos vaqueros y una camiseta de Johnny Cash. Lo dejó todo sobre la cama y fue a cerrar la puerta de la habitación para poder cambiarse. Sin embargo, se detuvo en seco porque se encontró a Fox de pie en el vano, iluminado por la luz rosácea y observándola con un brazo apoyado en el marco y una expresión desgarrada y torturada.

—Tengo que cambiarme.

Él no se movió.

Frustrada con Fox y con la situación, se acercó y le dio un empujón en el centro del pecho para intentar sacarlo de la habitación, aunque solo sirvió para que se irritara todavía más, porque no logró mover ni un centímetro ese robusto cuerpo de pescador.

—Déjame cambiarme para poder irme.

—No quiero que te vayas así.

—No siempre conseguimos lo que queremos.

De todas formas, se quedó allí plantado, apretando los dientes como si estuviera masticando cristales.

Y esa fue la gota que colmó el vaso.

No recordaba haber estado tan enfadada ni una sola vez en la vida. Por naturaleza, no era agresiva. Al contrario, ella ayudaba a los demás. Era una mediadora. Solucionaba problemas. ¿Fox no quería que se quedara, pero tampoco la dejaba cambiarse para que se fuera? ¿Quién se creía que era? Tenía muchas ganas de darle otro buen empujón. Más fuerte. Sin embargo, contaba con un arma más eficaz y había aprendido a usarla de los mejores. Al recurrir a eso se haría daño a sí misma, estaba segura, pero al menos conservaría el orgullo.

«Enséñale lo que va a perderse».

Regresó a la cama y se quitó el vestido azul turquesa pasándoselo por la cabeza. La satisfacción fue inmediata al oír que Fox contenía la respiración. Dobló despacio la prenda prestada, y se inclinó un poco hacia delante para guardarlo en la bolsa. En ese momento, Fox soltó un taco que resonó en la habitación:

—Joder, Hannah. Estás para follarte.

Sus terminaciones nerviosas estallaron como botellas de champán al sentir el calor del cuerpo de Fox detrás de ella. Cuando se enderezó y su espalda desnuda quedó pegada a ese pecho agitado, solo pudo compararlo con el momento de llegar a lo más alto en una noria por primera vez y ver el mundo allí abajo, tan extenso y maravilloso. Una miríada de ardientes escalofríos le recorrieron los brazos, surgiendo de los dedos hasta llegar a los pezones, que se le endurecieron sin que él la hubiera tocado siquiera.

Sintió un nudo en la garganta que la invitaba a darse media vuelta, hundirle la cara en el pecho y suplicarle que no se alejara. Estuvo a punto de hacerlo. Hasta que él le plantó la boca abierta debajo de una oreja y murmuró:

—¿Ahora es un buen momento para ese beso de despedida?

Y su firme decisión de demostrarle lo que estaba abandonando se reforzó.

No solo eso, sino que además ansiaba derribar sus defensas a mazazos y dejarlo allí plantado, entre los humeantes escombros. Esos deseos pertenecían a una desconocida. De la misma manera que sucedía con el amor y el desengaño que había experimentado con ese hombre. Nada de aquello le resultaba familiar y todo le dolía, así que les daría rienda suelta a sus impulsos y lidiaría con las consecuencias más tarde. Iba a ser doloroso pasara lo que pasase, ¿no?

Se dio media vuelta, y el suave movimiento de sus manos, que iban subiendo por el torso de Fox, se detuvo un instante al ver su expresión atormentada. Sin embargo, se recuperó rápido, agarró con fuerza el cuello de su camisa y giró el cuerpo para que él diera media vuelta y acabara sentado en el borde de la cama. Esos ávidos ojos azules se posaron en todas partes, en sus pezones endurecidos, en su boca, en el triángulo entre sus muslos, mientras se frotaba una y otra vez las piernas cubiertas por los vaqueros y tragaba saliva de forma visible.

—Solo un beso —susurró ella contra su boca—. El último.

Lo oyó soltar un gemido agudo que se le clavó en lo más hondo como si fuera una lanza y que despertó en ella el deseo de abrazarlo, aunque el dolor la frenó y controló el impulso.

Despacio, se puso a horcajadas sobre su regazo y se sentó, deslizándose hasta encontrarse con la prueba de lo que Fox realmente deseaba, con la dureza de su erección. Se frotó contra él al mismo tiempo que le introducía la lengua en la boca y disfrutaba al sentir el contraste de su suavidad contra su dureza, la aspereza de su barba. Justo cuando la temperatura empezaba a subir, sintió que él le agarraba el trasero con las manos y la acercaba más y más. Se separó de sus labios y vio que ambos respiraban de forma superficial.

Fox la agarró por el pelo y movió las caderas debajo de ella.

—No te has desnudado para mí solo para que te bese, Hannah.

Tiró de ella para sentarla por completo sobre su regazo y empezó a moverle las caderas a fin de que se frotara contra su erección, una vez, dos, hasta que le arrancó un fuerte gemido.

—¿Se te ocurre o-otra cosa? —balbuceó.

Él soltó una carcajada carente de humor.

—Dejar de actuar. Hannah, por favor, deja los juegos —masculló al tiempo que unía sus frentes—. Limítate a ser mi Hannah.

La lanza que le había clavado antes se hundió un poco más.

—No soy tu Hannah.

En esos ojos azules apareció un brillo posesivo y beligerante. Como si supiera que había perdido el derecho a llamarla así, pero no estuviese dispuesto a renunciar a la novedad que suponía. Porque eso era lo que había sido para él, ¿no? Una novedad. Una diversión pasajera. Por mucho que hubiera deseado ser diferente, al final había obtenido el mismo resultado que todas las demás.

No era especial.

—¿He conseguido plantar una semilla al menos? —le preguntó de forma entrecortada, casi entre susurros—. Tal vez un día conozcas a alguien y esto no te resulte tan aterrador.

Lo vio abrir los ojos de par en par.

—¿Conocer a alguien? ¿A otra... mujer? ¿Hablas en serio? ¿Crees que esto me podría pasar dos veces?

El dolor la golpeó. Fox no estaba ocultando sus sentimientos. La quería, la necesitaba, ¿pero aun así se había decantado por alejarla? ¡A la mierda con él! Intentó alejarse de su regazo, pero él (que la miraba asustado) se adelantó a sus movimientos y atrapó su boca con un beso. Un beso que le robó el alma y que puso a todas las células de su cuerpo en alerta máxima. Un beso que le advirtió que estaba siendo invadida. Luchó por mantener sus pensamientos, por recordar el plan para hacer que él se arrepintiera de alejarla, pero solo existía la magia de su boca, ese cuerpo fuerte y acogedor, y ese movimiento tan placentero de sus caderas.

Sus propias defensas cayeron, y se le escapó un sollozo gutural mientras le tomaba la cara entre las manos, tras lo cual le metió los dedos en el pelo mientras se besaban con desesperación, conscientes de que era la última vez. Pronto se hizo evidente que no iban a detenerse en los besos. Parte de sí misma lo supo cuando se quitó el vestido azul turquesa. Sintió que él la acariciaba entre las nalgas con el dedo corazón e iba descendiendo, un movimiento que hizo que el sexo fuera inevitable, porque estaba empapada. Así sin más.

Sus bocas se movían a un ritmo frenético, y se separaron lo justo para que él se quitara la camisa, tras lo cual volvieron a reunirse mientras ella acariciaba de nuevo su torso en un movimiento ascendente hasta meterle otra vez los dedos en el pelo. Fox sumó un dedo más a sus caricias y, después, un tercero, penetrándola desde atrás mientras su lengua entraba y salía de su boca. ¡Por Dios, por Dios! Había perdido el control. Su cuerpo suplicaba, imploraba sentirlo bien dentro, que la llenara por completo, de manera que empezó a desabrocharle la bragueta antes siquiera de ser consciente de lo que hacía, motivada solo por el anhelo, el anhelo, el anhelo.

El tiempo se detuvo en cuanto se la liberó y la tomó en su mano, tras lo cual empezó a acariciársela arriba y abajo con delicadeza. El beso se detuvo, pero sus bocas siguieron casi unidas mientras respiraban entre jadeos.

—Vamos, nena, métetela —le dijo con voz ronca y los ojos vidriosos por el deseo y algo más, algo más profundo que ella no logró identificar—. Te ha echado de menos. Yo..., joder. Te he echado de menos. Te he echado mucho de menos. Hannah, por favor.

Fox la había noqueado, le había hecho daño, la había dejado vulnerable, de manera que no correspondió sus palabras, aunque le estaban quemando la garganta. «Yo también te he echado de menos. Te quiero». En cambio, se incorporó un poco para guiarlo entre sus muslos mientras él le apartaba el tanga para colocársela justo en la entrada. Acto seguido empezó a bajar las caderas despacio, muy despacio hasta sentirlo bien adentro y mientras ambos observaban el momento como dos voyeristas de su propia lujuria.

—¡Mierda, mierda, mierda! —masculló Fox, que echó la cabeza hacia atrás—. No hay condón. No me he puesto condón, Hannah.

Buscó a tientas la cartera, pero se dio por vencido pronto entre jadeos y le agarró las caderas con fuerza porque ella se sacudió de forma involuntaria, gimiendo y clavándole las uñas en los hombros.

—No... No... No puedo.

Fox se estremeció de arriba abajo.

—¿No puedes qué? ¿Parar?

¿Estaba asintiendo o moviendo la cabeza?, se preguntó Hannah. No tenía ni idea. La plenitud de su invasión la había despojado de todo pensamiento racional, y solo era un manojo de sensaciones concentradas entre los muslos, en los palpitantes espasmos de sus músculos internos que parecían contraerse por voluntad propia.

—Hannah —le dijo él obligándola a mirarlo a los ojos mientras su aliento le acariciaba los labios—. ¿Estás tomando algo?

—Sí —gimió, consciente por fin de la importancia de la conversación pese a la neblina sexual que le abotargaba el cerebro—. Sí, me he puesto la inyección anticonceptiva. Me la he puesto.

Rotó las caderas, y él puso los ojos en blanco.

—Joder, me encanta que hagas eso. —Luchó por mantener la coherencia y añadió—: Yo estoy limpio. Me hice una analítica la última vez que estuviste en el pueblo.

Esa confesión la hizo temblar.

—Y no ha habido nadie desde entonces, ¿verdad?

En realidad, no era una pregunta. Ella ya sabía la respuesta.

Fox cerró los ojos y negó con la cabeza.

—No —susurró—. ¡Dios! No, Pecas. Solo quiero que me toques tú.

Se apoderó de nuevo de sus labios y la besó con desesperación, mientras la agarraba con fuerza por las nalgas y la ayudaba a moverse hacia delante y hacia atrás, provocando que su miembro frotara justo ese lugar, ¡ay, Dios!, ese lugar. Justo allí. Una zona que ya estaba hinchada por las caricias de sus dedos y que en ese momento recibía la atención que necesitaba. Justo la atención que necesitaba, porque la fricción le estaba provocando un placer abrasador. La hacía sentirse sexual, poderosa, femenina y desinhibida. Tanto que le puso fin al beso y echó el torso hacia atrás, ofreciéndole los pechos, que acercó a su boca con manos temblorosas, aunque acabó gimiendo su nombre en cuanto él le chupó los pezones con avidez, con voracidad, el derecho y el izquierdo. A esas alturas, estaba tan mojada que se oía cómo sus cuerpos se unían y se separaban.

En ese momento, Fox le asestó un azote en una nalga con la palma de una mano, un gesto inesperado, al tiempo que le mordisqueaba el lóbulo de una oreja y le decía:

—Tócate el clítoris. —Otro azote. Más fuerte que el anterior. Y un tercero—. Ayúdame a llevarte al orgasmo, Hannah. Ya. ¡Por Dios! Me la has puesto tan dura que no sé cuánto voy a durar. Pero como te toque, me corro. Acaríciate.

Con la respiración entrecortada, bajó su temblorosa mano derecha desde el hombro de Fox hasta ese punto tan sensible y se mordió el labio inferior mientras se acariciaba, arriba y abajo, arriba y abajo, aunque de repente cambió y empezó a trazar círculos que le arrancaron un gemido que se mezcló con el de Fox. Entretanto, él la había agarrado por las caderas y la estaba moviendo hacia delante y hacia atrás cada vez más rápido.

—Mírame mientras te tocas. —Le dijo y Hannah vio que le caía una gota de sudor por una sien—. Mírame mientras te corres.

—Yo sola no —logró protestar con un hilo de voz.

Él negó con la cabeza, aunque fue un movimiento espasmódico.

—¿Aquí dentro, a pelo y mientras veo cómo te la metes como si en la vida hubieras disfrutado tanto? —Se apoyó en los codos y empezó a subir las caderas, tensando el abdomen y haciéndola rebotar sobre su regazo, lo que abrió las compuertas de su placer de par en par—. No hay nada en este mundo capaz de detenerme.

Hannah llegó a lo más alto, los pulmones se le paralizaron un instante y su cuerpo se cerró en torno al de Fox cuando llegó al orgasmo, tras lo cual la asaltaron una serie de estremecimientos incontrolables que también lo catapultaron a él. Exprimieron el placer al máximo, moviéndose con frenesí, frotando las caderas mientras se clavaban los dedos y se mordían, haciendo que sus gemidos resonaran en la luz rosácea de la habitación hasta que sintió la humedad que descendía por la cara interna de sus muslos mientras recordaba sus palabras, que prolongaron aún más el placer.

«¿Aquí dentro, a pelo y mientras veo cómo te la metes como si en la vida hubieras disfrutado tanto?».

Fox se tumbó de espaldas y la arrastró consigo. Estaban agotados, pero siguieron unidos, y Hannah le apoyó la cabeza en un hombro. Sus jadeos resonaban en la habitación mientras él le acariciaba la espalda húmeda por el sudor con las yemas de los dedos y la besaba en el pelo. Un abrazo al que no podía ponerle precio porque le parecía lo correcto. Sincero. Perfecto. Y...

No pensaba renunciar a eso, pensó.

Que Dios la ayudara, pero esa noche había experimentado más emociones que nunca en su vida. Esperanza, negación, desolación, ira. Cuando Fox entró en el Cross e Hijas obviamente decidido a cortar con ella, perdió el valor. La determinación. La angustia fue tan inmensa que no quedó espacio para el positivismo. Solo para la supervivencia. Pero antes de que él regresara de la mar, ella había decidido luchar, ¿o no? Y allí estaba, en el último asalto, tropezándose con sus propios pies, sumiéndose en la inconsciencia, dispuesta a abandonar con tal de mitigar el dolor. ¿No era en ese momento cuando debería mostrarse más fuerte?

¿No era en ese momento cuando destacaba una actriz protagonista? ¿El momento de la verdad?

Después de lo que había logrado en las últimas dos semanas, no tenía excusas. Podía hacer cualquier cosa. Podía ser valiente. Acostarse hecha un ovillo con una tarrina de helado de medio kilo no iba a salvar una relación que sabía muy bien que podía ser increíble y duradera. Fox necesitaba que creyera en él en ese mismo momento, cuando sus propias dudas lo cegaban, y ella también necesitaba creer en sí misma.

Lo besó en un hombro y rodó hacia un lado, para bajarse de la cama.

Por fuera, parecía tranquila, pero por dentro el corazón le latía a mil por hora y sentía un boquete en el estómago. Fox se sentó y la observó con los ojos enrojecidos mientras se ponía los vaqueros y la camiseta de Johnny Cash. Al final, ocultó la cara en las manos y empezó a mesarse el pelo.

Tras cerrar de nuevo la cremallera de la bolsa de viaje, se puso delante de él, esforzándose por mantener la voz serena, aunque fue en vano.

—No voy a renunciar a lo nuestro.

Lo vio levantar la cabeza al instante, y esos ojos azules se clavaron en su cara. ¿Con qué? ¿Con esperanza? ¿Con sorpresa?

—Sí. Mmm... —siguió ella, que tragó saliva mientras se armaba de valor—. No lo haré. No voy a renunciar a ti. A lo nuestro. Tendrás que hacerte a la idea, ¿de acuerdo?

En ese momento, Fox era un hombre con miedo a nadar hacia un bote salvavidas. Saltaba a la vista.

—¿Qué ha pasado desde que zarpaste el miércoles? —susurró ella, luchando contra el impulso de acariciarle la cara. Esa cara tan preciosa que parecía demacrada y rota por primera vez.

Fox apretó los labios y desvió la mirada para decir con voz descarnada:

—Da igual. Da igual lo cualificado que esté para ejercer de capitán. Lo bien que pueda manejar el barco bajo presión. Da igual lo que haga, siempre se burlarán de mí, dudarán de mí y me criticarán. Nunca me tomarán en serio. Siempre seré el sustituto. El que se cuela por la puerta de atrás. Y al final acabará afectándote, Hannah. Tus aguas son claras, y yo las enturbiaré. —Se masajeó el centro de la frente—. Deberías haber visto lo horrorizados que se quedaron. Al enterarse de lo nuestro. Sabía que acabaría pasando, pero joder, fue peor de lo que esperaba.

Ansiaba rodearle la cabeza con las manos y estrecharla contra su pecho para reconfortarlo. Para apoyarlo. Si se había visto obligado a cortar con ella, los comentarios de sus compañeros debían de ser desagradables. Muy desagradables. Sin embargo, Fox no necesitaba un apoyo dulce y prudente en ese momento.

Necesitaba una llamada de atención brusca que lo espabilara.

—Fox, escúchame. No me importa en cuántas camas hayas estado. Sé que tu sitio está en la mía y que el mío está en la tuya. Eso es lo único que importa. Estás castigándonos por algo que pasó en la universidad. Estás castigándonos por la estupidez y la ceguera de otras personas. El daño que te causaron... es comprensible. Es importante. Pero no puedes tomar como ejemplo las enseñanzas que adquiriste con una mala experiencia y aplicarlas a todo lo bueno que se te presente. Porque no hay nada malo en lo nuestro. Al contrario, es algo muy bueno. —Y siguió con voz entrecortada—: Eres maravilloso y te quiero. ¿Lo entiendes, so tonto? Así que cuando hayas reflexionado un poco y se te pase la cabezonería, ven a buscarme. Te esperaré porque te lo mereces.

Fox se levantó con los ojos llenos de lágrimas y el pecho agitado por la respiración, e intentó estrecharla entre sus brazos, pero ella se alejó.

—Hannah. Ven aquí, por favor. Deja que te abrace. Vamos a hablar de esto.

—No. —Le dolía el cuerpo por renunciar a ese contacto, pero podía ser fuerte. Podía hacer lo que había que hacer—. Lo que acabo de decir es en serio. Tómate un tiempo para pensar. Porque la próxima vez que me digas adiós, te creeré.

Se dio media vuelta con piernas temblorosas y salió del piso con la bolsa de viaje, dejando atrás a un Fox destrozado.

25

Fox nunca se había caído por la borda, pero esa posibilidad infundía miedo en el corazón de todo pescador. La posibilidad de acabar arrastrado hasta las heladas profundidades y de quedarse sin aire en los pulmones mientras el casco del barco se hacía cada vez más pequeño por encima y la tierra se convertía en un recuerdo lejano. Sin embargo, sabía con absoluta certeza que encontrar su muerte en el fondo del océano sería mejor que ver a Hannah salir por la puerta de su casa, con los hombros temblando por las silenciosas lágrimas.

Hasta ese momento, estaba segurísimo de que lo que hacía era lo correcto.

Aunque ¿cómo era posible que lo correcto hiciese llorar a esa criatura tan dulce?

¡Por Dios, la había hecho llorar! Y ella lo quería.

¡Joder! ¿De verdad lo quería?

Era incapaz de mover los pies, le ardían los ojos y le dolía todo el cuerpo. Debería seguirla, pero conocía a Hannah. Ninguna de las palabras que tenía en la cabeza en ese momento eran las correctas, y ella no iba a aceptar otra cosa. ¡Por Dios! ¡Qué orgulloso estaba de la mirada que le había echado mientras le leía la cartilla! Aunque le hubiera arrancado el corazón de cuajo. Eso era lo que hacía una actriz protagonista, joder.

«Te quiero más que a mi vida. No te vayas».

Esas eran las palabras que ansiaba gritarle mientras se alejaba. Sin embargo, no conseguiría nada con ellas. Lo tenía clarísimo. Hannah no buscaba declaraciones impulsivas y emocionales. Lo que quería era... que se le pasara la cabezonería.

La puerta se cerró con un chasquido metálico detrás de ella y sus rodillas cedieron, de manera que cayó sobre la cama, en pelotas. Se agarró la cabeza, asaltada por un dolor palpitante, con las manos y gritó un taco horroroso, que resonó en ese dormitorio que olía a ella mientras sentía que le clavaban un arpón en la garganta que iba bajando poco a poco hasta destriparlo. Necesitaba tanto tenerla de nuevo entre los brazos que le temblaba todo el cuerpo.

Sin embargo, por mucho que quisiera recuperarla, no sabía cómo hacerlo de la manera correcta. No sabía qué hacer para librarse de sus problemas mentales y así recuperarla. Por ella. Por lo que había entre ellos.

Sin embargo, había algo que tenía muy claro. Las respuestas no estaban en ese piso vacío, y la ausencia de Hannah se burlaba de él en todas partes. En su dormitorio, donde habían pasado las noches abrazados; en la cocina, donde habían comido sopa y helado; en el salón, donde ella había llorado por su padre. Tan rápido como pudo, volvió a ponerse los vaqueros y la camiseta, buscó las llaves del coche y se fue.

El cambio de escenario no ayudó.

No era el piso lo que Hannah había embrujado.

Era a él.

Por más que pisara el pedal del acelerador, ella lo seguía, como si hubiera apoyado esa cabeza rubia pajiza en su hombro mientras toqueteaba la radio. La imagen lo asaltó con tanta fuerza que tuvo que respirar hondo.

No sabía adónde iba. No tenía ni idea.

No hasta que se detuvo delante del bloque donde vivía su madre.

Apagó el motor y se quedó sentado, boquiabierto. ¿Por qué allí?

¿De verdad había estado conduciendo durante dos horas?

Charlene había vendido la casa de su infancia hacía mucho tiempo y había comprado un apartamento en una urbanización para jubilados. Su madre se había criado al lado de la residencia de ancianos en la que trabajaban sus padres, y siempre se había sentido más cómoda entre la gente de pelo canoso, de ahí su modo de vida y su trabajo como organizadora de partidas de bingo. Su padre siempre se había burlado de ella por eso, diciéndole que envejecería antes de tiempo, pero Fox no lo veía así. Charlene se limitaba a hacer lo que sabía.

Miró la urbanización a través del parabrisas. La piscina vacía, que se veía a través de la puerta lateral. Podía contar con los dedos de una mano el número de veces que había estado allí. Un cumpleaños o dos. Una mañana de Navidad. Habría ido más a menudo si no supiera que a su madre le resultaba difícil mirarlo.

Por si no había tenido bastante con la catástrofe de esa noche, ¿de verdad quería ver a su madre y el respingo que daba? Tal vez sí. Tal vez había ido para castigarse por haber herido a Hannah. Por hacerla llorar. Por no haber sido el hombre que ella creía obstinadamente que era.

«Tómate un tiempo para pensar. Porque la próxima vez que me digas adiós, te creeré».

¿Significaba eso que no lo había creído esa noche?

¿Sabía que no habría sido capaz de pasar un solo día sin enviarle un mensaje de texto? ¿Sabía que durante el resto de su vida se derretiría solo con verla cada vez que visitara Westport?

¿Sospechaba que volaría a Los Ángeles y le suplicaría que lo perdonara?

Porque seguramente habría hecho todo eso.

Sin embargo, seguiría siendo la misma persona, con los mismos complejos.

Y ya no los quería.

Admitirlo desenredó el sedal que llevaba liado en las entrañas y le dio el impulso necesario para salir del coche. Todos los apartamentos eran idénticos, así que tuvo que comprobar la dirección de su madre en los contactos del móvil. Estaba delante de su puerta, con el puño preparado para llamar, cuando Charlene la abrió.

Dio un respingo al verlo.

Él aguantó el golpe, como siempre hacía. Sonrió. Se inclinó y la besó en la mejilla.

—Hola, mamá.

Ella le echó los brazos al cuello y lo estrechó con fuerza.

—¡Pero, bueno! Caroline, la vecina del 1º A, me ha llamado para decirme que había un hombre muy guapo merodeando por el aparcamiento, así que iba a echar un vistazo. ¡Y resulta que era mi hijo!

Fox intentó reírse, pero lo que salió de su garganta fue como el ruido de un triturador de basura. ¡Por Dios! Se sentía como si lo hubieran atropellado. El dolor surgía del centro del pecho.

—La próxima vez, no vayas a comprobarlo tú misma. Llama a la policía.

—¡Ah! Solo iba a casa de Caroline para mirar con sus prismáticos y hablar con ella. No te preocupes por mí, hijo. Soy indestructible. —Retrocedió un paso y lo miró—. No estoy segura de poder decir lo mismo de ti. Nunca te he visto con tan mala cara.

—Sí.

Su madre lo agarró por un codo y lo condujo al interior, tras lo cual le hizo un gesto para que tomara asiento a la mesita del comedor. La mesa, que era redonda, estaba pintada de color azul empolvado y llena de cachivaches, aunque lo que le llamó la atención fue el cenicero con forma de rana desfigurada.

—¿Esto no lo hice yo?

—Pues claro. Clase de cerámica de cuarto de secundaria. ¿Café?

—No, gracias.

Charlene se sentó frente a él con una taza humeante en la mano.

—Bueno, a ver. —Hizo una pausa para beber un sorbo—. Cuéntame qué ha pasado con Hannah.

El pecho de Fox hizo ademán de derrumbarse con solo escuchar su nombre.

—¿Cómo lo has adivinado?

—Es lo que digo siempre, un hombre no lleva a una mujer al bingo a menos que vaya en serio con ella. —Golpeó la taza con una uña—. ¡Qué va! En realidad, me di cuenta de que era especial por tu forma de mirarla.

—¿Y cómo la miraba? —La respuesta le daba miedo.

—¡Ay, hijo! Como si fuera un día de verano que aparece después de cien años de invierno.

Fox fue incapaz de hablar durante un buen rato. Solo atinó a mirar fijamente la mesa, tratando de librarse del doloroso nudo que tenía en la garganta, mientras recordaba diecisiete versiones de la sonrisa de Hannah.

—Sí, bueno. Esta noche he cortado con ella. Pero no está de acuerdo.

Charlene tuvo que soltar la taza porque acabó doblada de la risa.

—No dejes que se te escape. —Se enjugó las lágrimas con una muñeca—. Es de las buenas.

—No me crees capaz de conseguirlo, ¿verdad? —Hizo girar la rana de cerámica sobre la mesa—. Impedir que se escape. Mantener una relación con alguien.

Su madre dejó de reírse de repente.

—¿Y por qué no?

—Ya sabes por qué.

—La verdad es que no.

Soltó una carcajada carente de humor antes de seguir hablando.

—En fin, mamá. Pues por mi costumbre de mantener vivo el legado de papá. Cómo me he comportado durante la mitad de mi vida. Es lo único que sé hacer. A lo que estoy acostumbrado. Es inútil intentar ser algo que no soy. Y, joder, no estoy hecho para tener pareja.

Charlene guardó silencio, con una expresión casi herida. Una prueba de que estaba de acuerdo. Tal vez no quisiera admitirlo en voz alta, pero sabía que él decía la verdad.

Fue muy duro presenciar su decepción, pero cuando se levantó para irse, Charlene hizo ademán de hablar, y él volvió a sentarse.

—Nunca has tenido la oportunidad de intentar... ser otra cosa. «Va a ser un rompecorazones, como su padre». Eso es lo que solía decir todo el mundo, y yo me reía. Me reía, pero se me quedó grabado. Hasta que...

—¿Qué?

—Es difícil hablar de esto —dijo su madre en voz baja, al tiempo que se ponía en pie y apuraba el café, aunque al final se sentó de nuevo y recuperó la compostura de forma visible—. Me pasé años y años intentando cambiar a tu padre. Intentando construirle un hogar, intentando que fuera feliz conmigo y solo conmigo. Nosotros dos solos. Bueno, ya sabes cómo acabó la cosa. Llegaba a casa oliendo como una fábrica de perfume cinco noches a la semana. —Hizo una pausa para respirar—. Cuando creciste y empezaste a parecerte a él, supongo... supongo que estaba demasiado asustada para intentarlo. Para tratar de enseñarte a no parecerte a él. Porque me asustaba acabar de nuevo con el corazón destrozado si te resistías. Así que simplemente... me planté. De hecho, me uní al coro y te animé a romper corazones y... te ofrecí la lata de café... —Se cubrió la cara con las manos—. Quiero morirme solo de pensarlo.

Por reflejo, Fox miró el armarito, como si pudiera encontrar la lata allí, llena de dinero para condones. Aunque no estaría. Aunque no fuera la misma casa.

—No pasa nada, mamá.

—Sí que pasa —lo contradijo su madre, asintiendo con la cabeza—. Tendría que haberte explicado que no te pareces en absoluto a él, Fox. Para corregir la imagen perjudicial que tenías de ti mismo. La imagen errónea. Pero ya habías empezado a hacer justo lo que te animamos a hacer desde el principio. Cuando volviste de la universidad, te habías encerrado en un duro caparazón. Y ya no se podía hablar contigo. Así que aquí estamos, años después. Aquí estamos.

Fox repasó todo lo que Charlene había dicho. Sus inseguridades más profundas quedaron expuestas como un nervio en carne viva, pero le daba igual. Nada dolía tanto como que Hannah se fuera. Ni siquiera las palabras de su madre.

—Si crees que no me parezco a él, ¿por qué das un respingo cada vez que me ves?

Charlene se quedó blanca.

—Lo siento. Nunca he sido consciente de hacerlo. —Guardó silencio—. A ratos puedo vivir con la culpa de haberte fallado.

Pero cuando te veo, la culpa me golpea como un revés en la mejilla. Ese respingo es por mí, no por ti.

Fox sintió un inesperado escozor detrás de los ojos.

Algo duro comenzó a erosionarse en las proximidades de su corazón.

—Recuerdo algunas de las cosas que él te decía, desde que estabas en cuarto o quinto de primaria. «¿Qué niña de la clase es tu novia? ¿Cuándo vas a empezar a salir con chicas? ¡Chaval, tendrás a la mejor del lote!». Y a mí me hacía gracia. Yo misma te decía esas cosas a veces. —Buscó el paquete de tabaco, sacó un cigarro para encenderlo y expulsó el humo por un lado de la boca—. Debería haberte animado a sacar buenas notas. O a unirte a los clubes. En cambio, te hicimos creer que tu vida se centraría... en el aspecto más íntimo. Desde el principio. Y no tengo ninguna excusa, salvo el hecho de que la vida de tu padre eran las mujeres. Así que, por tanto, también lo fue la mía. Sus aventuras eran constantes y ocupaban gran parte de nuestro día a día. Y dejamos que dañaran también a nuestro hijo. Dejamos que ese estilo de vida se convirtiera en una sombra que te siguiera a todas partes. Esa es la verdadera tragedia. No el matrimonio.

Fox se vio obligado a levantarse. A moverse.

Recordaba a sus padres diciéndole esas cosas. Por supuesto que los recordaba. Sin embargo, hasta ese momento, nunca se le había ocurrido pensar que no todos los padres les decían eso a sus hijos. Nunca se le había ocurrido pensar que le habían lavado el cerebro para que creyese que su identidad era la suma de su éxito con las mujeres. Y...

Su madre no daba un respingo cuando lo veía porque le recordara a su padre. Lo hacía porque se sentía culpable. Y eso tampoco le hacía gracia. Porque él era dueño de sus actos y no quería que su madre se responsabilizara de ellos; eso sería una cobardía. Pero, ¡por Dios!, menudo alivio saber que su madre no temía verle la cara. Saber que no era un caso sin remedio, sino que tal vez, solo tal vez, lo habían encasillado antes siquiera de saber lo que estaba pasando.

Y deseó estar con Hannah en ese mismo momento.

Deseó hundirle la cara en el cuello y contarle todo lo que Charlene le había dicho, para que ella se lo resumiera con sus propias palabras, tal como acostumbraba a hacer. Para que pudiera besarle la sal de la piel y salvarlo. Pero Hannah no estaba allí. Se había ido. Él la había alejado. Así que tenía que rescatarse a sí mismo. Tenía que resolverlo él solo.

—La gente pensará que está loca por arriesgarse conmigo. Pensarán que voy a hacerle lo que papá te hizo a ti.

Como no obtuvo réplica, Fox se volvió para mirarla por encima de un hombro y descubrió a Charlene aplastando el cigarro con brusquedad en el cenicero.

—Déjame que te cuente una historia. Earl y Georgette llevaban más de diez años viniendo al bingo y se sentaban en extremos opuestos de la sala. Lo más lejos posible el uno del otro. Aunque parezcan unos ancianitos entrañables, te juro que son muy testarudos. —Se encendió otro cigarro, cómoda en su papel de narradora—. Earl estuvo casado con la hermana de Georgette, hasta que esta murió. Era joven. Cincuenta y tantos tenía, creo. Y, en fin, a base de consolarse mutuamente, Earl y Georgette acabaron enamorándose, ¿sabes? Pero les preocupaban las habladurías de la gente, así que dejaron de verse. Dejaron de verse. Pero, joder, se han pasado años mirándose como dos tortolitos mientras jugaban al bingo.

—¿Qué pasó al final?

—A eso voy. —Su madre soltó una bocanada de humo—. Georgette se puso enferma. El mismo diagnóstico que su hermana. Y allí estaba Earl, consciente de que no solo había perdido la oportunidad de crear una vida con la mujer que amaba, sino que además no tenía derecho ninguno a ayudarla en los momentos difíciles. No tenía derecho a cuidarla. ¿Importaba lo que los demás pensaran en ese momento? No, no importaba.

—¡Por Dios, mamá! ¿No podías haber elegido algo un poco más alegre?

—Todavía no he terminado —dijo con voz paciente, encantada—. Earl le confesó su amor a Georgette, se mudó con ella y la cuidó hasta que se recuperó. Ahora se sientan en primera fila cada vez que organizo una partida de bingo en Aberdeen. Son inseparables. ¿Y sabes qué? Todo el mundo se alegra por ellos. No puedes vivir la vida preocupándote por lo que van a pensar los demás. Un día te despertarás, mirarás el calendario y contarás los días que podrías haber pasado siendo feliz. Con ella. Y nadie estará ahí para consolarte, mucho menos los que le daban a la lengua.

Fox pensó en despertarse dentro de quince años sin haber pasado ni un solo día con Hannah y se mareó. La cocina de su madre empezó a dar vueltas a su alrededor al tiempo que le ardían los pulmones. Echó a andar hacia el salón y se sentó en el sofá mientras contaba sus respiraciones en un intento por luchar contra las repentinas náuseas.

El agotamiento lo abrumó de forma inesperada, y no supo por qué. Tal vez por el hecho de que hubieran desvelado y le hubieran explicado sus antiguos problemas con la consiguiente sensación de ingravidez en el estómago. Tal vez por el desgaste emocional o por la depresión absoluta de haber perdido a Hannah y haberla hecho llorar, sumado al descubrimiento de que su madre no lo odiaba en secreto. Todo eso le envolvió la cabeza como una venda gruesa y borrosa, difuminando sus pensamientos hasta convertirlos en un eco lejano. Apoyó la cabeza en un cojín y las preocupaciones que lo rodeaban acabaron sumiéndolo en un profundo sueño. Lo último que recordaba era a su madre arropándolo con una manta y la promesa que se había hecho a sí mismo: en cuanto se despertara, iría a buscarla.

«Aguanta, Pecas. Ya voy».

Cuando se despertó, era de día y alguien estaba parloteando cerca.

Se sentó y miró a su alrededor, rememorando la noche anterior e intentando zafarse de las telarañas que se aferraban con más fuerza que de costumbre. Cachivaches en todas las superficies, el persistente olor a Marlboro Reds. Estaba en el apartamento de su madre. Eso lo sabía. Y, en ese momento, recordó la conversación al detalle, lo que hizo que se le cayera el alma a los pies.

Había amanecido. Eran las ocho de la mañana.

El autocar... el autocar de vuelta a Los Ángeles salió a las siete.

—No. —Estaba al borde de las náuseas—. No, no, no.

Se levantó del sofá de un brinco, con el estómago revuelto. Varios pares de ojos lo miraron fijamente desde la cocina, pertenecientes a las señoras mayores que, al parecer, se habían reunido en el apartamento de Charlene para tomar café y dónuts.

—Buenos días, cariño —canturreó su madre desde la mesa, el mismo lugar donde se había sentado la noche anterior. Con la misma taza en las manos—. Aquí hay un bollito de mantequilla y nueces que lleva tu nombre. Ven a conocer a la pandilla.

—No puedo. Yo... Ella se va. Hannah... ¿se habrá ido? —Tanteó los bolsillos de los pantalones vaqueros hasta dar con el móvil, cuya batería estaba al seis por ciento, y marcó rápidamente el número de Hannah, mientras se pasaba una mano por el pelo y se paseaba de un lado para otro oyendo los tonos. Ni de broma. Ni de broma iba a permitir que se subiera a un autocar para volver a California. Todavía no tenía un plan, no tenía una estrategia para retenerla a su lado. Solo sabía que le temblaban las piernas por el miedo. Eso, que ella se hubiera ido de verdad, junto con lo que su madre le había dicho la noche anterior, acabó de poner en orden sus prioridades.

«He superado la cabezonería, Hannah. Contesta la llamada».

El buzón de voz.

Por supuesto, los primeros acordes de «Me and Bobby McGee», seguidos de su voz saludando.

Dejó de pasearse, porque el sonido de su voz contra el oído lo inundó como el calor de una chimenea. ¡Por Dios! ¡Qué idiota había sido! Esa chica, ese ángel entre un millón de mujeres, lo quería. Y él correspondía sus sentimientos con una fuerza salvaje, desesperada e incontrolable. No sabía cómo construir un hogar con ella, pero lo descubrirían juntos. De eso estaba seguro.

Hannah le daba confianza. Ella era su confianza.

Oyó el pitido del contestador.

—Hannah, soy yo. Por favor, por favor, bájate del autocar. Llegaré a casa dentro de un rato. Estoy... —Su voz perdió fuerza—. Bájate del autocar en algún lugar seguro y espérame, ¿de acuerdo? Te quiero, joder. Te quiero. Y siento que te hayas enamorado de un idiota. Yo... —«Encuentra las palabras. Encuentra las palabras adecuadas», se dijo—. Recuerda que en Seattle dijiste que habíamos estado intentándolo durante todo este tiempo. Desde el verano pasado. Lo de tener una relación. En ese momento, no lo entendí del todo, pero ahora sí. Jamás podría vivir lejos de ti, porque, joder, eso no sería vida. Hannah, tú eres mi vida. Te quiero y ahora mismo vuelvo a casa, así que por favor, cariño. Por favor. ¿Puedes esperarme? Lo siento.

Guardó silencio y aguzó el oído, como si ella pudiera responder de alguna manera y tranquilizarlo como siempre lo hacía. Acto seguido, colgó con el pavor inundándole el estómago. Levantó la mirada y se encontró a las invitadas de su madre llorando. Algunas con las lágrimas saltadas y otras, llorando a lágrima viva.

—Tengo que irme.

Nadie trató de detenerlo mientras salía a toda pastilla por la puerta y corría hacia la camioneta. Se sentó detrás del volante y arrancó sin pérdida de tiempo. Llegó a un semáforo en rojo de camino a la autopista y soltó un taco mientras frenaba de golpe. Nervioso por la espera, sacó de nuevo el teléfono y llamó a Brendan.

—Fox —dijo el capitán, que contestó al primer tono—, iba a llamarte, la verdad. Quería disculparme otra vez...

—Bien. Pero hazlo en otro momento. —El semáforo se puso en verde, y pisó el acelerador para incorporarse a la autopista, dándole gracias a Dios por que no hubiera atasco en hora punta—. ¿Está Hannah con vosotros? ¿Se quedó allí anoche?

Una breve pausa.

—No. ¿No se quedó contigo?

—No. —Saber que podría haber pasado la noche con Hannah, y que no lo hizo, fue un trago amargo. Era un mundo que no tenía sentido, y no quería volver a vivir en él. ¿Adónde habría ido Hannah? Había un par de hostales en Westport, pero no habría alquilado una habitación en ninguno, ¿verdad? Tal vez hubiera ido a la casa donde se alojaba el equipo de la productora. Todos se habrían subido al autocar una hora antes. Se había ido con ellos. ¡Se había ido con ellos!—. No, no está conmigo —contestó con voz ronca, hundido—. A ver, es complicado. Como era de esperar, la he cagado. Necesito una oportunidad para arreglarlo.

—Oye, sin importar lo que haya pasado, estoy seguro de que puedes solucionarlo.

Sin acusaciones. Sin suspiros elocuentes ni decepción.

Solo la confianza.

Sentía un dolor justo por encima de la clavícula. Tal vez él, como la mar, podría evolucionar.

Tal vez con el paso del tiempo los miembros de la tripulación se darían cuenta de que se equivocaban con él. Al fin y al cabo, lo que hacían era seguirle la corriente, tratarlo como él les pedía que lo trataran. Como la versión barata de sí mismo que presentaba. Solo había necesitado exigirle respeto a Brendan una vez para cambiar el tono de su mejor amigo. ¿Y si eso era lo único que tenía que hacer con todos los demás?

¿Y si no funcionaba? ¡Al cuerno con ellos! Su relación con Hannah solo les incumbía a ellos dos. A nadie más.

En cualquier caso, iba a hacer todo lo posible para mantenerla a su lado.

Eso era un hecho.

Imaginar un futuro sin ella hacía que le temblaran las manos sobre el volante.

Por primera vez desde que se fue a la universidad, estaba ansioso por descubrir hasta dónde podía llegar su potencial. Estaba dispuesto a arriesgarse de nuevo. Tal vez porque a esas alturas sabía, después de hablar francamente con Charlene, que lo habían orientado mal. O quizá porque ya no tenía tanto miedo a que lo criticaran. Conducía a ciegas, muy seguro de que Hannah había vuelto a Los Ángeles. Aquello sí que dolía. El autodesprecio. Haber perdido el amor de su vida, su futuro, porque había permitido que el pasado ganara. Podía soportar y superar cualquier cosa menos eso.

Mientras sujetaba el teléfono entre la oreja y el hombro, se arrancó la pulsera de cuero y la tiró por la ventanilla.

—Quiero el barco, Brendan.

Aunque no le veía cara a su mejor amigo, se lo imaginó levantando una ceja y acariciándose el mentón con gesto pensativo.

—¿Estás seguro?

—Segurísimo. Y voy a comprar una silla nueva. Has dejado la marca de tu culo en la vieja. —Esperó a que su amigo dejara de reírse—. ¿Está Piper ahí? ¿Ha hablado con Hannah?

—No, ha salido a correr. Si quieres, la llamo...

El móvil se quedó sin batería.

Fox soltó el aliento y arrojó el teléfono sobre el salpicadero, con el corazón atronándole los oídos mientras sorteaba el tráfico. Hannah no podía haberse ido. Sí, de acuerdo, no habían acordado un plazo para que él fuera a buscarla. ¿Quizá había pensado que ella volvería a Los Ángeles y él tardaría unas semanas o incluso algunos meses en darse cuenta de que se moriría sin ella? ¿Quizá debería haber supuesto que ella se iría esa mañana? Pues no lo había hecho.

Llevaba semanas pensando en esa posibilidad y, cuando por fin llegó el momento, su corazón la había pasado por alto.

Demasiado tarde. Llegaba demasiado tarde.

¡Por Dios, a lo mejor había cambiado de opinión! A lo mejor ni siquiera le había dado tiempo para que dejara la cabezonería. Eso explicaría por qué no contestaba el teléfono. A lo mejor había pensado que no merecía la pena enfrentarse a tantos problemas por él. Si ese era el caso, daba igual que volara a Los Ángeles. O que condujera como un cohete y alcanzara el autocar. Si ella había decidido dejarlo...

No.

No, por favor. No podía pensar así.

Con la piel helada y sudando al mismo tiempo, tomó la salida de Westport una hora y media después, buscando en las calles a los miembros del equipo técnico o a los actores. ¿Reconocería a alguno de ellos? En ese momento, agradecería incluso ver al puñetero director con el dichoso jersey de cuello vuelto. Sin embargo, ninguna de las personas que lo saludaron al pasar era un forastero. Nadie. Tampoco vio un autocar en el puerto.

Se había ido.

—No, Hannah —dijo con voz ronca—. No.

Aparcó como pudo al lado de su bloque y se preparó para entrar y hacer la maleta. Se pondría en marcha y los alcanzaría. Esperaría a que el autocar se detuviera y le suplicaría que lo escuchara. Si no encontraba el autocar, compraría un billete de avión. En resumen, no iba a volver al pueblo hasta que estuvieran de acuerdo. Y tuvieran un plan.

Un plan.

Se habría echado a reír si no estuviera a punto de partirse en dos. De repente, se le ocurrieron millones de planes. Porque era capaz de todo. Ambos lo eran. Juntos.

Mientras ella no lo hubiera dejado por imposible...

Entró en el piso y se detuvo en seco.

Hannah estaba sentada en el suelo con las piernas cruzadas delante de su tocadiscos, con los auriculares gigantes en las orejas, tarareando al ritmo de la música.

Si lo hubiera oído o se hubiera vuelto en ese momento, lo habría visto desplomarse contra la puerta, temblando. Lo habría visto usar el bajo de la camiseta para limpiarse las abrasadoras lágrimas que tenía en los ojos. Lo habría visto dar las gracias mirando al techo. Pero, dado que estaba ajena a todo, no se volvió. No fue testigo de que devoraba con la mirada la curva de su cuello, la línea de sus hombros. De que aspiraba sus susurros mientras cantaba junto a Soundgarden.

Tan pronto como lo sostuvieron las piernas, echó a andar hacia ella y de camino se hizo con su móvil, que descansaba en la encimera, con la notificación del buzón de voz sin leer.

Buscó las palabras adecuadas.

Unas palabras que pudieran expresar lo mucho que la quería.

Sin embargo, a fin de cuentas lo único que debía hacer era hacerle caso a su corazón y confiar en sí mismo.

Se detuvo junto a ella, que se sobresaltó y lo miró.

Se miraron en silencio un buen rato, contemplándose mutuamente en busca de respuestas.

Fox decidió ofrecerle una cambiando el disco. Eligió «Let's Stay Together» de Al Green. Y vio que su expresión se suavizaba con cada palabra. La letra no podía ser más apropiada. Cuando las lágrimas empezaron a llenar esos preciosos ojos verdosos, tiró de ella para ponerla de pie y bailaron despacio al ritmo de la música que solo ella oía y la que él sentía en su corazón, ya que Hannah no se quitó los auriculares hasta que la canción terminó.

—Te quiero —dijo Fox con fuerza, todavía meciéndola de lado a lado. Aferrándose a ella como si fuera un salvavidas en medio del mar de Bering—. ¡Dios! Te quiero muchísimo, Hannah. —Le hundió la cara en el pelo, ávido por sentirla cerca, por estar con esa persona tan increíble que, de alguna manera, lo amaba—. Creía que te habías ido —dijo al tiempo que la levantaba en brazos y echaba a andar hacia el dormitorio—. Creía que te habías ido.

—No. Sería incapaz de hacerlo. Imposible. —Le echó los brazos al cuello—. Te quiero demasiado.

Cuando la tumbó en la cama, Fox se echó a llorar, y ella se incorporó para enjugarle las lágrimas, tras lo cual hizo lo propio con las suyas.

—¿Qué pasó con lo de darme tiempo para que se me pasara la cabezonería?

—Seis horas me parecieron más que suficientes —susurró ella.

La felicidad lo inundó y se adueñó de él. Y decidió no luchar contra ella. Se permitió aceptarla y pensar en todas las formas en que podría hacer feliz a Hannah a cambio. Durante el resto de su vida. Cada hora, cada día.

La cubrió con su cuerpo y ambos gimieron al besarse en la boca mientras se amoldaban el uno al otro, músculos contra curvas.

—Encontraremos algún sitio entre Westport y Seattle. Así, si consigues un trabajo en la ciudad, reducimos el trayecto a la mitad para los dos. —Le desabrochó los vaqueros y le introdujo una mano, tras lo cual la vio poner los ojos en blanco cuando empezó a acariciarla por debajo de las bragas. Empezó a torturarla, acariciándola con creciente intensidad—. ¿Te parece bien?

—Sí —susurró ella cuando la penetró despacio con el dedo corazón y empezó a moverlo—. Mmm... Me gusta esa idea. Podemos descubrir en qué nos convertiremos juntos. Sin que los demás nos rodeen todo el tiempo.

Fox asintió con la cabeza y se tomó su tiempo para quitarle los vaqueros y las bragas, hasta que por fin la dejó desnuda bajo su cuerpo, aunque él no se desnudó.

—Sin importar en lo que nos convirtamos juntos —replicó mientras la besaba en la boca y bajaba una mano para desabrocharse los vaqueros—, yo soy tuyo y tú eres mía. Así que cualquier cosa es bienvenida. —Se le formó un nudo en la garganta mientras la penetraba y sentía que le temblaban los muslos mientras se colocaba en el ángulo perfecto—. Tú me has enseñado lo que está bien —dijo con un hilo de voz—. Así que me aferro a todo lo bueno que me das. Me aferro a ti.

—Yo también me aferro a ti, Fox Thornton —murmuró ella con la voz entrecortada y los ojos vidriosos mientras su primera embestida la hacía moverse sobre la cama—. Y nunca te soltaré.

—Me apunto a lo bueno, a lo malo y a todo lo que hay entre medias, Hannah. —La besó con los labios separados en el cuello al tiempo que se la metía hasta el fondo y la sentía tomar aire, encantado por su reacción—. Años. La vida entera. Me apunto.

EPÍLOGO

Diez años después

La melódica voz de Nat King Cole llenaba el interior del Jeep de Hannah mientras avanzaba por la carretera nevada. Los faros iluminaban los copos que caían; el crepúsculo le confería al cielo un resplandor gris violáceo, y los imponentes pinos creaban un camino ya familiar a ambos lados; un camino que la llevaba a casa, a su familia.

Después de pasar diez años viviendo en Puyallup, le costaba creer que hubiera vivido alguna vez en la soleada Los Ángeles. Y no lo cambiaría ni por todos los vinilos de Washington.

Desvió la mirada hacia el retrovisor, donde vio sobre el asiento trasero las bolsas de la compra llenas a rebosar de regalos muy bien envueltos, y la satisfacción le inundó el pecho con tanta fuerza que se le saltaron las lágrimas. Jamás habría nada mejor que eso. Volver a casa con su familia en Nochebuena después de pasar cuatro días en la carretera. Los echaba muchísimo de menos y le costaba la misma vida conducir despacio, con precaución, por la carretera nevada.

Cuando vio la casa un minuto después y frenó en el camino de entrada, el corazón empezó a latirle con más fuerza. El humo salía despacio por la chimenea de su casa, construida como una cabaña, y había trineos (del tamaño de un adulto y de un niño) apoyados en la pared junto a la puerta principal. Las luces de un árbol de Navidad parpadeaban al otro lado de una de las numerosas ventanas. Y cuando su marido apareció con una de sus hijas echada sobre uno de sus musculosos hombros, se le escapó una carcajada cargada de anhelo y de gratitud dentro del silencioso coche.

Habían hecho mucho más que conseguir que funcionara, ¿verdad? Habían construido una vida más feliz y más llena de alegría de la que ninguno de los dos se habría imaginado.

Diez años antes, los dos fueron a Bel-Air en busca de sus cosas. Todavía recordaba la sensación de estar flotando durante aquel viaje. La ausencia de restricciones que experimentó con su compromiso, con cada caricia y cada susurro, dándole un nuevo sentido a todo. Sin embargo, al borde de lo que parecía dar el paso definitivo hacia la edad adulta, los dos estaban asustados. Pero habían compartido sus miedos, se habían sincerado el uno con el otro a cada paso del camino y se habían convertido en un equipo formidable.

Al principio, habían alquilado un piso en el pueblo, ya que estaba a caballo entre Westport y Seattle. A veces, echaba de menos el piso, ansiaba recorrer los tablones de madera que crujían y recordar todas las lecciones que habían aprendido entre aquellas cuatro paredes. Lo mucho que se habían querido, la ferocidad con la que habían discutido antes de hacer las paces, la música con la que habían bailado y cuando Fox hincó una rodilla en el suelo una noche sin previo aviso y le preguntó si quería casarse con él o cuando cedieron al pánico cuando ella se quedó embarazada un año después. El día que se sentaron en el suelo para comer tarta de la caja con tenedor (Fox vestido con un traje, ella con un vestido) la mañana que compraron la casa que tenía delante.

Desde entonces habían creado un millón de recuerdos, cada día acompañado de una banda sonora distinta, y atesoraba todos y cada uno de ellos.

Incapaz de esperar un segundo más para ver a Fox y a las niñas, abrió la puerta del conductor con cuidado de no resbalar en el camino de entrada con sus elegantes botas de cuña. No era el calzado más práctico para ese clima, pero se había ido directa al aeropuerto internacional de Los Ángeles después de reunirse con su último cliente. Menos mal que no tendría que pisar otro aeropuerto hasta mediados de enero, mucho después de las vacaciones. Su agenda de viajes se había aligerado mucho con los años, ya que el proceso era cada vez más virtual a través de videoconferencias, pero de vez en cuando descubría un grupo que merecía la pena ver en persona, como había hecho durante esa semana.

Jardín del Sonido Inc. había empezado como su proyecto particular, una forma de conectar a grupos nuevos con productoras de cine que buscaban voces frescas para sus bandas sonoras, y años después había acabado siendo un pilar de la industria. Después de la presentación de *Días de gloria* y de que los Unreliables triunfaran, su nombre fue pasando de boca en boca. Se había labrado la reputación de ser capaz de darle a una película un sonido particular, añadiendo otra capa de creatividad al proceso, y no se imaginaba haciendo otra cosa.

Abrió la puerta trasera del Jeep y pensó en llamar a Fox para pedirle ayuda con las bolsas, pero después decidió entrar para darles una sorpresa a los tres. Y sería mejor que se pusiera en marcha, porque Piper, Brendan y sus dos hijos llegarían pronto para pasar las fiestas con ellos hasta después de Año Nuevo. Por no mencionar que Charlene (o lo que era lo mismo, la abuela) se presentaría allí al día siguiente.

Se colgó una pesada bolsa de cada brazo y cerró la puerta del coche con una cadera para enfilar el camino de entrada; las mejillas ya le dolían de tanto sonreír. Dejó los regalos al lado de la puerta y metió la mano en el bolsillo del chaquetón en busca de las llaves. Tintinearon un poquito, pero eso bastó para que sus dos labradores empezaran a ladrar.

Sacudió la cabeza con una carcajada y, como estaba distraída intentando meter la llave en la cerradura, casi no vio el alce. Pero cuando captó la sombra gigante con el rabillo del ojo, se quedó helada, volvió la cabeza despacio y contempló boquiabierta cómo el alce más enorme de todos los alces se acercaba a ella despacio, como si fueran a charlar tan tranquilos en el supermercado. Los alces no eran animales especialmente peligrosos, pero llevaban viviendo en la zona el tiempo suficiente para haber oído de algunos ataques. Por regla general, solo reaccionaban mal cuando se sentían provocados, pero no pensaba arriesgarse. Ese bicho podría aplastarla como un camión.

—Fox... —dijo en voz demasiado baja para que un humano la oyera. Y después se le cayeron las llaves al suelo. Por favor. De ninguna de las maneras pensaba agacharse para recogerlas. Tendría que apartar la mirada de esa bestia. Abandonó los regalos y se bajó del porche despacio, en dirección al coche. El alce la miraba erguido con sus dos metros de altura, aunque igual eran cuatro, mientras se sacaba el móvil del bolsillo y llamaba a «Casa».

—Debes de estar fuera, porque los perros andan como locos —dijo la voz de Fox, cálida en su oreja—. Menos mal, nena. Te he echado muchísimo de menos. ¿Necesitas que te ayude a meter la maleta? Salgo enseg...

—Alce —lo interrumpió con un susurro estrangulado—. Hay un alce pegado a la puerta. Que no salgan las niñas. Mide como veinte metros de altura, no te miento.

—¿Un alce? —La preocupación le tiñó la voz—. Hannah, entra.

—Se me han caído las llaves. —Se dio media vuelta y echó a correr, con un grito estrangulado—. Me voy a esconder detrás del coche.

Fox respiraba con dificultad.

—Ahora mismo salgo.

En menos de diez segundos, su marido salió a toda prisa al porche, descalzo y vestido con unos pantalones de deporte y una sudadera con capucha, mientras golpeaba dos cazos entre sí y le gritaba barbaridades al alce, haciendo que el animal retrocediera varios pasos. En la ventana principal de la casa, las niñas (Abigail, de seis años y Stevie, de cuatro) gritaban a todo pulmón y golpeaban el cristal con sus manitas con tanta fuerza que lo hacían vibrar. Los perros aullaban. Y acurrucada contra el paragolpes trasero del Jeep, se le fue la pinza. Se echó a reír con tanta fuerza que se resbaló y acabó de culo en el suelo, algo que solo hizo que se riera con más ganas. Cuando por fin consiguió controlarse, descubrió con los ojos llenos de lágrimas que tenía a Fox delante.

¡Ay! Pero después..., después solo atinó a suspirar de forma entrecortada, expresando así su aprecio por el hombre que le tendía una mano curtida para ayudarla a levantarse. La edad le había sentado bien. Con cuarenta y un años, el capitán de la Della Ray tenía una barba poblada y el pelo rubio oscuro, ya con alguna que otra cana, que casi le llegaba a los hombros. Se lo cortó en una ocasión, el año anterior, y las niñas lloraron al verlo corto, de modo que juró llevarlo largo para siempre. Hacían con su padre lo que querían, y él encantado de admitirlo ante cualquiera que quisiese escuchar. En su opinión, la devoción que Fox sentía por sus hijas hacía que fuera cuatrocientas veces más atractivo.

Y, como siempre, la devoción que sentía por ella brillaba en sus ojos azules, que en ese momento relucían por el caos, como los suyos.

—Ya se ha ido —dijo él con voz gruñona al tiempo que entrelazaba sus dedos—. Anda, vamos a entrar, que tienes que compensarme por haberme quitado diez años de vida.

—Debería ser fácil, porque he traído regalos.

Perdió el equilibrio y se resbaló en el hielo, y Fox, que solía tener un equilibrio perfecto gracias a su trabajo, se cayó también. Él intentó amortiguar la caída, pero acabaron sentados de culo en el camino de entrada, mientras la nieve caía sobre ellos y sus carcajadas estentóreas hicieron que sus hijas salieran corriendo de la casa, vestidas con los camisones de franela y las botas puestas a toda prisa. Mientras Abby y Stevie empezaban una improvisada pelea con bolas de nieve, Fox la abrazó y le alzó la barbilla para poder mirarla a la cara, con el corazón desbocado contra su hombro.

—Hannah —le susurró con voz grave—, ¿alguna vez te sientes tan feliz que apenas puedes soportarlo?

—Sí. —Levantó una mano y se la colocó en una mejilla—. ¿Contigo? A todas horas.

Él soltó un gemido ronco y le quitó varios copos de nieve de la cara.

—A estas alturas, no me parece suficiente decirte que te quiero.

—Nuestro amor siempre es suficiente. Siempre lo ha sido.

Él asintió mientras tragaba saliva con dificultad. La miró un buen rato a los ojos antes de agachar la cabeza y besarla despacio, recorriéndole la boca con la lengua y con la promesa de algo más, de modo que la dejó jadeante y excitada. Un beso solo aumentaba su deseo, y con los perros persiguiendo a las niñas por el jardín delantero, no tenían prisa por parar. Pasaron pocos minutos antes de que llegara otro coche y la risa de Piper flotara en la brisa nocturna, seguida por el suspiro exasperado de Brendan.

—¡Hola, tía Hannah! ¡Hola, tío Fox! —los saludó su sobrino de nueve años, Henry—. Buscaos una habitación.

—Tenemos una casa llena de habitaciones —replicó Fox, que por fin se levantó y tiró de ella para ponerla en pie antes de pegarla a su costado—. Tenemos todo lo que podríamos desear —añadió para que lo oyera solo ella. Y juntos, tías, tíos, primos y perros, recorrieron el camino de entrada para compartir la Nochebuena, tal como harían todas las Navidades, para siempre.

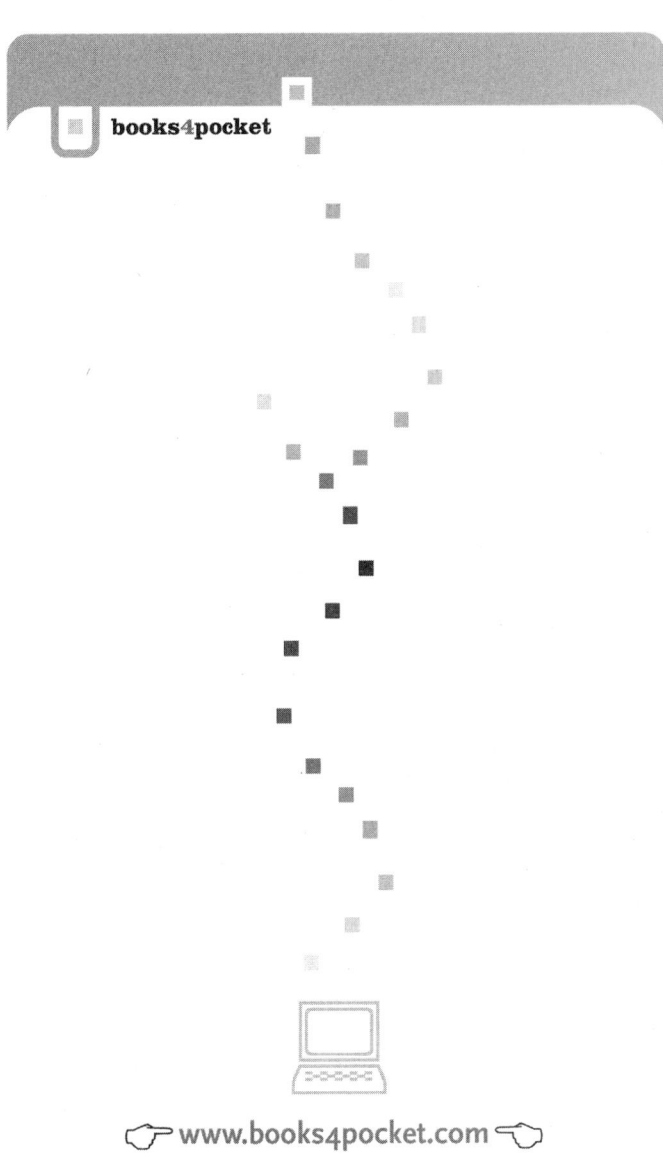

books4pocket

www.books4pocket.com